翻译家谈翻译丛书
法语文学卷
LES TRADUCTEURS PARLENT
DE LA TRADUCTION
(LITTÉRATURE FRANÇAISE)

从《茶花女》
到《流浪的星星》

启蒙的光辉与人性的力量

De la Dame aux Camélias à l'Etoile errante

L'éclat des Lumières et la force de l'humanité

许钧 施雪莹 主编

西苑出版社
XIYUAN PUBLISHING HOUSE
北京

图书在版编目（CIP）数据

从《茶花女》到《流浪的星星》：启蒙的光辉与人性的力量 / 许钧，施雪莹主编 . — 北京：西苑出版社，2016.1

（翻译家谈翻译丛书）

ISBN 978-7-5151-0548-2

Ⅰ . ①从… Ⅱ . ①许… ②施… Ⅲ . ①法语—文学翻译—研究　Ⅳ . ① H325-9 ② I046

中国版本图书馆 CIP 数据核字（2015）第 283147 号

从《茶花女》到《流浪的星星》
——启蒙的光辉与人性的力量

主　　编	许　钧　施雪莹	
责任编辑	刘　荔	
出版发行	西苑出版社	
通讯地址	北京市朝阳区利泽东二路3号	
邮政编码	100102	
电　　话	010-64210080	
网　　址	www.xiyuanpublishinghouse.com	
印　　刷	三河市鑫利来印装有限公司	
经　　销	全国新华书店	
开　　本	710毫米×1000毫米　1/16	
字　　数	230千字	
印　　张	16.5	
版　　次	2016年3月第1版	
印　　次	2016年3月第1次印刷	
书　　号	ISBN 978-7-5151-0548-2	
定　　价	58.00元	

目　录

目　录

从《茶花女》到《流浪的星星》

法 语 文 学 卷

前　言

许　钧

　　中国社会科学院外文所的林一安先生来电，说出版社有意推出一套翻译家谈文学翻译的书，涉及国内英语、法语、俄语、西班牙语等文学翻译界，邀我选编一卷法语文学翻译家谈文学翻译的文章，我欣然答应，而且停下手里的一切工作，与我的研究生施雪莹一起，搜集我国法语文学翻译界的前辈译家与目前在译界仍然非常活跃的一批中青年翻译家讨论文学翻译的文章。

　　季羡林先生曾说过："翻译作用大矣哉。"在译介外国文学，促进中国文化与外国文化的交流方面，我国的法国文学研究界和翻译界人士始终起着积极的作用。在整个二十世纪和新世纪里，中国的法国文学研究和翻译工作者和别的语种的同行一起，实际上担负着对整个外国文学在中国的研究、选择、翻译与传播的工作。法国文学渊远流长，流派纷呈，在世界文学之林占有十分突出的位置。中国的法国文学研究与翻译工作者一方面对从中世纪到十九世纪的法国文学进行了有选择的译介，无论是中世纪的英雄史诗、宗教文学与骑士文学、市民文学，十六世纪的人文主义文学、七星诗社，十七世纪的古典主义文学，还是十八世纪的启蒙文学，或是十九世纪的象征主义文学、现实主义文学、自然主义文学，无一不纳入他们的视野。另一方面，他们关注二十世纪和新世纪法国文学的发展，特别是从二十世纪八十年代初开始，随着中国的大门向世界慢慢打开，中外文化的交流日渐频繁，中国的法国文学研究与翻译工作者有机会与法国文学界、出版界进行直接的交流甚至对话，得以不断加深对法国文学的认识与理解，把更多的精力投向了对法国当代文学的译介工作，取得了令中国外国文学界瞩目的成绩。

我国对法国文学的译介，无论就数量而言，还是就质量而言，都为我国外国文学研究界和翻译界的同行所瞩目，这是我国一代又一代的翻译家求真求美默默耕耘的结果。一个世纪以来，我国的法国文学翻译家们怀着崇高的理想，远大的抱负，为丰富中国文化，促进中国文化的发展，向中国读者介绍了一批又一批优秀的文学作品，为中法文学与文化交流作出了卓越的贡献，如前辈翻译家梁宗岱、卞之琳、戴望舒、李青崖、赵少侯、黎烈文、盛澄华、穆木天、金满成、傅雷、焦菊隐、罗大冈、闻家驷、李健吾、罗玉君、陈占元等。新中国成立以后，一批老翻译家继续默默耕耘，翻译介绍法国文学作品，提供精神食粮，如郑永慧、许渊冲、郝运、沈宝基、罗洛等。改革开放之后，迎来了翻译的春天，在对二十世纪法国文学和当代法国文学的译介中，出现了一批出色的翻译家，像北京的柳鸣九、徐继曾、桂裕芳、施康强、郭宏安、罗新璋、沈志明、袁树仁、吴岳添、谭立德、罗芃、陈筱卿、葛雷等，上海的王道乾、林秀清、郑克鲁、王振孙、徐和瑾、马振骋、周克希、何敬业等，南京的徐知免、陈宗宝、汪文漪、冯汉津、陆秉慧、王殿忠、韩沪麟、钱林森等，武汉的江伙生、张泽乾、周国强等，西安的张成柱，广州的罗国林、黄建华、程依荣、朗维忠等，广西的黄天源，长沙的佘协斌，洛阳的潘丽珍等，翻译介绍了大量的法国诗歌、戏剧、小说作品以及文艺理论著作。在近十几年来，在前辈翻译家的积极影响下，经过大量的翻译实践，一批年轻的翻译家在健康成长，像王东亮、秦海鹰、余中先、董强、李焰明、树才、杜青钢、罗国祥、曹德明、朱延生、边芹、杨令飞、管筱明、胡小跃、户思社、金龙格、张新木、刘成富、袁筱一、袁莉、黄荭等，我国的法国文学翻译事业后继有人，前景看好。

　　我们这次选编法语文学翻译家谈翻译的文集，原则非常明确，那就是展现历史、总结经验。根据该原则，我们在目前所搜集到的有关文章中，挑选了一些具有代表性的翻译家论翻译的文字。在选编中，我们发现，有不少翻译家翻译经验非常丰富，但却很少留下谈翻译的文字，加上我们的工作难免有疏忽，所以入编本集的翻译家为数并不多。另外，因为篇幅的限制，虽然有的翻译家对文学翻译有精深的研究，就文学翻译发表了很多富有见地的见解，但我们原则上每位翻译家只选一篇文章。

　　从目前入编本集的文章看，内容非常丰富。翻译家们结合文学名著的翻译，就翻译的本质、译者的立场、翻译的障碍、翻译方法与标准、翻译的局限、译者的修养等方面，发表了各自的观点，有助于我们进一步理解翻译，全面认识翻译的作用。

　　在我看来，翻译是历史的奇遇。一个伟大的作家，如果遇到一个优秀的翻译家，那是他的幸运，如福楼拜遇到了李健吾，罗曼·罗兰遇到了傅雷，杜拉斯遇到了王道乾。多亏这些优秀的翻译家的努力，法国文学才得以在中华大地上延伸其生命。在此，我要向所有翻译家致敬！

2015 年 3 月 20 日

于南京大学树华楼

赵少侯（1899—1978），浙江杭州人。文学翻译家。1919 年毕业于北京大学法文系，留校任教，历任中法大学、上海劳动大学以及山东大学教授。后在人民文学出版社任法文编辑，1958 年加入中国作家协会。译介了多部莫里哀的喜剧，如《伪君子》《悭吝人》等。另译有《山大王》《法郎士短篇小说集》《海的沉默》《杜卡莱先生》《柏林之围》《羊脂球》等。

我对翻译批评的意见

　　翻译批评在我国至少已有三十年的历史。五四时代，就有所谓"芟臭草"的运动。意思是芟除翻译园地里有害谷蔬的野草。批评者一旦发现了某本书中的错误，大都以嬉笑怒骂、尖酸刻薄的口吻来作批评，气焰之高，确难令对方忍受。因此被批评者也很少有公开承认错误的；不是反唇相讥，便是置之不理。在一九三五年，南京曾发行一种《图书评论》，仿佛支持了两年。被批评的书籍已是很大的一个数目。但评者自评，译者自能找到书店，照常再版三版地继续印卖他那早应毁版的书。

　　现在的翻译同志们的作风与以往确实有着基本的不同。这是由于批评者和被批评者双方都了解批评的目的是为改进整个翻译事业。批评者既不像先前那样盛气凌人，被批评者也乐于接受批评意见。在以往的六期《翻译通报》里，我们已遇到为数不少的这种良好作风的实例。这实在值得我们欣幸。我们可以断言，我们的翻译批评是在一种有前途的环境里发展着。凡是爱护翻译事业的工作同志都应该小心翼翼地培植，巩固这个良好的基础。

翻译批评问题已由董秋思同志（在本刊四期）和焦菊隐同志（在本刊六期）做了有系统的研究。此外其他同志也不断在本刊发表了一些零星意见。本文大部分是由于得了各同志的启示而写成的，拟分三部分来谈：（一）批评应先从何处下手；（二）批评者的态度；（三）批评的标准。

（一）批评应先从何处下手

说明白点，就是应先批评哪些书？"从经典文选及学习参考的理论书籍入手"，这几乎是大家一致公认的原则了。但最近在社会上却听到了两种与此相反的反应：（甲）有人认为目前译成中文的此类书籍，在社会上已经起了很大的作用，并且还在继续起作用。对这些书加以批评，会招致读者对他们的轻视和怀疑，而影响了广大人民的学习。（乙）有些人则想到这些经典著作和有关学习的理论书籍的译者们在提高人民政治水平方面，已建立了很大的功绩，对革命已有过不可埋没的贡献。在中国革命已基本胜利的今日，对他们只应有尊重，不该再挑剔他们文章中的小毛病，打击他们的翻译情绪。这两种看法虽然仅是少数人的主张，但也有加以解释的必要。经典著作的译本，在广大人民的政治、文化修养上起了提高的作用。这是毋庸置疑的：但正因为这些书籍的影响广泛，我们才应该精益求精。为达到这一目的，我们必须群策群力，将所有的经典著作校阅一遍，看看是否尚有译错或译的不妥的地方残留在那里。若有错误，即使是印刷的错误，也应该指出。任何人都会明白，译一部几十万言的巨书，精神始终贯注，从头至尾没有一点错误，几乎是不可能的事。所以在这些书中发现一些错误或粗枝大叶的地方，并不算稀奇。所以这些错误的指出并不意味着译者的能力不够或者责任心不强。因此对这些书籍的批评，并不能当作对译者们的打击。聪明正直的译者正应欢迎这种批评。一般思想正确的读者也应该了解，批评只是指出书中已有的错误，并不意味着全书的译文都要不得。相反地，经过了批评的书，才是一本健全无瑕、可以放心研究的书。

（二）批评者的态度

批评者心目中应时时刻刻存在为广大读者服务的目的。为什么对于译文的错误，必须加以揭发？那是因为这个错误，即使是很小，也能使读者蒙受损害。为什么对于好的译文要加以表扬？那是因为可以使每一个读者放心大胆地读这本书，他可以通过这本书不折不扣地获得原著可能给予的知识。根据这个

出发点，我们在批评时便可以把一切有益于批评本身的意见置之不顾而勇敢地
进行我们的工作。批评者的目标只应是一个：忠于原文的译文要加以介绍，不
忠于原文的译文要无情地批评，并提出具体的修正。至于译者的社会地位、译
者的工作情况，都不应成为考虑的中心。译者是专业或者是兼业或是爱美者，
译者是在闲适的环境下或是万事猬集、公私交迫的情形下工作，译者是多年从
事翻译的老手或是有志从事翻译而正在学习的新进，我们都用不着关心。这些
条件不能增加或减低译文的价值。兼业和爱美者译错了文章，他们所给读者的
损害并不小于专业者。拖了精疲力尽的身体在眼花缭乱的情况下去搞翻译工
作，弄出许多错误的可能性当然比较大一些，但也无权要求读者或批评者照顾
这些情况，而不指出或少指出存留在他们书中的错误或欠妥的地方。翻译老手
的译品中的错误固然要批评，新进翻译者的试作，如有毛病，也不能因为他们
尚在学习，加以原谅而不予指摘。总之一句话，一切是要对人民负责的。任何
人不能强调任何个人的特殊条件，而减轻他损害广大读者利益的责任。这样一
种严厉的态度，会不会妨害了此后翻译的量的发展呢？会不会使有志于翻译的
青年束手不前呢？我的答复是：我们不能为少数人的利益而违反了大多数人的
利益，我们不能为照顾片面的利益而忽略了全体的利益，一本完善的译本胜过
十本似是而非的译本。至于正在学习翻译的新进同志，我们当然非常重视他们
这种志愿，但在他们对于自己的译品没有十分把握的时候，希望他们不要亟亟
于出版。

（三）批评的标准

　　译书的标准应就所译书籍的题材和性质而有所区别，所以翻译批评的标准
也应随之而不同：

　　（甲）译科学书籍以能说清原委、明白晓畅为主要条件。科学书籍的译文
主要的任务不在使读者知道原文是如何说法，而是使他明白原文要说的事物，
要解释的理论。因此科学书籍译本的批评便不应强调某句译错或某句漏译，而
是要审查：原文想使读者了解的事物和理论，译文是否能用原来的方式或其他
方式，完全精确地重述出来。严几道译《天演论》，在译完每一段后，加上一
段解释，对当时的读者有很大的帮助。那是一个未可厚非的方法。

　　（乙）译社会科学及政治理论的书籍，则不仅要使读者了解原文所说的事
物理论，同时也要尽量照顾到原文字句和组织。因为语文的结构会影响文字力
量的强弱的。有力量的文字，说服性便强大。举个例来说，斯大林《论中国革

命问题》（1927 年 4 月 21 日为宣传员而作的提纲）第三节里，前两段都以"蒋介石底叛变是表示……"作起句；第三段四句，则每段以"这就是说……"为开编；最后四段则依次冠以"由此可知"，"其次，由此可知"，"再其次，由此可知"，"末了，由此可知"。这样的译法，无疑的忠实地保持了原文的语气，因此中文译文也显出十分有力。再举一个相反的例子来说明这种保持原文语气的需要：最近刘少奇同志五一劳动节报告的法文译本，却常常把与原文气力充沛的句子译成稀松无力的句子。譬如把"我们庆祝这一个最大的胜利！庆祝一九五〇年劳动节！庆祝中国劳动人民的解放！"三个，一句比一句更有力，更响亮的句子，译成一句比一句更泄劲的句子。这三句被译成"Nous célébrons cette victoire la plus grandiose ! Nous célébrons la Journée du ler Mai de 1950 ! Nous célébrons la libération des travailleurs chinois !"我们可以想象到在会场上，这三句话是怎样用号召的语气向听众喊出，但译成了法文，便变为直叙现状的口气，不但无力，却令读者不明白为什么在此处突然会有这三句话。虽然句末有感叹符号，也于事无补。如把三个 nous 字取消，把句子改成命令式，原文的语气便适当地保存了。

　　根据上述两个例子，我们可以看出批评这种书籍的译本时，固不能以中外文的字句相符便认为满意，我们还应注意原文所具有的感动力是否已经被重现在译文里。在译文里，读者是否也能体验到原著者的理直气壮的不得挡的锋芒。

　　（丙）译文艺书籍，则除了忠实精确地转述了原文的意义外，原文的语气、笔调、风格，甚至于神韵，都应尽可能地保持在译文里，这样说很困难，但"取法乎上"不才"仅得其中"吗？所以标准不妨定得高一点，我以为从文艺书籍的译文里，我们不仅企图丰富我们的思想方法，文艺技巧，我们还希图丰富我们的语言。因此在文艺书籍的翻译里，我主张直译是最好的方法。一长句分成几个短句，或把主句与副句拆开来译成两句，读起来固然方便，理解上，也比较容易，但原文的精神往往因之受了损失。我们译文艺书籍，若能使读者觉得迭更司的笔调和有"法国迭更司"之称的铎德的笔致有基本的不同，法郎士的幽默与萧伯纳的幽默是两种幽默，那么翻译文艺书籍的任务是毫无缺陷地完成了。

（原载《翻译通报》1951 年 2 卷 2 期）

梁宗岱（1903—1983），广东新会人。诗人，文学翻译家，笔名岳泰。1923 年进入广州岭南大学，1924 年赴欧，在法国巴黎大学接触了西方象征主义诗歌，向中国译介法国象征派大师保罗·瓦雷里的作品。随后在瑞士、德国学习。"九一八"事变后回国，先后在北京大学、清华大学、南开大学、重庆复旦大学任教。其间于 1934 年东渡日本一年。1970 年起执教于广州外语学院。著有诗集《晚祷》，词集《芦笛风》，论著《诗与真》，译诗《水仙辞》《莎士比亚十四行诗》，译文《罗丹》和《浮士德》（上）等。

译事琐话

　　一九二五年，我在欧洲留学期间，曾尝试把中国古典诗歌，如唐代诗人王维的五言诗及晋代诗人陶潜的诗译为法文。当时，法国后期象征派诗歌大师保尔·瓦雷里（1871—1945）曾为我的法译《陶潜诗选》写序，称赞"虽然是中国人，并且学了我们的文字还不久，梁宗岱先生在他的诗与谈话中，仿佛不仅深谙，而且饕餮这些颇特殊的精微。他运用和谈论起来都怪得当的。"

　　一九二七年，我利用课余翻译了瓦雷里的长诗《水仙辞》，把它寄回国内，刊登于《小说月报》。一九三〇年，上海中华书局出版了单行本。这是第一次向中国读者介绍这位大师的作品。

　　著名作家罗曼·罗兰曾写信给我，这样评价我翻译的陶潜诗："你翻译的陶潜诗使我神往。不独由于你的稀有的法文知识，并且由于这些歌的单纯动人的美。它们的声调对于一个法国人是这么熟习！从我们古老的地上升上来的气味是同样的。""我已经收到你那精美的《陶潜诗选》，我衷心感谢你。这是一部杰作，从各方面看：灵感、移译和版本。"

一九三四年八月，我旅居日本时，把自己近年来的译作收成集出版，用歌德的名诗《流浪者之夜歌》的首句"一切的峰顶"为题，集中收录了歌德、波特莱尔、魏尔仑、瓦雷里、里尔克、尼采、雪莱、勃莱克的部分诗作。

我自认为自己的翻译态度是严肃的。我认为，翻译是再创作，作品首先必须在译者心中引起深沉隽永的共鸣，译者和作者的心灵达到融洽无间，然后方能谈得上用精湛的语言技巧去再现作品的风采。我在《一切的峰顶》一书的序言中写过："这里面的诗差不多没有一首不是我反复吟咏，百读不厌的每位大诗人的登峰造极之作，就是说，自己深信能够体会个中奥义，领略个中韵味的。"

至于译笔，大体上以直译为主，除了少数的例外，不独一行一行地译，并且一字一字地译，最近译的有时连节奏和用韵也极力模仿原作。我在翻译瓦雷里、波特莱尔、魏尔仑的作品中，一一做到了再现作品的意蕴和风格。香港评论家壁华曾评说："这点，只有杰出的诗歌翻译家方能做到。在五四运动以来，除梁氏外仅有朱湘、戴望舒、卞之琳等少数几个能达到这个水准。正是因此，梁氏的寥寥几十首译作，对诗歌翻译工作者来说，具有极高的借鉴价值。"

新中国成立后，我在任教之余，继续从事翻译，曾从德文直接翻译了《浮士德》（上卷），已于去年交付出版社。我译的莎士比亚商籁（十四行诗）一百五十四首的译文已选入《莎士比亚全集》（人民文学出版社，1978 年版）。莎诗译文面世后，海内外读者纷纷来信要求出版单行本。据悉，四川人民出版社已把此书列入出版计划。《外国文学·莎士比亚专号》一九八一年第七期曾发表钱兆明的《评莎氏商籁诗的两个译本》一文，其中对我的莎诗译本作了这样的评价："梁译的特色是行字典雅、文笔流畅，既求忠实于原文，又求形式对称，译得好时不仅意到，而且形到情到韵到。""人常说格律诗难写，我看按原格律译格律诗更难。凭莎氏之才气写一百五十四首商籁尚且有几首走点样（有论者谓此莎氏故意之笔），梁宗岱竟用同一格律译其全诗，其中一半形式和涵义都兼顾得可以，这就不能不令人钦佩了。"

我译歌德的《浮士德》（上集），本来早就已译好了的，不料在"文革"期间被红卫兵把我的全部著作烧光，所以只好从头再译。《蒙田试笔》我译了二十多万字，被烧光，现在无法再译了。歌德的《浮士德》，前年刚译完上卷，我就病倒了。现在，我七十九岁，卧病在床，计划在病愈后完成《浮士德》的下卷。

（原收入巴金等著，王寿兰编《当代文学翻译百家谈》，北京大学出版

社，1989 年 5 月）

焦菊隐（1905—1975），天津人。戏剧艺术家，戏剧理论家，文学翻译家。原名焦承志。笔名居颖、居尹、亮俦，艺名菊影，后自改为菊隐。1928年毕业于燕京大学。1935年留学法国，1937年获巴黎大学文学博士学位。回国后曾任北京师范大学文学院院长兼西语系主任，北京人民艺术剧院第一副院长、总导演，全国文联委员，中国戏剧家协会常务理事等。执导了《龙须沟》《茶馆》《蔡文姬》等30多部话剧，著有《导演、作家、作品》《导演的艺术创造》等。译有左拉的《娜娜》《阿·托尔斯泰小说选集》，丹钦科的《文艺、戏剧、生活》以及契诃夫的全部剧本等。

论直译

——写给一个初学翻译的青年同志

你叫我给直译下一个定义。我没有这种能力。凡事都很难用三言五语说得明白，翻译方法更是如此。我们大家也正为了寻求一个工作的指南，都在摸索着。我只能就着你在初次工作里所接触到的问题，提出一些个人的经验和不成熟的意见，供作参考。

你向我抱怨，说你读过一篇译文，里面有若干句子，叫你百思不得其解。等你去对照原文，才发现那是误译。误译的原因，有很多种，主要的是文法没有搞清楚，才曲解了原意。文法是字与字，字群与字群的关系上的一些规律；凡是不能熟练地掌握这些规律的，势必把意思弄左。从事翻译的人，首先不可轻视文法。它固然是机械，可也是一把打开思想与情绪宝库的好钥匙。

这，你已经晓得，不必多说了。

问题发生在你的工作上。你开始自己去翻译那一篇课文。最初，你发现，读来那么简单明了的一句话，每一个字，每一个片语，都叫你伤脑筋，那些字和片语，照着你所知道的讲解译出来吧，就使整句都完全不可解，不照着你所知道的讲解来译吧，简直找不出适当的词汇。其次，等你把全篇译完，自己再一读，每一句话若是孤立地读起来，尤其是对照着原文读起来，也还是勉强懂得大概的意思，但是把全篇读完之后，整个的意思是什么，重心在哪里，味道在哪里？却一点印象也没有。最后，你觉得这是直译的毛病，于是改用意译的方法。译完之后，自己却又发现，你的译文和原文完全成了两回事。你不得不回过头来再用直译的方法。结果，译文依然是生涩，不可解，和别人的没有区别。你不由得起了个想法：直译一定是生涩不可解的——凡是生涩不可解的译文，一定都是直译的。这个想法终于又叫你怀疑：生涩不可解果真是直译的结果呢，还是我自己的方法弄错了呢？然而什么叫作直译呢？

你这些问题，我因为能力有限，只能兜着圈子来回答。话会说得太罗嗦，只好请原谅我实在没有更好的辨法。

一、相对的价值

我先举一个例子。从前，我有一个朋友，他认为翻译是一种简单的工作，只是一种"抄写"的工作——译者和录事间的区别，只是前者用中国文抄外国字。他早期的译文，都是这样"抄"下来的。我还记得他所译的一篇法文小说里边，有这样一句：——"Qui est là ? Personne."他译成："那里是谁？人。"他学法文的时候，是机械地把 Personne 这个字，用一个中国的"人"字记牢的，所以，虽然他也在文法上学会了这个字孤立的时候，或者和否定词连用的时候就当作"没有人"解，可是那个牢不可破的中国字——"人"——在他翻译的时候，竟占了优势。又有一次，他在另一篇法文剧本里，遇到这样一句话，"Je ne comprends Mozart et sa musique que personne."他竟译成："我明白莫扎尔和他的音乐，如同明白我自己。"（原意是"我比谁都了解莫扎尔和他的音乐。"）

诸如此类的错误，以及错误到令人不解的句子，不一定完全由于译者的外文修养不够。比如当年刘半农先生的译文，根底并不能算坏，他却也曾把"Il se met à genoux"（他就跪下去）这样简单的句子，译成了"他把她（茶花女）放在腿儿上"呢。犯错误的原因，大部分是在读原文时，习惯于孤立起每个字而忽略了每个字或字群的相对价值（relative value）。而译成中文的时候，也忽略了追求相等于原文的"相对价值"的中文。任何语言里，每一个字都有本身的价值，也可以称之为绝对的价值。比如 genou 这个字，它的绝对价值，是表示"膝"的意思。但是，"膝"这个字，若是孤立起来，它的意义就不具体，不明确，和任何抽象的字一样的抽象。它只表示一种膝盖那样的东西；是谁的膝呢，哪个膝呢，怎样的膝呢，膝盖又怎么呢，……它都没有说明，它的绝对价值里不包含这些，它只是一个泛泛的名称。所以说，它的绝对价值没有绝对的意义，只是一个静止的、孤立的、不发展的、抽象的符号。它必须和其他符号联系在一起，才被别的符号的相乘相因相消长而建立起意义来，这种字的联立下所确定的意义便是它的相对价值。它和不同的符号联立起来，又可能消灭了自己，发展出另外符号的意义，也可能消灭别的符号，强调它自己的意义，更可能连自己带别的符号的意义一起消灭而成为另一个新的意义。

这一点，看起来很平凡，却是我们在事实上时常忽略的。我们从初学外文起，就打下一个不科学的习惯：总是把一个字或一个片语，当作孤立的、静止的符号去记，并且也用一两个固定的戳印式的中国字去记，却忽略了它有发展的、变化的价值。小学生们初学英文的时候，总是高声背诵着每一个字和它的中文解释。他无数遍地在喊叫着念，"man—人，man—人，man—人，……"这样，man 这个字的绝对价值，和它孤立静止的解释，就一遍一遍地在他脑子里钉，越钉越深，直钉得牢不可拔。到他长大从事翻译工作的时候，这种烙印便在那里作祟，常常模糊了或歪曲了有机文字所要表达的真正意思，而我们在选择中国字与字群的时候，也常常被这些烙印式的讲解，阻塞了创造性的思路。还拿 man 字作例子吧，它在不同的字群联立中，可能译作人类，凡人，下人，人手，谁，士兵，丈夫，劳动阶层的人，重要的人，也可能译作专门从事某种事业的人……。然而你脑子里那个孤立的，静止的，代表绝对价值的"人"字，常常束缚得你很难突破旧印象，一不小心，便会译错。这只是个例子，成千万的字与字群，当然更不这么简单。

因此，翻译工作者，必须从文法的基础上更提高一步，要求自己对于语言文字，有科学的认识，肯定文字的规律是有机的，变化的，发展的。不能唯物辩证地去理解语言文字，就不能从基本上去解决翻译工作中的种种困难。

我给你找出一个最简单最常见的英文单字来，证实这个看法。And，这个字，谁都知道它的绝对价值，是代表"和，共，与……"的意思，然而，从下面举得很不够周到也不太恰当的例子里，就已经能看出它在不同的字的联立下，表现了不同的相对价值，而我们的译文，也必须按照它不同的相对价值，去寻求相当于那个不同价值的词汇：

1. He is clever and prudent.
他又聪明又审慎。

2. She sat down and wept.
她坐下哭了。

3. You and I are old friends.
你跟我还是老朋友（啊；啦）。

4. Five types of relations of productions are known to history: primitive communal, slave, feodal, capitalist, and socialist.
……封建的，资本主义的，和社会主义的。

5. He is a secretary and treasurer.
他是一个秘书兼出纳。

6. A black and white house.
一匹黑参白的马。

7. Give me a cup and saucer.
给我一个带托碟的杯子。

8. They entered laughing and bowling.
他们连叫带笑着进了来。

9. Nineteen hundred and nine.
一九〇九年。

10. He speaks Russian, and that very well.
……并且说得很好。

11. It was hard enough to turn a heavy grindstone, and on such a cold day.

　　……何况是（况且是）在这样冷的天气里。

12. We brought along with some cakes, sweets, fruits and various kinds of foods, and a bottle of Burgundy…

　　……还有一瓶葡萄酒。

13. He that loves reading and labouring, has everything within his reach. He has but to desire, and he may possess himself of every species of wisdom.

　　……他就可以获得……

14. But the proletariat was developing as a class, whereas the peasantry as a class was disintegrating. And (1) just because the proletariat was developing as a class the Marxists based their orientation on the proletariat. And (2) they are not mistaken, for, as we know, the proletariat subsequently grew from an insignificant force into a first-rate historical and (3) political force.

　　……（1）而……
　　……（2）在这一点上……
　　……（3）和（或与）……

　　我们不可以用烙印式的中文字句，一成不变地去翻译处于不同的字群中的某一个外国字，必须按照它的相对价值，给它一个相等于这个相对价值的中文，正如同 happily 你可以译为幸福地，快乐地，也可以译成为恰巧，或幸而。首先把每一句的含意正确地译出来，清楚得令人能懂。而翻译个别句子的成功，端赖你能否掌握这句子里每个字或字群与片语的相对价值，并且能否用创造性的词汇译出来。这是翻译工作的第一步。

　　你，作为一个开始从事翻译工作的同志，首先该打开自己思想上的这道大门，经验证明这确是极有用处的。为了帮忙你的实践，你可以依照文法上的此类，把每一类里最常用的外国字或片语，选出来，给每个字每种片语随时搜索表现不同的"相对价值"的不同范例（pattern sentences），然后试着去作不同的译法。你搜集得例子越多，你的初步翻译工作越觉得容易。工作得越多，例子自然就更增加。不要以为这是平庸无奇的方法，经验告诉我们，要根除我们对于文字旧有那种不辩证的认识和拘泥于固定的词汇的译法，需要一个相当长期的努力呢。

我们的方法，还可以作进一步的发展。外文原文里，每一句的含义，既然因字群联立关系确定了字群中每一个字或每一个片语的价值而明确的，而我们的翻译工作，如前所叙，既然也并不是用中文作抄写工作，那么，要精确地传达原文的含意，就不但是字或字群的价值，连字或字群的联立关系，也可以变更，主要是看每一句中文里所用的字或片语的联立关系，是否可以传达原文那个含意，而不一定恪守原文里的字群联立关系。恪守原关系，有时候反而会传达不出原含意的，比如：What are you called？一句，你如果保存它的原关系，便成了"什么是你被叫？"于是，你不得不把被动式改为主动式，把顺序的关系颠倒，甚至加上两个字，成为"你叫什么（名字）？"才表现出原意乃至原来字义的相对价值。此外，原文里用名词作联立关系主干以表现一定的含意的地方，只要我们能把这个含意传达得正确，就可以根据需要改成以形容词，动词……或其他作主干；原文有些虚字，是用以明确别的字或片语而自己的价值消失的地方，翻成我们的文字，却不需要这个虚字，便可以去掉；原文表现某一含义的字群，我们不必用相等的字能传达完尽的，也就可以增加或减少一些字。总之，原则只是：字的相对价值，与字群的联立关系，是否照原文保存，更改，增减，完全视其能否精确地传达出原文每句的一定含意而决定。

二、意念的联立

你去试验过一个时期，感觉到有些益处。至少，你所译出的每一句话，不再生涩，不再不可解，也比较能传达出原文的含意了。只是，把每一句连续起来读，读完全段乃至全篇，整个的含意，却依然有些不清楚，甚至某些句完全令人不懂。等到再把每一句孤立地读来，又每句都能懂。你又问我这是什么原因。

的确，不少的译文是这样的：每一句都能叫人读得懂，而全段或全篇读完，反倒不知道说的究竟是什么话。你若是用原文去对照呢，可能任何一句都没有错。这个毛病，出在译者没有"整体"（ensemble）的概念上。译者没有先去抓住原文的整个思想与情感，只孤立地了解了句子或段落，孤立地选择了句子或段落。我前边所提到的那个朋友，他还译过高尔基《我的大学》的法文本。头一句我记得仿佛是：

Voilà je suis entré dans l'université. Pas moins.

他把这一句译为："这里我入了大学。一点不少。"他又译过迭更斯的《双城记》，第一章第一段的原文是：

"It was the best of times, it was the worst of times, it was the age of wisdom, it was the age of foolishness, it was the epoch of belief, it was the epoch of incredulity, ..."

他把一堆这样排比的句子，译成："这是极盛之世，这是极衰之世，这是智慧的时代，这是愚蠢的时代……"

这种译文，孤立地从每一句里的字的联立关系和相对价值的处理上看，确是做到了我以前所说的原则，每一句确都令人能懂；然而他并没有把原文译错，你举不出他表面的毛病来。只是，他如果领悟了以上原文思想与情感的"整体"，从这个"整体"上出发，去翻译每一句每一段的话，他每一句的译法却又不同了，他便会把高尔基的头一句译成"看我也进了大学啦，一点也并不含糊"之类的句子，也会把迭更斯的句子，译成"那是一个极盛之世，可也是一个极衰之世……"等等，来传达出原作者对于法国革命前夕那个时代的看法。那么，全段全书，都会因此而有机地联贯起来，活跃起来。

字的价值所以是相对的，因为它是给字群（句子）服务的。而字群的联立关系，是为整体的思想与感情服务的。仅从个别句子的形象联系，和形象的逻辑上去理解，去翻译，远不够整个的思想与情感。每一句的正确传达，只能给你一种印象，一种感觉，一种分散的，肤浅的，局部的感性的知识。他不把原文的思想与感情"整体"作为中心去总括地思索，去求得深入一步的概念与理解，进而化在你自己的血与肉里，成为你的思想与情感，然后再去处理每一句的字群联立关系与个别的字的相对价值，你便会把原文译得支离破碎，弄得毫无意义。必须掌握住意念的联立关系，才能更明确，更丰富，更活跃起字的与字群联立关系及其相对价值。为了更具体地说明这一点，我再举我那个朋友作例子。他翻译过一篇小说，里面有两个人的对话。某甲叙说他的爱人（纺织女工）丢了他。某乙给他出主意，中间有几句，他是这样译的：

乙："是呀，这太糟了。现在你的纺织女工是最高苏维埃代表了。你爱她吗？"

甲："好像是这样。"

乙："你心里有数。作为一个选举者的她见一次面，就把话对她说明白。假如她爱你，那么你们就会谅解了。"

这里的"你心里有数"，英文是 you know what。把句子孤立起来，译为"你心里有数"，并没有什么不对。然而，把它放在这一段对话里边，却觉得突如其来，很是古怪，换一句话说，不是这一句本身译错了，而是它和全段的意念联系断了。因此，不但整段话的含意，被它搅乱，就连它本身失掉了任何意思，连它孤立时的意思也不存在了。假如他译成："你知道怎么办才好吗。去用选举人的身份，约她见一次面，把你心里的话跟她说明白。……"那么，原文整个的思想与情感，便完全传达出来了。

句子既然是为思想与情感的"整体"服务的，那么，它的译法，必须根据意念的联系关系，作若干的矫正。纵然孤立地译得并不错，而联起来可能需要有所变更，有所分合，有所增减。总之，句子的形象，和句子与句子的关联，必须服从于意念联系关系的建立。比如，我的那个朋友，他译过 Vyacheslav Ivanov 的一首诗《引路星》，第一次他译成了这样：

原英文译文是：

"From off his throne on ice-bound crag,
Free exile from his native highlands,
The waterfall leaps like a stag,
To gorgy gloom and prison silence.
The clouds back to the mountain drawn,
By hand of love that never falters,
Like lamb's blood spilling o'er the altar,
Spreads crimson on the gleaming snow."

从冰封的悬崖上，他离开他的宝座，
自愿充军，出了他的故乡的高原，
瀑布像一头牡鹿那样跳跃，
到了峡谷的昏暗里和监狱的寂静里。
浮云被拉回山去，
被绝不迟疑的爱情之手，

像羊羔的血洒在祭坛上，
在闪烁的雪上洒出红色。

他译完自己一读，发现每一句都懂，而整首诗的内容完全失掉，这时，他的工作经验，使他已经能领悟到意念联立关系的重要了。于是，他便无数遍地熟读那首诗，领悟了原诗的思想与情感，然后重新译成下边的这个样子：

飞泉，下了它的宝座，那冰封的悬崖，
自由流放，奔驰过一处处故土高原，
像牡鹿那样跳跃，跳进幽暗的深涧
湮没在寂寥无声的囚监。
一只从来不踌躇的慈祥之手，
把行云推回山巅，
把闪烁的白雪铺满一片红紫，
像羔羊的鲜血洒在祭坛上一般。

这样，不但意念的联系，建立起关系来，而且每个字与字群的相对价值，反因之而更明确，虽然译文远还没有达到理想的水准，至少原文的含意的"整体"，总算能传达出来了。

戈登·克雷（Gordon Craig）论上演剧本应该用怎样的方法来表现原作的思想与情感，来把这思想与情感作二度创造的时候，有过一句名言："Not realism, but first look into the depths of the poet."（要先玩味作者的心灵，不要先去寻求写实。）这一句话十分有道理。剧本是诗人的一度创造，他所用以传达他的思想与情感的媒介物，是字句形象。通过这个形象，表现出丰富的活生生的内在含意。舞台艺术家必须用不同的媒介物（线条、动作、声音、颜色……）把用文字形象所构成的剧本的思想与情感，在舞台上原原本本地"翻译"出来，而最重要的是把那个思想与情感的"整体"传达出来，甚而能发扬得更有活力。这是一种创造性的工作，是把原作用不同的工具作二度创造的艺术工作。翻译的工作，正和这一样，也是一种二度创造的工作，所以也是艺术。尤其是以中文翻译一种形象那么不同的外文，更是如此。它首先不是"抄写"工作，这是肯定了的。它也不是报告。它是译者的一种创作，是译者把原著的思想与情感，化成为自己的思想与情感以后的一种创作，它和原著者的创作不同的是多受了这一番限制，然而他必须在这个条件之下，运用他创造性的才力，去重新呈现出原创作来，所以叫作二度创造的艺术。多少人曾经轻视过翻译工作，都是不曾了解到这一点的。而多少翻译工作者，经过一二十年的努力，也还没有把自己提高一步者，也因为是缺乏"翻译是二度创造艺术"的认识。

这便是我对于"直译"方法的一个基本概念。不知道这样啰唆而仍未见得说得透彻的一套话，能不能叫你明白？

三、思想的过程

过了些天，你又来找我。你说你照着我的话去试过，结果很顺利。只是新的困难又发生了，你掌握住了原文思想与情感的"整体"，而且你也化进那个思想与情感里去了；但，你的译文结果成了你自己的著作。你所用的词汇，采用的格调，都是你自己所惯用的。甚至，你自己写文章的时候，总是喜欢用些自以为聪明的小噱头，和些不三不四的调调儿——既不是北京话，也不是上海话，还夹杂着一半句湖广四川话。这些小噱头和调调儿，也全出现在你的译文里。读者用原文去对照你的译文，发现你不但没有译错，而且还看出你费了不少匠心。可是你自己呢，你却觉得很惭愧无地，你自己心里明白，你所译的托尔斯泰，契诃夫，高尔基，巴尔扎克，迭更斯，马克吐温，无论是谁的作品，内容大致不错，而那种调调儿，却永远是你自己的。你很苦恼，你渴望再提高一步。

你的工作进行到这个程度，可以说接触到了意译的境界，只是是一种劣等的意译。我们通常把林琴南、严几道的译文，称作意译，其实是不对的。以林琴南作例子来说，他只是散碎地借取了原著的一些片段的材料，用自己的桐城派古文去写作，那里边并没有原著的思想与情感。所以这种译法，我们只能称之为重写，重述，或重编，甚至创作，不能称之为翻译。真正的意译，是能做到把原作的思想与感情，化为译者自己的，然后用译者的"说法"，译者自己的态度，表现方法，文字形象的组织法，和自己的笔调，把那个思想与感情重新写出来。也就是说，只做到意念联立关系和整体的传达，而放弃形象的联立关系，和意念的重心。因此，译者的笔调，态度和表现方法，往往因为和原作者的精神不和，很难不因形象而歪曲了它的内容。这是我们所以反对意译的原因。

而直译呢，是叫意念联立关系之表现，服从于原文作者的思想过程（way of thinking），和所以产生这个思想过程的民族，地区，意识形态，立场，态度，精神，重点和风格等等。作者思想的出发点，重心，和情感的分寸（shades, or nuance），是用怎样的方法表现出来的，必须在译文里尽量予以保存。以这个原则为指导，你在译文里去建立意念的联系关系，去调整每一句话的译法，去确定每句话里每一个字的相对价值。但是，这并不等于说，这样做就不能把个别的字和个别的句子作适当的意译。比方说，一大段话里，有个别的句子如（1）"How do you do?"（2）"What is your name?"者，你尽管把它们译成（1）"你好哇？"（2）"你叫什么名字呀？"，而并不妨碍全段乃至全书的思想过程，精神，色彩和重心……；而你如果把它们译成"你怎样做的呀？""什么是你的名字？"的话，非但不能有助于全文的精神，反而叫人觉得刺目，生涩，不可解，正像你初次试验所得的结果一样。所以，字的相对价值，你还是有绝大的创造自由，句子的意念联想之表现方法，你也还是有绝大的创造自由，只是你必须顾到每句的重心，和每一段的重心。比如前边所提到的被动式你依旧可以改译为主动式，然而如果原意的重心恰恰在那个被动式上的话，那你可就得仍然用被动式了。复句你本是可以分成若干简单的句子来译的，但是原文那一句的重心在那里，你得译出来，而不能把它们译成一些平行的句子。总而言之，直译是以原作者的思想与感情的整体，以其活动与发展过程为中心的，这是必须直接传达出来的，至于服从于这个中心之下的个别句子，个别字与片语，却可以自由意译，但，在中心的要求必须直译的条件下，它们还是应当直译的。

　　原作者思想过程，也是由几个客观条件决定下来的。首先是民族和地区的语言特征。我们不能把原作的民族色彩和地方色彩去掉，这些色彩，大部分是通过文字的复杂性，精确性，韧性和相当程度的不规则性，等等所表现出来的。我们一方面为了保存原作的色彩，另一方面，也为了丰富我们的语言和思想方法，所以要尽量吸收过来。

　　此外，是原作者的风格。W. Schlegel 说："风格即是人格。"基本上是对的，但是还不够明确，必须说，风格是作者的世界观，人生观，意识形态，立场，情感和批评的态度的综合表现。一个作家有一个作家的风格，如契诃夫的忧郁感、幽默感和抒情的因素，你如果把他译成了调笑和滑稽，那就错了。迭更斯的板起面孔来说尖刻的笑话，你如果只译出了他的严肃、啰嗦来，那便不是迭更斯了。我时常听到一些青年在疑问："为什么一个有世界地位的作家，竟会写出这样叫人不感兴趣的作品来呢？"这是因为他所读的译文，并没有把原作者的风格表现过来。我前边所屡次提到的那个朋友，他经过若干年的摸索，后来终于摸索到了一些门径。他现在正在开始试验寻求原作者的风格，虽还没有很好地掌握住这个技术，却已经能在他的译文里看得出一点努力的痕迹来了。我把他所译的两个作家的两段，抄在这里，作一个例子（绝对不是示范，因为他才在开始摸索）。第一段是迭更斯在《双城记》里，用冗长的句子，啰唆的问题，讽刺地描写一个法官的话，第二段是以行文简练著称的法朗士批评"《哈姆雷特》在法兰西剧院上演"（收在论文集《文艺生活》里）的头一段：

（一）"肃静！查理·达尔奈昨天对于本庭所提起的公诉，（无限絮叨地申辩）声称他自己无罪，本庭检举他是我们高贵的，煊赫的，非凡的，等等的君主，亲王和国王的一个不法的奸细，因为他曾经在各种不同的场合下，用各种不同的方法和手段，协助法兰西的国王路易，来向我（前面所提过的）高贵的，煊赫的，非凡的，等等的国王作战；换一句话说，他时常往来于我们所提过的高贵的，煊赫的，非凡的，等等的国王和我们所提过的那个法兰西的路易的领土之间，刁恶地，不法地，而又显藏祸心地，把我们的高贵的，煊赫的，非凡的，等等的国王所准备派到加拿大和北美去的队伍，一共有多少，秘密得报告给我们所提过的那个法兰西的路易。"

（二）"'夜安，可爱的王子，希望成群的天使，用歌声，催你长眠！'星期二，半夜里，我们，离开法兰西剧院的时候，随着荷瑞修，向青年的哈姆雷特说了这样的话。我们，也，向使我们度这么满意一晚的人们，祝过夜安。不错，哈姆雷特王子，确是个可爱的王子。他漂亮，而他不幸；他什么都懂，却不懂怎样行动。他值得叫人羡慕，同情。他比我们谁都不如，却又都强。他是一个人，他是人，他是全人类。坐得满满的大厅里，感觉到这一点的，我向你保证，总有二十个人吧。'夜安，可爱的王子！'离开你，不会不满心想着你的，而我整个思想全是你，已经有三天了。"

现在，让我把前边这一堆啰嗦的话，重新作一个简短的总结吧：当你译孤立的句子的时候，你要辨清原文句子里字或字群的相对价值。用价值相等（不是字面相等）的中文去翻译。等到你把全篇句子联系在一起的时候，你要深深抓住原文的主题，思想与情感，根据你所消化了的意念联立关系的"整体"精神，去修正每一句的译法和句群的译法，使每一句，每一句群，都能为这个思想与情感的"整体"服务。做到这个程度，便是意译。进一步掌握原作者的思想过程，领悟他的意识形态，立场，态度，精神，民族与地方的特征和色彩，情感的波动，和他个人的特殊表现方法及其重心，然后使意念的联立关系，即每一句每一字的译法，都服务于这思想的过程上，那便是直译。

这是我对于直译的一个初步的、未成熟的认识。希望你纠正我的错误。

（原载《翻译通报》1951 年 2 卷 2 期—3 期）

闻 家 驷 (1905—1997)，湖北浠水人。法语语言文学家、翻译家。1928、1931年两度赴法，先后在巴黎大学、格林罗大学留学。1934年回国后，历任北京大学讲师、西南联合大学外国语文学系教授、北京大学西语系教授、中法大学教授。中国作家协会会员。是全国闻一多研究会第一、二届名誉会长，中国法国文学研究会名誉会长，中国翻译工作者协会名誉理事。编有《欧洲文学史》《外国文学名著丛书》等，译有《雨果诗抄》《法国十九世纪诗选》《红与黑》等作品。

是直译还是意译？

　　我以前翻译过一些法国诗，最近也还在继续翻译雨果的诗，但我却从来没有想过我译诗是直译还是意译。现在既然问题提到面前来了，我就根据我个人翻译诗歌的经验，谈一点不成熟的看法。

　　我觉得直译只要不是生搬硬套，逐字照译，而意译又不是任意增减，曲解原作，那么，直译和意译两种方法，是完全可以交替使用，互相补充的。在一首诗里，根据两种不同的语言的具体情况，有时可以直译，有时也可以意译；甚至在一行诗里，前半句是意译，而后半又是直译，这种情况是屡见不鲜的。问题在于如何将这两种方法妥善地结合起来，掌握分寸，恰到好处。当你感到直译确有困难译不下去的时候，你就抱着审慎周详的态度去乞灵于意译，力求做到使你的译作不但保存原作的意义，而且还能表达原作的丰姿和韵味，把诗译得像诗。当然，在保存原作的风格的问题上，我们也只能要求做到"近似"

的程度，完整无缺地将原作的风格复制过来，那是不可能的。一个人翻译李白的诗，如果要求他把李白的艺术风格完整无缺地表达出来，那就意味着对李白的艺术风格本身存在的否定。因为历史上毕竟只有一个李白，还不曾有过第二个李白，即使是在将来，也是不会有第二个李白的。历史就是这样地无情，你又有什么办法呢？

至于用旧体诗的形式译外国诗，那是属于另一个范畴的问题，和我这里所说的"意译"，并无相同之处，这里就不谈了。

1983 年 11 月写于北京大学

（原收入巴金等著，王寿兰编 1989 年 5 月北京大学出版《当代文学翻译百家谈》）

李健吾（1906—1982），山西运城人。作家、戏剧家、文艺评论家、翻译家、法国文学专家。笔名刘西渭。1925 年就学于清华大学。1931 年赴法留学，研究福楼拜。1933 年回国后，历任国立暨南大学文学院教授，上海孔德研究所研究员，上海戏剧专科学校教授，北京大学文学研究所、中国科学院外文所研究员，法国文学研究会名誉会长。著有《西山之云》《这不过是春天》《咀华集》等。译有莫里哀、托尔斯泰、高尔基、屠格涅夫、福楼拜、司汤达、巴尔扎克等名家作品，如莫里哀喜剧 27 部，《福楼拜短篇小说集》《包法利夫人》等。同时从事外国文学研究，有《福楼拜评传》《莫里哀的喜剧》等专论。

我走过的翻译道路

　　我最早的翻译似乎是和朱自清老师合译的《为诗而诗》。根据季镇淮先生的年谱，时间是一九二七年十一月五日，发表在《一般》第三卷第三期上。作者是谁，我已经忘记了。季先生也没有提起。当时我已经转到清华大学的外国语文系读书。我受到十九世纪末各种文学流派的影响。我喜欢看艾伦·坡（Edger Allan Poe）的诗和小说，诗如《钟声》、《乌鸦》、《李安娜》，铿锵入耳，宛如音乐一般；他的小说我也有些入迷。从他开始，我进入法国的象征派诗人，如韩波（Rimbaud）、魏尔伦（Verlaine）与马拉美（Mallarmé）的诗。

　　《包法利夫人》原文是我读第三年法文读到的，教我法文的是美国人温德（Winter）先生。他现在高龄九十三岁了，还活得好好儿的。我跟他念了四年法文。后来我去法国留学，就是受了他教的这本书的影响，放弃了坡（艾伦·坡）及其他法国象征派。我认为对中国有实际教益的，还是现实主义，而不是其他什么主义。自然，我也接受了一些福楼拜关于艺术的理论。

回国以后，我由朱自清老师和杨振声老师介绍，在胡适的"美国教育文化基金委员会"写《福楼拜评传》，同时翻译《三故事》，即《福楼拜短篇小说集》。后来，都在商务印书馆出版。我写的《福楼拜评传》的第二章是《包法利夫人》，单独提出来在《文学季刊》发表，引起人们的重视。郑振铎接受了何炳松（国立暨南大学校长，当时校址在上海附近的真如）先生的文学院院长的聘书，约我也去他那里教书。从一九三五年下半年起，我就全家转到上海教书。

在去上海以前，大概是一九三二年，我译出了我的外文系老师王文显的《委屈求全》She stoops to compromise 留给内弟尤炳圻经营的人文书店出版。一九三四年，东城青年会的舒又谦看到这本书，找我排了这出戏，并约了一些业余戏剧爱好者，如赵希孟、魏照风、马静蕴、刘果航等人一同担任各种角色。我兼演董事长。先在青年会的小礼堂（即今天的"红星电影院"）演出，后来到清华大学的"同方部"演出。随即我又译了萧伯纳的《说谎者》，由我担任丈夫，由董世锦（即蓝马的姐姐）担任太太。

在上海，我又为郑振铎译了司汤达几篇短篇小说，取名为《司汤达短篇小说集》，还有《圣·安东的诱惑》，都在郑振铎主编的《世界文库》出版。后来又译了《包法利夫人》和《情感教育》，在巴金主编的文化生活出版社出版。《萨朗宝》我译了几章，后来没有时间就请出版社转给译者做备考用了。福楼拜不主张写序，可是他为他的至友布耶 Bouilhet 的《遗诗》却写了一篇序。这篇序后来我在一九三九年译出来，发表在《宇宙风》上。至于他的书信，惭愧的很，我仅仅译了十来封。人民文学出版社要出版福楼拜的全集，可是他们也不着急，我年纪大了，就请本所罗新璋同志翻译了。

湖南人民出版社要出版我的《莫里哀喜剧集》，可能今年出齐，我译了二十七个，还有六个是歌舞剧性质，是宫廷玩艺，意义不大，我没有译。

当然，我还译了一些别人的戏，大部分是为了在上海剧专教书没有教材而改译过来的，算不得什么名堂，也就不一一缕举了。

中国是一个大国，一个古国，佛教经典之所以能大量流入，就是过去中国人民共同努力的一个奇迹，从而产生了一部浪漫而富有现实精神的《西游记》。中国文言的理论翻译，是从严复译科学理论开始。他还立下了一个翻译标准："信、达、雅"。文学翻译，最早应当以林琴南的文言为其中皎皎者。至于白话翻译，我想大概以鲁迅和知堂为最早的了，至少是最早的译者中的兄弟二人吧。可能胡适的《尝试集》里的《老洛伯》Auld Robin Gray 一诗的翻译，怕是最早的白话诗翻译了。

　　我在翻译上是一个微不足道的后进，要我谈经验，其实没有什么好谈的，只能勉强谈两句吧：

一、传神

　　这在翻译戏剧上，尤其重要。我翻译莫里哀深深感到想做到"传神"这一点的困难。每一个人物，由于身份、性格、性别、遭遇、习惯不同，与另一个人物也就不同了。而语言又因为岁月的流失而有所变异。这中间变化最大的还是风土人情。所以在对话上要求做到"传神"，就很不容易。而翻译喜剧，最忌讳照字面死译，求其"形似"。例如我译的《没病找病》、《屈打成招》、《贵人迷》以及《愤世嫉俗》，等等，不是取消了"的人"，就是有一个字不译了。例如《贵人迷》原文是 Bourgeois Gentilhomme。末一个字是绅士、贵人的意思，头一个字是资产者的意思。过去男主人公确实是一个小资产者，祖上是在街头卖布的。可是现在，他已经阔到可以请各种教师并和贵人称兄道弟了，显然不是小资产者。怎么办呢？我就不译 Bourgeois 这个字，而译成《贵人迷》。谁有资格做贵人"迷"呢？当然是有钱人家了。因为卖官鬻爵从法国十七世纪初叶起，资产阶级在上升中就已经把文官全部当作财富买下来世袭了。

二、忠实

　　"传神"已经不容易，和"忠实"结合在一起，就显得格外困难。忠实于字面，还是忠实于精神呢？在不可能兼而有之的时候，宁可牺牲前者，但是在可能兼而有之的时候，就要想尽一切办法，兼而有之。而且要紧密贴切原作的风格。这在中国语言与外国语言之间就显得分外扞隔。"信"和"达"在这里虽二犹一。"信"，对原作而言；能做到"达"，却要看译者的运用中国语言和文字的本领。主观和客观在这里交错为用，本身是相对的，无所谓绝对；这里不但有赖于译笔的水平，也有赖于每个读者的个别的读书水平。最怕是带着先入为主的成见。

三、润色

　　这应该是严复所谓的"雅"。"雅"，一般说来，是和"俗"对称的。俗了，就进不得大雅之堂。可是现在的标准却是"雅俗共赏"。这让我想起了毛泽东同志《在延安文艺座谈会上的讲话》，其中有这么几句话："就算你的是'阳春白雪'吧，这暂时既然是少数人享用的东西，群众还是在那里唱'下里巴人'，那么，你不去提高它，只顾骂人，那就怎样骂也是空的。现在是'阳春白雪'和'下里巴人'统一的问题，是提高和普及统一的问题。""统一"，就是"雅俗共赏"。但真要做到这一步，就困难了。拿作者的认识做标准，拿读者的认识做标准？不管怎样，你总不能摆脱原作的要求。"雅"是过头，"俗"是不及。把二者统一起来，这就看译者的修养了。这一点对我来说，也只能做到尽力而为之，不过，我总觉得这个"雅"字，有些别扭。

四、知识

一个人无论干什么，知识面越宽，也就越方便，对自己的工作也就越有利。我们从小受到教育，循序渐进，为的什么？还不是为了获得知识？生命有限，知识无限；今天，科学发展到了前人梦想不到的无比巨细的地步，文学也发展到了前人梦想不到的错综复杂的程度，"无限"就个人来说，也就非"限"一下不可。所谓"全能"时代早已过去了。如果有人以权威自居，那就要贻笑大家了。巴尔扎克的权威译者如傅雷先生，在知识方面，也还是有局限的。例如《高老头》之所以早年能操纵面粉行情，是由于他做了巴黎的面粉公会的副主席，而不是像傅译的"区长"身分。"区长"显然译错了。又如《欧也妮·葛朗台》，"小资产者的面目"第一章，原文是 Bourgeois，我建议把"小"字取消掉，因为在大革命时期，已经做了"市"长，而不是"区"长。这两部小说，因为我写"序"，才发现了这些毛病以及其他的差错。出版社都改过来了。有些应该加论的地方，因为要改版，只好仍其旧了。这完全不能怪罪傅雷先生，记住他是在一九四四年翻译的啊。

谦虚是好事。多向一些人请教，就有可能弥补自己的不足的。而且工具书总要配备一些才好。我的一些翻译，错误在所难免，有人加以指正，我总是欢迎的。但是我不喜欢带着成见看书的人们。自以为是和成见，是翻译的绊脚石。

（原收入巴金等著，王寿兰编 1989 年 5 月北京大学出版《当代文学翻译百家谈》）

傅雷（1908—1966），字怒安，上海人。翻译家、文艺评论家、作家、教育家。1927 年赴法国巴黎大学、巴黎卢佛美术史学校学习艺术批评。1931 年回国，抗战爆发后专事译著。著有《傅雷家书》《世界美术名作十二讲》等作品。其对巴尔扎克翻译与研究的著作尤为卓著，20 世纪 60 年代被法国巴尔扎克研究会吸收为会员。一生共译外国文学名著 32 部，包括巴尔扎克的《欧也妮·葛朗台》《高老头》《贝姨》《邦斯舅舅》等，罗曼·罗兰《约翰·克里斯朵夫》《米开朗基罗传》《托尔斯泰传》以及伏尔泰的《老实人》等。全部译作均被收入安徽人民出版社编成《傅雷译文集》（15 卷）。

论文学翻译书

新璋先生：

大扎并尊译稿均陆续收到。René 与 Atala 均系二十一二岁时喜读，归国后逐渐对浪漫派厌倦，原著久已不翼而飞，无从校阅，尚望惠寄。惟鄙人精力日衰，除日课外尚有其他代人校订工作，只能排在星期日为之，而友朋见访又多打扰，尊稿必须相当时日方能细读，尚盼宽假为幸。

鄙人对自己译文从未满意，苦闷之处亦复与先生同感。传神云云，谈何容易！年岁经验愈增，对原作体会愈增，而传神愈感不足。领悟为一事，用中文表达为又一事。况东方人与西方人之思想方式有基本分歧，我人重综合，重归纳，重暗示，重含蓄；西方人则重分析，细微曲折，挖掘唯恐不尽，描写唯恐不周：此两种 mentalité 殊难彼此融洽交流。同为 métaphore，一经翻译，意义即已晦涩，遑论情趣。不若西欧文字彼此同源，比喻典故大半一致。且我国语体文历史尚浅，句法词汇远不如有二三千年传统之文言；一切皆待文艺工作者长期摸索。愚对译事看法实甚简单：重神似不重形似；译文必须为纯粹之中文，无生硬拗口之病；又须能朗朗上口，求音节和谐；至节奏与tempo，当然以原作为依归。尊札所称"傅译"，似可成为一宗一派，愧不敢当。以行文流畅，用字丰富，色彩变化而论，自问与预定目标相距尚远。

先生以九阅月之精力抄录拙译，毅力固可佩，鄙人闻之，徒增愧恧。惟抄录校对之余，恐谬误之处必有发现，倘蒙见示，以便反省，无任感激。数年来不独脑力衰退，视神经亦感疲劳过度，往往眼花流泪，译事进度愈慢，而返工愈多：诚所谓眼界愈高，手段愈绌，永远跟不上耳。

至于试译作为练习，鄙意最好选个人最喜欢之中短篇着手。一则气质相投，容易有驾轻就熟之感；二则既深爱好，领悟自可深入一层；中短篇篇幅不多，可于短时期内结束，为衡量成绩亦有方便。事先熟读原著，不厌求详，尤为要著。任何作品，不精读四五遍决不动笔，是为译事基本法门。第一要求将原作（连同思想，感情，气氛，情调等等）化为我有，方能谈到迻译。平日除钻研外文外，中文亦不可忽视，旧小说不可不多读，充实辞汇，熟悉吾国固有句法及行文习惯。鄙人于此，常感用力不够。总之译事虽近舌人，要以艺术修养为根本：无敏感之心灵，无烈热之同情，无适当之鉴赏能力，无相当之社会经验，无充分之常识（即所谓杂学），势难彻底理解原作，即或理解，亦未必能深彻领悟。倘能将英译本与法文原作对读，亦可获益不少。纵英译不尽忠实，于译文原则亦能有所借鉴，增加自信。拙译服尔德，不知曾否对校？原文修辞造句最讲究，译者当时亦煞费苦心，或可对足下略有帮助。草草先行布覆，即候

文绥。

傅雷拜启一九六三年一月六日

（原收入罗新璋，陈应年编 2009 年 8 月出版《翻译论集》）

沈宝基（1908—2002），浙江平湖人。翻译家、法国文学专家、诗人。1928年毕业于中法大学，1934年获得法国里昂大学文学博士学位，回国后曾任中法大学、北平艺术专科学校、解放军总参谋部干部学校、北京大学、长沙铁道学院教授，中国作协会员，中国翻译工作者协会第二届理事。译有《贝朗瑞歌曲选》《巴黎公社诗选》《罗丹艺术论》《雨果诗选》等作品。

略论鲁迅的翻译理论和实践

　　鲁迅是我国现代伟大的文学家，也是我国杰出的翻译家。如同他的创作，他的翻译为我国的文化事业与革命斗争作出了不可磨灭的贡献。比较系统地介绍与正确地评价鲁迅给我们留下的丰富翻译遗产，对于开创我国翻译事业的新局面，无疑具有重要的现实意义。

一

　　新中国成立后，翻译事业蓬勃发展。但是，在我国历史上，"重创作轻翻译"的偏见，却早已有之。唐朝的刘禹锡发出"勿谓翻译徒，不为文雅雄"的慨叹，近代知名翻译家林琴南对"译才并世数严林"的赞语大不以为然，都是当时翻译工作受到轻视的明证。不顾世俗偏见，第一个响亮地提出"翻译应与创作并重"的，是鲁迅。这位中国文化革命的主将，不仅大声疾呼"翻译和创作，应该一同提倡，决不可压抑了一面"，而且身体力行，既创作又翻译，并借翻译"催进和鼓励着创作"。正是鲁迅团结当时其他进步知识分子，不懈地与"崇创作轻翻译"的倾向进行斗争，才确立了翻译工作在我国革命文化事业中的地位。当我们看到今天的翻译界呈现一派兴旺景象而感到欢欣鼓舞的时候，决不应该忘记先驱者的开拓之功！

鲁迅是以翻译开始其整个文学生涯，又以翻译终其战斗的光辉一生的。据不完全统计，从一九〇三年他二十三岁翻译凡尔纳的《月界旅行》开始，到一九三六年逝世前翻译果戈理的《死魂灵》为止，在长达三十多年的时间里，鲁迅共翻译了十四个国家一百多位作家的二百多部（篇）作品。其中长篇小说六部、长篇童话三部、剧本二部、文艺论著十部、短篇小说与童话九十二篇、短篇论文五十一篇、诗歌四十一首，共三百余万字，大致与他一生的创作量相等。可以说，鲁迅翻译的作品范围之广，体裁之多，数量之巨，在我国翻译史上都是罕见的。更令人感佩的是，鲁迅不仅自己从事繁重的翻译工作，还在百忙中为别人选定译本、审校译稿，于极端艰难的条件下组织"未名社"、"朝花社"等文艺团体，创办《莽原》、《奔流》、《萌芽》、《译文》等刊物，为发表译作开辟园地。在培养新生翻译力量、团结国内外广大进步翻译工作者方面，鲁迅确实耗费了巨大精力，取得了卓越成就。

鲁迅对我国翻译事业的贡献，还突出地表现在他对翻译理论的建树上。在长期而繁重的翻译实践中，鲁迅一面总结前人和自己的翻译经验，一面同当时翻译界的各种错误乃至反动的主张与观点进行斗争，提出了一系列正确的翻译原则。他在《"硬译"与"文学的阶级性"》、《关于翻译的通信》、《为翻译辩护》、《关于翻译》（上、下）、《论重译》、《非有复译不可》、《"题未定"草》等十多篇专论翻译的文章中，以及在许多译本的前言、后记里，对翻译的性质、目的、标准、方法乃至技巧等，都做了相当详细而深刻的论述。譬如，对我国翻译界已经和正在讨论的关于"直译与意译"、"信与顺"、"洋化与归化"、"形似与神似"、"重译（即转译）与复译"以及"翻译风格"等，鲁迅都有非常精辟的阐述。是否可以这样说，在鲁迅之前与其后，还没有一个有足够影响的翻译家在翻译理论上有过如此大量而全面的建树，至少从他们公开发表的论述来判断是如此。因此，了解与研究鲁迅的主张，对于进一步完善与发展我国的翻译理论，是非常重要的。

二

鲁迅代表着"中华民族新文化的方向"。我们研究鲁迅的翻译，就首先应研究他在这方面的主张与实践。

茅盾同志说得好，鲁迅在翻译工作中，"表现了始终一贯的高度的革命责任感和明确的政治目的性"。只要将鲁迅译作的内容与当时的历史背景稍作对照，就不难发现，鲁迅一生的翻译工作几乎都是紧密配合各个时期中国革命的实际斗争而进行的。尤其是他后期的翻译，更是闪耀着马克思列宁主义的光辉。

早年的鲁迅，由于受严复所译《天演论》的影响，接受了达尔文"进化论"与"科学救国"的主张，对科普工作十分重视。他看到凡尔纳的科学幻想小说时，异常兴奋，接连用文言从日文将《月界旅行》与《地府旅行》转译过来，其目的正如他自己所说，在于"掇取学理，去庄而谐，使读者触目会心，不劳思索，则必能于不知不觉间，获一斑之智识，破遗传之迷信，改良思想，辅助文明"。毫无疑问，鲁迅一定还注意到作者在政治上反对人压迫人、反对一个民族压迫另一个民族的鲜明态度。这样的作品，当然是处于半封建半殖民地阶段的中国所需要的。

后来，鲁迅逐步放弃了"科学救国"的主张。俄国十月革命一声炮响，使鲁迅看到了"新时期的曙光"，中国"五四"运动的爆发，更使鲁迅受到极大鼓舞。这时期鲁迅所翻译的作品，大都是揭露社会黑暗和统治阶级的罪恶、反映被压迫民族与人民的痛苦和反抗的文学作品。例如，他翻译保加利亚跋佐夫的小说《战争中的威尔珂》，是因为它描写了人民反抗外来侵略的斗争，具有"爱国主义的倾向"；他翻译匈牙利裴多菲的诗，是因为"那'斗志'能鼓动青年战士的心"；他翻译挪威剧作家易卜生的作品，是因为作者"敢于攻击社会，敢于独战多数"；他翻译俄国阿尔志跋绥夫的小说《工人绥惠略夫》，是因为作品主人公憎恶沙皇制度，反抗社会黑暗，"许多事情竟和中国很相象"。诸如此类的作品，无不具有鲜明的阶级性和强烈的战斗性。它们在当时虽然"不为世人所愉悦"，但却能"传播被虐待者的苦痛的呼声和激发国人对于强权者的憎恶和愤怒"，起到了"私运军火给造反的奴隶"、疗治中国社会"痼疾"的作用，紧密配合了我国新民主主义革命，促进了反帝反封建的斗争。

从革命民主主义者转变为共产主义者以后，鲁迅的翻译活动更是基于第二次国内革命战争的需要，始终遵循党的正确路线。下面是两个最突出的例子：（一）鲁迅翻译了普列汉诺夫的《艺术论》等理论著作，第一次把马克思列宁主义的文艺理论介绍到中国来，为击退国民党反动派的反革命文化围剿，反对王明等人的"左"、右倾机会主义，使革命文学运动沿着正确方向健康发展，作出了"党外布尔什维克"所能作出的最大贡献。（二）鲁迅翻译了法捷耶夫的长篇小说《毁灭》。这部充满着"铁的人物和血的战斗"的无产阶级文学作品，"实在够使描写多愁善病的才子和千娇百媚的佳人的所谓'美文'"，在它面前"淡到毫无踪影"，起到了为浴血奋战的革命人民"雪中送炭"般的作用。毛泽东同志曾经指出："法捷耶夫的《毁灭》，只写了一支很小的游击队，它并没有想去投合旧世界读者的口味，但是却产生了全世界的影响，至少在中国，象大家所知道的，产生了很大的影响。"（见《在延安文艺座谈会上的讲话》）这不仅是对《毁灭》本身的高度评价，也是对鲁迅翻译工作的高度评价。

鲁迅对于翻译工作的高度责任感和明确的目的性，还可以从他为几乎每一部译本所写的"序言"或"译后记"中看出。为了对广大读者负责，指导他们正确理解所译作品，鲁迅总是坚持政治标准第一、洋为中用、批判吸收等原则，用历史唯物主义和唯物辩证法的观点，在这些前言、后记中，对作品与作者进行恰到好处的分析。他从不求全责备，既肯定正确、积极的一面，又指出错误、消极的一面，既不盲目排外，也不崇洋媚外。他尤其注重做"预先的消毒"工作。这种态度与作法，对我们今天的翻译工作，不是具有实际指导意义吗？

以上简述足以证明：鲁迅的翻译具有鲜明的思想性和目的性。重视这一点，才能对鲁迅的翻译作出正确的评价。今天，我们已进入一个崭新的历史时期，翻译工作的崇高目的，就是要坚持"四项基本原则"，为加强社会主义的物质文明与精神文明建设，促进"四个现代化"在我国早日实现作出新的贡献。如果说，前一段时间，我国的翻译出版工作曾出现过不加批判地将某些不健康的东西介绍进来的"自由化"偏向的话，那么，要是当初重视翻译的思想性与目的性，心中有鲁迅的光辉榜样，这种现象不是本来可以避免的吗？

三

鲁迅的翻译主张，简言之，就是："凡是翻译，必须兼顾着两面，一当然力求其易解，一则保存着原作的丰姿。"〔见《"题未定"草》（二）〕许广平同志曾对此作过解释，指出：所谓"兼顾两面"实际上就是"既要通顺，又要忠实"。这解释无疑是正确的。

许寿裳先生曾将鲁迅的一些译本对照原文作过仔细研究，结论是：译文"字字忠实，丝毫不苟，无任意增删之弊，实为译界开辟一个新时代的纪念碑"（见《亡友鲁迅印象记》）。瞿秋白同志亦曾指出：鲁迅所译的《毁灭》"的确是非常忠实的，'决不欺骗读者'这一句话，决不是广告！"（见《关于翻译的通信》中的《来信》）此外，还有其他同志也作过类似的研究与评论。看来，在鲁迅的翻译忠实于原文这一点上，人们似无异议。

　　现在的问题是，一谈到鲁迅是否主张翻译要通顺时，就发生分歧了。我们知道，早在二、三十年代，就有人说鲁迅的翻译是"硬译"，"死译"，"不顺"。时至今日，仍有一些同志不同程度地附和这种说法。为着公平地评价鲁迅的翻译，有必要着重讨论一下这个问题。

　　毋庸讳言，鲁迅的确说过他主张"宁信而不顺"，而且承认他赞成"硬译"。也许正因为如此，今天一些同志才对鲁迅的翻译主张产生了曲解，导致对鲁迅翻译的研究不够重视。但要弄清这个问题，必须简单回顾一下当时的历史背景。如果我们不是全面地历史地进行研究，而单从字面上去分析讨论，就难免失之偏颇，得不出正确结论。鲁迅时代，曾展开过一场翻译大论战。当时的梁实秋之流曾提出"与其信而不顺，不如顺而不信"的主张，说什么译文只要"顺"，"曲译"也是允许的，"部分的曲译即使是错误，究竟也还给你一个错误，这个错误也许真是害人无穷的，而你读的时候究竟还落个爽快"（见梁实秋《论硬译》）。鲁迅独具慧眼，明察秋毫，识破了这一宁可"害人无穷"也要"落个爽快"的"宁错而务顺"的主张，指出这种主张实质上是要在"顺"的幌子下，歪曲原作，随意增减，使之面目全非，以达到"说真方卖假药"、堵塞与摧残马克思主义文艺理论及革命文学作品的传播的目的。正是为了反击"宁顺而不信"的谬论，鲁迅才针锋相对地提出"宁信而不顺"的主张。

　　也许有人说，当时那场翻译论战带有政治斗争色彩，持论者双方都有些偏激片面。对于这种似乎很公允的说法，我们不敢苟同。因为究其实，鲁迅是主张翻译既要"信"又要"顺"的，只是在"信"、"顺"不可兼得的情况下，"宁信而不顺"。理由是："译得'信而不顺'的至多不过看不懂，想一想也许能懂，译得'顺而不信'的却令人迷误，怎样想也不会懂，如果好象已经懂得，那么你正是入了迷途了。"（见《几条"顺"的翻译》）更何况鲁迅所说的"不顺"，也决非"佶屈聱牙"之意，而是另有特定含义，即将译文"装进异样的句法"。正如鲁迅自己所阐述的那样："自然，这所谓'不顺'，决不是说'跪下'要译作'跪在膝之上'，'天河'要译作'牛奶路'的意思，乃是说，不妨不象吃茶淘饭一样几口可以咽完，却必须费牙来嚼一嚼。"（见《关于翻译的通信》）众所周知，鲁迅是中国的语言大师，他的文字功夫实非一般人可比。我们阅读他的小说、杂文，无不惊叹他叙事时的自然逼真，流畅明快，说理时的雄辩力、辛辣犀利。但他为什么不在翻译时，用他那枝得心应手之笔，将原作译得"音调铿锵"、"琅琅上口"呢？不是不能为，而是不愿为。因为鲁迅认为：倘要翻译，就不能不既"输入新的内容"，又"输入新的表现法"。所谓"输入新的表现法"，就是引进一些外国的新词汇和新句法，以丰富中国的语言文字。不必否认，这些充满"洋气"的外来语，中国读者起初看起来确有些不顺眼，念起来不顺口，但见得多用得多了，"其中的一部分，将从'不顺'而成为'顺'，有一部分，则因为到底'不顺'而被淘汰，被踢开"（见《关于翻译的通信》）。笔者虽然无法统计，但诸如"干部"、"罢工"、"俱乐部"、"共产主义"等大量外来词汇，诸如"我想今晚去拜访您，要是您不觉得有什么不便的话"等外来句法，今天不是已经说得顺、听得懂，而且完全"溶入"到汉语中去了吗？诚然，正如鲁迅所预料的那样，有一部分外来语汇将属于"淘汰"之列。但是，倘若不肯定其"功"，却专斥其"过"，这公道么？

　　总结过去，立足现在，面向将来，这是鲁迅的一贯主张。其实，鲁迅提出"输入新的表现法"，是有历史经验与现实需要作为依据的。他指出："唐译佛经，元译上谕，当时很有些'文法句法词法'是生造的，一经习用，便不必伸出手指，就懂得了。"（见《"硬译"与"文学的阶级性"》）又说，要医"中国的文或话"不够用的"病"，"我以为只好陆续吃一点苦，装进异样的句法去，古的，外省外府的，外国的，后来便可以据为己有"（见《关于翻译的通信》）。这正是鲁迅对于吸收外来文化的一种极其尖锐进步的"拿来主义"。毛泽东同志在《反对党八股》一文中曾对此作了充分肯定，指出："中国原有语汇不够用"，"要多多吸收外国的新鲜东西，不但要吸收他们的进步道理，而且要吸收他们的新鲜用语"。说法不一，意思则同。还需注意到，鲁迅主张"输入新的表现法"是掌握分寸的，即"不宜太多，以偶尔遇见，而想一想，或问一问就能懂得为度"（见《关于翻译的通信》）。实践是检验真理的标准。随着时间的推移，鲁迅的主张与作法，将为越来越多的人所理解与拥护。

　　至于鲁迅说他赞成"硬译"，那也是为了反击当时随意增删原文内容的"曲译"、"乱译"之风，有意与梁实秋之流的诬蔑进行辩难。你说我是"硬译"吗？是的，"但我自信并无故意的曲译，打着我所不佩服的批评家的伤处了的时候我就一笑，打着我的伤处了的时候我就忍疼，却决不肯有所增减，这也是始终'硬译'的一个原因"（见《"硬译"与"文学的阶级性"》）。面对反动文人们的攻击与围剿，鲁迅砥柱中流，决不退让。但必须指出，鲁迅所说的"硬译"，也有其特定含义。正如许广平与戈宝权同志所指出的那样，"硬译"有两种：一种是新造的句法使人一时感觉异样而后来可以据为己有的"硬译"，一种是确可以舍弃的生硬句法的"硬译"。毫无疑问，鲁迅所赞成的"硬译"，只是前一种。毛主席在《同音乐工作者的谈话》中亦曾指出："鲁迅是民族化的。但是他还主张过硬译。我倒赞成理论书硬译，有个好处，准确。"后来，毛主席还表示过他不同意将"纸老虎"译作"稻草人"。

可以说，鲁迅主张"硬译"，还有另一层意思，那就是为了忠实于原文，保证译文质量，他硬是要"字典不离手，冷汗不离身"，也不肯马虎从事；硬是要"执笔三思"，"甚或驰书请教别人，总以不失原意才算满足"；硬是要"弄得头昏眼花，筋疲力尽"，以致彻夜不眠，也要克服"难关重重"……这态度，这风格，这毅力，正是我们要学习的！

关于鲁迅的翻译方法，有同志指出是直译，这当然是对的。但是，无论哪一个有翻译经验的人，都体会到不能只有直译，而没有意译，即不能将直译与意译完全分割、对立起来。在鲁迅的译文中，我们当然能找到不少意译的例子。因此，鲁迅的翻译方法，正确些说，是直译为主，意译为辅，二者相结合的方法。当然，我们所理解的意译，是不失原意的意译，而不是什么别的。

四

以上所述，限于篇幅，未免挂一漏万。需要说明的是，我们并不把鲁迅的翻译看作是尽善尽美的范本。智者千虑，必有一失。严于解剖自己的鲁迅也常对自己的译文表示不满意。如前所述，鲁迅为"输入新的表现法"，为"保存原作丰姿"而反对"完全归化"，译文中确有不甚顺畅之处。但这"不顺"，乃是因为其"新"其"洋"，而决非其"错"其"谬"。总的说来，仍然瑕不掩瑜。还应该指出，鲁迅的翻译，除早期几部译作外，均尽量采用以大众化白话文为基础的规范化汉语，使译文既明白易懂，又灵活多变地反映出原作中各种人物的身份、语言风格及文体特征。他晚期翻译的《死魂灵》，"成为他一生翻译工作中最后的也是最高的成就"（戈宝权语）。我们也注意到下面这一事实：我国现行十年制中学语文课本中，总共选了十七篇外国文学作品，其中一篇就是鲁迅所译《死魂灵》的第六章译文，标题是《泼留希金》。

世上事物，都在不断发展变化。语言文字如此，翻译理论与标准亦如此。正确总结前人的经验教训，扬其长而避其短，不断地加以完善与提高，以适应时代的发展，这是鲁迅以前所做的，也是我们今天应该继续努力做的。玄奘的经验，严复的经验，傅雷的经验，还有其他许许多多有造诣的翻译家的经验，我们都应研究、借鉴。我们不揣浅陋，草就此文，并无意厚此薄彼，而是为了提倡各种翻译风格竞进争雄，以开创我国翻译事业的新局面。文中谬误，敬盼指正。

（同余协斌共著，原载《中国翻译》1983 年第 4 期）

罗大冈（1909—1998），浙江绍兴人。翻译家、法国文学专家。1933 年毕业于中法大学文学院，赴法国里昂大学留学，1939 年获巴黎大学文学博士学位。1942—1946 年旅居瑞士。1947 年回国，先后在南开大学、清华大学、北京大学任教授。曾任中国科学院哲学社会部外国文学研究所研究员、博士生导师，中国作家协会会员，法国文学研究会会长。有专著《罗大冈学术论著自选集》《论罗曼·罗兰》，译有《母与子》《波斯人信札》《拉法格文学论文选》《艾吕雅诗抄》《我们最美好的日子》等。

漫谈文学翻译

　　三十多年来，我虽然翻译了几本法国文学作品，可是为数甚少，质量也不高。我的翻译工作还处于学习过程中。在我国文学翻译界，我只是一名学徒，年逾古稀的老徒工。下边，我谈一点学习中的肤浅体会。

　　有人说，创作不成则搞翻译，好象搞文学翻译的人都是在创作上失败之后，才不得已而求其次，走上翻译的道路。我想，如果采取这种态度，那末肯定翻译也搞不好。做一名勤勤恳恳的文学翻译工人，既要有学识，又要有才华；既要精通外语，又要精通汉语。文学是语言的艺术，文学作品是语言艺术品。一部比较完美的文学译本，应当是两种不同的语言（本国语与外国语）相结合的艺术作品。可见，其难度不在创作之下，甚至有过之无不及。

　　完美的文学翻译价值也不亚于创作，其影响之广有时也可以和创作媲美。在这方面古今中外不乏成例。比如法国文艺复兴时期的著名学者阿弥欧所译的《名人传》(译本出版于一五五九年)，一般认为文学价值超过古希腊史学家普卢塔克的原著。也就是说，阿弥欧的译笔比普卢塔克的原文更美。阿弥欧的《名人传》在法国文学史上一向是作为法国文学名著看待的。普通读者根本不知道《名人传》是译本。十九世纪法国诗人波德莱尔(旧译：波特莱尔)所译美国文学名著《异闻录》的情况与此相似。许多法国人不知道这部书(分上下两册)是译本，以为是波德莱尔的创作，不知道此书原作者是美国诗人艾伦·坡。这部至今常常重版发行、深受读者喜爱的书，在出版社和书店的目录中，都列在波德莱尔名下，根本不注明是波德莱尔翻译的。这和我国某些匆匆忙忙的读者以为《茶花女遗事》、《迦茵小传》是林纾(琴南)的著作，有点类似。

"文章千古事，得失寸心知"。创作如此，翻译何尝不是如此。广大读者总是根据译笔评价译本的。通晓外语的读者很少，拿译本去和原著核对的读者更少，可以说基本上没有。所以，一个译本究竟如何，译者有何诀窍使译文那么美妙——今天，这已经是公开的秘密，那就是所谓"要神似，不要形似"。在这个问题上，林琴南一向比较坦率，他从不讳言他于外语一无所知，也不否认他的译文和原著不可避免地有很大的出入。他说他一边听人口译，一边秉笔疾书。笔写比口译更快，有时口译者还没有把情节译完，他的笔录一气呵成，已经把故事的结局写出来。这样的"结局"是否符合原作，那就很难说了。林琴南并没有夸耀他"神似"。所以，他的"拂袖而起"这种"神似"的译笔，虽然传为译界笑谈，却没有人加以深责。

林琴南是我国近代首屈一指的文学翻译名家。论时期，他最早，他的第一部译作《巴黎茶花女遗事》译于一八九八年，出版于一八九九年。论译品的数量，他最多，一共将近二百种。论影响，他最大。在我国文学翻译史上，林琴南的功绩是不可低估的。不过，他代表的仅仅是我国的初期文学翻译。到了"五四"运动，林译时期宣告结束。"五四"以后的文学翻译进入新的阶段。从那时起，我国的文学翻译一律用白话，不再用文言，这是很大的进步。另一个特点是，从那时起，译者一般都通晓外语，没有人再用口译加笔译的方式，这也是很大的进步。从原文原著直接翻译外国文学名著的例子愈来愈多。例如，当时大量翻译了莫泊桑、都德等法国十九世纪作家的作品，全部是从法文直接翻译的。

然而，应当指出，"五四"以后的我国文学翻译界仍旧余留着相当严重的林派影响。直至今日，我们的文学翻译界仍然不能说已经完全摆脱了林派余风的控制。当今的新林派有一句颇受欢迎的口号，叫做"但求神似，不求形似"。

根本意思是说：只要译笔传神，不必拘泥字句与原著是否一致。这种办法恐怕只有少数水平极高的翻译大师能够掌握得恰到好处，对于一般译者，难免产生流弊。有人甚至这样理解：对于原文原著不妨不求甚解；只要译笔漂亮，译本照样可以成为名译，译者照样可以成为名家。就怕这样下去，总有一天我们的文学翻译会倒退到距今八十多年前的林琴南阶段。

　　诚实的翻译工作者有谁反对译笔能够表达原著的神态呢？我们反对的是"不求形似"。好象"神似"与"形似"是对立的，要"神似"就得牺牲"形似"。这个说法很有问题。如果片面强调"神似"而置"形似"于不顾，很可能名为翻译，实际上是随意改写。我想谁也不至于把"形似"理解为硬译、死译。如果不是把"形似"理解为硬译、死译，那么所谓"神似"与"形似"之间的矛盾，也就不至于严重到"有你没有我，有我没有你"的地步。

　　理解的翻译应当是"形似"基础上的"神似"，两者辩证地结合，而不是互相排斥。我们反对的是对于原文一知半解、捕风捉影、似是而非的"神似"。我曾经遇到几位有志于文学翻译的青年，他们批评我的"神似"与"形似"结合论是"唱高调"。他们说，他们干脆就是"神似派"。因为那条路最"实际"，最容易"讨好"，最容易成名成家。在今天，还有哪个"傻瓜"愿意一字一句、紧扣原文去搞翻译呢？那叫作"吃力不讨好"。我想，青年朋友们所说的"神似"，可能和翻译名家所提倡的"神似"意义不完全一样。名家所谓要"神似"，不要"形似"，想必不等于公然提倡对于原文可以不求甚解。可是在翻译界的徒工们之间，却不可避免地引起了误会。不少人错误地设想，搞文学翻译只要按照原著的大意用漂亮的汉语写出来就很好了，何必一字一句地紧扣原文呢？关于所谓"漂亮的汉语"，有人主张用那种半文半白，半中半西，充满四六文体的对仗和排比，念起来音调铿锵，琅琅上口的"优美"风格。其实，这种文体在"十年浩劫"时期倒是时髦过一阵，现在已成历史陈迹了。

　　当然，并非所有徒工都在思想中产生这样的误会。我这个老徒工就不这么想。我认为要认真严肃地从事文学翻译工作，必须精通外语。企图达到"神似"这种极高的目标，必须先具备下列条件：首先，对于作者的生平和思想情况，即使没有条件做比较深入和全面的研究，也要有一个简单扼要的基本概念；对于作品所表达的思想，也需要做比较全面的分析，并且要抓住其中的要点。否则，所谓"神似"仅仅反映了一些表面现象，不能接触到作品的灵魂。我们应该避免形式主义的"神似"。其次，上文已经讲过，文学是语言的艺术。如果不精通外语，根本不知道原文的艺术美表现在何处，不知道在原著中哪些篇章最精彩、最关键，不知道哪些段落、哪些字句最传神，是画龙点睛之处。总之，如果外语不精通，就根本摸不清原著的"神"在何处，还怎样能做到"神似"呢？对于外语不但要求彻底理解，而且要能够欣赏语言艺术的魅力，否则，译者自夸"神似"，所根据的无非是他的主观想象，甚至是他的误解。

至于译本的汉语要求流利、文雅，当然也是十分重要的条件。然而，翻译也和创作一样，语言首先要求朴素自然，平易近人；最忌涂脂抹粉，矫揉造作。为此，翻译工作者不但要对外语和外国文学有相当丰富的知识，对于中国语言文学也必须有一定的修养。

一部完美的或比较完美的文学译本，本身就是一部作品。有时译本的价值甚至超过原著。关于这一点，上文已经提及。因此，文学作品的译者不但要有学识，而且也要有才华，有文采。事实上，不是人人都能很好地完成文学翻译这一艰巨任务的。所以，在这方面也不应该过分苛求。翻译得不大理想的译本也有它的用处，至少可以当资料来读，使人知道一点外国文学的概况。何况文学翻译从不完美到比较完美需要有长期的过程，不可能最早的译本就是最完美的。这种现象在各国的文学翻译史上几乎没有例外。林琴南在距今八十多年前翻译出版了小仲马的小说《茶花女》。"五四"以后又有刘半农、夏康农等翻译的《茶花女》小说和剧本。最近，听说国内某些出版社又有两三种《茶花女》新译本准备出版。每一个新译本想必在前人旧译的基础上有所提高。法国翻译中国诗歌也经历了从不完美到渐趋完美的过程。一八六二年埃维·德·圣德尼侯爵发表他的译本《唐代诗歌》，据说是最早的法译中国诗歌；传教士们的拉丁文译本不计算在内。可是，这部很可能根据传教士的拉丁文材料转译为法语的《唐代诗歌》，将每一首诗译成解释性的散文，对于原诗的内容似乎相当忠实地介绍了一番，可是没有诗意，诗歌的味道一点也没有了。这个译本在当时很受欢迎，著名的文学评论家埃弥尔·蒙代古写了长篇论文介绍并赞扬《唐代诗歌》。可见，它虽不完美，却适合当时读者的需要。每一部文学译本，正和创作一样，是应运而生的，是时代的产物。《唐代诗歌》出版后又过了五年，在一八六七年的巴黎又出现了一部名为《玉书》的法译中国诗集，译者是女诗人于迭德·戈吉耶。她是著名的提倡"为艺术而艺术"的法国诗人丹奥菲尔·戈吉耶的女儿。这位女诗人根本不懂汉语，她请了一个流落在法国街头的中国穷文人给她口译，然后她根据口译的记录写成法文诗。她译的中国诗倒是诗味十足的。可惜，不是中国诗的诗味，而是充满当时流行于法国诗坛的时髦诗风。如果用我国翻译界目前流行的口头语来说，《唐代诗歌》的翻译方式可以算作"形似派"，而《玉书》则是地道的"神似派"。两者各有偏向，都不完美。最近半个世纪以来，法国以及瑞士出版的中国诗歌的法语译本，明显地致力于"神""形"兼顾，有渐趋完美之势；尤其是对中国文学有系统研究的汉学家们的翻译，如前几年去世的法国汉学家德弥维埃尔的译本《中国古典诗选》，是后来居上的例子。由此可见，正因为文学翻译从不完美到比较完美需要一个过程，同一部原著先后出现多种译本，百花齐放，对于提高翻译质量是非常必要的。

我国大规模翻译西方文学，自从林琴南以来已有八十余年的历史。时至今日，应该出现完美的或比较完美的译品，不能再在"神似"与"形似"问题上各持己见，争执不休了。其实所谓"神似"与"形似"都不是比较全面的说法。合理的说法应该是：文学翻译既需要科学研究作为正确理解原著的根据，又必须用艺术手法将所理解、所感受的至理真情加以表现。

（原载《翻译通讯》1983 年第 1 期）

　　赵瑞蕻（1915—1999），浙江温州人。诗人、外国文学专家、翻译家。1940年毕业于西南联合大学外文系。1942年，受聘中央大学（即现南京大学前身）外文系和中文系任教。1952年调入南京大学中文系任教。曾任中国翻译工作者协会副会长等职。1990年获全国首届比较文学图书荣誉奖。著有专著《诗歌与浪漫主义》《鲁迅〈摩罗诗力说〉注释·今译·解说》等。译有《红与黑》、《爱的毁灭》（即斯丹达尔《意大利遗事》选译），《梅里美短篇小说集》，兰波《醉舟》，马雅可夫斯基长诗《列宁》等。

译书漫忆

——关于《红与黑》的翻译及其他

　　距今三十八年前，也就是一九四四年，在郁热多雨的季节，那年暑假里，我在离开重庆大约有二十里路，嘉陵江边中央大学分校所在地——柏溪，一个幽静而寂寞的山村，写一篇两万多字的斯丹达尔《红与黑》的译者序。在这篇序言里，我简要地介绍了《红与黑》作者的生平及其主要著作，他的思想倾向和艺术特色，着重分析了这部名著在法国文学史上的地位，它的内容意义，以及主角玉连的艺术形象。我曾说：

　　《红与黑》里的主角玉连是一个顽强地追寻自己的出路，力求获得一片立足之地的青年。他抛弃了"红"色的军装，披上了"黑"色的袈裟，因为在法国王政复辟时代，教会神父阶层已取拿破仑的军权而代之，前者的势力远远大过后者，于是在玉连的内心掀起了"红"与"黑"的冲突的巨浪。他经过一番深远的考虑后，决定从"红"的梦幻走向"黑"的渴望。他开始跟社会作战，如同一个浪漫主义的角色那样。他仇恨社会，因为社会束缚他，压迫他。于是，为了追求幸福，他起来反抗，充分表现了自我的精神，这也就是所谓"贝尔主义"（Beylisme）的一个方面。……《红与黑》这部伟大的小说是一八三〇年左右法国人民生活，社会风尚，以及拿破仑失败以后一部分年青人思想转变情形的生动记录。每部有着不朽价值的文学名著都应该是一面明亮的镜子，照出它所描绘的那个时代。它不仅仅是时代的描绘，而且更重要的是那个时代在全部人类历史上的意义。我们决不可把斯丹达尔这部杰作《红与黑》只是看成一个爱情的悲剧。它有着强烈的政治色彩，代表了小说艺术的新传统，西洋心理分析小说的最初崇高的成就；它闪烁着现实主义耀眼的光辉。《红与黑》正如斯丹达尔自己所指出过的是"十九世纪的史乘"（Chronique du dix-neuvième siècle）。

这篇东西写成后，先在当时重庆一个文艺月刊《时与潮文艺》上，以《斯丹达尔及其〈红与黑〉》的题目发表了。那时候，我还年轻，只是由于难得的机缘，接触到这本名著，根本说不上对它有什么深刻的研究；所谈的不过是对《红与黑》一点儿粗浅的个人的理解。新中国成立后，偶尔翻阅这篇东西，越看越觉不安，欠妥和错误的地方实在不少，如同我那个《红与黑》旧译本里有许多谬误一样。如今往事重提，只是想说明一下作为《红与黑》最早的一个中文本译者在学习和介绍外国文学作品的过程中一些情形，提供一点翻译工作中个人的经验和教训；特别是对于那些我后来发现的错误，深感内疚。如今我那个本来就残缺的旧译本早已被抛进故纸堆中去了。

新中国成立后，《红与黑》有了一个新译本——听说不久北京人民文学出版社又有一个新的译本问世，那该多好啊！一，现在大家看的大概就是上海译文出版社印行的罗玉君先生译的一九八二年重版本。世界上任何一部外国文学名著（经典著作）应该有不同的译本；每隔一定的时候，又有更新更优秀的译本出现，这是常有的事。后来居上，新译本理应比旧译本好些，或者好得多，即更忠实于原作，又更接近或者符合于原作的文笔风格。在译本的语言运用上，更流利，更适宜于我们语言的规范化的要求。由于译者的学力水平的提高，对原著的理解加深；对作家所生活着所反映出来的时代和社会状况有更多更确切的了解，等等，新译本应该体现出更高的翻译艺术水平，更趋向理想的成就。荷马的两大史诗、柏拉图的《理想国》和《对话集》、但丁的

《神曲》、莎士比亚的剧作、歌德的《浮士德》……，自古迄今，各国语言的各种译本重译本不知已出了多少种了。《红与黑》最早的英译是一九三一年司各脱·蒙克利夫（Scott Moncriff）的本子，后来一九五三年又出现了玛格丽特·肖（Margaret Shaw）的新译本。由于肖的译本是被收入《企鹅丛书》（Penguin Books）中的，所以销售量很大，并且被定为英国近年来影响很大的"函授大学"（Open University）的艺术课程之一"革命的时代"（The Age of Revolution）学员的必读书之一。依我看来，无论从理解的明确性，或者语言的流畅生动性（译者在"引言"中说她用平易利落的现代英语来译这本小说，以求符合原著的风格）来说，后者的译文是超过前者的。《浮士德》我们早就有了郭沫若的译本，今年为了纪念歌德逝世一百五十周年，听说几家出版社正在印行两三种新的译本。这是多么可喜，值得庆贺的事情啊！近年来，在我国历史的新时期，不少新的译本已涌现出来了，这是我国文化出版事业繁荣发展的标记之一。明年一月是斯丹达尔诞生二百周年纪念，我热望着这个伟大作家的著作将会有更多更好的中译本问世，其中应包括尚未有译本、研究斯丹达尔早年生活和他的思想形成发展的很重要的一部著作——斯丹达尔的自传《亨利·布吕拉传》（La Vie de Henri Brulard）一书在内（有的西方学者认为这本《自传》是斯丹达尔除《红与黑》和《巴姆修道院》外第三个杰作）。我想我们现在已有条件可以出版许多外国重要作家一整套选集或者全集了。译本数量的增加和质量的提高意味着我国人民生活水平和艺术水平的发展。

以上所说的只是相对、比较而言的，理想的东西不一定都能如愿以偿。新的译本不等于就是更好的译本，这须视具体情况而定。这种例子在古今中外的翻译史上是不少的。大家所熟悉的例子之一是《圣经》一六一一年出版的所谓"钦定"的英译本（Authorized Version of the Bible），这是举世公认的优秀的本子，家喻户晓的经典译文。后来，虽有好几位有志之士努力搞出新的英译本，包括近几年出现的几种现代译本，但还是那个古老的本子风行于世，迄今不衰。第二个例子是十九世纪德国浪漫派诗人和翻译家史雷格尔（A. W. Schlegel）的莎士比亚戏剧的德文译本。史雷格尔生前译了十七个莎氏剧作，后由蒂克（Tieck）父女二人继续完成，所以世称"史雷格莱—蒂克"德译本。这个译本一直为广大的德语读者所赞美，认为是不可超越的定本。史雷格尔的翻译既忠实于原作，又富于创造性，以他的诗人才华成真正的诗，使译文本身成为独立的艺术品。后来一些德国翻译家也曾企图出版莎士比亚新译本，但只能做点改进的工作。第三个例子是美国诗人泰勒（Bayard Taylor）的歌德《浮士德》的英译本。泰勒花了那么多的精力从事这项艰巨的译诗工程，不但没有背离作品原意，而且竭力保持歌德的诗式。不任意放松原作中一个音节，某种韵律的安排。总之，泰勒的《浮士德》译本是成功的，优异的，从内容到形式都尽可能地保持了歌德杰作的和谐与完美。《浮士德》的英译本有好几种（比如英国《人人丛书》中的特奥多·马丁［Theodore Martin］的译本），我们都可以拿来仔细学习研究，以定其优劣。另外的例子，比如波德莱尔之译爱伦·坡（Allan Poe），司各脱·蒙克利夫之译普鲁斯特（Proust）的《追忆似水年华》（À la recherche du temps perdu），恐怕后来的新译本很难超过他们了。

　　不过，我想一部名著有各种不同的译本总是件好事，也应该鼓励和赞扬不同的翻译家进行各自不同的呕心沥血的探索，去完成他们富于创造性的翻译艺术的业绩；以各自的才华去丰富人类精神世界的宝库，在国际文化交流中作出各自可喜的贡献。至于那些改头换面、粗制滥造、不负责任的翻译或者所谓"新译本"，那是两码子的事，当作别论了。

　　我时常想，如果把一部名著的不同语言的译本，或者同一语种的不同译本（比如莎士比亚《哈姆雷特》的几种中译本）统统拿来作些比较，进行细致深入的"调查研究"，倒是件十分有益，非常有意思的工作。这就是译本的比较研究，也应属于比较文学研究中一个重要方面。

　　在这里，我想就先从《红与黑》上卷第二章"市长"（Un Maire）中抄下一小段——这段我是非常喜欢的。通常说斯丹达尔是一个现实主义者，而我以为他同时是个浪漫主义作家。《红与黑》中有不少地方洋溢着浪漫情调，其中有几处山川风物的描绘美丽精彩，富于诗意，跟上面已提到的玛格丽特·肖的英译本，以及罗玉君先生的译文和我自己的旧译作些比较，看看不同的译文如何处理这一小段，如何表达相同的内容而从中汲取一些翻译的心得和经验吧：

Combien de fois, songeant aux bals de Paris abandonnés la veille, et la poitrine appuyée contre ces grands blocs de pierre d'un beau gris tirant sur le bleu, mes regards ont plongé dans la vallée du Doubs! Au delà, sur la rive gauche, serpentent cinq ou six vallées au fond desquelles l'oeil distingue fort bien de petits ruisseaux. Après avoir couru de cascade en cascade on les voit tomber dans le Doubs. Le soleil est fort chaud dans ces montagnes; lorsqu'il brille d'aplomb, la rêverie du voyageur est abritée sur cette terrasse par de magnifiques platanes.

　　——以上《红与黑》原文

How many times, with my thoughts on Paris balls and festivities just left behind, have I leant breast—high against those massive stones of a pleasant shade of grey inclining to blue, to gaze at the Valley of the Doubs. Over on its western slopes five or six more valleys wind back into the mountains, in each of which the eye picks out a number of little streams tumbling down from one cascade to another, to fall at last into the river. The sun strikes hot in these mountains, but even when its light is shining full upon them, here, on this terrace, magnificent plane trees protect the traveller and his dreams.

　　——以上玛格丽特·肖的英译本

　　多少时候，我梦回昨宵遽然离弃的巴黎的舞场，我的胸怀斜倚着那些光纹细耀的灰碧色的巨石上，我的目光投落在杜河的邱壑里！在那儿，靠河岸的左边，蜿蜒着五六重陵谷，而在那些陵谷褶襞深处，人们的眼睛可以分明地数得清许许多多细小的溪流。人们看见这些小溪流过一层一层的岩石，飞堕下来，成为一帘一帘的小瀑布，终于倾落在杜河中。山间的阳光是很溽热的；当日头垂直地照耀时，憩息在这片台阶上的游人的清梦遂为一列壮美的筱悬木所掩蔽。

　　——以上赵瑞蕻的旧译本

　　多少次，当我胸膛靠住光洁细致的灰碧色的墙石，心里还迷恋着昨夜遽然离弃的巴黎的舞场，我的眼光，却投射在杜伯河沿岸！河的左岸，蜿蜒着五六道山谷。在山谷里，我们的眼睛分明看出无数的小溪，在那儿潺潺地流着，形成重重叠叠的小瀑布，然后才聚汇在杜伯河里。山间的太阳是很猛烈的，每到红日当头，炎热难堪的时候，憩息在这平台上的游人的清梦，遂为壮美的槲树荫蔽着。

　　——以上罗玉君的译本

　　在这里，我不想就上面所引的一种英译文和两种中译文（其中一种是我自己三十八年前的旧译），作仔细的分析研究，只抄录原文，供一般读者参考，加以比较，从而对翻译的得失和甘苦有所体会而已。

重读拙译，发现毛病不少。首先译文有些雕琢，有点文绉绉味儿，这不符合斯丹达尔的文笔风格。斯氏的文字一般说来是朴实平易，生动流利，仿佛谈话似的。他深受十八世纪启蒙作家的风格影响，这点他自己也多次说过。但我的译文中，像"遽然"一词不但原文里根本没有，是我硬添上去的，而且也太文言味儿了。"褶襞"、"潺热"等用语也嫌古奥。最后一句"憩息……所掩蔽"不口语化；"遂"字完全是文言词语，用在这里不大合适。用"清梦"来译原文的 rêverie 一词有点不伦不类。"清梦"一词常在古典诗词中出现（如李清照《临江仙》："夜来清梦好，应是发南枝。"陆游《游修觉寺》："兴阑扫榻禅房外，清梦还应到剡溪。"），描绘寂静的境界，一种安闲美好的梦。这里只要简单地译为"梦"、"梦幻"或者"沉思"就可以了，不必说是怎样的一种梦。比如说，拙译中作"清梦"，罗译本也用"清梦"二字。再比如《红与黑》第二章里说维里耶市长雷纳尔先生每年叫人砍掉"忠诚大道"（Cours de la Fidélité）上的梧桐（Platane，亦译筱悬木或悬铃木）树梢头，有人反对，他就为自己辩护说："我喜欢树荫，……我不懂得一棵树长出来还有什么好处，除非它像有用的胡桃树那样，有利可图。"这里，"有利可图"四字法文原是 rapporter du revenu，本意是"增加收入"或"获得利润"。英译本一作 yielding a return，一作 bringing in money；德译本是 einen guten Ertrag abwirbt，我译为"有利可图"，罗译本也沿用这四字。其实并不确切，我现在想，只要简单明了地译为"赚钱"两字就行了。

现在，再举《红与黑》上卷第十章《雄心与涩囊》（Un grand coeur et une petite fortune）最后一段作为另一个例子。首先要说一下：这一章标题中的"涩囊"一词现在看来太不通俗了，一般读者不易了解它的出典和意思。用这个中国古代成语来译"Une petite fortune"也不大合适。"涩囊"原作"阮囊"，是指晋朝阮孚的故事，说有一回阮孚"持一皂囊，游会稽"，人家问他"囊中何物？"他回答说"但有一钱看囊，恐其羞涩。"所以后人自称贫穷，没有什么钱财为"阮囊羞涩"，如杜甫诗"囊空恐羞涩，留得一钱看。"这一章标题这种译法是我四十年前的事了（罗译本竟与此相同）。如果改译为"雄心与薄财"（或者译为"雄心与寒门"）不是就好些，通俗多了吗？上举两种英译本一译为"A Large Heart and a Small Fortune"，一则译为"High Heart and Low Estate"。德译本作"Ein groBes Herz und ein kleines Vermögen"，可以参考。以下是《红与黑》上卷第十章最后一段的法文原文，一种英文译文，我自己的中译和罗玉君的译文：

Julien, debout, sur son grand rocher, regardait le ciel embrasé par un soleil d'août. Les cigales chantaient dans le champ au-dessous du rocher, quand elles se taisaient tout était silence autour de lui. Il voyait à ses pieds vingt lieues de pays. Quelque épervier parti des grandes roches au-dessus de sa tête était aperçu par lui, de temps à autre, décrivant en silence ses cercles immenses. L'oeil de Julien suivait machinalement l'oiseau de proie. Ses mouvements tranquilles et puissants le frappaient, il enviait cette force, il enviait cet isolement.

C'était la destinée de Napoléon, serait-ce un jour la sienne ?

——以上《红与黑》原文

Standing on top of his great rock, Julien looked at the sky aflame in the August sun. The cicadas were chirruping in the meadow below the rock; when they ceased, all around him was silence. At his feet stretched twenty leagues of country. Now and then he caught sight of a sparrow-hawk, taking off from the high rocks above his head, and silently tracing huge circles in its flight. Mechanically, Julien's eyes followed the bird of prey. He was struck by its powerful, tranquil movements; he envied such energy, he envied such isolation.

This was Napoleon's destiny — would it one day be his?

——以上玛格丽特·肖的英译本

玉连，直立在他那巨大的岩石上，凝视苍穹，八月的骄阳点燃着长天。岩壑下，田野间有群蝉在悠鸣；当它们止声沉寂时，怀抱着他的是一片恬静。他看见脚底展开二十里的乡野。时而他看见一只老鹰从他头顶上的绝壁间飞掠出来，而在寂静里描画着一道道广大的圆圈。玉连的双睛机械地追随着这只猛禽。它安闲谧静而强有力的活动深深感服了他。他羡慕这份力量，他羡慕这种孤独。

这是拿破仑的命运，难道有朝一日也是他自己的命运吗？

——以上赵译本

于连站在最大的岩石上，双目仰视苍穹，八月的太阳燃烧着天空。岩石下面的田野里，有无数蝉子在歌唱。当它们歌唱疲乏了休息的时候，于连便立刻沉入无边的寂静里。他看见在自己的脚底下展开二十里遥远的原野，他还瞧见几个老鹰，从他头顶上的绝壁间飞出，他望见它们在天空中静悄悄地画了无数的大圆圈。于连的眼睛机械地随着鸷鹰转动。这猛禽飞翔起来，那种有力的安闲谧静的活动，在于连心里留下深刻的印象。他羡慕这种力量，他羡慕这种孤独。

这是拿破仑的命运。难道有一天，这也会是他自己的命运吗？

——以上罗译本

我也是非常喜欢而且佩服斯丹达尔这段描写的。他在《红与黑》许多篇章里所呈现出来的独特的艺术匠心、文章风格和深刻的象征作用，在这一段就可以得到了说明。这里笔墨不多，像一个素描，而玉连的形象，他当时的心境——这不是玉连在那个时代，那个社会中的处境和命运的写照吗？——就活跃在读者眼前了。这里所描写的一只老鹰在天空静静地回旋飞翔着的情景，富于象征意义，是特别精彩的，斯丹达尔替玉连找到了一个答案——"他羡慕这份力量，他羡慕这种孤独"。我以为这句话不仅是玉连的性格和情志的很好的表达，而且可以用来概括西欧十九世纪资产阶级文学从斯丹达尔《红与黑》开始，直到易卜生和尼采，以及罗曼·罗兰的代表作《约翰·克里斯朵夫》中的一种主要倾向。斯丹达尔可以说是"易卜生主义"和"尼采主义"的前驱。

这一段原文中说玉连看见一只老鹰从山峰上飞起来，决不可像罗译本那样误译为"他还瞧见几个老鹰，从他头顶上的绝壁间飞出"。请看原文：

Quelque épervier parti des grandes roches au-dessus de sa tête était aperçu par lui, de temps à autre, décrivant en silences ses cerles immenses.

在这里，épervier（鹰，英译本作 hawk 或 sparrow-hawk，鹰科 falconidae 的一种，猛禽，亦可译为鹞鹰或隼）是个少数名词。前面的 quelque 是个泛指形容词（adjectif indéfini），一个、某一个的意思。虽也可指某些、少许，但在这里只有译为一只老鹰才能符合原义，表达其意境。两个英译本均作 "a hawk"，德译本是 "ein Sperber"，都是单数。试举中国古典诗歌为例。比如说，如果有人把杜甫的"飘零何所似，天地一沙鸥"（《旅夜书怀》）、李商隐的"玉珰缄札何由达，万里云罗一雁飞（《春雨》）等名句中的"一沙鸥"、"一雁飞"居然改成"几沙鸥"、"双雁飞"，这不是贻笑大方吗？当然实际上从未有人做过这种傻事。所以，"一个老鹰"和"几个老鹰"在译文中虽只有一字之差，但意境和艺术上就失之千里了。

　　写到这里，我感到翻译是多么不容易啊！古今中外的翻译家谁也不敢说他的译作是十全十美，毫无谬误的。比较起来，散文和小说的翻译是比较容易些的，诗歌的翻译就更加困难了，这是众所周知的事。译文所遵循的原则，首先应该是忠实——这大概是中外翻译家们共同主张而努力以求的吧。我们翻译一部作品，甚至一首短诗，都应该力求真实，不失原意，尤其决不可凭自己一时兴之所至，任意加进一些原作中连一点影子都找不到的东西。同时也不把应该在注释中加以说明、解决的部分硬塞到译文里来。另一方面，也不应该由于某些疑难，便随意删掉某些词句或段落。这几年我们新出或重印了许多很好或较好的忠实于原文的外国文学名著的译本。但我们也发现有些译本是大有问题的，但可以商榷，通过争鸣和批评，使之完善起来。有些译本里插了不少原作中根本没有的东西，以致某些外国文学评论文章，或者教师在讲授外国文学时，便引用它们，甚至加以发挥（这种例子可以举出不少），这真是所谓"捕风捉影"了。这责任不在评论者，也不在教师，而在译者。上面所提到的《红与黑》的罗译本中除了不少错误外，这种任意增加，随便引申的地方太多了，可说是突出例子之一。

　　这里只举一个简单的例子。《红与黑》第七章《选择的亲和力》（Les affinités électives）第一段里描述玉连对于瓦勒诺等的痛恨，大加谴责，咒骂他们是"妖孽！妖孽！"（这是我自己以前的译文，或译"畜生！畜生！"，原文只有两个字"monstres ! monstres !"）。可是在罗译中怎么会变成了"啊，社会的蠹贼啊！杀人不眨眼的刽子手啊！"了呢？另外这段罗译本里"公开的秘密"一句原文中也是找不到的。这段罗译中还有一个很大的错误，就是把法文一句成语"tenir le dé"（或作 tenir le dé de la conversation"，意思是"高谈阔论"，或者"独霸着说话，不让人家插嘴"等）竟译成了"作东道主掷骰子游戏"，这不是挺古怪吗？在原书里，瓦勒诺先生并没有带头掷骰子玩呀！顺便说一下《红与黑》第二章《市长》第三段中有句很重要的话"虽然他是极端保王党，而我是自由党"（原文是"quoiqu'il soit ultra et moi libéral"，这里"ultra"一词是"ultra-Royaliste"的简称，即"极端保王党，或译"极右分子"，在 1815—1830 年法国封建复辟时期，这些人是非常反动的），意指

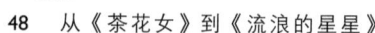

维里耶市长德·雷纳尔先生是一个极端保王党，而作者斯丹达尔自称是自由党。这里阶级立场和政治倾向泾渭分明，不可混淆。可是罗译本中把这句译为"纵然他是过激派，我是自由党"了。接着在下文第五段里，罗译本又把"Jacobin"译为"过激党"。罗译本把原书中所有"Jacobin"一词出现时，都译为"过激党"，其实应一律改为"雅各宾"，或"雅各宾派"，这是法国大革命时以罗伯斯庇尔为代表的真正的革命派。

为了进一步地说明这里所提到的问题，特别是由于误译而引起不同的解释，以致完全背离了原意这一点，在这里，举两个例子：

Il n'y a qu'un sot, se dit-il, qui soit en colère contre les autres : …
（见原著，巴黎 Éditions Garnier Frères 1955 年版第 70 页）

他暗暗地说道："我真是一个大傻瓜，我应该仇恨一切人，反对到底。……"（罗译本第 96 页）

这是很简单的一句话，很容易懂的，应该译为：他心里想："只有一个傻瓜才会对别人发脾气。"罗译与原意正相反，极易被一般读者利用来批判玉连的野心，可能认为"我应该仇恨一切人，反对到底"正是玉连野心勃勃的自我流露。但原来的意思跟它完全不一样，这只要看看原书第十二章《旅行》开头几段上下文就可明白了。

Quand donc aurai-je contracté la bonne habitude de donner de mon âme à ces gens-là juste pour leur argent ?
（同上第 70 页）

我什么时候才能够约束自己，养成良好的习惯；使我的心情应付这般人，恰到好处，他们给我多少钱，我便为他尽多少心？
（罗译本第 96—97 页）

这句话很重要，从上文来研究，玉连在这里是说了一句反话。确切的译法应该是"我到底什么时候沾染上这种好习惯，正是为了金钱就把自己的灵魂出卖给这班人的呢？"实际上，玉连并不是为了钱就把灵魂出卖给那些人的，因为后来他自己也提到："我是拿自己的贫困跟他们的富有做交易的。"从这点上看来，这时的玉连对钱财是憎恶的。但罗译与原意恰恰相反，会引导读者对玉连作出了错误的评价。这完全是不对的。

下面再举几个例子，说明原著中的语句本来是清楚易懂的，但译文却弄错了，这是为什么呢？

Caché comme un oiseau de proie, au milieu des roches nues qui couronnent la grande montagne, il pouvait apercevoir de bien loin tout homme qui se serait approché de lui.

（同上第 72 页）

象一只猛禽，藏在高山顶上不毛的岩石之间，他感觉远迢迢的离开了任何一个人，就令有人朝他走来，那距离也遥远得很。

（罗译本第 99 页）

我们校对了原作，就可发现译文中"他感觉远迢迢的离开了任何一个人，就令有人朝他走来，那距离也遥远得很。"这几句，在原文里找不到丝毫影子。这种极不忠实于原著的翻译，是决不可取的。原文一点也不复杂，都是些简单浅显的句子，怎么会有这些错误呢？确切的译文应该是这样的："他象一只猛禽，躲在高山顶上光秃秃的岩石中间，老远就可以望见任何一个向他走近来的人。"

Comme les amis de la maison ne la gâtaient pas en lui présentant des idées nouvelles et brillantes, elle jouissait avec délices des éclairs d'esprit de Julien.

（同上第 43 页）

于连也好像德·瑞那家的朋友一样，常常贡献出许多新奇的漂亮的意见给德·瑞那夫人，不使她生厌；于是，她欢乐地享受了于连精神上的闪光。

（罗译本第 60 页）

这句译文一开始，由于把原文中的连词 Comme 错看成是"好像"的意思（在这里 comme 不是副词，而是连词，表示原因的），所以整个都译错了。我想恰当的译法是这样的："到她家里来的朋友们既然没有带给她新鲜高明的见解而使她沉迷，于是她便很愉快地欣赏玉连那些智慧的闪光了。"

Sans qu'elle daignât le dire à personne, un accès de fièvre d'un de ses fils la mettait presque dans le même état que si l'enfant eût été mort.

（同上第 36 页）

她自然不愿意委屈自己去告诉人家说，有一次她有一个儿子发了一阵烧，她以为那孩子已经不中用了。因此她几乎也发起烧来。

（罗译本第 51 页）

上面一句中的"le"一字是中性代词（在这句话里代替后面整个事情），在法语中称为"提前词"（le mot d'anticipation）。罗先生把这句话的意思完全理解错了。罗译本中说"她以为那孩子已经不中用了，因此她几乎也发起烧来。"原文根本没有这个意思。应该译为："她儿子中如果一旦有一个发烧了，她就感到好像这个孩子已经死了一样。不过，这种事情她不屑跟别人说就是了。"

以上的例子说明了翻译（特别是文学名著的翻译）是多么艰苦，必须首先认认真真地弄懂了原文的实在的意思才行。

至于我们历来所说，也曾长期争论着的"直译"和"意译"的问题，我不想在这里多讨论了。因为依我看来，真正优秀的翻译是不存在这个矛盾的。如果是所谓"直译"，只是死译，硬译，逐字逐句依样画葫芦，结果弄得佶屈聱牙，无法阅读；或者不像中文，甚至不知所云。如果是所谓"意译"，只是天马行空，不着边际，洋洋洒洒而离原意甚远，虽然读起来倒十分流利，但一查原文，才知某句某段乃译者自己的"创造"。这些都不能算是真正的翻译。其中，我以为，这样的"意译"比起"直译"来，为害更甚。总之，我个人认为所有的翻译工作者应该努力遵守这样一条基本原则——不随意改动什么，不随意删节什么，特别重要的，不随意增加什么。

另外，以前严复所提出的"信、达、雅"这个要求，我认为"信"和"达"是主要的，最重要的。至于是否"雅"，须视具体作品的内容与风格而定，不能一概而论，也无法强求。外国文学作品的文笔风格是千变万化，丰富多彩的，正如我们自己的创作一样，因此译品中不可一律使之成为"文雅"或"典丽"。"山背后太阳落下去了"这句决不能因求雅而译为"日落山阴"。关于这些，鲁迅先生也早已指出过了。鲁迅说："凡是翻译，必须兼顾着两面，一当然是力求易解，一则是保存着原作的丰姿。但这保存，却又常常和易懂相矛盾，看不惯了。不过它原是洋鬼子，当然谁也看不惯，为比较的顺眼起见，只能改换他的衣裳，却不该削低他的鼻子，剜掉他的眼睛。"这些话多有道理啊！对于我们今天的翻译工作具有很大的指导意义。正也因为这样，我很不赞同现在还有些同志把外国诗译成文言诗。比如说，把雪莱、华兹华斯或鲍德莱尔的作品变成古汉语的五七言、古风或歌行体等的格律诗。在晚清或五四运动时期，在白话对文言的斗争取得决定性的光辉胜利以前，西诗译为旧诗曾风行一时，例如苏曼殊译拜伦的《哀希腊》，这在当时很受知识分子欢迎，在反帝反清王朝，宣传爱国主义思想的斗争中起过积极作用。之后在二十世纪三十年代，也还有人译外国诗为旧诗的，例如傅东华把济慈的杰作《夜莺颂》译成骚体。不过，这都是以前的事了。为什么现在还有人这么做呢？一般年轻的读者能接受这些旧诗体的外国诗，真正能欣赏它们吗？有一次有个青年学生跟我说："这些古文外国诗，恐怕以后还得有人花不少工夫再翻成白话诗。……"这话引起我感叹，也许至少可以代表一部分喜欢诗的年轻人的意见吧。

另外，我还主张在译品中应尽可能地适当地保存"洋风洋气"，或者称为"异国情调"。正由于我们是译介外国作品，总会牵涉到外国的风土人情，不同的生活习惯，以及特殊的文风、成语和典故，等等。纯粹的"归化"（"中国化"、"民族化"）不能算是真正的翻译（例如严复译《天演论》，他自己只好称之为"达旨"），首先就有损于忠实。译文中保存某些"洋味"，这跟一味欧化，使人看不下去，是颇有区别的。举一个有名的例子。莎士比亚《哈姆雷特》中一句名言——"frailty, thy name is woman"（"脆弱，你的名字就是女人！"），我们不应把"frailty"一词使之"归化"，译为"水性杨花"，诸如此之类。我觉得，一些外国成语、典故，尽可以直接依外文原意译出，不一定都有相似或者相同的成语或典故来代替。比如说，"一块石头打死两只鸟"（to kill two birds with one stone），不一定就非译成"一举两得"或"一箭双雕"不可，虽然两者意思相当。"Castles in Spain"可否就译为"西班牙城堡"（在《红与黑》第六章《烦闷》里就出现"les Châteaux en Espagne"这一成语，我就直译为"西班牙城堡"了），不译为"空中楼阁"或"海市蜃楼"或"白日做梦"？"heel of Achilles"（"阿契里斯的脚跟"），不译为"弱点"或"致命伤"，等等。这么做，我想对丰富现代汉语词汇，吸收外来的成语和典故，以增加我们语言表达的生动性和丰富性，会有好处。关于这点，也许有人会摇头，会说这太别扭了，费解，不习惯，等等。那么，请问"特洛伊木马"、"酸葡萄"、"鳄鱼的眼泪"、"武装到牙齿"，诸如此类不是现在大家都习惯了，懂得它们是什么意思了吗？我时常看到我们的报刊采用这些外国来的成语典故，足见用多了，流传开来，时间一久，便成自然。这也是一种"约定俗成"吧。当然，目前一般读者还不大熟悉的外国成语和典故，可在附注中加以说明，比如"西班牙城堡"之类。

总而言之，翻译是非常严肃、艰巨的工作，需要长期积累经验，耐心探索，寻求其技巧和规律。翻译一方面是科学研究，包括语言文字的学习、分析和理解，历史文化背景知识的掌握，风土人情的熟悉，特别是对作家和作品的深刻细致的了解；一方面又是艺术的创造，或者说，把已经创造出来的精神艺术品（一首诗或一个剧本或一部小说等）在另一种语言中进行再创造，使之本身也成为独立的精神艺术品。优秀的译品应该是以上两个方面—— 科学研究和艺术创造的血肉结合，信实和流畅的有机的体现。关于译文语言的要求，我主张一定要运用普通话（现代汉语），尽量注重口语化，规范化。我认为所有的译品都能经得起朗诵，使读者一听就懂得，像我们的广播员说话那样，不过译文应该是漂亮的精萃的语言，文学的语言。我前年在杭州曾跟《翻译通讯》编辑部一位女同志聊天，说到我们应该举办"译文朗诵会"（其实也就是优秀的外国文学作品译文的朗诵），由《翻译通讯》和其他有关单位定期举行。这对于提高我们的翻译水平，普及外国文学，以及锻炼我们自己的语言文字等是大有好处的。那位同志很赞成我这个主张，这个倡议。我自己这几年中所译的一些西方诗（如华兹华斯的《汀登寺》、《致布谷鸟》，雪莱的《西风颂》，济慈的《夜莺颂》，兰波的《醉舟》等），首先由我自己一再朗读，随后请朋友们朗诵，并把他们的朗诵录音下来，随时可聆听。译诗一经朗诵，毛病就容易发现；一发现就修改，把不妥的、别扭的、不易听懂的地方改掉，改好。

在这里，我愿将拙译济慈的杰作名篇之一《秋颂》(To Autumn) 抄下来，请读者批评指教。这首诗译成后，就请几个朋友（包括一个自己也写诗的和一个演员同志）朗诵了几次，效果还可以。另外，这首诗以前有朱湘的译文（见《番石榴集》）和查良铮的译文（见《济慈诗选》），请参阅。

秋颂

雾气弥漫与丰收繁荣的时令，
使万物成熟的太阳的知心朋友，
你同阳光合作，怎样以果实盈盈
挂满攀缘茅屋檐下的葡萄枝头；
使青苔斑斑的村舍树上低垂着苹果，
让所有的果子熟透到内心；

使葫芦膨胀，使榛子丰满了，
怀着香甜的核仁；让晚开的花朵
为了蜜蜂，开得更多，更茂盛，
直使它们以为温暖的日子永不消隐，
因为夏天已用蜜汁填满了粘巢。
谁没有看见你时常在仓库里？
有时人们到外面寻觅，会找到
你坐在谷仓地上，无忧无虑地，
你的头发被簸谷的风轻轻地吹飘；
或者你在割了一半的田埂上睡得香，
沉醉在罂粟花的芬芳里，而放在缠着花枝
未割的庄稼边上的是你的镰刀；
有时候仿佛一个拾穗者一样，
你头顶箩筐，稳步渡过小溪；
或者你站在榨酒器旁，耐心地
守望着酒浆慢慢地滴入酒槽。

春的歌在哪儿？哎，它们在何处？
别思念它们吧，你有你的音乐，——
当条纹的云霞照映着将逝的薄暮，
将玫瑰色彩染上断梗纵横的田野，
这时小飞虫便哼着凄清的乐调，
随着微风的起落，在河柳丛间，
一会儿高扬，一会儿低沉；
长肥的小羊羔在山间高声咩叫；
篱边的蟋蟀歌唱着；从那庭园
传来了知更雀的高声的婉转，
成群燕子的呢喃飘过苍穹。

从上面抄录的拙译中可以看到，我除了试图努力做到忠实于原作的意思外——当然，是否如此，还须请读者批评指正。译诗确是不简单的事，而且每个译者对一首诗的内容以及风格会有不同的领会；用汉语表达出来的方式和技巧也会不一样，因为译诗的语言风格往往随译者而异——，在原诗行数、押韵规则，特别是基本格律方面，在可能范围内，保持原来的面目。比如说，英文诗里常见的"五步抑扬格"（Iambic Pentameter），在译诗里就试用五个"顿"（或称为"音组"）来相应安排。有时也会少一个或多一个"顿"，视具体情况而定，不勉强凑合，以损其音调之美。我以为诗应该被译成诗的形式，并且尽最大的努力保持原诗的形式。关于这些，我国几位前辈诗的翻译家已作出了很大的贡献，应该向他们学习译诗的先进经验。

我在高中读书，曾译过狄更斯的《星的梦》、法国作家蒙德斯（Mendès）的《失去了的星星》和托尔斯泰的《长期放逐者》等短篇故事和小说（均根据英文译，发表在温州中学校刊《明天》上），这些是我最初的翻译习作了。在大学毕业后新中国成立前，我除了译斯丹达尔的《红与黑》和《卡斯特洛女修道院长》（L'Abbesse de Castro），梅里美的短篇小说等外，我最喜欢的还是译些西方诗（浪漫派和象征派的诗等）。新中国成立初期，我找到了马雅可夫斯基。这个十月革命伟大的歌手在我眼前打开了眺望新世界新世纪的多彩的窗扉。在异常喜悦激动中，我不管自己的俄语的知识多么浅陋，就主要依靠英文和法文的马雅可夫斯基译本翻译了他的代表作长诗之一《符拉基米尔·伊里奇·列宁》以及其他一些短诗，同时编译了一本《马雅可夫斯基研究》。后来，又从英文和德文译了保加利亚革命诗人瓦普察洛夫的诗。这几年来，我在教学、研究之余，整理修订我以前译的一些西方诗篇，同时补译了一些诗，其中有歌德、海涅、弥尔顿、雪莱、济慈、雨果、波德莱尔、兰波等人的作品。译诗外，又为每首诗做了一些解说，编成一本《西诗小扎》。其中有几篇已发表过了，如《试说济慈的三首十四行诗》（《外国文学研究》一九八〇年第二期），《试说华兹华斯名作花鸟诗各一首》（《南京大学学报》一九八一年第四期）。我在译这些诗时，虽说花了不少工夫，熬了多少个夜晚，但一直感到莫大的乐趣。我总是首先努力去接近这些我所热爱尊敬的外国诗人们，跟他们交上朋友，虽然他们比我早死了几十年或者一百多年了。我努力去了解他们到底想什么，说什么，怎么说的；去寻觅、去醉心于他们所创造出来的诗的意境中。一个外国诗人的译者，应该是这个诗人的最好的读者，最亲切的同情者，也是他最深刻的解说者。诗歌的翻译是非常艰难的工作，但也不是绝对不可能的事，古今中外不乏优秀的译品，它们都是我们学习的榜样。

现在仍回到《红与黑》的译本上头。我在一九四四年写的那篇《译者序》最后一段中说：

　　这本书对于我，说是一个老朋友，还不如说是陪着我，我的心灵，航过一段岁月蹉跎，又多风雨的海路的旅伴。——我说海路，而不说陆路，因为每当我展读这书时，我眼前老是浮现一片苍茫的大水，一个浩瀚的海，几抹帆影，几声鸥鸣，在无边的蓝色深处闪烁着银色的波光。——唉，这十年在我是水的恋，海的记忆；是红黑色的梦幻。……

　　我在这里说到的"一片苍茫的大水"和"一个浩瀚的海"，首先是指我的故乡温州，那里有瓯江和东海。一九三二年秋天，我上高中时，我的一位可敬的英文老师初次跟我谈到《红与黑》这部小说，介绍了它的作者斯丹达尔，便在我的心中留下了最初新鲜的印象。其次是指青岛，一九三六年秋，我在青岛山东大学外文系读一年级时，开始阅读《红与黑》的英译本，就是司各脱·蒙克利夫译的那一本。同时开始学习法文。第三，是说越南海防。一九三八年一月，北大、清华、南开三大学联合组织的"长沙临时大学"（即西南联大前身）因受日本帝国主义侵略战事的威迫，迁移云南昆明。我和部分同学经香港、越南入滇，在海防一家书店里买到了《红与黑》的法文原著。那时，我在敬爱的法文老师吴达元先生的严格教导下，法语学习很有点进步了。于是抱着一部法英字典，还有本语法，硬读下去，当然很吃力，但这也就为后来一九四二年秋天在重庆开始翻译这本书打下了最初的基础。

　　如今整整四十年已过去了，《红与黑》最初的中译本早已消亡，大概在几个图书馆里还可找到少数残本吧。我自己还保存着一本一九四四年十月重庆作家书屋印的第一分册初版土纸本，有时偶尔翻翻，于心很不安。正如上文已提到过的，其中有不少错误；文字又雕琢花哨，实在违背了斯丹达尔原著的语言风格。把一本名著译坏了，真是件可悲的事。我想应该在晚年争取时日重译《红与黑》——自以为现在对这部风行于世、影响巨大的杰作的理解比起我年青时要深刻些了，并且需要加上几百条注释，重写译序，以实现多少年来埋在心底的愿望。

　　鲁迅在一九三六年《捷克译本》一文中早已指出："人类最好是彼此不隔膜，相关心。然而最平正的道路，却只有用文艺来沟通。"广大的人民群众需要通过各种译本来阅读、欣赏和研究世界各国优秀的文学作品，来了解、认识古代和现代各国人民的生活，历史和社会状况；同时也欣赏各国诗人和作家的独创的艺术。长期以来外国进步优秀的文学对我国文学已经产生了，并且正在产生着良好深刻的影响。鲁迅又曾指出："注重翻译，以作借镜，其实也就是催促和鼓励着创作。"国际文化交流健康地加强和发展，对于促进各国人民之间更多更深的了解和互相学习，对保卫世界和平，繁荣各国各民族的文化事业

和文学创作等等，肯定都会起巨大的积极作用。在这里，翻译工作的重要性，翻译家们的巨大而光荣的任务就很明白了。在今天，在我国历史伟大的新时期中，为了把祖国建设成为一个有着高度文明高度民主的社会主义强国，我们的翻译界应该更加积极努力，尽我们的一份力量，作出更多更好的贡献。

1982 年 8 月初，初稿作于连云港连云饭店，

1982 年 12 月初，修订于南京大学

（原收入许钧主编 2011 年 1 月出版《文字·文学·文化》）

郑永慧（1918—2012），广东中山人，生于越南海防。1942 年毕业于上海震旦大学法学院法律系。北京国际关系学院教授，法语硕士研究生导师。中国法国文学研究会理事。译有法国巴尔扎克的《钱袋》《巴尔扎克中短篇小说选》，雨果的《九三年》，梅里美的《梅里美短篇小说选》，大仲马《蒙梭罗夫人》，玛格丽特·杜拉斯《广岛之恋》，萨特《厌恶及其他》等，共计 40 余部，600 多万字。

文学翻译的基本功

文学翻译是一门科学，也是一门艺术，有它本身的理论和技巧，也有基本功问题。本文拟着重谈谈最后这个问题。所谓基本功，就是说译者不仅要熟练掌握本族语和外族语，而且要有文学修养，要有鉴赏能力，还要有充分的常识。

我国有不少翻译家，在文学翻译上有卓越的成就，关键就在于他们有深厚的基本功。试以傅雷先生为例，据笔者管见，傅雷的翻译经验可以归纳为六条：（1）"旧小说不可不多读"，目的是"充实辞汇，熟悉我国固有句法及行文习惯"，以便写出译文来是"纯粹之中文，无生硬拗口之病，又能朗朗上口，求音节和谐"。（2）要有艺术修养，"无敏感之心灵，无热烈之同情，无适当之鉴赏能力，无相当之社会经验，无充分之常识（即所谓杂学），势难彻底理解原作，即或理解，亦未必能深切领悟"。（3）"最好选个人最喜欢之中短篇着手，一则气质相投，容易有驾轻就熟之感，二则既深爱好，领悟自可深入一层，中短篇篇幅不多，可于短时期内结束，为衡量成绩亦有方便"。（4）"事先熟读原著，不厌求详"，"任何作品，不精读四、五遍决不动笔"。(5)"理想的译文仿佛是原作者的中文写作"，要做到这一点，译者在翻译时必须设想自己是在创作，这样才能不受原文句法的约束，写出译文来才能朗朗上口。(6)要"将英译本与法文原作对读"，"纵使英译不尽忠实，于译文原则亦能有所借鉴，增加自信"。可以说，这六条经验，谈的就是怎样加强基本功问题。现将笔者个人的体会，阐述如下：

（一）傅雷先生认为要提高本族语的写作能力，必须多读旧小说。他所说的旧小说，主要是《红楼梦》等古典小说而言。熟读《红楼梦》等的目的是"充实辞汇，熟悉我国固有句法及行文习惯"，以便写出译文来是"纯粹之中文"。只有充实了词汇，才知道法语 tout à coup 不仅可以译为"突然""忽然"，也可以译为"霎时""倏地""骤然""蓦地""霍地"，murmurer 不要一律译为"低声说"，也可以按照不同情况译为"悄悄地说""咕哝着""含糊不清地说""低声抱怨""窃窃议论"等等。

至于"熟悉我国固有句法及行文习惯"，以便写出"纯粹之中文"，应该同第四条及第五条联系起来。首先是"任何作品，不精读四、五遍决不动笔"，要求将原作的内容以及思想、感情、气氛、情调，"化为我有"，才动手翻译，以期达到"理想的译文仿佛是原作者的中文写作"。因此在着手翻译前就有不少准备工作要做，如：背熟生词、查明典故、摘录人名、拟出人物关系表等等，使自己透彻理解原著，书中人物的音容笑貌如在眼前。但是所谓"化为我有"也有一条界线，这条界线就是茅盾先生所说的要保持原作的艺术意境。茅盾先生说过："文学翻译是用另一种语言，把原作的艺术意境传达出来，使读者在读译文的时候能够像读原作时一样得到启发、感动和美的感受。"这句话的关键在"把原作的艺术意境传达出来"，而不是用另一种艺术意境去代替原来的艺术意境。如果翻译以后，原作的人和物，都变成了道地的中国人和物，或者袭用章回小说的手法，不问场合，把说话者一律提到说话前面来，这固然是"纯粹之中文"，但破坏了原作的艺术意境。因此在掌握"纯粹之中文"同"仿佛是原作者的中文写作"时，必须有一定分寸，否则就会劳而无功，弄巧反拙。

除了多读"旧小说"以外，是否还要读点当代小说呢？要的。傅雷先生就很爱读老舍的小说。据笔者的经验，在翻译时，还要根据不同的原著，阅读不同的中国作家的作品，才能有助于传达原作的风格。比如我译左拉的《娜娜》，就经常翻阅茅盾的《子夜》，并不是这两部小说内容有相同之处，而是我觉得他们两人在风格上有点相似；译雨果，就喜欢找巴金的早期小说来阅读，译乔治桑的恬静的田园小说，要读冰心清澈如水的作品。在译福楼拜的《萨朗波》时，找不到相应的当代作家的作品，不由自主地去找《史记》的《项羽本纪》来读，把霸王和虞姬比作马托和萨朗波，可以说是不伦不类，但是我觉得这两篇著作在气势上有相似之处，可以对着读。除了从书面学习本国语言以外，我认为翻译工作者也有必要下基层到人民群众中去体验生活，以学习活的语言，来充实自己的辞汇。

翻译工作者到群众中去，还有另一个任务，那就是了解群众的需要，以确定介绍什么样的外国作品。傅雷的第三条经验说要介绍个人喜爱的中短篇，因为气质相投，领悟可以深入，也容易衡量成绩。这对初学文学翻译的人无疑是非常中肯的忠告，但对于其余的文学翻译工作者，我认为还要加上两条：一是要选择有利于建设社会主义精神文明的作品；二是要选择适应自己的外语水平的作家和作品。

前几年，由于侦探小说和推理小说销路好，不少人一窝蜂地翻译这类小说，以致读者啧有烦言。文学翻译工作者应该吸取这个教训，不去迎合少数读者的庸俗趣味，而应帮助读者分析鉴别外国文学作品，把优秀的世界名著介绍到中国来。

古今中外的作家，各有各的风格。这就造成有的作家的作品容易翻译，有的作家的作品极难翻译。初学文学翻译者必须选择适应自己外语水平的作家和作品，否则，在翻译时就会有力不从心之苦。

（二）傅雷先生的第二条经验涉及译者的艺术修养问题。现仅就"充分之常识（即所谓杂学）"谈一谈我的意见。请看下面两个句子：

1. Tu as l'air d'oublier, pour l'amour de toi, je suis capable de rendre des points à Mata-Hari…

这句直译是："你好像忘记了，为了爱你，我能够使玛塔·哈丽也让我几分……"

2. Ne vous en faites pas,vieux ! J'ai un dilemme à la Duc de Windsor…

这句直译是："不要担心，老朋友，我有一道温莎公爵式的难题……"

谁是玛塔·哈丽？什么是温莎公爵式的难题？原来玛塔·哈丽原名

Margareta Gertruida Zelle（1876—1917），是荷兰人，自一九〇八年起用玛塔·哈丽的艺名到处表演东方舞蹈。第一次世界大战爆发以后，玛塔·哈丽为德国人刺探协约国的军事秘密，于一九一七年被协约国军捕获枪毙。她是第一次世界大战时期最著名的国际女间谍，因此上面第一句话的后半句应译成："我干起间谍来，比玛塔·哈丽更出色。"

温莎公爵（1894—1972）即英王爱德华八世，他于一九三六年一月登基后，宣布要与美国一位离过婚的辛普森夫人结婚，遭到首相鲍尔温的反对，要他选择江山或美人。爱德华八世于一九三六年十二月逊位于其弟乔治六世；翌年在法国娶了辛普森夫人。所以上面第二句话的后半句应该译成："我必须在女人和荣誉之间作一选择。"

对于西方的这些家喻户晓的人物，应该熟悉，否则将如傅雷先生所说的："势难彻底理解原作，即或理解，亦未必能深切领悟。"西方家喻户晓的人物很多，而且随时代的不同而异，要多读书报，随时留心。

《圣经》是西方世界销路最广的出版物。文学、绘画、雕塑、音乐的世界瑰宝中，无数题材取自《圣经》，《圣经》的内容已深入到人们生活的各个方面：为什么一星期有七天？这来源于《圣经》；西欧婴儿的命名要从《圣经》里找圣名；学校和机关企业的假期要遵从《圣经》的规定；等等。所以熟悉天主教和基督教，熟悉《圣经》，是文学翻译工作者重要的基本功之一，也是傅雷所说"杂学"的重要内容之一。

法国是一个以天主教为主要宗教的国家。法国文学中对天主教教堂、节日、仪式的描写可以说是不胜枚举，就连被咒骂为不道德的近代作家安德烈·纪德也写过不少取材于《圣经》的作品，如《窄门》《浪子归来》《田园交响乐》《梵蒂冈的地窖》等。当代共产党作家阿拉贡，写过一篇小说叫《La Semaine sainte》，有人译为《神圣的一周》，这是不熟悉《圣经》和天主教节日的错译，应该译为《受难周》。因为天主教按照《圣经》的叙述，把复活节前一周称为耶稣受难周（La semaine sainte），复活节前的一个星期五称为耶稣受难日（Vendredi saint），受难后一日称为望复活（Samedi saint）。可见得熟悉天主教和《圣经》对文学翻译多么重要。

（三）傅雷先生经验的第六条是要把英译本与法文原作对照阅读，这就要求文学翻译工作者必须掌握第二种外语，我认为还必须强调翻译工作者所掌握的第一种外语要随着时代更新的问题。

我译过巴西作家亚马多的小说《饥饿的道路》，是从法译本转译的，我觉得比任何法国作家的作品都更容易译。由此可见经过转译的作品比原作好懂，拿来对照自己的译作，自然"于译文原则亦能有所借鉴"了。何况掌握第二种外语，对自己的翻译也有好处。

至于外语要随着时代更新的问题，且以法语为例。法语自从第一次世界大战结束以后，起了一个变化，十九世纪以来雨果、巴尔扎克、司汤达、福楼拜那种循规蹈矩的句子，文绉绉的词汇，合乎常理的叙述方法，已逐步让位于多种多样的词汇，离奇古怪的句子，出乎常理的叙述方法，如内心独白、意识流、特写、淡入淡出、在一句句子里同时出现分隔数地各不相干的行动等等。请看下面的句子：

M. X, au lieu de faire les choses en douce, avait tenu à les transformer en fête mondaine, invitant à sa *divorce partie* le ban et l'arrière-ban de la finance et du *jet-set*.

句中 divorce partie 和 jet-set 是外来语，前者指为离婚而召开庆祝会，后者指经常坐喷气式飞机飞来飞去的人物，如外交家、银行家、企业家、影星等等。全句的意思是："X 先生非但不肯静悄悄地离婚，还把离婚庆祝会改成社交盛会，把银行界和社会名流全部邀请来参加。"

再看下面从目前的杂志上随意摘下来的句子：

A treize ans, je *me barre* de chez moi. Un type me ramasse au bord de la route... Ce type habite avec sa *nana*. *Le jour* J je fais une *razzia de bouffe* dans une boutique...

句中 me barre 是民间用语，意思是"逃走"；nana 也是民间用语，指"情妇"，le jour J 是军事用语，指预定采取行动的日期；razzia 是俗语，指"抢劫"；bouffe 是民间用语指"食物"，razzia de bouffe 就是去抢劫食物。

由此可见，当代的法语是：俗语多了；行话多了；外来语多了；新造的词也多了。至于句法和叙述手法也是多种多样，千变万化，花样翻新。因此，文学翻译工作者对法语还要不断学习，经常更新，才能打好扎实的基本功，适应文学翻译的需要。

（原载《中国翻译》1984 年第 1 期）

许渊冲（1921— ），江西南昌人。翻译家。1943 年昆明西南联合大学毕业。1948 年访问英国牛津大学及法国巴黎大学。1950 年获巴黎大学文学研究生文凭。1951 年回国，后担任北京大学教授。通晓英、法双语，在汉诗外译上成绩尤为突出。著有《翻译的艺术》《文学翻译谈》。法文译著主要有《唐宋词选一百首》《中国古诗词三百首》。英文译著主要有《西厢记》《诗经》《唐诗三百首》等。另有《毛主席诗词四十二首》中译英、中译法各一册。翻译法国文学名著多部，主要有《巴黎圣母院》《红与黑》《包法利夫人》《高老头》《约翰·克里斯托夫》等。

谈重译

——兼评许钧

　　"重译"有两个意思：一是自己译过的作品，重新再译一次；二是别人译过的作品，自己重复再译一遍，这也可以叫作"复译"，但我已经用惯了"重译"二字，所以就不改了。正如"矮"字是"委矢"两个字组成的，拿起箭来应该是"射"，怎么成了"矮"呢？而"射"是"寸身"两个字组成的，一寸高的身子应该是"矮"，怎么成了"射"呢？于是有人认为"矮"和"射"两个字应该互换，言之成理；但是这两个字已经有了千百年，约定俗成，结果"委矢"放箭还是"矮"的意思，三寸丁的个子还是"射"的意思。这个问题我们中国人司空见惯，不以为奇；但是落到外国人眼里，他们却如获至宝。如英国诗人庞德和洛威尔读了中文，结果竟创立了意象诗派，影响之大，美国哥伦比亚大学一九八四年出版的《中国诗选》封底上说："假如没有中国诗词的存在影响，我们不可能想象出本世纪英诗的面目。"因此，无论翻译也好，重译也好，不但要引进好的外国表达方式，还要输出好的本国表达方式，不论是外译中还是中译外，都是一样。尤其是对只知有美国，不知有中国，只知道今天，不知道历史的美国人，更是如此。试想，假如美国人都像庞德和洛威尔一样对中国文化有所了解，有所爱好，那今天的中美关系会发展到什么地步？世界文化会得到多少提高？因此，我认为要建立二十一世纪的世界文化，主要是把东方文化输出到西方去；即使是输入西方文化，也要使之适合中国的国情。所以翻译工作者要传播双向的文化，翻译的地位不应该在创作之下，翻译的质量也不应该低于创作的质量，换句话说，翻译的文句和创作的文句应该没有什么分别。

至于重译，我认为新译应该尽可能不同于旧译，还应该尽可能高于旧译，否则，就没有什么重译的必要。我自己中译英重译过《诗经》《楚辞》《汉魏六朝诗选》《唐宋诗选》《唐宋词选》《李白诗选》《苏东坡诗词选》《西厢记》《元明清诗选》《毛泽东诗词选》等；中译法重译过《古诗词三百首》《唐宋词选一百首》等；法译中重译过雨果的《艾那尼》、司汤达的《红与黑》、巴尔扎克的《入世之初》、福楼拜的《包法利夫人》、莫泊桑的《水上》，现在正重译罗曼·罗兰的《约翰·克里斯托夫》；英译中则只有花城出版社约我重译萨克雷的《名利场》。直到目前为止，出版过中英、中法互译作品达四十本之多；而中文、英文各拥有十亿以上的读者，因此是世界上最重要的两种文字；如果没有出版过这两种文字互译的作品，恐怕很难提得出解决中英互译问题的理论。积五十多年中英、中法互译的经验，我得到的一条结论是：文学翻译，尤其是重译，要发挥译语的优势，也就是说，用译语最好的表达方式，再说具体一点，一个一流作家不会写出来的文句，不应该出现在世界文学名著的译本中。二十世纪文学翻译作品能够传之后世的不多，而我认为二十一世纪的翻译文学应该是能流传后世的作品。

古代流传到今天的文学名著，首先要推希腊的荷马史诗。据中国译协副会长刘重德在《浑金璞玉集》第112页上说："荷马史诗至少有珂伯、蒲柏、查普曼、纽曼等的英文重译本，其中蒲柏和查普曼的两种译本最为重要。"沃顿在《英国浪漫派散文精华》第21页上说："蒲柏较之荷马有着更多闪光的比喻和动情的描写，总体上也显得更内容丰富、文采飞扬、细腻深入和绚丽多彩。这样，蒲柏的译文反倒比希腊文的原著更受人欢迎了。"查普曼的译文则得到了英国诗人济慈的高度赞扬。但英国评论家阿诺德却说：他们都不符合荷马的风格，蒲柏太典雅，如：

No force can then resist, no flight can save;
All sink alike, the fearful and the brave. ...
Where heroes war, the foremost place I claim,
The first in danger as the first in fame.

但译文胜过了原作，再现原作风格就是次要的了。英国诗人艾略特说过："个人的才智影响有限，民族文化的力量无穷。"

到了二十世纪，出现了汉武帝哀悼李夫人的《落叶哀蝉曲》的几个重译本，原诗如下："罗袂兮无声，玉墀兮尘生。虚房冷而寂寞，落叶依于重扃。望彼美之女兮安得？感余心之未宁？"英译者有翟理斯、庞德、韦利、洛威尔等。一般认为，韦利的译文比较接近原文的风格，但最成功的却是庞德的译文，甚至已经选入了英国诗集。现将庞德译文抄下：

The rustling of the silk is discontinued,
Dust drifts over the courtyard,
There is no sound of foot-fall, and the leaves
Scurry into heaps and lie still,
And she the rejoicer of the heart is beneath them:
A wet leaf that clings to the threshold.

庞德的英译文可以还原为白话如后："罗衣不再悉索作响，尘埃在庭院中漂浮。听不见脚步声，枯叶纷纷落下，静静地堆在门前，而她这个令人心荡神怡的美人却躺在枯叶下面：一片风雨中飘零的树叶依恋着门槛。"比较一下原诗和白话译文，可以看出用词的风格大不一样："罗袂"浅化为"罗衣"，"无声"深化为"悉索响"，"玉墀"浅化为"庭院"，"尘生"等化为"尘埃漂浮"，"虚房"句具体化为"听不见脚步声"，"落叶"句最重要，原文只是借景写情，庞德却创造了一个意象，把李夫人的英灵比作一片落叶，依依不舍地恋着门槛，使得情景交融了。"彼美之女"也深化为"令人心荡神怡的美人"，最后一句"感余心之未宁"，原文是说汉武帝思念李夫人，心不平静，庞德却把诗人心中的美人和落叶合成三位一体，心不平静又换成风雨飘零的意象。于是英美评论界认为庞德的译文胜过了原诗。从以上两个译例看来，蒲柏和庞德胜过了原作，都是不考虑原文风格的。

　　后来，我把汉武帝悼念李夫人的哀歌重译成英、法文。英译用的蒲柏的译法，全部押韵，风格比庞德更接近原文，但意象远不如庞德，不能算是胜过庞译，由此可见意象比风格更重要。但庞德没有译"感余心之未宁"，我的法译把这一句译成"心潮起伏"，用了一个波浪的形象，觉得只以这句而论，可以算是胜过庞德的。现将我的法译抄下，可见重译可以推进文化的发展。

Je n'entends plus, oh ! froufrouter sa soie ;
Je vois croître, oh ! la poussière à sa porte.
Sa chambre est froide, desertée par la joie ;
Au vantail clos s'attachent les feuilles mortes.
Cherchant ma belle, oh ! mon coeur ondoie
comme une mer forte.

　　以上谈的是中译外。外译中我也重译过几本：《红与黑》参考了郝运译本，觉得很容易超过；《包法利夫人》参考了李健吾译本，大约有 5% 不容易超过；《约翰·克里斯托夫》参考了傅雷译本，大约有 10% 不容易超过。我参考郝译时，觉得译文只能使人"知之"，不能使人"好之"。他选用的词汇，几乎都是法汉词典上找得到的；我不记得他有什么独到的译法，读了使人叫绝，觉得自己译不出来的。他的句法"翻译腔"严重，我有时读得会生气，觉得这是在污染中文，并且很容易就改成中国人说的话。但是许钧和《文汇读书周报》征求读者意见，结果却是郝译最受欢迎。不过钱锺书先生说过："凡作品之文学价值愈高，承认之人不必愈众。"（《钱锺书传稿》第 101 页）《传稿》同页还说："某一文学作品为大家公认为标准的文学作品，那这个作品就必定是一失败的作品。"我看这话也可以应用于文学翻译。我参考李健吾译文时，觉得译文不但使人"知之"，而且使人"好之"，甚至使人"乐之"。这种使人"乐之"的译文约占全书 5%，我一读到就查法汉词典，如果词典中有，我就用在自己的译本中，因为那不是李先生的独创；如词典中没有，那我就不敢掠美，尽量寻找其他表达方式，如能胜过李译，那是乐何如之；即使不如李译，只要相差不算太远，我还是用自己的译文；如果相差太远，那只好承认李译不可超越，甘拜下风了。在参考傅译时，我觉得使人"乐之"的译文比李译还多，约占 10%。我的处理方法，还和对待李译一样。这样一来，我觉得重译才是真正的文学翻译，因为不必费力去解决理解问题，而可以集中精力去解决表达问题，看怎样表达得更好。一般说来，我不太费力气去再现原作风格，因为风格问题不容易有共识。我惨痛的经验是：费力去传达原作风格，结果把好译文改坏了。如果妙译和原文风格有矛盾，我是舍风格而取妙译的。

傅雷说过："理想的译文仿佛是原作者的中文写作。"最近《英语世界》百期专刊要我写一篇中、英文的专稿，我就模仿老子《道德经》第一篇写了一章《译经》。中、英文都是作者的写作，是不是"理想的译文"呢？现将原文抄录于下："译可译，非常译：忘其形，得其意。得意，理解之始；忘形，表达之母。故应得意，以求其同；故可忘形，以存其异。两者同出，异名同理：得意忘形，求同存异；翻译之道。"

Translation is possible: it is not transliteration. Neglect the orignal form; get the original idea. Getting the idea, you understand the original; neglecting the form, you express the idea. Idea and form are two sides of one thing. Be true to the idea common in two languages and free from the form peculiar to the original. That is the way of translation.

三个"译"字，译法各不相同；"得意忘形"，"求同存异"，在不同的上下文中，有不同的译法；"两者同出"，干脆译成"意"与"形"。我译时根本没有考虑保存原作风格问题，但是能说我自己的译作没有再现原作风格吗？我想，借口保存原作风格的"洋泾浜"译文恐怕站不住脚了吧。我译《红与黑》时也是一样。我看别人（除罗新璋外）都是在译司汤达的文字，我却是在译司汤达心目中的玻璃市、市长、市长夫人、于连等。施康强曾经问过我："你不是司汤达，怎么知道司汤达心目中的人物？"我要学庄子答惠子的话说："你不是我，怎么知道我不了解作者心目中的人物呢？"

《外语与外语教学》一九九六年第三期发表了许钧的《"化"与"讹"》，该文同时收入南京大学出版社的《〈红与黑〉汉译研究》，文中说我译的《红与黑》"因为'化'之失度，不可避免也会造成的'讹'。"书中第14页说："郭宏安译的成功之处，正在于他在再现原作风格上所作的可贵努力和取得的良好效果。"现在我们就来看看郭译如何"再现原作风格"，许译如何"化"得"失度"。

1. 死、生、永恒，对于其器官大到足以理解它们的人来说，都是些很简单的事物……（郭译第471页）

2. 死亡、生存、永恒，对人是非常简单的事，但对感官大小的动物却难以理解……（许译第 528 页）

原文 qui 包括人和动物，所以早出的郝译是"对器官大到足以理解它们者"，郭译加了一个半文半白的"其"字，只译了"人"而没有译"动物"，却把"死、生、永恒"都说成是"物"，这种译文能算是再现了原作的风格吗？再看许译，用"深化法"把 qui 分译成人和动物，这能算"化之失度"吗？也许一个例子不足为凭，我们再看一个例子：

3. 这劳动看起来如此粗笨，却使初次进入法国和瑞士之间这片山区的旅人啧啧称奇。（郭译第 2 页）

4. 这种粗活看来非常艰苦，头一回从瑞士翻山越岭到法国来的游客，初见不免大惊小怪。（许译第 2 页）

这种"劳动"或"粗活"指的是把碎铁打成钉，郭译是小铁块，使人想到形状整齐的一小块、一小块铁片，而碎铁却是形态不整齐的。请问哪种译文再现了原作者用词的风格呢？"粗笨"一般只用于人，不用于劳动，这种搭配再现了原作的风格吗？"粗笨"是贬义词，"啧啧称奇"一般却是褒义词，这样自相矛盾难道也是"再现原作风格"？再看许译，"翻山越岭"、"大惊小怪"能算"化之失度"吗？许钧认为郭译成功地再现了原作的风格，那就说明许钧理解的原作风格是选词不当，人物不分，搭配不妥，自相矛盾的，这样的风格值得再现吗？我没有时间读郭译全本，只看了这两个例子，已经够典型地说明郭译的失败了！

再看许钧在《"化"与"讹"》中是怎么说许译"化之失度"的。

第一，他认为许译是"随心所欲的创造"，而不是"依据原文的再创造"，举的例子是第 44 页那句"这一夜对他们两个人来说……"但是说了半页，并没有找到一个不"依据原文"的例子；自然，更找不到像郭译那样用词不当，人物不分，搭配不妥，自相矛盾，却再现了原作风格的例子。这最多只能说明仁者见仁、智者见智的问题，怎么能说许译"化之失度"呢？

第二，他认为许译"扒洞男爵"不好，因为原文"怪在其'义'（"棍棒"），而不在其'音'。"我们再看看许钧认为"再现原作风格"的郭译吧：郭译只音译为"巴东男爵"，再在第 239 页下面加注说："巴东"是"棍子"的意思。这种译文"音"和"义"都不怪,许钧却认为比用"音怪"来译"义怪"的许译更能再现原作"怪"的风格。这真是"随心所欲"、毫无"依据"的批评了。

第三,他认为许译"洋相"不如郭译"新的不幸"。这就要看上下文了。上文说于连偷偷地到市长夫人房里来。这不是出"洋相"吗?有什么"不幸"呢?可见许钧停留在"文字翻译"上,连上下文都不管,只管词的表层意义,不管词的深层内容,这样能"再现原作风格"吗?他反而认为许译"失度"是"讹",这不是颠倒是非、混淆黑白吗?

第四,他在《"化"与"讹"》中说:"既然是妙事,而且回忆这些妙事成了家常便饭,为什么市长要在重大场合,才肯提起呢?这不是自相矛盾吗?"我却一点也不觉得矛盾,"家常便饭"是说平时讲得太多,所以后来要到重大场合才讲。这不是合情合理的吗?有何矛盾可言?再看郭译把"家常便饭"译成"工作","工作"为什么要到"重大场合"才讲呢?这不是矛盾吗?这个例子又说明许钧的"再现原作风格",还是只管表层意义,不管深层内容。

第五,他在《〈红与黑〉汉译研究》第21页上比较了《红与黑》第一句的郭译和许译:

1. 维里埃算是弗朗什—孔泰最漂亮的小城之一。(郭译)

2. 玻璃市算得是方施—孔特地区山青水秀、小巧玲珑的一座市镇。(许译)

郭译"漂亮的小城"只指城市建筑,不包括山水在内,和原文意义不合,并且已有好几个译本是这样译的,为什么还需要这样重译呢?许钧说很多人认为郭译具有"简洁之美",那其他好几个译本也同样具有"简洁之美",最多有一本也就够了。为什么要鼓励相同的重译本?如果不能超过前人,那就不必重译。简单说来,郭译是人人都会的"文字翻译",许译是联系上下文的"文学翻译"。

第六,他在同书第20页上又比较了《红与黑》最后一句的五种译文,其中四种大同小异:

1. 德·莱纳夫人信守诺言,她丝毫没有企图自杀,然而,于连死后三天,她拥抱着孩子们去世了。(郭译)

2. 德·雷纳夫人忠于她的诺言,没有自寻短见,但在于连死后三天,她也

吻着孩子，魂归离恨天了。（许译）

　　这句有十几种译文都和郭译大同小异，请问有没有这样重译的必要？只有许译"魂归离恨天"译得与众不同，结果群起而攻之，说是陈辞滥调。但"去世"一般是指自然死亡，而市长夫人却是含恨而死。请问表达含恨而死，还找得到比"魂归离恨天"更好的表达方式吗？所谓的"陈辞滥调"，法国诗人瓦雷里认为是"人类高度文明的表现"，英国诗人艾略特也在诗中大用典故，却赢得了国际声誉，英国哲学家罗素甚至公开说：中国文化在三方面优于西方文化，首先就是象形文字（包括所谓的"陈辞滥调"）优于拼音文字。为什么中国的评论者却如入宝山视而不见呢？

　　李政道在《名家新见》（《光明日报》一九九六年六月二十四日，中说得好，"艺术，例如诗歌，……用创新的手法去唤起每个人的意识或潜意识中深藏着的已经存在的情感，情感越珍贵，唤起越强烈，反响越普遍，艺术就越优秀。"我看，艺术当然包括翻译的艺术在内。总而言之，我看我和许钧有三大分歧：

　　第一，在认识论方面，他认为翻译是科学，我认为翻译是艺术。他要用科学方法来解决翻译问题，认为翻译的公式是1+1=2，一个字只有一个"等值"的译法；他只重视词的表层形式，更重"形似"，更重"直译"，结果成了他自己说的斤斤计较于"微观细节"的"文字翻译匠"。我却要用艺术方法来解决翻译问题，认为文学翻译的公式是1+1>2，译字句都要发挥译语的优势（许钧称为"讹"），更重深层含义，更重"神似"，更重"意译"，这是我们之间的第一个分歧。

　　第二，在方法论方面，他强调"再现原作风格"，我却提出"三化"（深化、等化、浅化）的艺术。他认为"化无定法"，"深浅无常"，难以掌握。我却认为只要自问译文是否使自己"知之、好之、乐之"就能掌握。所谓"知之"，就是知道原作说了什么；所谓"好之"，就是喜欢译文怎么说法；所谓"乐之"，就是"说什么"（what）和"怎么说"（how）使你感到乐趣。这种乐趣如果引起共鸣，就把一国创造的美转化为全世界的美，与全世界共享，那是世界上最高级的善（叔本华语）。

　　第三，在目的论方面，他认为翻译的目的是交流文化，我却认为交流的目的是双方都得到提高，共同建立新的世界文化。所以就该欢迎译文胜过原文，重译胜过原译。庞德把汉武帝的哀歌译成意象派的新诗，得到了国际声誉，我们也就应该把"魂归离恨天"送上国际文坛，（杨宪益夫妇在《红楼梦》中译成 return in sorrow to Heaven，我在《西厢记》中把"休猜做了离恨天"译

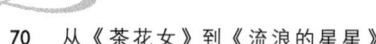

为 is this a paradise or a sorrowless sphere?）这样，重译就可以使国际文坛变得越来越丰富多彩，越来越灿烂辉煌！

本刊一九九六年增刊第 62 页上说：李白《秋浦歌》（白发三千丈，缘愁似个长。不知明镜里，何处得秋霜。）的译文凑韵，现在重译如下：

Long, long is my whitening hair;

Long, long is it laden with care.

I look into my mirror bright.

O where comes the autumn frost white?

（原载《外语与外语教学》1996 年第 6 期）

郝运（1925—　　　），原名郝连栋。河北大城人。翻译家。1946 年毕业于昆明中法大学法国文学系。历任南京中国红十字会总会代课长、工会主席，就职于上海平明出版社、上海新文艺出版社、上海译文所等单位。1979 年起在上海译文出版社从事专业翻译工作。是上海作家协会理事，全国法国文学学会理事，中国民主促进会成员。译有都德《小东西》，司汤达《红与黑》，法朗士《企鹅岛》和《莫泊桑中短篇小说选》等三十余部。

关于《红与黑》汉译的翻译

——致许钧

许钧教授：

您好！

来信接到已经有很久了，一方面由于我身体不好，另一方面，也是主要的原因，我一直在考虑是回答您提出的问题好呢，还是不回答为好。因此迟复，请原谅。法语中有一个俗语，叫"se faire tout petit"（尽量不惹人注意），多少年来，我习惯了这么做人。经过再三考虑，还是认为应该回答，否则就太不敬了。

您和赵老发表在《文汇读书周报》上的对话录已见到，当天草婴同志即来电话说："充分说理，非常公正。"你们为评论文学翻译树立了一个好风气，我对你们表示敬意，并请代为向赵老问候。

关于您提出的一些问题，凡是我能回答的，按您提问的次序简单回答如下：

"四人帮"打倒后，对文学艺术的禁锢也随之打破，广大读者如饥似渴地寻觅古今中外文学作品阅读，新华书店出现了排队购书的场面。上海译文出版社重印了罗玉君先生的《红与黑》译本，接着认为有必要重新组人翻译，列入"外国文学名著丛书"，于是找到了我。

五十年代我曾担任过罗译本的编辑，提过不少意见，请罗先生修改，今天看来该译本仍留有许多错译和欠妥的地方，因此我也认为有必要重译。在接受了这个任务以后，我想尽快尽好地译出，满足广大读者的需要。

至于赵瑞蕻先生的译本，我还是在五十年代初见过一本上册，可惜的是后来一直未能见到全译本。

我当时翻译的时候，想到会有另外的译本，但是不长时间内出现十几个译本，这却是出乎我意料之外的，当然这是个好现象：一说明了《红与黑》这部作品获得了广大读者的喜爱，二说明了译者的队伍壮大。况且名著的译本应在不断更新中越来越完美。至于我本人，换了在现在这种情况下，也许不会接受翻译了。因为我是个不喜欢赶热闹的人，况且可译的东西并不少。

说白了我只是一个翻译匠，没有系统地研究过翻译理论，像什么借鉴和创新问题，我说不出一个道道来。就以我译《红与黑》为例，我从来没有想到去向罗译本借鉴什么，也没有想到创新什么。我只是按我对原著的理解，兢兢业业，尽心尽力去译，几十年来我译书也都是抱这个态度。

关于《红与黑》原作的风格，记得司汤达在给巴尔扎克的信中说："我写《修道院》时，习惯于每天早晨读两三页《民法》，帮助自己掌握恰当的语调，显得完全自然，我不希望用矫揉造作的手段去迷惑读者的心灵。"他在《论爱情》里又说："我竭尽全力要做到枯燥。"我个人从翻译过程中感到司汤达的文章风格是朴实、明晰、严谨。他讨厌华丽的词藻、复杂的修饰语，以及语言表达不清和玩弄比喻等手法。总之一句话是：自然。

正如司汤达在化名 D·格吕福·帕珀拉写的那篇关于《红与黑》的文章中说的："举止和言语里的自然，是德·司［汤达］先生在他的小说每一重要场面里都要重新达到的理想的美。"

如果有人仅仅认为我的译文平实，"文采不够"，我已经感到十分满意了，因为我翻译法国文学作品，力求忠实原文，即首先要"信"。其实"信"也是不容易做到的事，自问也没有做好。至于"达"、"雅"，则是个人的水平和能力问题，我更差得很远。对我的译本应该打多少分，读者是更好的评判人。有人说我是译文平实，"没有文采"，也许就是因为我的能力有限，才未能达到

"自然"，或者说司汤达说的"枯燥"的地步。

　　今天与新中国成立前或初期相比，我国研究外国语言文学的水平已有很大提高，各种词典辞书也出版了许多。然而，面对浩如烟海的世界文学宝库，我们在译介方面是不是已经有了足够丰富的积累，可以把主要精力放在如何传神和穷究细节上了呢？至少我个人不这样看问题。就拿法国文学来说，我前面也提到该译和可译的书当然不止《红与黑》一部。我自己就很喜欢阿纳托尔·法朗士的作品，也译了好几种，尽管译得不好。我知道法朗士的小说不可能拥有《红与黑》那么多的读者，不可能印几十万、上百万册。但这项工作是有价值的，是应该做的，我所译介的几种被好的译本取而代之也是毫无疑义的，只是迟早而已。至于《红与黑》迄今已有十多种中译本也完全可以理解，只要不是以抄袭为能事，总能起到添砖加瓦的作用。现在不是提倡引进竞争机制吗？外国文学译介有点竞争也是好事，当然，如何把握原作风格，如何处理忠实与流畅的关系等等，那都是见仁见智的问题。不过，我从一件小事看出，某些似乎无法用仪器测定的是非之争在人们中间往往也会形成比较一致的看法。前不久电视播出某种方便面的广告，其中有把他人产品先是鄙夷地一扔，然后再踩上一脚碾碎的画面。我看了觉得很不是滋味，但自己没有进一步的行动。不久，果然有观众投书报刊批评这则广告，足证人同此心。

　　我从事法国文学译介工作时间不算短，但始终不敢好高骛远，只追求一个目标：把我读到的法文好故事按自己的理解尽可能不走样地讲给中国读者听。我至今仍认为做到这一点并不容易。有时候原作十分精彩，用中文复述却不流畅，恰似营养丰富的食品偏偏难以消化。逢到这种情况，我坚持请读者耐着性儿咀嚼再三，而决不擅自用粉条代替海蜇皮。如果我的译本不能满足读者的要求，那是我的才能有限，而不是存心欺骗读者。

　　专以敬复，盼多多指教。

　　　　　　此致
　　　　　　敬礼！

　　　　　　　　　　　　　　　　　　　　　　　　郝运
　　　　　　　　　　　　　　　　　　　　1995 年 4 月 15 日
　　　　　　　　　　　（原收入许钧主编 2011 年 1 月出版《文字·文学·文化》）

罗洛（1927—1998），原名罗泽浦，四川成都人。诗人、诗歌翻译家。1946 年就读成都华西协和大学。1980 年以后，历任中国科学院西北高原生物研究所副所长、副研究员，中国科学院兰州图书馆馆长，中国大百科全书出版社副总编辑，中国作家协会上海分会副主席，上海笔会中心书记等职。有诗集《春天来了》《阳光与雾》《雨后》《海之歌》。译著有《法国现代诗选》《魏尔仑诗选》。诗论集有《诗的随想录》。

译诗断想

　　诗可以翻译吗？或者，诗不可以翻译吗？对这两个问题（实质上是一个问题），历来就有两种截然不同的答案。一是认为诗是不可译的，因为诗就是在翻译中失去的东西；而与此相反的意见是：如果那是真正的诗，通过翻译也仍然是诗，因而诗应该是在翻译中保存下来的东西。

　　这两种意见都各有一定的道理，但也都难以叫人完全信服。严格地说，诗的确是不能翻译的。诗的完美而又多变的形式，诗所表达的或婉妙或豪宕而又舒展自如的情绪，以及那似有若无只能意会的诗意和韵味，很难设想能用另一种语言铢两悉称地传达出来。然而人大约的确是矛盾的动物，偏要去干那些据说是办不到的事情。连上帝也无力阻止亚当和夏娃去采摘禁果，尽管他们生下的第一个儿子就是不肖的该隐。事实上，许多有世界声誉的诗人的作品，大都被译成了多种语言，其中有的诗人还是靠了优秀的翻译家才获得世界声誉的。如果没有费慈吉拉德，《鲁拜集》的作者莪默·伽亚漠也许还只是一个默默无闻的波斯诗人。

译诗的重要性，正像译诗的局限性一样，是一时谈不完的，何况已经有许多人谈过了。我想，不如稍稍来探讨一下在译诗时可能会失去一些什么，以及有哪些东西可能保存下来。

首先是形式。形式是和语言紧密相连的。有一些诗的形式，几乎是不可能移植到另一种语言的。例如但丁在《神曲》中所用的"三韵句"的形式（aba,bcb, cdc…），全诗一万四千多行都用这种形式，这在转译成任何一种语言时都是难以做到的（也许世界语是唯一的例外）。又如中国的旧诗词，特别是词，哪一种语言能保存它那既有规可循、又变化多端的形式呢？对中国文化有很深了解的新西兰诗人艾黎（Rewi Alley）在翻译苏轼《念奴娇·赤壁怀古》时，把"大江东去，浪淘尽、千古风流人物"译作：

The vast river flows east,
its waves washing up remnants
of the great of the thousands
Of years gone Past;

把中国旧诗词译成西方语言，绝大多数译者都采用了比较自由的译法，这是可以理解的。这里有两种不同的情况：一种是：译诗虽然比较自由，但仍然是格律体（当然不是原诗的那种格律），还有一种，就是完全译成自由体。

把西方诗歌译成汉语也有类似的情况。一种是完全不顾原诗的格律，译成自由体，如果真正能传达原作的风格和韵味，这种译法当然也是未可厚非的。然而还是有一些严谨的译者，宁愿给自己出难题，用大致相同或相似的格律体来译西方格律诗——当然也要做一些相应的变通，例如用"顿"数来处理英文诗的音步或法文诗的音节数，等等。

在《法国现代诗选》的译序中，我曾经这样说过我对译诗的看法："为了保存原貌，译文从内容到形式都尽量依从原诗，即一般采用直译，把格律体译为格律体，自由体译为自由体。翻译到底不是创作，因此，我不赞成那种过分自由的'意译'。然而：法文和中文又是相距甚远的两种文字，因而我也不赞成对原诗每个音节都亦步亦趋，过于拘谨而使译文难读。"

我认为：如果原诗是格律体，译诗也应该是格律体。当然不是说要用五字句、七字句等等来译十四行诗或亚历山大体，但字数或顿数应该大体整齐。也可以采用大致相近的韵，但韵脚的排列则应该依从原诗。如果原诗在形式上有些独特的处理手法，译诗也应尽可能地表达出来。

下面是魏尔仑《泪洒落在我的心上》一诗中的两节：

Il Pleure dans mon cœur
Comme il pleut sur la ville,
Quelle est cette langueur
Qui pénètre mon cœur ?
* *
C'est bien la pire peine
De ne savoir pourquoi,
Sans amour et sans haine
Mon cœur a tant de peine !

这首诗按 ABAA，CDCC 押韵，每一节的第一行和第四行的末一个字相同。我在译诗中是这样处理的：

泪洒落在我的心上
像雨在城市上空落着。
啊，是什么样的忧伤
荆棘般降临我的心上？
* *
这确是最坏的悲哀：
我不知道是为什么，
没有恨也没有爱，
我的心有这许多悲哀。

押韵不依平仄，这在旧体诗词中是决不允许的。而在译诗和新诗创作中，不但是可以的，有时还是必要的，这样可以错落有致。如果都严格依照诗韵，有时反而会显得单调——特别在较长的诗中。当然，也常常会遇到一些难处理的问题。

德国诗人盖欧尔格·海姆（Gcorg Heym）的《战争》（Der Krieg）一诗是这样开始的：

Aufgestanden ist er, welcher lange schlief,

Aufgestanden unten aus Gewölben tief.

In der Dämmerung steht er, groß und unbekaunt,

Und den Mond zerdrückt er in der schwarzen Hand.

他起来了，他睡过了漫长时日，

他起来了，从深深的地下室里。

他站在暮霭中，巨大，没有名讳，

用他黑色的手把月亮压得粉碎。

这首诗写于一九一二年，写出了诗人在第一次世界大战前夕的惊惶和不安之感。诗中的“他”就是战争的幻影。诗的头两行都用了一个很有表现力的动词 Aufgestanden（起来了）开始，直译应是“起来了他”，这是不合汉语习惯的。只好译作“他起来了”，这当然对诗的表现力有所削弱，也只好如此了。

译诗，首先在形式（包括格律）上会碰到许多困难，应该给以足够的重视，这是不言而喻的。然而，这还不是最主要的。真正的好诗，常常可以不受形式的束缚，可以在格律上采取一些变通的手法。因而更重要的是在译诗中表达出原诗的风格、诗意和韵味。许多译诗之所以不能令人满意，常常不是由于形式上的缺点，而是失去了原诗的风格和诗味。因而多年来我始终信守一条原则，就是：译出来的诗必须仍然是诗。读者即使不看原文，也能感到那是诗，而不是别的什么，而且那是某一位诗人的诗，而不是任何其他诗人的诗。

这里涉及到一系列问题，例如，什么是诗，什么是诗意和韵味，什么是风格，等等。这些问题，历来众说纷纭，莫衷一是，不可能在这里详细讨论。关于诗的特性，我想借用两段话来说明。一是《毛诗序》中的话：“诗者，志之所之也，在心为志，发言为诗。情动于中而形于言，言之不足故嗟叹之，嗟叹之不足故咏歌之，咏歌之不足，不知手之舞之，足之蹈之也。”另一段是美国女诗人狄金森的话：

"If I read a book and it makes my whole body so cold no fire can ever warm me, I know that is poetry. If I feel physically as if the top of my head were taken off, I know that is poetry."

如果我读了一本书，它使我整个身体这样冷，没有火能使我温暖起来，我

知道这就是诗。如果我在肉体上感觉到仿佛我的头顶被揭开了，我知道这就是诗。

这两段话，前一段讲诗的创作，后一段讲诗的阅读和欣赏。无论对于诗的创造者——诗人来说，还是对于参与诗的创造的读者来说，诗都不仅是思想和感情的记录，而且具有强烈的感染力量，使人嗟叹咏歌，手舞足蹈。用狄金森的更为形象的说法，就是诗直接进入你的大脑和心灵深处，使你具体地感受到这种震撼人心的力量。

翻译家也是创造者，他不能不参与诗的创造。说得更确切些，是参与诗的再创造。英国人心目中的莎士比亚，和中国人通过译本了解到的莎士比亚有多少相似之处——这主要取决于译者的工作。因而诗的翻译，要求译者用另一种语言，再创造出和原作尽量相似的艺术品。即使不能相等，至少也应有相似的艺术感染力。当然，这种再创造是有限度的。过去有"形似""神似"之说。就诗而言，形和神是紧密结合在一起而不可分割的。因为译诗既要神似，也要形似。如果仅取原作的意思重新写一首诗，那就不是翻译而是摹拟原作的创作了。

诗应该是耐读的，是可以嗟叹和咏歌。如果一首译诗能够让人反复吟咏，甚至久读不厌，那么也许这就是一篇成功的译作。反之，如果语言是乏味的，意境或结构是破碎的，韵律或节奏是跛脚的，这样的译诗是否可以称之为诗，就值得怀疑了。

译诗的人大致都有这样的体会：有一些诗，译来总是不能令人满意，最后只好搁笔。有时哪怕只有一两行诗译不妥帖，也只好整首放弃不译。我举个小小的例子。瓦雷里有首题为《风灵》（Le sylphe）的十四行诗。风灵指的是中世纪克尔特和日耳曼神话中空气的精灵。它是看不见的，无从认识的。它像一阵香气，随风而来又随风而逝。诗的最后三行用了一个奇特的比喻："Ni vu ni connu, / Le temps d'un sein nu / Entre deux chemises !"（大意是：看不见也无从认识，就象在更换内衣时那片刻的裸胸。）原诗是五音节的短行，译成汉语字数不能太多，我试译了几次都译不好，只得作罢。后来读到卞之琳的译文："无影也无踪，/ 换内衣露胸，/ 两件一刹那！"他用五个单音字来译，与原作五音节相应，格律也很严谨。我佩服他的机巧，但这样译是否妥帖，也是值得斟酌的。对于不懂原文的读者来说，"两件一刹那"恐怕是不大好理解的。

译诗是再创造，当然不必拘泥于字面。逐字逐句地直译，常常效果不好，因而译诗可以比译散文更为圆通些。一般地说，西方人译诗要比我们自由得多。杨贵妃写过一首绝句《赠张云容舞》："罗袖动香香不已，红蕖袅袅秋烟里，轻云岭上乍摇风，嫩柳池边初拂水。"美国女诗人艾米·洛威尔（Amy Lowell）把它译作如下的十九行：

DANCING
Wide sleeves sway.
Scents,
Sweet scents
Incessant coming.

It is red lilies,
Lotus lilies,
Floating up,
And up,
Out of autumn mist.

Thin clouds
Puffed,
Fluttered,
Blown on a rippling wind
Through a mountain pass

Young willow shoots
Touching,
Brushing
The water of the garden pool.

这首诗译得很好，吕叔湘认为"竟不妨说比原诗好"，殆非虚语。他还对这首译诗的好处做了精到的评说（见《英译唐人绝句百首》130 页），辞繁，不俱引了。

我在译诗的时候，还从来没有这样自由地对待原作，只是不得已的时候在个别字句上作些必要的调整。也不妨举个例子。魏尔仑写过一首《诗的艺术》，最后一节是——

Que ton vers soit la bonne aventure
Eparse au vent crispé du matin
Qui va fleurant la menthe et le thym...
Et tout le reste est littérature.

让你的诗在冒险中得到幸运，
在清晨的卷风中飘散开去，
使百里香和薄荷发出香气……
而其余的一切便都是散文。

　　最后一行的"散文"，原文是"文学"。作者在这里用的是贬义。法语 Littérature 用作贬义，指的是虚文浮词之类。如直译为"文学"，看不出这种贬意。如译为"虚文"，又显得太实了，因为魏尔仑主张诗应在明确（précis）与不明确（indécis）之间。译作与韵文有别的"散文"，无非取其"非诗"之意，恰当与否，当然还可以推敲。

　　译诗是一种再创造，因而译者应该有一定的自由，而这种自由又是有限度的，这就是要尽量避免有损于原作。有些闻名于世的诗人，他们的作品被译成另一种文字，仿佛就变了一个形象：脸上眉目不清，身上缀着补丁，有时甚至平庸乏味，矫揉造作。当然，名人所写未必篇篇都是佳作，完全归咎于译者也许是不公平的。然而，由于译者的疏忽大意，或者过分地随意改动原作，以致产生不好的效果，却是屡见不鲜的。

　　在译诗时，失误几乎是难免的，因为我相信这是译者偶尔误解了原意。我举以为例，只是为了说明：译文和原文常常不是一回事。读诗，最好还是从原文来读，特别是有志于诗者，至少学好一门外语是十分必要的。对名家名作，不妨有两种或更多的译本，使读者有个比较，看来也是必要的。

（原载《中国翻译》1985 年第 9 期）

桂裕芳（1930—　　）湖北武汉人。教授、博士生导师。1949年考入清华大学外文系，1953年毕业于北京大学，任北京大学西语系法国语言文学专业教授。同年开始发表译作。是中国译协资深翻译家，从事法语语言文学教学与研究五十余年。译有马塞尔·普鲁斯特《追忆似水年华》（第二卷），阿尔方斯·都德《小东西》，米歇尔·布托《变》，纳塔丽·萨洛特《童年》，弗朗索瓦·莫里亚克《爱的荒漠》《昔日一少年》，雨果《九三年》等。主编《莫泊桑小说全集》，选编《洛蒂精选集》与《世界中篇小说经典·法国卷》等。

法语文学翻译与教学心得谈

采访人（问）：桂老师您好，感谢您抽出时间接受我们学科史项目组的采访。我们想请您从一九四九年考进清华开始，讲讲当时您为什么选择学法语，以及在清华学法语时的各方面情况。

桂裕芳教授（答）：好。我是特别喜欢讲清华的。考取了清华以后，要从武汉到北京来。但当时不能从武汉坐火车直接到北京，京广路不通，打仗时破坏了，当时只能先到郑州，在车站露天里过一夜，第二天走陇海路到徐州，再转京沪路到北京。但是大家都觉得很有意思，为什么呢？因为清华的那种精神一开始就有。当时孤身一人，谁都不认识，清华的老同学在武昌与汉口间轮渡上坡的地方贴一个大布告：凡是北上求学的，愿意跟我们一同走的，某月某日跟我们联系，我们一同走。这样我们就凑了一车厢人，跟着老同学一起来了。是坐货车来的，没有座位，大家就把行李搁在下面坐着，这样到的北京。一到北京车站，学校已经有车在那儿等了。当时的大学对新生非常热情。一个大巴，一百多人，就这样来到了清华。

上清华读的是外文系，当时主要是英语。后来成立了俄语组，俄语组的领导现在还在清华教书呢。以后又成立了法语组。我为什么学法语呢？因为俄语我不是特别感兴趣，而上英语人又太多了，每次上课一大屋子，座位也不好找。于是我就选学法语，师从吴达元，我们有六七个人，此后就不学英语了，从一年级下学期开始以学法语为主了。我们的老师吴达元也特别好。他那时候是副系主任，在清华大学图书馆下面有一间办公室，他就让我们在他那个办公室上课。同时他还请罗大冈、齐香、陈定民等老师给我们上课。大家围着一张大办公桌坐着，每个人拿一支笔，也没黑板，老师要写字的时候，有时就用一张大纸在前面写。

跟我们接触最多的还是齐先生，她是和罗大冈先生一块儿从南开大学过来的。他们过来之后法语阵容就强了。当时清华的法语老师有吴达元、齐香、罗大冈、陈定民、盛澄华以及后来的徐继曾等。

问：当时上课分不分精读课泛读课？主要学习一些什么内容？

答：不分。比方说基础的，动词变位什么的，吴达元就找了一本美国大学法语的教材，美国人学法语用的，用英语解释法语。我们一般都有一些英语基础，所以进度很快。陈定民给我们上的好像是他编的一本法语课本，也是一篇一篇的东西。然后有听力，徐继曾老师上的，用的是很大的一个机器，听的材料是很老很老的，语速非常慢，"Bonjour, Monsieur Durand..." "Bonjour, Madame Dupont..." 反正就是这些东西。没有专门的口语课。我们学习用的课本好像基本上都是原著，但都是很短的，没有现成的阅读教材，主要是老师上课找一些东西。因为我们人少，所以比较方便。

问：那就是说清华这一段学习生活给您留下了很深的印象。大学头三年，那时候是二十岁左右……

答：对。我在进清华以前耽误了一年。因为解放，大军南下的时候，我在南京，在金陵大学。但是南京那个时候所有的大学都关门，学校让大家都回原籍去，在别的地方借读，以后再回来，学历还算。我就回到了武汉，我不想去借读。我有一个同学的妈妈是教英语的，家里好多好多小说，我就在她家里看。第二年，我也不想去南京了，我就考了清华，所以我晚了一年。当时想往北边走，离家越远越好，想飞得远远的。

问：那时候，清华一年招收的学生没有多少吧？整个学习气氛，还有学校的学术氛围也是非常好吧？

答：学生没有多少。学习气氛，还有学校的学术氛围不能说特别好。这里头有个变化。我在一年级上学期刚到清华的时候，有许多的课。有赵诏熊的"英国戏剧"，有李广田的"中国文学"，还有一个很有名的教授雷海宗讲"世界通史"等。都是必修课。但是到了第二学期，还是二年级，我记不清楚了，运动来了，这些课都没有了。而这些人呢？李广田调到昆明去了，当昆明大学校长。雷海宗调到南开去了。一些老师调走，有些课就停了，就没有了。我还上过希腊神话，罗念生的。你说多好！就上了一学期，也没了。然后就只上法语了。还有一些大课，每个礼拜在清华大讲堂上大课，讲怎么从猿变作人的，社会发展史。总之政治加强了。

在这以后，除了学法语，就是进城"打老虎"。知道什么是"打老虎"吗？就是"三反五反"。清华的学生进城，分到各个区。我分的是广安门那个区。就住在他们的工会，然后让你负责一个行业，我负责的是钉马掌。因为广安门那边进来有很多骆驼、很多马。只有七八个学徒，有一个小资本家。上面给你的任务就是让你到那小资本家那里去，给他做工作，发动工友揭露他有多少偷税漏税。还有的人是专门负责铸铁行业的，总之各种各样的。这样一去就是两个礼拜到一个月。

还有就是宣传抗美援朝，反对崇美恐美亲美。很多很多的运动。我们出去以后，学校里头的老师呢，他们就搞"忠诚老实"运动。就在老师之间交代自己有什么事儿。有时候我们在校的时候，就参加他们的大批判。我记得吴达元也上台。一个大屋子，老师们，特别是系主任副系主任有些职位的老师，就讲自己怎么不好怎么不好。大家就提点意见。这个完了以后，国家就稍微开放一点儿了，就来了很多外宾。需要翻译，英语的好找，法语的没有人，就到学校来找人。那时候我也不会使用时态，imparfait（未完成过去时）根本不会用的，passé composé（复合过去时）也不会用，讲什么事都加一个 va 什么什么的。就这样用人，有时候一去就是一个月。你得先培训，完了以后要做总结写报告，至少得一个月。所以基本上没有系统地学习，像法国文学史没学过，就读过一些片段的东西。那个时候的学习实际上是被冲击的。最后比较系统地学，还是到了北大以后，尤其是当了老师以后。

问：一九五二年全国院系调整后，您进入北大继续学习。当时的院系调整在中国可以说是一个重要事件，对这个事件一直不乏争议。您个人当时经历了这件事情，这件事情现在已经过去半个世纪了，能不能和我们谈一谈呢？

答：我觉得从清华来说，那个时候，实际上到快要合并的时候，整个教学秩序已经打乱了。因为那么多运动的冲击，很多课程后来都没了。我一进来的时候那些课程，你说多好！都是基础课！可惜后来被冲击被打乱了。所以到北大来以后，又重新来，慢慢地组织各种各样的课程。合并以后对于北大来说是一件好事，那时北大真是人才济济，尤其是英语，那不得了，个个都是大师。法语有原老北大的郭麟阁、陈占元、邓林、曾觉之、闻家驷及叶汝连等。从清华过来的是罗大冈、齐香、吴达元、陈定民、徐继曾、盛澄华等。后来沈宝基从军事外国语学院调过来。北大法语师资最强是那个时候。但是工作也很难做，清华的一套教学方法与北大的一套不是合拍的，并且那么多名师在一起，工作比较难做，工资待遇什么的很难摆平。

合并的大前提我认为是错的，我是反对这个的，就是学苏联。所有的学科都归类。这样清华就散了。航空系到航空学院，水利系到水利学院，文科和理科都合并到北大，清华只剩一个工科，连外语都没有。北大的医学院也是那个时候分出去的。北大原来也有工科的，就分到北航了。原来北大好像还有农学院，也分出去了。就是把北大也肢解了。所有的学校都这么分，搞成比较专业单一的学校了，给每个学校定性，比如北大是文理综合，不是的就分出去。

问：一九五二年院系调整以后，北大法语专业是每年招一个班吗？各个年级师资是怎么分布的呢？都开设哪些课，对学生有什么要求？

答：是的，每年一个班。每个班不超过二十人。（后来的七〇届是两个班，一个陆军班，一个海军班。刚恢复高考那阵七七届是两个班，快班慢班。七九届也是两个班。八〇年恢复正常。）五十年代一年级始终是吴达元把关，因为他语法的条理特别清楚，他编了一本语法书。而且他很严格，一般就是他把关。到二年级就是齐先生。然后三、四年级就看情况了，或者是郭先生，或者是罗大冈。罗大冈也就教了一个班。然后各种选修课就在四年级了。一年级二年级老师比较固定。课程后来也比较正规了。精读、泛读、口语、写作等，写作是二年级就开始有了。还有语法课。过去在清华的时候不专门讲语法的。

当时整个框框是向苏联学习的，提出掌握"听说写读译"五种能力。在这方面每个教师的理解也不太一样。比方说"听说写读译"，我认为"读写"是基础。当时北大学生的口语并不是太好（现在肯定比当时好，因为条件比那时好多了，又有外教啊），而北外学生的口语比较好。但是你到了一定的工作岗位以后，人家都说北大的学生有后劲儿。这后劲儿一方面是他有其他的课程比如文化课的基础，还有一个就是他读得多。你读得多，吸收的东西就多。有这样的基础提高口语很快的。

问：您的教学生涯是从一九五三年开始，从当助教开始的吧？在教学上，有哪些老师给您留下的印象比较深呢？

答：对，我一开始是跟吴达元做助教，他上课我就坐在后面听。他讲语法，讲完以后给学生布置作业，我来改。改完以后，他看一遍，看改得对不对，那个时候就是这样，老教员带新教员。准备教案也是这样的，比如找"活用词"用来讲课，就是从课文上找出若干主要的词来，围绕这个词编三、四个句子，老教师给你改，看举的这些例子合适不合适。"活用词"是很有讲究的，除了书上的练习以外，你自己一节课至少得准备一百句。杨维仪编这个编得最快，也编得最好。而且不是单句，是编成一个故事。有一次上完课以后，学生跑去问她："老师，您这是哪个作家写的啊？"她的实用语言特别好。她没有拿什么硕士博士，什么都没有。但是她很小到法国去，在那儿念的中学，所以实用语言特别好。那时候还有一个李熙祖，他是大学毕业，在法国生活了一段时间。也是口语特别好，什么土话他都知道。

其实从我个人受益方面来说，印象比较深的还是罗大冈，因为他视野比较开阔，我们是他在北大教过的唯一的一班，也是最后一班。一篇文章，他拿来给你讲，很有语感，很简单的词他可以给你讲出很多东西。这个字词的区别啊等等。培养你一种语感。你觉得这两个词是有点不太一样，怎么不一样，他可以给你讲。他是比较好的。还有一个问不倒的老师，叫曾觉之。他真是问不倒，法语方面、语言、文学、古希腊——什么他都知道。我只要有不懂的，就去找他。他家在城里，但他平时都住在学校，住在未名湖边的一个方亭子后面那个小楼里，周末才回家。当时学生只要有问题就可以直接上老师的宿舍里，找老师问问题。不过他没有上课，因为他是客家人，他说话学生听不懂，比陈占元先生口音还要严重。还有吴达元，闻家驷啊，都是知识渊博、教学严格的老师。

问："文革"前的十几年，虽然一直有一些政治运动，正常的教学秩序还是有保障的，也为国家培养了不少人才。面对政治运动的冲击，教学是怎么坚持下来的呢？当时的师生关系是怎么样的？

答：确实为国家培养了许多人才，很多毕业生以后从事法语教学研究和文学翻译，或在外交、外贸、新闻等其他行业工作，国内国外都有。那时候，总的来说教学还是正常的。虽然很多时候被运动打断，但是我觉得有一点很重要，就是教师的确是兢兢业业，就是总有一种想法，不能误人子弟。虽然有些时候政治运动很多，其实教师也不是太满意。但是当你面对学生的时候，你不能误人子弟。这一点，好像所有的教师都是这样，就是说应该做什么你还是得去做，不能够打折扣。

至于师生之间的关系，"反右"以前是非常好的。学生常常到教师家里，听听音乐聊聊天。还有在一个小组里面的老师也是常常在一起听听音乐，讲讲小组里面的事情。"反右"以后就说这个是糖衣炮弹，是教师在向学生施放糖衣炮弹。而且还有很多人身攻击。像齐先生挺爱漂亮的，她总是穿件旗袍，漂漂亮亮的，坐着三轮车来上课。但是她上课是非常非常认真的，一点儿不马虎，学生很喜欢她。可是一到"反右"的时候，在这种大气氛中，学生当然要批啦。所以大家相互之间就都不敢接近了，师生之间也比较小心了。学生要监督你的。但我觉得从学习上来说，教师和学生之间的关系还是不错的。对学生还是很负责、很关心的，一直是这样的。教师在课堂上讲错了的，他自己发觉了一定要告诉学生，如果不知道就会和学生说："这个我记不清楚了，到底要怎么说我下去查一查，下一堂课来告诉你们。"一定是这样的，绝对没有自吹自擂虚假的东西，都是真的东西。我觉得这个还是要肯定的。

问："文革"开始后北大就停课了吧？教师的情况如何呢？

答：大部分教师去了江西鲤鱼洲。我也去了，并且把我的两个小孩也带去了。在那里待了一年半，种地，种稻子，挺有意思的。苦是特别苦，但是挺好笑的，每天都笑破了肚皮。因为我们什么农活都不会，所以老出些洋相，很可笑。那个地方是特别的一种红土，一下雨特别滑。每年二月份，二十八天有二十六天下雨。我们去了以后，住大仓库，每天出工以前，工宣队跟我们说，你们要好好的，不要想着回北京去吃小灶，不要想着去当大使，你们要好好地劳动，然后我们背着锄头就下地了。那个时候只有一个人坚持学法语，就是郭麟阁。他在"文化大革命"中间遭批判，说他是中统和军统，在东操场开批斗会。我说他根本不像，"文革"后就平反了。就他坚持在鲤鱼洲学法语，其他人根本就不想外语了。因为都是被扫地出门的啊，我那个房子挂上一把锁就走了。大家对将来根本就没有想法了。

教学重新走上正轨是在恢复高考以后，大家干劲十足，学生也很努力。七七级和七八级，这两届的学生是最好的。因为压了十年的人才啊！那时候的人是真的认真学习啊！而且所有的学科所有的学校都这样。教这帮学生是最省心的。可惜咱们一个也没有留下来，全都出国走了。很多人当时去了美国，并且也不搞专业了。很可惜啊！

问：您从教四十四年，是北大法语专业最资深的教授。八十年代以后，您成为我们这个专业的学科带头人，除了一直承担重要的教学任务，也指导过硕士生、博士生，主持过教学行政管理工作。那么，从学科发展的角度，从历史的角度，您觉得有什么经验教训值得总结，对我们现在的教学工作有什么期望？

答：我觉得，从我开始在北大教学到现在，法语教学有一个变化：以前完全是纯粹的语言教学，语言抓得很紧，那个时候的政治条件使我们不能把文化跟它挂钩，就是语言，纯粹的语言；你们现在是语言跟文化结合在一起学，我觉得这是新的，这是很好的。我们那时侯不允许学资本主义国家的文化。比如：词汇中不许出现 pain（面包），一定要学的话，就必须得加上 "à la vapeur"，就是"馒头"的意思。或是"黑面包"之类的。后来有人说黑面包更贵啊！呵呵。我记得"文革"后期我们编教材，一个家里如果是两个孩子，你要算父母是多大，在独生子的法律出来以前生两胎可以，不能在那以后。总之，编课文、出词汇要考虑很多政治方面的东西。

我觉得现在你们搞的我是非常赞同的，就是把语言和文化背景结合起来。这个我非常赞同。还有一个，也是我自己的缺陷，我觉得应该在哲学方面再下点功夫。因为比方我做翻译，到后来我觉得不是文字的问题，而是思维方法、思维习惯，思维方面的问题。如果原作者是用正常的语言来说，那么我们用正常的语言翻译，如果他用特殊的语言，你就不应该用中国的通常的语言来翻，也应该用特殊的语言来翻。这里头我觉得有许多思维方面的问题。这方面可能我们还欠缺，反正我那一代是非常欠缺的。你们现在好一些了。我觉得让学生读一些这方面的东西可能是有好处的。

我退休是在一九九七年，我跟法语教学已经脱离快九年了。但是我觉得现在的学生好像不如以前的学生那么爱学习。可能现在的学生情况和以前不太一样，以前的学生毕业就有工作，包分配，现在的学生毕业以后到底到哪里去，怎么找工作，一直是个问题。所以到了三年级四年级以后心就有些散了，还得到处跑，到处去找工作。社会上方方面面的影响、诱惑也很大。所以从教学来说，我们也不能完全按以前那样要求。不过，四年还是基础，对吧？基础的语言、基础的文学概况、对社会生活方式的了解，只能这样。听说写读还是基本的，最基本的能力。

问：您刚才谈到翻译问题，我们正好在这方面有问题向您请教。您翻译了很多的作品，有的成了经典译文，在中国译协二〇〇四年表彰的一百多位"资深翻译家"中，您可以说是译介法国文学的代表，柳鸣九先生在一篇文章中也称您为北京"译界六长老"之一。那您可不可以给我们谈谈从事文学翻译方面的情况，比如什么时候开始从事翻译。另外您翻译的书籍涵盖很多领域，却对现当代法国文学情有独衷，我们想知道这些选题都是您自己提出的吗？

答：我第一本翻译的书是罗马尼亚的，具体什么名字，我记不得了，大概是五七、五八年的事了。做笔译工作则更早，是齐香先生介绍我去做的。那时我刚刚做助教,收入不多,四十几块钱,不怎么够用。齐先生说,有个刊物需要法语翻译。那刊物每个月出一期,是世界保卫和平委员会的,在王府井那边。编辑每个月给我一篇,什么内容都有,一会儿讲舞蹈,一会儿讲柴可夫斯基,他给你一篇就翻译一篇,然后寄给他,他就给你寄钱,然后也出版。六十年代中断了。其实我在翻译上没什么长劲。每个人翻译的情况可能不一样,有些人可能底子比较厚,既可以翻译这个也可以翻译那个。我翻译理论性的不行,我觉得太别扭,还有太文雅的不行,因为需要文字特别讲究。我只能翻译一种东西,那种文字一般的,另外也是我喜欢的东西。

选题方面,一般是出版社找我约稿,通常我自己也比较喜欢,比如普鲁斯特《追忆似水年华》的第二册《在少女们身旁》,写的真是好,特别好。属于完全由我自己推荐的有萨罗特的《童年》和布托尔的《变》。这都是我喜欢的书,我喜欢的书有同一种倾向,都是比较清新的语言,表达一种复杂的、不断变化的思想和感悟。

说起来,我开始喜欢这一类作品是因为接触到 *La Modification*(《变》)。我刚留校任教的时候,有一个法国专家在北外和北大兼课。那是我头一次见到的有过接触的法国人。兼课的时候她就给我们年轻教员上课,让我们每两个礼拜交一篇作文,到她那里去,到友谊宾馆,她给我们讲评。有一次她就跟我们讲:"最近出了一本书,这本书啊,刚开始书打开的时候是主人公刚上火车,过了几百页、二十三个半小时以后,他从巴黎到罗马,还没有走出车门,正要下车。"我就觉得这本书特别的奇怪,所以就找来看,跟人借的,我记得是跟蔡鸿滨老师借的。这本书让我感觉到真实,感觉到它写出了人的存在的复杂性、思想情感的复杂性,感觉到人的思维跟他的表达方式、跟外面的世界整个地掺和在一起。

这种新的东西是真正的真实。我最近在读尤奈斯库的剧本,我觉得特别有意思。那里面说,现实主义并不一定是真实,我完全赞成这点。新的文学形式更能表现真实,就像小说《变》中所写的那样。实际上生活中就是这样,就像那个小说主人公身上所发生的那样,比如你人坐在这儿,你这时脑子里想的可能是你爸爸戒烟啊、或是从前的事情……全都混在一起,这才是真实的。

问:读您的翻译文字,感觉到准确或者说精准,可以说毫无隔阂地完整再现出原文的风貌,比如您翻译的普鲁斯特《在少女们身旁》这段文字:"在这种时期,悲伤虽然日益减弱,但仍然存在,一种悲伤来自对某人的日日夜夜的思念,另一种来自某些回忆,对某一句恶意的话、对来信中某个动词的回忆。"又比如您翻译的杜拉斯的《写作》中这样的话:"你找不到孤独,你创造它。

孤独是自生自长的。我创造了它。因为我决定应该在那里独自一人，独自一人来写作。事情就是这样"。这样的时刻，我们忘记是在读译文，我们忘记了译者，感觉就是在读普鲁斯特，就是在读杜拉斯。您很少谈翻译体会，也不参与翻译理论论争，可您能否告诉我们这样"忘我"的翻译境界是如何达到的，您是以什么样的翻译标准要求自己的？

答：我觉得就是忠实，忠实于原文的风格。原来提翻译的"信达雅"，我觉得就是一个"信"，忠实。没有"信"，什么都谈不上。如果原作者就是不要"达"，那你何必要给他"达"呢？如果原文不"雅"，何必要让它"雅"？

像杜拉斯的作品，短句很多，重复很多，作为译者，你必须得重复，因为它本身有个韵律、节奏问题。而普鲁斯特喜欢长句子，蜿蜒曲折，连绵不断，有时候半天没有一个句号，翻译起来也要尊重他的语言风格，在中文习惯允许的范围内传译。《变》的句子也很长，记得作者布托尔本人说过，他写这本书，就是要打破人们对法语的一些误解。一般人们认为传统的法语就是很短、很清晰的句子，不会有很长的句子。所以他有意在句法上突破，写的句子特别长，后来甚至发展到探寻文字与音乐乐谱之间的关系……

当然，译者自己是有判断和好恶的，翻译过程也不是完全无动于衷，但是这些个人情绪思想变化，你不能加进去啊，不能带到译文里去。那就等于是你要对原文加以说明似的。我觉得没有必要说明。既然原作者没有说，你就没有权利去说。中文的习惯当然要考虑，你不能翻译出中文没法读的东西，必要的时候，在忠实于原文的前提下，当然得加一点东西，或者分一分，加个句号、逗号。其实中国作家也有写长句的，像王蒙的有些作品，他八十年代写意识流小说的时候，就出现好几页也没有一个句号，长长的一句话连个逗号也没有。中国作家也有这样的。

问：听出版社的编辑说，您的翻译手稿几乎没什么改动的痕迹，甚至可以直接排版印刷，您在着手翻译一本书的时候，是一个什么样的工作状态呢？

答：还是有涂改的。以前我是译一遍再抄一遍，后来我发现抄的功夫比译的功夫还费事，所以我现在就是译的时候稍微慢一点、细一点，最后再抛开原文看一遍，看中文通不通顺。一般开始要翻译的话，如果我知道这个书、读过这本书，我就不用再读一遍了，为的是翻译的时候保持一种好奇心，翻了第一章，想知道第二章是什么样子，他会怎么写，这样就比较好。如果给我一本书翻译，是我以前没有读过的，那我就先大概看一遍，马马虎虎看一遍，把握一下大概线索，大概知道一下开头和结尾，但是一定要保持好奇心，有新鲜感。要不然，如果这本书你都烂熟于胸，翻译起来就没什么意思了。不光是故事情节的走向，文字本身的走向也让人关注，能保持一种好奇，这样翻译起来就完全投入在里面，就感到一种兴趣和乐趣。

问：您从事法语教学和法国文学翻译这么多年，等于说上大学后一直在跟法国的语言文化打交道，法国政府也因为您在传播法国语言文化方面的贡献向您颁发过荣誉勋章。采访结束之前，您能否谈一下您对法国文化的总体看法?

答：反正我还是蛮喜欢法国文化的。我觉得很浪漫，很活泼，老是要想些新的花样，不断出新。思想上没有框框，很有创造力，很大胆。不管是在哪方面，他们好像不太喜欢人云亦云，他们鼓励创造性，鼓励每个人应该有属于自己的个性。我觉得这一点是很好的。这是法国文化的魅力所在，是它与其他文化有所不同的地方。

采访人：耽误了您一个下午，我们真是受益匪浅，谢谢桂老师。

采访人：杨明丽、王东亮

访谈整理：刘娟娟

（原载《国外文学》2007 年第 1 期）

陈宗宝（1932—　　），福建云霄人。1954年入南京大学西语系学习法国语言文学，毕业后留校任教。任南京大学外语系教授。中国法语教学研究会理事兼秘书长、副会长，国际文学大辞典编委会中国通讯编委等。1986年、1988年曾分别任法国里摩日大学、加拿大魁北克大学客座教授。译有《巴黎圣母院》《情感教育》《鲍狄埃诗选》《恩格斯与拉法格通信集》（第3卷）《黑面包四部曲》等。

法国文学在我国的翻译

　　法国文学翻译在我国翻译文学中占有相当重要的地位。将近一个世纪以来，许多译家在介绍法国文学作品上付出了巨大的劳动，他们辛勤耕耘的汗水，浇开了一朵朵鲜艳的译作之花，把我国翻译文学的园地点缀得分外妖娆。

　　众所周知，我国近代第一个从事文学翻译并作出显著贡献的是林纾。而林纾的第一部成名的译作，恰好就是法国作家小仲马的名著《茶花女》。林纾给这部翻译小说取名为《巴黎茶花女遗事》，于一八九八年出版。王无为在《中国小说大纲》序文中写道："林纾以瑰环之姿，用文言译《茶花女遗事》一书，是为西方小说输入我国之始，长篇小说用文言之端，于是小说界之趋势为之变。"从这评述中可以看出《茶花女遗事》这部译作对当时文学界的巨大影响。因此从某种意义上说，我国近代翻译文学始自法国文学作品的翻译。

　　回顾近百年来法国文学作品的翻译，大致可以分为四个时期：从"五四"运动前后到新中国诞生，可称为第一个时期；从新中国成立到"文化大革命"

运动开始，可称为第二个时期；十年"文化大革命"运动，可称为第三个时期；从一九七六年"四人帮"被粉碎后，尤其是党的十一届三中全会以来，可称为第四个时期。下面就这四个时期法国文学翻译的简况，做个扼要的回顾。

早在"五四"运动以前，法国的《马赛曲》就被译成中文，登在《新青年》第二卷第六期上。这首具有深刻内容和强大号召力的战歌，曾在法国大革命战火纷飞的年代，发挥过巨大的鼓动作用。"五四"时期，法国不少著名作家陆续被介绍过来，如莫里哀、雨果、福楼拜、莫泊桑、法朗士、都德、大仲马、梅里美等等。他们的一些作品都有译本，如莫里哀的《悭吝人》（后译《吝啬鬼》），雨果的《悲惨世界》（另译《活冤孽》），福楼拜的《包法利夫人》（另译《马丹波瓦利》《波华荔夫人传》），莫泊桑的《人心》《莫泊桑短篇小说集》《天外集》，法朗士的《黛浮》《乐园之花》《友人之书》《堪克宾》，大仲马的《侠隐记》（另译《三个火枪手》），梅里美的《加尔曼》，等等。同时，《小说月报》第十五卷还专门编了一期"法国文学专号"，比较详细地介绍了莫泊桑、法朗士等人的生平与著作。上述各种译作，对于广大读者了解法国社会，联系当时的中国社会现实，都是有一定启发作用的。

到了二十世纪三十年代，法国文学作品的介绍仍占有重要的地位。许多进步作家和翻译工作者，不顾国民党的"文化围剿"，在极端困难的环境下坚持翻译，作出了积极的贡献。在这时期里，除了介绍上述作家的另一些作品如《莫里哀全集》（一），福楼拜的《萨郎波》，莫泊桑的《羊脂球》（另译《脂肪球》）《莫泊桑短篇小说全集》以及法朗士的《企鹅岛》等等以外，巴尔扎克的《高老头》（另译《勾利尤老头》）《从妹贝德》《从兄蓬斯》《幻灭》《乡下医生》等，左拉的《娜娜》，均有中译本。纪德的作品如《浪子回家》《窄门》《地粮》《伪币制造者》《田园交响乐》也介绍过来。特别值得一提的是都德的短篇小说《最后一课》的重译，正在抗日战争爆发的前夜，紧密配合了当时的斗争。这篇小说强烈的爱国主义思想，深深打动了广大读者的心，唤起他们同仇敌忾，抵御日寇的侵略。这篇小说以其深刻的内容，朴素的艺术手法，在群众中广为流传，发挥了很大的教育作用。巴比塞的著名小说《火线》也是在抗日战争前夕被翻译过来的。这部小说通过一个步兵班在战争中的经历和遭遇，描写了第一次世界大战的残酷景象，揭露了帝国主义战争的侵略本质和战争罪魁祸首的狰狞面目，对广大读者同样具有教育意义。

在抗日战争和解放战争时期，法国文学作品的翻译依然有增无减。法国著名作家如巴尔扎克、左拉、斯丹达尔、福楼拜、罗曼·罗兰等等，他们许多作品又先后被译成中文。巴尔扎克的作品，在从一九四七年至一九四九年这三年期间，大致就有二十五种小说相继翻译出版，如《人间喜剧》的重要作品《幻灭》三部曲（《两诗人》《外省人在巴黎》《发明家的苦恼》）《高老头》《欧也妮·葛朗台》；福楼拜的作品被译成中文的有《包法利夫人》《情感教育》《圣安东尼的诱惑》和《三故事》；斯丹达尔的《红与黑》也在一九四六年翻译出版。在许许多多译品中，影响最大的是罗曼·罗兰的《约翰·克利斯朵夫》这部举世闻名的巨著，通过约翰·克利斯朵夫这个人物一生的际遇、反抗和奋斗，企图向人们显示一个不怕牺牲的勇敢的灵魂，给人们指出一条改造现实的道路。作者号召人们用个人奋斗去反抗社会的黑暗和阶级的压迫，用理想主义去对抗道德和社会的糜烂与解体，用民族友爱去取代统治阶级制造的民族仇恨。不消说，这部小说没有、也不可能真正给人们指出一条改造社会的正确途径。然而，它在揭露帝国主义时期政治文化、道德思想的腐败与堕落，批判资产阶级的横暴与丑恶，反映人们渴望光明与自由等方面，却是相当深刻的。因此这部小说的中文译本一问世，便产生了巨大的反响。茅盾曾经说这部小说"是今天的进步青年所爱读的书"。 这是因为当时处在国民党反动统治下的许多知识分子，也同样感到社会黑暗的压迫，同样有着难以忍受的精神苦闷，要求一种足以冲破黑暗、砸烂精神枷锁的力量，而约翰·克利斯朵夫这个人物不畏强暴，敢于斗争的精神，恰好可以给予某种力量。

新中国成立后，文学翻译事业和整个文艺事业一样，更得到蓬勃的发展，出现了空前的繁荣景象。从五十年代至"文化大革命"开始之前，法国文学译品不仅数量多，而且质量也大有提高。法国各个时代的主要作家的许多作品，都有译本或重译本问世，诸如拉伯雷的《巨人传》，伏尔泰的《老实人》《天真汉》《查第格》，狄德罗的《拉摩的侄儿》《定命论者雅克和他的主人》，孟德斯鸠的《波斯人信札》，勒萨日的《吉尔·布拉斯》《瘸腿魔鬼》，巴尔扎克的《欧也妮·葛朗台》《高老头》《邦斯舅舅》《贝姨》《夏倍上校》《于絮尔·弥罗埃》《高利贷者》《搅水女人》《都尔的本堂神甫》《比哀兰德》，雨果的《悲惨世界》（第一、二册）《九三年》《笑面人》，乔治·桑的《弃儿弗朗沙》《魔沼》《安吉堡的磨坊主》，左拉的《卢贡家族的命运》《小酒店》《崩溃》《金钱》《饕餮的巴黎》，福楼拜的《包法利夫人》，莫泊桑的《一生》《俊友》《温泉》《羊脂球》，梅里美的《嘉尔曼》《高龙巴》《查理第九时代轶事》，都德的《达拉斯贡城的达达兰》《柏林之围》，法朗士的《诸神渴了》，罗曼·罗兰的《约翰·克利斯朵夫》《哥拉·布勒尼翁》，阿拉贡的《共产党人》，杜阿梅尔的《夜深的思想》《文明》，拉斐德的《活着的人们》《萝丝·法朗士》《水仙花》，斯梯的《第一次冲击》，古尔达德的《黑水江》，蒂雅的《胜利者》，戴丽的《太阳们》，巴比塞的《火线》，瓦扬——古久列的《童年》，等等。戏剧有高乃依的《熙德》，拉辛的《昂朵马格》，勒萨日的《杜卡莱先生》，莫里哀的《伪君子》《恨世者》《悭吝人》《唐璜》《史嘉本的诡计》《心病者》《醉心贵族的小市民》《可笑的女才子》《糊涂人》《妇人学堂》《丈夫学堂》《莫里哀喜剧选》(共三册)，小仲马的《茶花女》，梅里美的《雅克团》，博马舍的《塞维勒的理发师》《费加罗的婚姻》，罗曼·罗兰的《七月十四日》，等等。诗歌有《雨果诗选》《缪塞诗选》《贝朗瑞歌曲选》《巴黎公社诗选》《阿拉贡诗文钞》《艾吕雅诗钞》，等等。

这个时期的法国文学作品翻译，选材都比较严格，而且每部译本出版时，大多附有译者的序言或后记，对原作的写作背景、思想内容、艺术特点进行剖析，帮助读者更好地理解原作，充分体现了译者严肃认真的负责态度。

从一九六六年"文化大革命"开始到一九七六年"四人帮"被粉碎时为止，这十年期间外国文学翻译基本上停止了，法国文学翻译自然也中断了。不少翻译家都遭受迫害，有的甚至被迫害致死。这期间只翻译了寥寥数首鲍狄埃的诗，出版了一本薄薄的《鲍狄埃诗选》。

"四人帮"垮台后，尤其从党的十一届三中全会以来，我国文学艺术又生机勃勃，欣欣向荣。法国文学翻译也进入一个崭新时期。从一九七八年到一九八二年的短短五年中，国内出版的法国文学译品就有四、五十种。这许许多多译品，有如朵朵芬芳的鲜花，给我国万紫千红的文坛增添了绚丽的色彩。小说有卢梭的《忏悔录》第一、二卷，雨果的《悲惨世界》(第三、四册)《巴黎圣母院》《笑面人》，缪塞的《一个世纪儿的忏悔》，巴尔扎克的《幻灭》《赛查·皮罗多盛衰记》《人生的开端》《驴皮记》《巴尔扎克中短篇小说选》，斯丹达尔的《巴马修道院》，福楼拜的《情感教育》，大仲马的《基督山伯爵》，小仲马的《茶花女》，左拉的《萌芽》《妇女乐园》，《莫泊桑中短篇小说选》，《梅里美小说选》，瓦莱斯的《孩子》《中学毕业生》《起义者》，法朗士的《企鹅岛》《黛依丝》，罗曼·罗兰的《母与子》(上)，莫里亚克的《盘缠在一起的毒蛇》《黛莱丝·德斯克罗》，杜阿梅尔的《勒阿佛尔的公证人》，加缪的《鼠疫》，圣埃克絮佩里的《夜航》，埃切勒利的《艾莉丝或真正的生活》，《法国当代短篇小说选》，《法国童话选》，等等。剧本有萨特的《脏手》《恭顺的妓女》《禁闭》，《巴尔奥尔喜剧选》，等等。诗歌有《罗兰之歌》，波德莱尔的《恶之花》，《拉封丹寓言诗》，《鲍狄埃诗选》，《法国近代名家诗选》，等等。此外，发表在各种文学刊物的法国中短篇小说为数甚多，难以列举。

纵观近一个世纪以来的法国文学翻译，我们可以清楚看到，文学翻译工作者们为我们译出了法国古今许许多多优秀的文学作品，对我国翻译事业的繁荣作出了巨大的贡献。

　　从前面介绍中可以看出，不论是在新民主主义革命时期，或是在社会主义建设时期，进步的翻译工作者配合各个时期的政治斗争，译出了许多具有积极意义的作品，产生了巨大的影响。当然，在出版的法国文学译品当中，批判现实主义文学作品居多，这是因为这些作品比较深刻地揭露了资本主义社会的罪恶，可以帮助人们认识剥削制度的残酷，提高人们的思想觉悟，进而起来与腐朽的反动势力做斗争，就是在今天，我们仍然可以通过这些作品，进一步了解资本主义社会的丑恶面目，从而更热爱我们今天的美好生活。另一方面，批判现实主义作品在艺术手法上也有较高的成就，不论是在洞察生活方面，或是在刻画人物性格方面，或是细腻描写人物内心活动上，都具有特色。因此，法国批判现实主义文学作品的介绍，对我们仍有一定的认识意义和美学价值。

　　但是，批判现实主义作品由于时代的局限，由于作家自身阶级地位和世界观的影响，往往只揭露了社会的黑暗，而不能给被压迫被剥削的人民指出一条光明的道路。尤其在批判现实主义作品中，个性解放、个人奋斗得到充分的肯定和颂扬，如果不进行历史的分析，这种消极因素就会对今天的年轻读者起腐蚀作用。解放后，很多译者在所译的作品中附上序言或后记，对作品进行比较全面的分析，肯定其进步的作用，指出其消极因素，帮助读者更好地理解作品。这种对读者高度负责的精神是应当发扬的。二十世纪五十年代末，人民文学出版社曾组织人力撰写了一些评论性的文章，对国内流传较广、影响较大的若干法国文学作品译本做了具体的分析和评论，如《论约翰·克利斯朵夫》，《论斯丹达尔的〈红与黑〉》，都取得很好的教育效果。当时有些报刊还组织对《红与黑》这部小说的专题讨论，同样起了积极的作用。我们认为，翻译文学作品固然重要，分析和评论这些作品也同样重要，这项工作应该继续开展下去。

　　从翻译水平来看，经过近百年来的实践和积累经验，翻译水平日益提高。同其他任何事物一样，文学翻译也有一个探索和发展的过程。"五四"运动以前，文学翻译尚处在初期阶段，翻译方法还很不成熟。林纾的翻译实际上是评述，而不是真正的翻译。他甚至把剧本译成小说，那更不能说是翻译，而是改写了。

　　"五四"前后，在批评林纾"歪译"的同时，文学翻译曾出现两种截然相反的倾向。一种是逐字硬译，另一种是绝对汉化。因为当时对直译的含义不清，把它理解为"字对字"的翻译，张崧年曾译过一篇罗素的论文，就是采取逐字的对译，连原文每个前置词都硬译过来。他认为这是一种试验，大家看惯了也就懂得了。不言而喻，这样一种试验，译出来的文字是无法看懂的。另一种倾向是绝对汉化，郑晓沧所翻译的美国作家奥尔珂德的《小妇人》一书，便是力求百分之百的汉化。他在该书再版弁言中谈到书中人名翻译时，可谓绞尽脑汁，煞费苦心。他举例说："例如'梅格'，盖取东坡《咏红梅》'诗老不知梅格在'之句"。"'蜀'——虽与 Jo（即 Josephine 的简称）之原音有间——然以书中女人 Jo 之性情行动，兹译为'蜀'则似颇允当。因为蜀之本字殊无些微脂粉气，然而'蜀'，从地方的联念上看去，实又兼具婀娜与刚健之美者。我们历史上不朽的美人，王昭君与杨太真，闻并生于蜀境，而花蕊夫人、秦良玉等历史上不朽的奇女子，亦皆诞育于此山川盘礴之区。"[1] 从这里可以看出，郑晓沧对人物译名，引经据典，力求典雅和寓意深远，用心何其良苦。对于这两种相反的倾向，我们没有必要用今天的眼光去分析评判它们，但它们在二十年代和三十年代却有其影响。

"五四"以前伍光建译大仲马的小说，译文已前进了一大步。大仲马的著名三部曲《三个火枪手》《二十年之后》和《布拉热伦子爵》，伍光建分别译为《侠隐记》《续侠隐记》《法宫秘史》和《续法宫秘史》。他开始用白话文进行翻译，得到当时《新青年》的赞扬。茅盾就曾经称赞说："这《侠隐记》的译文实在有它的特色。用《侠隐记》常见的一个词头儿——实在迷人。"[2]

伍光建的译文有哪些特色呢？首先他的翻译在很大程度上采取了直译，而不是林纾式的"意译"；其次，他在译文中对景物的描写和心理描写，往往加以缩减；凡与结构及人物个性没有多大关系的文句、议论、西洋典故，也往往加以删削；第三，他对原文的长句往往加以分解，而稍稍把它拉直。因此伍光建的译本基本上保持了原作的面貌，文字也比较简洁明快，易于读者理解。从林纾到伍光建，就翻译本身来说已前进了一大步，但严格说来伍光建的译本缩减删削较多，近似节译，与我们今天理解的翻译仍有距离。

"五四"时期，通过对林译小说的严厉批评，曾就翻译标准与方法展开了激烈的争论。当时，鲁迅、瞿秋白、茅盾、郑振铎等都发表了许多精辟的见解，对后来的文学翻译有着深远的影响。

"五四"以前，林译小说风靡一时。由于他在晚年思想守旧，与辛亥革命和"五四"前后兴起的新文化运动格格不入，当时《新青年》和《小说月报》都对他进行猛烈的抨击，把他的译品称为"歪译"。茅盾在《直译·顺译·歪译》一文中指出："我们说林译是'歪译'可丝毫没有糟蹋他的意思；我们是

---

[1]　参考《茅盾文艺杂论集》上集第 559 页，"读《小妇人》——对于翻译方法的商榷"。
[2]　《茅盾文艺杂论集》上集，"读《小妇人》——对于翻译方法的商榷"，第 557 页。

觉得'意译'这名词用在林译身上并不妥当，所以称它为'歪译'。"[1] 通过对林纾"歪译"的批评，"直译"得到大力提倡，它在"五四"以后甚至具有权威性的意义。茅盾曾对"直译"的含义一再进行阐发，他说："'五四'以后的直译，主张就是反对歪曲原文。原来是一个什么面目，就要还它一个什么面目。"[2] 又说："我们以为所谓'直译'也者，倒并非一定是'字对字'，一个不多，一个也不少。"[3] 他还说："直译的意义若就浅处说，只是'不妄改原文的字句'；就深处说，还求能保留原文的情调与风格。"[4] 从这些论述中，我们可以对"五四"时期所提出的"直译"的含义有个比较全面的理解，它既有别于脱离原文随意增删的"歪译"，又有别于生搬硬套的"硬译"，它的要旨是"不妄改原文字句"而又要保存原文的情调与风格。这样的"直译"，要求是很高的。茅盾的这些论点，对当时树立正确的文学翻译观点是有着重要意义的，就是在今天，仍然有其现实意义。

"五四"以后，法国文学作品的翻译逐渐多起来了。出现了不少著名的翻译家和不少优秀的译品。在这些出名的翻译家当中，傅雷是比较有影响的一个。他不仅译品多，而且文笔流畅，拥有众多的读者。他在介绍法国文学方面所做的巨大努力，在翻译艺术方面所取得的成就，使他在我国文学翻译史上占有一席的地位。

傅雷在长期翻译实践中，提出了文学翻译的一些见解，如重"神似"不重"形似"，强调译者的艺术修养，主张"化为我有"等等，都是他翻译经验的结晶，可供参考。对于傅译，全盘肯定者居多，但持异议者也不是没有，特别是对傅译过于汉化的倾向持保留态度的决非绝无仅有。有人为了颂扬傅译，认为"傅译本的语言水平超出了原著（指巴尔扎克的作品——笔者注）的语言水平"[5]，这种看法究竟有多少依据，是很值得商榷的。把傅译的语言水平捧到如此高度，要是傅雷今天还健在，恐怕连他也不会同意的。傅雷在介绍法国文学作品的译绩固然不可抹杀，但并不意味着他的译本就完美无缺，成为法国文学翻译的楷模。相反地，在充分肯定傅译特色的同时，分析其不足之处，那倒是发扬傅译特点的实事求是的态度。当然，若有人过分夸大傅译的一些问题，把它说得一无是处，也是令人难以置信的。

[1]《茅盾文艺论集》上集，第412页。
[2]《茅盾文艺杂论集》上集，第413页。
[3] 同上。
[4] 同上，第106—107页。
[5]《翻译通讯》1933年第5期第9页。

今天，许多翻译工作者都在研究前辈翻译家们的经验，吸取他们译作的长处，为进一步提高翻译水平而努力。不论是在译文的内容与形式的统一上面，或是在保留原著风格和锤炼文笔上面，许多译者都狠下功夫，力求精进，因此这些年来相继出版了不少优秀的译作，深为广大读者所喜爱。有些译者在翻译法国诗歌方面大胆创新，勇于探索，力图把法语韵诗的格律也介绍过来，以增强译诗的魅力，并借以丰富我国新诗的表现手段，为汉语新诗的定型提供某种可资参考的模式。具体做法是：在章法与韵法方面，尽量尊重原作，而在词句或节拍方面，则结合我国诗歌的特点加以发展与变化。例如，在处理原诗的音节上面，以每行诗的字数多少来代替原作每诗行的多少音节；在押韵上面，则采用原诗的韵法，是平行韵的则译为平行韵，是交叉韵或环抱韵的则应译为交叉韵或环抱韵。这样做，是因为音节的整齐和韵律的谐和，倒底是诗的特征，而要把原诗的音美和韵美介绍过来，就必须在音韵的处理上另辟蹊径，以丰富译诗的表现手段。这种译法虽属一种尝试，但这种勇于创新的精神是难能可贵的。

纵观我国近百年来法国文学作品的翻译，不论是林纾的翻译或是伍光建的翻译，也不论是傅雷的翻译或是其他译者的翻译，都是我们翻译文学宝库中的一个组成部分，我们都应当历史地、客观地加以总结，作为我们今天发展法国文学翻译的借鉴。

（原载《法国研究》1984 年第 2 期）

柳鸣九（1934—　），湖南长沙人。1953年考入北京大学西语系。1957年毕业后在中国社会科学院文学研究所和外国文学研究所从事法国文学研究，任该所研究员、所学术委员、南欧拉美文学研究室主任，中国社会科学院荣誉学部委员，兼任中国法国文学研究会会长、名誉会长等职。曾著有《法国文学史》（三卷）《自然主义文学大师左拉》《论遗产及其他》《超越荒诞》《法兰西风月谈》《山上山下》等；翻译作品有《雨果文学论文选》《莫泊桑短篇小说》《局外人》等；编选有《萨特研究》《新小说派研究》《法国心理小说选》（三卷）等；主编有《法国20世纪文学丛书》（七十卷）《雨果文集》（二十卷）《加缪全集》（四卷）等。

萨特在中国的精神之旅

　　钱林森：在中法文化和文学关系史上，在二十世纪法国作家风雨兼程的中国之旅中，若以其与近代中国知识界命运浮沉和精神联系之密切而言，因而也最具戏剧性和启发性的，莫过于罗曼·罗兰和让·保尔-萨特的中国之旅了。你作为中国"萨特研究第一人"，作为率先将思想家、文学家萨特系统介绍到中国的著名学者，能在这位文化巨人诞辰百年之际，就其中国之行的历程、影响和意义，与我们交流、对谈，我深感荣幸和欣慰。这不由得让我忆起当年读你写的有关萨特的开山大作《关于重新评价西方二十世纪文学的几个问题》和你主编的《萨特研究》的情景……岁月如水，已是二十几年前的事了。我们的话题也许该由此切入：能否请你谈谈与萨特"结缘"的来由、理由和背景？以便让我们一起沿着当年萨特东进中国的历史足印，重温并分享那远去的、充满激情和风雨的时光。

　　柳鸣九：首先，谢谢你安排了这次关于"萨特中国行"的对话。这是一个很有意义的题目，值得交谈，值得总结。它不仅对我本人很有意义，因为我是一个与此有关的主要当事人，而且对学术文化界也很有意义，因为萨特的中国之行，萨特在中国的被接受史，正是中国改革开放以来一个重要的精神文化过程，它反映了中国新时期的历史步伐与进展。正如你所言，这是一个令人欣慰的过程，值得纪念的过程。在二十世纪八十年代以前，萨特在中国受到极不公正的评价，改革开放伊始，就有了"给萨特以历史地位"的强烈呼声，并出现了对萨特进行全面科学评价的《萨特研究》，时至最近一个时期，萨特的著名哲理"自我选择"已成为了不少中国人常用的口头语，而到了二〇〇五年萨特百年诞辰纪念之时，国内有影响的大报与大型周刊如《新京报》《南方都市报》《新周刊》《中国新闻周刊》《中华读书报》等等，纷纷发表了大篇幅的专题采访与纪念文章，盛况大出人们所料。二十多年来，这一过程不是很具有戏剧性吗？不是一个很生动很有意义的文化故事吗？它反映了中国历史带有某种螺旋式上升态势，对于一个传统力量特别巨大，而现实负荷又特别繁重的国家，即使是高速发展，往往也不可避免采取螺旋式前进的轨迹。

　　二十世纪七十年代最后两年，中国开始有了春天的气息，这股气息是"实践是检验真理的唯一标准"那场讨论带来的。那时，我已经完成了《法国文学史》的上卷，正在进行中卷的编写，不久将要面临对法国二十世纪文学的评说。但只要一进入二十世纪文学领域，就会碰到一座阻碍通行的大冰山：日丹诺夫论断。日丹诺夫是斯大林时期苏联意识形态领域的总管，以在学术文化领域里坚持无产阶级专政而著称，他把二十世纪西方文化艺术统统斥为"反动、颓废、腐朽"。他的报告与讲话，从三四十年代引入解放区后，就被视为"马列主义的理论经典"，实际上成为了带有权威指导性的"准文件"。

　　那时，我四十岁出头，在研究工作岗位上已待了二十来年，虽不敢说有多么深的学养，但以自己在西方二十世纪文学方面的积累，也深知日丹诺夫论断之有悖于客观实际，而且也不符合马克思主义的历史唯物主义原理以及马克思、恩格斯对待文化遗产那种赞赏有加的典范风度。"实践检验真理"那场讨论给了我很大的启发，既然有理由重新审视历史传统了，有理由清除不符合客观实际的时弊与陈词了，当然就到了在外国文学、艺术、文化、学术的领域破除坚冰的时机。

　　我当时正好担任了两个学术职务：一是外国文学研究所西方文学研究室主管科研业务的副主任；一是研究所当时的"机关刊物"《外国文学研究集刊》

"执行主编"。这就给了我的"三箭连发"提供了便利条件，这三箭就是：

其一，一九七八年秋，我在外国文学第一届全国工作规划会议上的长篇学术发言《现当代西方文学评价的几个问题》，矛头集中指向日丹诺夫论断，并对二十世纪西方文学中一系列流派、作家、作品进行了比较深入具体的分析，力图作出科学的实事求是的评价。整个报告很长，讲了将近两段时间共五六个小时，其中就有相当一部分篇幅是专论存在主义文学与萨特的。这次长篇发言时在座的有外国文学界老、中、青三代的著名学者专家，包括朱光潜、冯至、杨周翰、伍蠡甫、草婴、王佐良、辛未艾、罗大冈等，报告受到热烈的欢迎，会后，朱光潜将我推到周扬面前加以介绍，并说："他的报告讲得很好啊！"由于这次会议非常重要，这个报告也就产生了巨大的影响。

其二，我将上述报告整理为约六万字的长篇论文，在当时唯一一家外国文学评论刊物《外国文学研究》上发表，分两期连载。

其三，在我主持的《外国文学研究集刊》上，有计划组织刊载了题为《外国现当代文学评价问题的讨论》的一系列笔谈文章，扩大了声势与影响。

坚冰已破，从一九七九年后，国内书刊纷纷译介并正面评价西方二十世纪文学，蔚然成风。

一九八〇年萨特逝世，我在《读书》杂志上发表了悼念文章《给萨特以历史地位》，进一步发挥了上述文章中论述萨特的观点，这是社会主义中国第一篇对萨特进行了全面的、公正的评价的文章。因为这是针对国内长期对萨特的不公正的评价，所以写得颇有挺身而出、为君一辩的激情与大声疾呼、申诉鸣不平的姿态。

在我国学术文化界，之所以有不少人跟在日丹诺夫后面乱批、瞎批，而且不能容忍对日丹诺夫的质疑，其重要的原因就是他们对西方文学艺术、学术文化的实际客观情况根本不了解，或了解甚少，因此，我决定创办并主编一套以提供西方文学的客观资料（包括作品文本、作家资料、思潮流派有关资料以及时代社会、背景资料）为宗旨的丛刊，我是搞法国文学的，这个丛刊自然就定为"法国现当代文学研究资料丛刊"，其创刊号以萨特为唯一内容，这就是于一九八一年出版的《萨特研究》。

该书翻译了萨特三部作品与三篇重要文论的全文，分述了萨特其他八部重要作品的内容提要，编写了相当详尽的萨特生平创作年表与相关两个作家（即波伏瓦与加缪）的资料，报道了萨特逝世后法国与世界各国的反应与评论，翻译了法国国内重要作家、批评家论述萨特的专著与文章，而且我还写了长达两三万字的序言，《读书》上的那篇文章《给萨特以历史地位》成为该序的第一部分。整本书近五十万字。《萨特研究》出版后，大受读者欢迎，特别是受到文化知识青年的欢迎，一时颇有"洛阳纸贵"之势。

钱林森：在中国知识界的集体记忆里，萨特的名字就是"存在主义"。作为西方存在主义哲学的重要代表，萨特真正进入中国，并非是他生前和终生伴侣西蒙娜·德·波伏瓦结伴而行的"中国游"，而是他身后在中国的精神之旅。对于我国绝大多数读者来说，第一次知道萨特这个名字，开始较为了解其人其文的，恰恰始于萨特逝世那年（1980年）中国人写的一篇悼念文章《给萨特以历史地位》。你在这篇文章里，从哲学、文学和政治三个层面给萨特定位，并卓有远见地写下了这段著名文字："萨特的逝世，给一个社会主义大国的理论界提出了一个艰巨的研究课题。我们相信，通过对萨特的研究，人们将不难发现：萨特是属于世界进步人类的，正如托尔斯泰属于俄国革命一样。"时隔二十五年，重读你这篇满含热情的文章，我们仍然会有一种新鲜、亲切之感。但是我仍不免要旧话重提：存在主义为何物？萨特存在主义哲学的内核是什么？萨特哲学精神的本质特征和永恒价值何在？萨特的历史地位究竟是怎样的？

柳鸣九：诚如你所言，萨特从真正意义上来到中国，是在二十世纪八十年代初，即他身后的"精神之旅"。不错，他于一九五五年与西蒙娜·德·波伏瓦曾经访问中国，但那是作为"社会主义阵营"之内的著名社会活动家被当作国际统战对象来到中国的。对于一个思想家与作家来说，如果他的主要"思想品牌"与"代表作"没有进入一个国家，那么不论自己去过多少次，也谈不上是来到了这个国家，这就是比较文化学与政治、商务和旅游完全不同的标杆。不错，萨特的《存在与虚无》《毕恭毕敬的妓女》在"文革"之前就翻译过来了，但我想，一个作家真正进入一个国家的主要标志应该是一定程度的本土化，至少是相当广泛的社会影响。可惜的是，《存在与虚无》这部哲学著作在中国翻译出版后，其影响微乎其微，通读过它的中国人，我想大概不会超过一连人，真正读懂了的人恐怕就更少。说实话，这是哲学在社会传播上的天生局限性。即使在本国，一种哲学的广泛传播也还要靠通俗化、普及化，要靠有亲合力的诠释。十八世纪法国的《百科全书》的历史功绩就在于普及了一个时代的思想学术研究成果，本国的文化传播尚且如此，何况现代法兰西一部艰深的哲学文本来到尚未改革开放的中国？把它翻译过来，前面加一篇短短的说明，或声色俱厉地给作者扣几顶帽子，这怎么谈得上"他来到了中国"？至于把《毕恭毕敬的妓女》一剧翻译过来，与其说是介绍萨特，不如说此剧投合了当时国内"反对美帝国主义"的政治需要，因为此剧并非萨特的代表作，与他的存在主义哲学精华完全"不搭界"，而是一部萨特作为一个"法共的同路人"带有反美情绪的政治宣传剧。

　　萨特是一个哲学家，也是一个哲理文学家，所谓的"存在主义"是他的本质标志，他的"品牌"，对待他的关键在于对待他的哲学，要把他引进中国，首先就要把他的哲理阐释清楚，使其"本土化"，达到一定程度的普及化。在中国这样一个对当时西方"关门闭户"的社会主义国家如何才能将萨特"引进"以至"本土化"呢？我想至少有两个方面，一方面是我在《萨特研究》一书的序言中所说的，要"撩开萨特那些抽象、艰深的概念在他的哲学体系上所组成的难以透视的帷幕"。不做这一"撩开"工作，就无法使中国人了解萨特，因此，我认为把一部枯燥艰深的《存在与虚无》往读者面前一放，是不会有多大效应的，是在难为读者；另外一方面是要标出"入境"的"口岸""着陆点"，也就是本土对此"舶来品"的需求、与"舶来品"的契合，我在《萨特研究》的序言中指出，萨特强调个体的自由创造性、主观能动性的哲学，"大大优于命定论、宿命论"，"大大优越于那种消极被动、怠惰等待的处世哲学"，"不失为人生道上一种可取的动力"等等，都是有感于我们的某些欠缺而指出此一"舶来品"的有用性、有效性。至于那篇序言着重指出萨特"在二十世纪资本主义社会现实的荒诞条件下，发扬了资产阶级人道主义的积极精神"，指出他"对马克思主义始终抱着一种善意的亲近的态度"，更是有意识地建立萨特与社会主义中国在意识形态上的共同点、契合点、融入点。

　　关于萨特存在主义哲学及其内核、特征与价值等问题，我想，首先应该指出，萨特的确与德国存在主义哲学先师海德格尔、胡塞尔有承继的关系，但他有超越、有发展、有很大的不同。最大的不同在于他对人、对人的存在以及如何选择存在方式有更多、更深的关注，并形成了系统的理论。更为不同的是，萨特不仅是哲学家而且更是文学家，他一生更多的精力是用于以文学形式去表现其哲学。文学形式与文学形象本身就具有独立而旺盛的生命力与伸延力，足以将萨特的哲学演绎得更为丰富、厚重。因此，对萨特关于"存在"的哲学的认知与研究，就必须既通过其哲学论著、也通过其哲学文学作品，甚至后者更应是一条主要的途径。

　　按我的理解，萨特哲学的主要内容不外是："存在先于本质"论、"自由选择"论以及关于世界是荒诞的思想，即认为：人生是荒诞，现实是令人恶心的，人的存在在先，本质在后，人存在着，进行自由选择，进行自由创造，而后获得自己的本质，人在选择、创造自我本质的过程中，享有充分的自由，然而，这种本质的获得和确定，却是在整个过程的终结才最后完成，等等。

　　不妨说，萨特哲学的精神是对于"行动"的强调。萨特把上帝、神、命定从他的哲学中彻底驱逐出去，他规定人的本质、人的意义、人的价值要由人自己的行动来证明、来决定，因而，重要的是人自己的行动，"人是自由的，懦夫使自己懦弱，英雄把自己变成英雄"。这种哲学思想强调了个体的自由创造性、主观能动性。

特别要指出的是，萨特对自我选择明确树立了区分善恶的道德伦理标准，他区别了英雄的自我选择与懦夫的自我选择、人道主义的自我选择与反人道主义的自我选择，他这种努力在他的长短篇小说与哲理剧中，表现得非常明显。

钱林森：你对萨特开拓性的研究，引发了二十世纪八十年代中国知识界的"萨特热"。萨特之入华土，及由此而形成的"萨特文化热"，无论从中外（中法）文学和文化交流史来看，还是从中国思想和中国学术发展史来看，均堪称意义深远的文化事件。它在接受人类优秀文化遗产方面，廓清了"四人帮"极"左"思潮所散布的迷雾，为拓展东西方的精神交流和学术发展扫清了道路；它进一步推动了国人本体意识的觉醒，为张扬人的主体精神，促进精神文明的提升和发展，提供了新的、有意义的"东方实验"。接下来的问题是：萨特存在主义，吸引当时中国读者的魅力和"热点"是什么？想必你有更真切的感受和独到的体悟。

柳鸣九："萨特热"当然与《萨特研究》一书有关，此书起了引发的作用，但深层次的根本的原因还不在这里，而在于当时的社会土壤与时代气候。不妨把萨特哲学比喻为蒲公英的种子，即使蒲公英不靠任何助力能够自由飞翔来到中国，即使它有极强的生根发芽的能力，如果没有适宜的土壤，也无法成活。当然，精神文化的种子，是以人心人性为基本土壤的，而萨特哲学则是以人的主体精神、人的主体能动意识为基本土壤的，任何一个国家、任何一个民族从根本上来说都不会缺少这种基本的土壤，只要有这种土壤，任何符合人类发展规律、符合人类精神需求的哲学，都有自己落地生根的可能。问题在于，在中国还未进行改革开放的时代，这片沃土是被冷冻着的，对于任何有积极效益、有强旺生命力的外来"蒲公英"来说，它只不过是"铁板一块"，既然连农民料理自己宅前三分自留地的自由都不允许，还谈得上其他领域里的自由精神、自主意识吗？

中国的改革开放其首先的变化，就是个体的人自由的空间有所拓展。这是一个关于主体意识、个性自主精神的意识形态与哲学有施展空间、有可能大行于道的新时期，甚至可以说是一个很需要这种意识形态、这种哲学的新时期。而萨特哲学正是这样一种意识形态，特别是其"自我选择"的哲理，更是投合了很多人在不同领域、不同层面重新确立自我价值取向、重新选择自我道路的精神需要，而当时那位"推销员"也的确把"自我选择"的哲学阐释得很充分很突出。

萨特比一般哲学家更具强大力量的是他有杰出的文学才能。他不仅拥有思想的力量，而且也掌握着感性形象的力量，他的哲学所有的"要义""要点"，都通过他的小说作品与戏剧作品得到富于感染力的表述与演绎，他几乎所有的代表作都蕴藉着深刻的哲理而具有超凡的思想品质，在他身上，哲理与形象水乳交融、相得益彰，这是他充满魅力的一个很重要的原因。特别值得注意的是，他在文学上基本上都是采用传统的形式，并使之达到经典的高度，以保证他的思想内涵与精神哲理得到清晰、饱满、完美的呈现与表述。他一般都不让形式上的标新立异、荒诞不经的因素来干扰他的呈现与表述，这些都构成了他所特有的魅力。

钱林森：根据我个人的体验和认识，勃兴于一时的中国"萨特热"，主要是中国接受者（作家、批评家、译者和读者）向思想家、社会活动家萨特的一次趋近，着重吸取的是其思想、政治的一面，而非文学的一面，这是中国人接受外国作家、外国文学所惯有的思想模式。中国"萨特热"，究其实，是由萨特思想启动、中国知识界积极参与的一次思想解放思潮在东方的生动演练，其如火如荼的程度，使之带有浓重的政治色彩和思想运动的性质，激情四射，热闹非凡，但真正沉淀下来，耐得起时间咀嚼的东西并不多。这就是为什么不少当年的"萨特迷"，在激情消退、事过境迁后发出如此感慨：萨特只是构成他们一代人"精神履历与青春回忆的要件之一"[1]，已经远去了。而萨特及其存在主义，只不过是留在他们记忆中的一种时尚话语和超级热词而已，如同今天人们言必称"全球化"一样。甚或有些媒体将八十年代中国知识界与萨特"结缘"的精神初恋，视为一次"错爱"，称：与萨特的哲学"结缘"，"只可一宿，不可久眠"。[2] 对此，你有何见教？

柳鸣九：你的一番话，如果我没有理解错，归结起来就是这样一个问题：萨特在中国的影响究竟范围有多广，深远度有多大，时至今天，他在中国的影响是否还存在？

诚如你所指出的，萨特在一代人的记忆中曾经留下了"时尚话语"与"超级热词"，我想这应该是指"自我选择"。应该承认这个"话语"、这个"热词"时至今日仍很流行，具有很高的被使用率，人们在回顾自己某一次由个人主体意识来定夺的经历时，常使用这个词；在陈述自己将要由个人主体意识来定夺的计划时也常使用这个词；总之，用来概述自己主体的一种精神状态、主体精神的一种价值取向与行为决断，因此，它就不仅仅是一个"话语"，一个"词"

---

[1] 何力：《一段精神履历的要件》，《经济观察报》，2005 年 7 月 4 日。

[2] 曹红蓓、段京蕾：《80 年代新一辈的"精神初恋"》，Features 专题《错爱萨特》，《中国新闻周刊》2005 年第 19 期（总第 229 期）。

了，它有其内容，有其价值观，有其与时代历史、社会现实的丰富内涵。我不能说，使用这个词的人都读过萨特、都受过萨特的影响，但至少说明，当年"萨特热"多少留下一些东西，说明萨特思想的确有其广泛的涵盖性，有其强烈的能引起精神共鸣与精神通感的机能，因此，即使是没有读过萨特的人，在利用自己所获得的空间与条件自行其是的时候，也可以借用"自我选择"这样一个话语。在我看来，有广泛涵盖性，能引起精神共鸣与精神通感而有被广泛藉用功能的哲学，正是最有生命力的哲学，是不容易过时的哲学，何况在广泛使用"自我选择"这个词语的人士中，的确有不少人当年是读过萨特，至少是知道萨特的，只不过他们当年通过"自我选择"的行为方式，后来，获得了自己非哲学、非文学的"存在"，成为了 CEO，成为了经济师，成为了有官职的人。

　　至于当年的"萨特迷"，有些人激情消退，甚至有了"只可一宿，不可久眠"之叹。我的看法是，不论这些人当年热衷于萨特还是当今发出了"只可一宿，不可久眠"之叹，都是他们自己的自由，都是他们自主的"自由选择"（我还强调一句：这些都是他们的"自由选择"，这些都是他按"自由选择"的法理办事的结果）。何必一定要某个人、某些人信奉萨特终生、咀嚼萨特终生呢？任何一种哲学，哪怕是其现实权威强大得如太阳的哲理，也没法将所有的人都拴在自己的身边，不许离去。当年某些热衷于萨特的人后来又做了其他的"自我选择"，比方说，选择了其他的安身立命之道，选择了其他的路子，例子确是屡见不鲜，有的人又自我选择了解构主义，有的人自我选择了侍奉德里达，有的人则自我选择了仕途或商海……这都很正常，人们不是常说"世界是丰富多彩的"，"世界是多极多元的"吗？萨特的"自我选择"论，作为一种具有积极自主精神，创造进取精神的哲学，应该是不会过时的，不会沦为无用之物，因为只要有人类的主体意识取向、主体实践活动存在一天，人们就会对这种哲学有所需求，就会对这种哲学感到亲切。因此，我相信，在萨特面前的人群肯定会聚聚散散，散散聚聚，但决不会荒无人迹。

　　应当承认，近几年，在中国，读萨特的人少了，与当年的盛况相比，差之远矣。这倒并不是因为萨特丧失了固有的魅力与价值，而是因为社会现实发生了变化。首先，改革开放已经有一些年头，人们在政治法律所允许的范围里已经得到了进行自由选择的权利，改革开放之初，全社会范围里那种急切要求实现个体意识、个体决断的情结已经大为释解，而且经过自由选择有所作为、有所成功的个体比比皆是，人们从现实社会能够得到启发、找到典范，并由自己来付诸实施，那又何须一定要去请教萨特？总之，社会群体，包括知识群体对哲学的需要大大降低了，这是最深层的根由。还有一个重要的社会原因，那就是我们正处于一个物质主义大肆张扬的时代，人们都忙于赚钱、谋求功利的目的，大家都很忙，没有多少时间读书，尤其没有多少时间读严肃的书、令人深思的书、人文的书，流行的是"快餐文化""娱乐休闲文化""看图识字文化"，在整个人文精神失落，人文文化影响缩小的大背景下，比萨特更有经典地位的思想家、作家被冷落尚且不乏其人，何况萨特？

钱林森：萨特是法国二十世纪精神文化领域的巨人，是一位具有世界意义的作家、思想家，萨特在中国的精神之旅，不管有怎样的际遇和潮涨潮落，这个历史定位大概都不会有什么变化。但是，萨特的精神谱系何在？我是问，他的哲学体系、文学创造和西方精神传统的关系何在？他的文学创作和哲学思想有着怎样的关联？记得九十年代中期"萨特热"潮落后，中国法国文学研究会在你主持下举行了"'存在'文学与二十世纪文学中的'存在'问题"的学术讨论会，就此进行了深入的探讨，一九九七年同名论文集出版，列入你所主编的《西方文艺思潮论丛》第七集。请说说你的看法吧。

柳鸣九：关于萨特的哲学属何"精神谱系"，按我个人的理解，简而言之，可谓存在主义之名，人道主义之实，他的哲学可视为有存在主义之名的人本主义、人道主义。

说萨特是存在主义哲学家，原因不难理解，因为他是学存在主义哲学出身的。他早年在柏林留学，师从胡塞尔，研究被称为存在主义的德国哲学，他早期的哲理著作《存在与虚无》遵循了胡塞尔、海德格尔的套路，可以说是一部存在主义的哲学专著。但是，当萨特以其文学创作成名之后，在一九四三年左右，加布里埃尔·马尔塞给萨特的文学创作贴上了存在主义的标签不久，萨特在一次讨论会上，却明确宣称："存在主义，我不知道此乃何物"这是怎么回事？我以为问题出在萨特早于出版自己的存在主义哲学专著之前，就已经在文学界崭露头角，有了相当大的名声，出在他的哲学专著与他哲理文学作品之间的非等同性。

德国存在主义哲学有自己的理论范畴，如对人类生存命定性的阐释、存在与时间的哲理、生存哲学、生存哲学现实论、关于存在与超越的理论、对现在、境遇与瞬间的论述、真理的多重性、宗教价值的超验性等等。萨特作为一个德国存在主义哲学的青年研究者，当然要面对这些问题，但是，他作为一个创作了《苍蝇》《间隔》等一系文学作品的著名作家，他在创作中所面对的就是另外一些问题了，即使是哲学，他想要在作品中表达的与他所能表达的，当然会有所不同。他是以文学作品而不是以他的哲学专著成名并享有巨大声誉的，而他在文学作品中所着重表达的思想正是我们所看到过的，即"存在决定本质""自我选择"等。

正因为他在自己的作品中所表述的思想与德国存在主义哲学有所不同，所以当批评家把存在主义的标签贴在他那些已经风行的文学作品上时，他自然会予以否认。然而，存在主义文学这个标签已经成了时髦标志，加以热衷者的鼓噪与炒作，使得萨特也难免心动（要知道，他一生都惯于追求某种轰动效应），他终于接受了这面大旗，充当了它的旗手。于是，"存在主义文学"成为了一个牌号进入世界文学史，并且风靡一时。这就是我们中国人所看到的文学史的事实，说实话，这造成了我们在理解上的某种困惑，因为按我个人的理解，萨特在其文学作品所集中表现的"自我选择""存在决定本质"的哲理与其说属于哲学认知与理论解析的范围，不如说是属于伦理学人生观的范围。如果说存在主义哲学仍是对世界的认知与描述，那么，被称为存在主义文学的那一部分文化精神内涵，则是对人生的清醒认知、彻悟意识、态度立场与形象展示，用简单的话来说，就是有关人的一种人生观。在根本上，这种思想内涵显而易见是属于传统的人道主义体系、人本主义体系，是这种思想体系中的一个组成部分，只不过它使用了存在主义哲学的某些概念与术语，如"存在""本质"等。

萨特本人一定是感到了存在主义哲学体系与自己文学作品中哲理的非同等性，而他本人又不无尴尬地完全接受并享用了存在主义作家这样一个带有光圈的称号。为了弥合这种理解与认知上的裂痕与距离，一九四六年，"存在主义文学"已经大行于道、风靡全球之时，他出版了《存在主义是一种人道主义》。此书后来被称为"存在主义圣经"，应该说是萨特对自己精神谱系的最具有"拍板定案"作用的阐释。总之，在我个人看来，萨特仍然属于人道主义思想的传统，而他所作的"存在主义是一种人道主义"的解释，完全值得我们尊重。

钱林森：作为二十世纪西方精神文化领域的巨人，萨特在文学、哲学、政治社会斗争等方面都有自己的建树和贡献，他留给后世的精神遗产是丰富的、多层面的，我们接受萨特这份精神遗产，自然也不限于哲学、思想、政治层面。对萨特的接受会因接受者不同、时代境遇不同而呈现不同的层面和重点，永远受制于接受者的取向和时代的变迁，这是个十分复杂的课题。面对这位集哲学家、文学家和社会政治活动家于一身的"丰富复杂"的萨特，我还是要问：你作为研究法国文学和萨特的权威批评家、萨特的中国接受者，更喜欢更看重萨特的哪一面？也就是说，在萨特一生的创造中，你觉得哪一部分最重要？最有价值？对中国人来说最有意义？

柳鸣九：的确，萨特留给后世的精神遗产是多方面的。你指出的"对萨特的接受永远受制于接受者的取向与时代的变迁"，我很赞同。既然我是一个文学研究工作者，自然对他的文学成就更为看重、更感兴趣，说到"喜欢"，很坦率说，萨特并不是我最喜欢的外国作家。在我喜爱的程度上，加缪就排在他的前面，但作为一个研究者，我有责任对他本人、对他的各个方面作出公正科学的评价，最好是符合中国国情、适合当前文化发展阶段与状况的评价。

萨特是学存在主义哲学出身的，他作为那个谱系里的一个哲学家，应该说是很出色的，可谓青出于蓝，他所表现出来的思辨力与抽象力是令人赞叹的。他也写出了两三部纯理论的哲学专著，不过，这些专著即便在法国，也只是写给高层次的专业人士看的，正像博士论文经常是写给评审委员会看的一样。其中有一两部译成了中文，据我所知，读者甚为稀少，如果不是对思辨与抽象情有独钟，一般读者是不会去问津的。

萨特一生在社会政治斗争、思想文化活动方面倾注了很多精力与热情，他大量的政论时文就是他在这个方面的产物，收编为《境况种种》共有十卷之多。一九八一年十月我在巴黎拜访西蒙娜·德·波伏瓦的时候，我问她对萨特在精神文化几个不同方面的贡献有何看法时，她特别强调了萨特本人对这一套文集的高度重视，波伏瓦也认为它是人类宝贵的思想财富。但是，在我看来，时至今日，如何评价萨特的政治社会活动与相关成果，反倒成了一个问题。我们知道，萨特作为一个政治社会活动家，除了早年参加过反德国法西斯占领的活动外，后来，在国内主要是以法共甚至是极左派的同路人的身份，而在国际上则主要是以社会主义阵营的斗士的姿态出现。在八十年代初我曾经大力介绍了他作为大左派的倾向与表现，那是为了取得社会主义中国对他的认同，也是为了消减些许"左"派批评家射击的火力。现在，经过了二十多年的世事沧桑，当人们对很多事物愈来愈持理性的态度的今天，就有必要指出萨特当年不少姿态与表现是经不起历史检验的（如他所发动的对加缪的抨击与责难）。他热衷于卷入一次次斗争或事件，凭借他的声望与才华、信仰与自信，投入得太执着、太淋漓尽致了，丝毫没有给自己留下一个作家最好应该保持的适当距离，没有采取一个思想家最好应该具有的高瞻远瞩的超然态度，而是把自己的阵营性、党派性（虽然他并未正式参加法共）表现到了最鲜明不过的极致程度，因此，当他所立足的阵营在历史发展中显露出严重的历史局限性而黯然失色、甚至成为历史陈迹的时候，人们就看到了萨特振振有词、激昂慷慨所立足的基石，所倚撑的支点悲剧性地坍塌下去了，看到他在那个地方所投入的激情、精力、思考，几乎大部分付诸东流。

在文学上，萨特是真正意义上的巨人，他在文学史上地位稳固，经得起时间的考验，具有长存的经典的意义。他雄浑的力量在于把自己的"存在"的哲理与现实生活形象水乳交融地结合在一起，以清晰鲜明的古典文学形象表述了发人深思的现代思维内容，创造了一系列既有形象感染力又具有深邃意蕴的杰作。他这种"双结合"的优势是二十世纪很多作家所不具备的，他表现了"存在"哲学的寓言性戏剧与同时具有丰满生活形象的小说作品，不仅其深刻隽永的内涵足以令人反复思考，回味无穷，而且其纯净的经典式的艺术形式则足以给不同时代的人提供巨大的美感享受。即使是他的一部分时事针对性特别强烈的"境况剧"，也并非一概"过时"，反倒由于历史社会事态的发展而焕发出新的生命力。如他揭露法西斯残余势力的《阿尔托纳的隐藏者》，在当今欧洲又出现纳粹幽灵的时候，就仍有其现实意义。萨特在文学理论方面的建树是很卓越的，有很高的研究价值，至于他的多种具有深刻哲理的传记作品，则像藏量丰厚、但至今仍未被开采挖掘的巨大矿山。他的自传《文字生涯》篇幅不大，价值很高，可与卢梭的《忏悔录》媲美，其严酷的自我剖析精神堪称典范，显示出了作者独特的人格力量。

钱林森：研读你有关萨特的文章，倾听你对这位大家创造业绩的评价，显然你更看重的是文学家萨特，你把他列于法国二十世纪文学大师的地位，他的世界性影响是不言而喻的。回顾萨特进入中国的历程，文学家萨特——确切地说，作为思想家的文学家萨特——对中国新时期文学发展的冲击和影响是有目共睹的。正如有些研究者所指出的："当作为哲学家的萨特在中国的思想研究领域里日益退后的时候，萨特在文学、艺术领域的启蒙作用则表现出更为持久的影响。徐星的厌倦孤傲、刘索拉的青春躁动、格非、潘军、残雪、谌容、朦胧诗人……透过一份被批评整合过的受萨特影响的作家名单，你会发现，过去二十年中国文学的新变，已经无法离开对萨特的评说。"[1] 这是中国作家对萨特在文学层面上的接受，虽然在人数上和规模上远不如当年"萨特热"那么普泛、弘大，但它到底留下了一些耐人咀嚼的东西，表明文学通过交融而获致人的心灵情感的会通，永远具有强大的生命力。萨特思想的滋养给中国新时期作家、艺术家以新的灵感、新的视野、新的题材和新的表达方式，这是不争的事实，它已成为今日大学校园里不少青年学子攻读学位的选题。试问：萨特给予中国新时期文学的这种影响，是思想家萨特的作用，还是文学家萨特的作用？抑或两者共同作用的结果？

柳鸣九：你是研究比较文学与比较文化的，对法国文学与当代中国文学的双向交流、双向影响很有见解，而我个人的研究是单一领域的，我研读中国当代作家的作品甚少，不敢对你所列举的那些中国作家与萨特影响的关系发表意见。不

---

[1] 何力：《一段精神履历的要件》，《经济观察报》，2005 年 7 月 4 日。

过，从萨特这一方面来看，我认为他影响当代作家的方式与途径不外有两个方面：

一是以他的哲学内涵，他的哲学与传统的人道主义、人本主义相通。他的哲学具有现代特征，运用了现代哲学的概念与术语，对于憧憬现代倾向、对现代性颇为好奇、感兴趣的中国当代作家是会有强烈吸引力的。

二是以其将现代的哲学与古典的文学形式熔于一炉、水乳交融的方式，给中国作家提供了哲理文学的范例，这种文学的形象鲜明性与思想隽永性，足以对改革开放后的中国作家有强烈的吸引力，并构成可以效仿的典范。如果说，在这个时期的中国出现过哲理文学作品或带有哲理色彩的作品，也许与萨特的影响不无关系。

除此二者之外，萨特对当代中国文学的影响就不大可能有其他的切入点了，具体来说，不可能在文学形式与表现方法给中国作家提供什么新的灵感。因为萨特没有创造什么新的文学形式，他不像"新小说"派、"荒诞派"戏剧，他的文学表现形式基本上是传统的、古典的，至于他的戏剧形式，中国作家早在易卜生那里就见识过，而他的中短篇小说形式，与莫泊桑、契诃夫的小说基本上属于一种类型，只有他的小说《恶心》在形式上有点"各色"，但那篇小说的可读性实在很差，注重可读性的中国作家不会有兴趣去仿效。

钱林森：在我看来，在萨特那里，哲学家、文学家是二而为一，或思想家、文学家、社会政治活动家是三而为一，互为补充、互相制约的，他在创作上的一切特点、风格和追求，都是和他这多重身份紧密相关的，很难截然分开。在对萨特的评析中，我特别注意到你对萨特自传中的人格魅力的分析和对他作为"作家兼斗士"的强调和评价，我认为，这种既是文学层面、也是思想层面的分析和评价，把握住了萨特其人其文的本质特征，其价值取向也直接承继了中国作家接受外国文学的一种传统精神。其实，在法国文学史上，许多的文化上有重要建树的大家，大凡都是"作家兼社会斗士"的角色，很政治化的，几乎形成了一个文学传统。从伏尔泰到卢梭，从左拉到法朗士，从纪德、罗曼·罗兰、马尔罗到萨特……而中国新文学作家，从鲁迅、茅盾到巴金、胡风、路翎……在接受外国文学滋养时，不仅致力于学习外国作家为文的本领，也十分注重学习他们为人的风范，几乎形成了一个接受传统。

柳鸣九：一个国家的文学中能形成某一种文人传统、作家传统，是这个国家文学丰富与成熟的标志，并非任何一个国家的文学中都能有此种"景观"，一般来说，是在某种历史相对悠久，内容相对丰富、厚重，发展相对有持续性的文学中才会出现的，法国文学就是这样一种文学。也许，在法国文学中，能称得上传统的东西不止一项两项，比如说，对创新精神的强调，对哲理的重视等，当然，作家关注并介入社会生活，要算是法国文学中较重要的一个传统。你列举了这传统中一些令人瞩目的作家，我很同意。这些作家不只是一般性地关心社会现实、民生疾苦或介入社会政治。他们的介入往往有声有色，甚至轰轰烈烈，常常为了某一个正义的目的，敢于站在当时统治阶级、以至整个国家机器的对立面，去进行勇敢的抗争，如雨果为反对拿破仑第三的政变与独裁，流亡国外达十九年之久，不做任何妥协，左拉为了德斐斯冤案的昭雪，不惜冒牢狱之苦与生命危险，等等，这些作家以其轰轰烈烈的正义之举而在历史上留下了光辉的一页。

萨特显然很景仰这种勇者，他十分自觉地将作家的这种行为方式，这种存在形态，提升为一种道德职责、一种美学规范而大加阐释，并建立了"介入文学"论。他自己当然是这种理论、这种理想的实践者，而且也达到了相当轰轰烈烈的规模（即使较伏尔泰、雨果、左拉稍逊一筹）。他在其中也表现出了很令人钦佩的勇气，如他反对阿尔及利亚战争的时期，受到了右派要"枪毙萨特"的威胁后，仍坚持斗争，又如他在匈牙利事件中抗议苏联出兵，采取了断然决裂的态度，不惜公开否定自己长期作为苏联之友的历史……

不过，应该看到，法国文学中之所以能形成"作家兼斗士"的传统，是与法国社会民主化的历史较早、民主化程度较高这一历史条件有关的，萨特之所以能把自己的"介入"理论扮演得淋漓尽致，也是与戴高乐总统的雅量有关。当然，各个国家有各个国家的历史社会条件，不同国家的作家也有实现人格力量的不同的道路与方式，如果不考虑本国本民族的客观条件，硬要抄袭或照搬地去学，那肯定是学不来的，甚至往往会反受其害。

钱林森：我们就"萨特在中国"所进行的讨论和交流，差不多已接近尾声。请允许我提一个知识性的、近于幼稚的问题：萨特这位业绩卓著、风格鲜明的作家、思想家，这位西方明星式的大知识分子，在他生前和身后，何以在西方和东方不断招惹是非，引起争议？世人对他的臧否如此分明，在法国作家中实属罕见，这是因为他思想深邃复杂、风格鲜明独特所致？还是他追求明星效应的个性所致？

柳鸣九：萨特是一个既得到过大欢迎、大赞赏、大崇拜，也得到过大非议、大厌烦、大否定的作家，他得到什么，要视他面对何种人群而定。在二十世纪五六十年代法国以至整个西方世界的文化青年面前，他是一个被热烈崇拜的对象，一个完完全全的文化偶像，在六七十年代法国乃至西欧极左派青年面前，他是一个精神导师。在法国以至西方的传统社会阶层与右翼社会群体那里，他被视为一个喜欢骂街的人，一个叫人心烦的人。而在东方，在社会主义中国，他的"自我选择"说又曾被视为瓦解集体主义的"精神污染"。他之被赞颂还是被否定，与其说主要是由于他个人的主观原因，不如说是不同人群的不同立场与喜爱。当然与他的主观表现也有很大的关系，如果他只是一个哲学家、一个小说家、剧作家，还不至于引起这么大的争议，问题在于他是热衷于社会政治、热衷于政论时评，他的实践活动与批评议论不可能不触动各个方面、各个阶层的利益与神经。加之，他又是一个个性张扬的人，喜欢追求轰动效应，也善于制造轰动效应，如发表宣言、上街游行、探访监狱、拒绝领奖等等，这种行为张扬、极端、尖锐的表现形式，当然很容易招致中国俗话"树大招风"所说的那种后果。但我想，对于头上有光圈，口袋里有法郎，没有家庭与儿女的拖累，毫无后顾之忧的萨特来说，也许他图的正是这个。

钱林森：回顾萨特在中国的精神之旅，谈论萨特在中国的接受，是个沉重的话题。你是这个话题必不可少的"焦点人物"，甚至在一个时期，你本人成了人们议论的中心话题。二十世纪八十年代，你在引介萨特进入中国时，便一度和这个招人喜爱而又招惹是非的外国人，一起成了中国学界议论的中心话题。二十余年后萨特百年诞辰的今天，人们又一次请你向新一代读者讲述萨特一生的峥嵘岁月，重温萨特中国之行的风雨历程，重估萨特在中国的影响和意义。国内各大报刊相继刊发采访你的文章，首都数家出版社也纷纷重版你所开启的萨特译介、研究的多种著作。梦回星移，世事沧桑，萨特在中国的命运真是今非昔比，这使我们这些亲历者、见证者，不免感慨万端。请问，面对这个巨变，你的感受是什么？是苦涩还是欣慰？

柳鸣九：《萨特研究》问世至今已近二十五年，今年，萨特诞辰百年之际，各大报刊的纪念盛况令人大感意外。两卷本的《萨特精选集》（北京燕山出版社）与七卷本的《萨特文集》（人民文学出版社）的出版，也表明萨特精神遗产已经正常而顺畅地在中国通行。眼见改革开放所带来的这一番文化景象，我作为一个当事人备感亲切与欣喜。想当年，《萨特研究》问世之后不久，我的确受到过很大的压力：大会上的点名，报刊上的批判，严肃的个别谈话，书被禁再版，等等，最后，我总算坚持了自己的学术观点，没有去遵命写反省文章——《我对萨特的再认识》。当然，我也付出过若干代价，但至今回顾起来，却并不感到苦涩。我深深感到，自己能参与"萨特的中国行"这样一个文化进程，在这个过程有所作为，也算是"生逢其时"的一种"造化"，对此，我感到欣慰。

原题《萨特在中国的精神之旅——柳鸣九、钱林森教授对话》，柳鸣九、钱林森合著。原载《文艺研究》，2005 年 11 期。

罗新璋（1936—　　），浙江上虞人。翻译家。1953 年考入北京大学西方语言文学系法语专业，在校期间得到傅雷的指导。毕业后先在《中国文学》杂志社从事中译法文学翻译，后调入中国社会科学院外国文学研究所工作。著有论文《我国自成体系的翻译理论》《中外翻译观之"似"与"等"》，编辑《翻译论集》，译著有《列那狐的故事》《特利斯当与伊瑟》《红与黑》《阿邦赛拉琪末代王孙的艳遇》《猫球商店》《黛莱丝·戴克茹》《栗树下的晚餐》(合译) 等。

释 "译作"

查海峡两岸编的几部大型辞书，无论是《汉语大字典》《汉语大辞典》，还是《中文大字典》，均不见有"译作"这一词目。区区只好自我作故，许慎一下，来个说文解"词"：

译作，通常指翻译作品，意即翻译而成的作品。按译法，似有"译即作"与"译而作"之区别。

观此解词，对译法宜稍作诠释。"译即作"，说得直白些，译就是作，译出来就成作品（"作，成就也"）；反过来说，就是译而不作，可比之述而不作的圣人。"译而作"，意为译中带有作意。试举一例以明之——巴尔扎克 *Eugénie Grandet* 的最后一段：

La main de cette femme panse les plaies secrètes de toutes les familles. Eugénie marche au ciel accompagnée d'un cortège de bienfaits.

La grandeur de son âme amoindrit les petitesses de son éducation et les coutumes de sa vie première. Telle est l'histoire de cette femme, qui n'est pas du monde au milieu du monde ; qui, faite pour être magnifiquement épouse et mère, n'a ni mari, ni enfants, ni famille. Depuis quelques jours, il est question d'un nouveau mariage pour elle. Les gens de Saumur s'occupent d'elle et de M. le marquis de Froidfond, dont la famille commence à cerner la riche veuve comme jadis avaient fait les Cruchot. Nanon et Cornoiller sont, dit-on, dans les intérêts du marquis ; mais rien n'est plus faux. Ni la grande Nanon ni Cornoiller n'ont assez d'esprit pour comprendre les corruptions du monde.

英译为：

The hand of this woman stanches the secret wounds in many families. She goes on her way to heaven attended by a train of benefactions. The grandeur of her soul redeems the narrowness of her education and the petty habits of her early life.

Such is the history of Eugénie Grandet, who is in the world but not of it; who, created to be supremely a wife and mother, has neither husband nor children nor family. Lately there has been some question of her marrying again. The Saumur people talk of her and of the Marquis de Froidfond, whose family are beginning to beset the rich widow just as, in former days, the Cruchots laid siege to the rich heiress. Nanon and Cornoiller are, it is said, in the interests of the marquis. Nothing could be more false. Neither la Grande Nanon nor Cornoiller has sufficient mind to understand the corruptions of the world.

穆木天《欧贞尼·葛郎代》译文：

这位女人的手，给所有的家族的隐秘的伤创绑了绷带。欧贞尼，被那些善行的一个行列随伴着，走向天国去。她的灵魂的伟大，减轻了她的教育的狭隘和她幼年生活的诸习惯。这样的就是这位女人的历史，她生于世界之中而是不属于这个世界的，她生来是为的很辉煌地作妻子和母亲，可是她既无丈夫，更

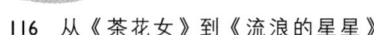

无子女，又无家族。数日以来，她的再婚的消息又哄嚷起来了。苏缪尔的人们，关心着她和德·福罗阿丰侯爵的事体。如同先年克鲁休家人在包围她似的，现在德·福罗阿丰侯爵家在包围她了。娜侬和寇尔乃尤，据人说，是帮侯爵的忙的，可是，那是极为大谬不然。不管是大个子娜侬，不管是寇尔乃尤，都没有十分的机智，得以理解世界上的诸种腐烂的。

　　傅雷《欧也妮·葛朗台》译文：

　　这女子的手抚慰了多少家庭的隐痛。她抉着一连串善行义举向天国前进。心灵的伟大，抵销了她教育的鄙陋和早年的习惯。这便是欧也妮的故事。她在世等于出家，天生的贤妻良母，却既无丈夫，又无儿女，又无家庭。

　　几天以来，大家又提到她再嫁的问题。索漠人在注意她跟特·法劳丰侯爵的事，因为这一家正开始包围这个有钱的寡妇，像当年克罗旭他们一样。

　　据说拿侬与高诺阿莱两人都站在侯爵方面；这真是荒唐的谣言。长脚拿侬和高诺阿莱的聪明，都还不够懂得世道人心的败坏。

　　又，傅译《邦斯舅舅》："宠姬荡妇之物，早该入于大贤大德之手了……可叹古往今来，大家只为蓬巴杜夫人一流的女人卖力，而忘了足为懿范的母后！"（Il est temps que ce qui a servi au vice soit aux mains de la vertu !…car il est, malheureusement, de la nature humaine de faire plus pour une Pompadour que pour une vertueuse reine ! —It is high time that having served Vice is should now be in the hands of Virtue !… for unfortunately human nature is so constituted that it does more for a Madame de Pompadour than for a virtuous queen.）穆译《从兄蓬斯》作："现在是到了时候了，曾经是仕奉恶德的这件东西，要到了德行的手里了！……因为，不幸地，在人间的天性里，是愿意多为一个庞巴杜尔尽力，而不愿意多为一位有德行的王妃尽力的。"

　　穆木天基本上顺着原文译，字真句确，认真得有点木讷。谈到译书感受，他说："在执笔翻译之际，译者永远地是感到像一个小孩子跟着巨人赛跑一样……"傅雷则假定："理想的译文仿佛是原作者的中文写作。""原作者的中文写作"云云，意在强调"作"意；认为文学翻译"自非死抓字典，按照原文句法拼凑堆砌所能济事"。译者，可说是进行中文写作的原作者，或说，是根据原作进行中文写作的作者。此处，译者的第一自我，与作者的第二自我，两者的关系，既非林纾式的变他为我，也非斯坦尼式的变我为他，而是狄德罗式的双重身份。迁想妙得，落笔之际不知译者之为作者耶，作者之为译者耶。

德国人本主义心理学家弗洛姆（Erich Fromm, 1947）提出 "生产性取向"（productive orientation）这一概念，认为生产性是人运用自己力量、实现自己潜力的能力，是人所共有的，而创造性是艺术家才有的察具。或许误用弗洛姆观点，译即作，外变中，是一种技术操作，可谓生产性翻译。译而作，译者以操译入语的原作者自命，把文学翻译当作一种中文写作来做，带有一定的创造性。

当然，生产性与创造性，并非绝对的，相互排斥的。穆木天在翻译时，抹去自我，羁勒灵性，译而不作；但在整个文艺生涯中，倒是既译且作的。他固然译有《欧贞尼·葛郎代》《勾利尤老头子》《从妹贝德》《从兄蓬斯》《夏贝尔上校》等，但也出过诗集《流亡者之歌》和散文集《秋日风景画》。近年出的《象征派诗选》（人文版，1987）里，收有穆木天诗十四首。《雨后》一诗，开头三节是：

> 穿上你的轻飘的木屐穿上你的软软的外衣
> 趁着细雨蒙蒙我们到湿润的田里
>
> 我们要听翠绿的野草上水珠儿低语
> 我们要听鹅黄的稻波上微风的足迹
>
> 我们要听白茸茸的薄的云纱轻轻飞起
> 我们要听纤纤的水沟弯曲曲的歌曲

诗论家评穆木天的诗，云："十分注意追求诗歌的音乐美，追求用富于律动感的语言，表现诗人内心对于外界声音、光亮、运动所获得的交感和印象。"《雨后》作于我国新诗草创之初的一九二五年，在当时应该说很有创造性的。而在翻译上很有创造性的傅雷，自称是不能诗的。

可见穆木天是把译与作实行分流，译归译，作归作，井水不犯河水。穆译，已不流传于今日；其诗，倒在选本里堂堂正正占有一席之地。看来问题不在于有没有创作力，而在于用不用创作力。从穆木天的例子，只能做这样的解释：是一种翻译观，束缚住译者神思的骏发，损及于所译文字的质量。这绝不是一个孤立的例子。名作家兼名译家一身而二任的也有，但并非个个大作家都是好译者。徐志摩于诗于散文，堪称大家，而所译曼殊斐尔就颇有商榷的余地，受到时人的指摘。大概也是因为译作分流，角色分家的缘故。

傅雷的文艺生涯，可说是译而不作；但在翻译上，译而作，有作为，其译作一直广为流传。文艺作品，真正有生命力的，是"作"，是"作"的生气充盈并激荡于其中。翻译作品的好坏，可读不可读，往往也取决于是否"作"，取决于"作"的含金量，取决于"作"的含金量的精粗高低。

译即作与译而作，具体到穆译与傅译的例子，是否能给我们一点启示呢？

从古籍注疏里可辑出译作两字的释义：

——"译，即易"（贾公彦《周礼义疏》)，谓换易言语使相解也。

——"作，创始也"（《论语》集注）；又"作，兴也"（《文选》李善注),"兴者，起也，取譬引类，起发己心"（孔颖达语）。

两字按"译而作"组合，可串讲为：译者于换易言语之际，遇有兴会，起发己心。

这里涉及到的一个问题，是怎样认识文学翻译的性质。文学创作，本质上是一种语言艺术；文学翻译，也该是一种艺术创造。艺术（Art）一词，在西方语文里，释作"人为"或"人工"（human contrivance or ingenuity)。亚里士多德在《诗学》里称："艺术家对原物基本上应有所改进。"准此，艺术是人对自然的加工改造，翻译艺术则是译者对译语文本的加工处理，以期"有所改进"。

译而不作，信于原本，基本照搬，不作或很少作翻译处理或艺术处理。因深明翻译受制于原文，便把译者的主体意识尽量缩小，甚至完全泯灭，忽视乃至否定文学翻译亦需发挥译者的创造性，亦需有译者的艺术个性。译而不作，多半缘于认为译不该作，有种心理障碍，便一味跟着原文走，机械的，甚至笨拙的照搬，而搬过来的往往是一堆文字瓦砾。照搬，毕竟不是创制。

译而不作，原作客体压倒译者主体，其结果必然是原作压倒译作。此类译文，一般不及原文，信而不美，殆如昔人所谓婢作夫人，画虎类犬。

而"译而作"，且译且作，倾注出"艺术家的心灵，这个心灵提供的不是外在事物的复写，而是心灵自己的内心生活"（黑格尔）。译而优者，全靠心灵去领悟去阐释去创造。

假如原作是件艺术品，翻过来后，也该还它一件艺术品。译而且作，不认为信字当头，美即在其中矣。——美需要创造，译作之美需要翻译家去进行艺术创造。

不过，这是一种特殊的艺术创造。译者的创作，不同于作家的创作，是一种二度创作。不是拜倒在原作前，无所作为，也不是甩开原作，随意挥洒，而是在两种语言交汇的有限空间里自由驰骋。这是一个非常重要的限定。"任何艺术形式的实质，都是将美的创造置于某种规范的制约之下。与其说美是克服了规范制约的创造，不如说正是由于规范的制约才有美的创造"（某知名女学者语）。译者的创造，始于制约，制胜制约，也是一种"带着镣铐跳舞"（闻一多论格律诗语）。既秉有一定的自主，又需有一定的自律。当然很难，能因难见巧，才见高明。

译而作里，作的成分，随不同体裁而不同。诗最难，假如七分译三分作，那么，散文、戏剧、小说、论说等渐次递减。

此处的"作"，意在突出译者的主体意识，发挥译者的创造性而言，当然是在二度创作的范围内，而不是脱离原作作信天游。译者只是代笔，而不是抢过作者的笔来，"把翻译变成借体寄生、东鳞西爪的写作"（钱锺书语）。

译而且作，是由译者单纯的照搬，变为肯定自身艺术个性的创造性劳作，在移译原作客体的同时，还包含译者主体的东西在里边。此种译作，"自有我在"。

有有我之译，有无我之译。有我而精神出，使其言皆若出于我之口，其意皆若出于我之心，上焉者能成高格，时见精彩。无我之译，是原作简单的复制，历来不少见，惜乎纷纷落马。

译作之美，乃原作之美的再现。译作之美不美，不只取决于原作客体表现的完美，更取决于译者主体再现的完美。完美地翻译一部名著，与翻译一部完美的名著，是两码事。

孔子于艺事要求"尽善""尽美"，主张"情欲信，辞欲巧"。译而且作，往往被低为美言不信。诚然，译而且作的信，外观上不如译而不作的信那么信。创造性翻译，在这里成为一种叛逆性行为——不信。不过，看似不信，实际是超越了信的不信，在不信中又自有信在，故乃不信之信。既被化解，又被保存，从形似的信过渡到神似的信，逼近于美复遁迹于美。美言不信？美言——不信，而似信！似信，而更胜于信——还是不信！

林语堂三十年代所提"美的标准"，虽是从严复的"雅"生发而来，但终究第一次明确提出"翻译艺术上的问题"。"翻译于用之外，还有美的一面须兼顾的，理想的翻译家应当将其工作做一种艺术。"译诗文小说之类，"于达用之

外，不可不注意于文字之美的问题。"半个世纪以来，翻译名家虽也谈到"神韵""化境"等涉及美学的论旨，但对"美的标准"似没有作出直接的回应。大陆直到八十年代，翻译美学才开始重新受到注意，在翻译理论的研究中，隐然形成一个文艺学派。今天，根据翻译文学的发展趋势和当代人的审美趋向，美已成为文学翻译不可或缺的一种品质。文学翻译应是在透彻理解原文的基础上，"按照美的规律"融化再创，予以艺术的再现。因此，文学翻译也是一种艺术创造，一种美的创造。我们不只需要简单照搬原作的译本，更需要从艺术上把握原作的译本。

信言不美，信然。美言不信，疑似。

总之，译即作也罢，译而作也罢，严格说来，在绝对意义上，都打上译者的印记的，不过有深浅巧拙之分罢了。

（原载《中国翻译》1995 年 2 期）

王殿忠（1936—　　　），河北交河人。教授。1961 年毕业于北京外语学院法语系。毕业后曾任总参外事局翻译，南京国际关系学院教授。中国作家协会会员。著有《法汉翻译教程》《法语语音教程》。主要译作有：《法国历史轶闻》《拉鲁斯传》《一个世纪儿的忏悔》《法兰西遗嘱》《茶花女》等。

翻译风格三议

　　文学作品的翻译，要体现原著的风格，这似乎是没有异议的；但能否体现呢？就有分歧。至于怎样才算体现了原著的风格，历来意见不一，议论颇多，作者亦想就其中三个问题，粗浅地谈点个人意见，不是"论"，而是"议"，是所谓"稍参末议"而已。

一、什么是风格

　　为什么要提这个问题？因为谈翻译而论风格，从来就有两种意见，一种认为，风格是可译的；另一种意见则是，风格是不可译的。倘说风格可译，时至今日，还没有哪一位翻译家能够原原本本地、准确地把哪一位外国作家的气质、个性，特别是这一作家异于另一作家的语言习惯，遣词及造句的特点反映出来。倘说风格是不可译的，那么屠格涅夫的田园味，乔治桑的牧歌风，巴尔扎克的渊博深刻，雨果的浪漫夸张，莫泊桑的简洁优美……又是从何得知？这种各执一端的争论，归根到底，我看是出在对什么是风格的理解上。

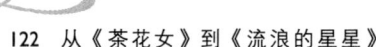

　　这就是有必要研究一下大家似乎都理解并且天天都在谈论的风格问题。

　　什么是风格？一九八〇年出版的《罗贝尔法语辞典》(Le Robert) 上说："风格是一个作家对作品表达方式的体现。"它还说："就风格而言，伟大的作家可以达到这种境界，即在保留着风格的一般特点外，还打上了作家个性的烙印。因此，风格就突出表现在作家表达手法的一致性，在句子中词语搭配的一致性，在文章中句子组合的一致性，以及形象选择和作品节奏的一致性。"另外，《拉罗斯大百科全书》(La grande Larousse encyclopédique) 上说："风格是每个人在表现他的思维和喜、怒、哀、乐等感情时的一种特殊方式。"因此布封说："风格就是其人。"而福楼拜则更进一步说："不但风格就是其人，而且还是一个具体的，活生生的有血有肉的人。"在我们的《辞海》中，对风格是这样说的："指作家，艺术家在创作中所表现出来的艺术特色和创作个性。作家艺术家由于生活经历，立场观点，艺术修养，个性特征的不同，在处理题材，驾驶体裁，描绘形象，表现手法和运用语言等方面都各有特色，这就形成作品的风格。风格体现在文艺作品内容和形式的各要素中"。

　　由此可见，风格的含义不但广，而且深。各种题材和体裁，各类写家和流派的各种文体都有其风格，另外，每个作家的表现手法、语言特色、甚至立场观点、艺术修养、本人的气质和个性都构成了风格的要素。题材和体裁尽管是作品的内容和形式，但内容和形式都寓有作家的风格，同一题材和同一体裁，不同的作家写来其风格也不同。同样是田园小说，乔治桑和齐奥诺的风格就不同，乔治桑的小说叫人想起一对年轻的恋人在绿草如茵的牧场上放牧，近处笛声悠扬，远处传来晚祷的钟声；齐奥诺的小说则带有浓厚的乡土色彩，叫人想起乡间的赶集，仿佛人物的对话都带有乡音。在遣词造句方面，福楼拜严谨规范，笔下从无俚语行话，而左拉则通篇都是俚语行话，甚至不惜使用最粗卑的语言。雨果和巴尔扎克都喜欢在自己的小说中大发议论，但雨果抒发的是个人的感情，是人道主义的哲理，巴尔扎克则多数是对社会、对人生意义的阐述。就题材和体裁本身而论，一个作家喜用某一特定体裁，另一作家则多选用某一题材，这也是风格。就语言功能讲，风格不但体现在文艺作品中，就是政论文、科技文、公文、报告乃至寻人启事、遗失声明等都可谈风格。有人可能说，那是文体的不同，但文体也便是风格，不同的文体便有不同的风格，故《拉罗斯大百科全书》把文体也列入风格之内，说它是"在某些特殊场合下，如在官场中，在商业和工业等活动中所使用的职业语言的一种形式，故有司法语体，公证人语体，公文语体等"。

　　以小说而论，唐代的传奇，宋朝的话本，元代的讲史，明朝的神魔小说，不但反映了时代的风格，而且在这一大范围内也体现了每个作家个人不同的风格。

综上所述，风格可以归纳为以下三个方面：第一，文学作品的题材和体裁以及作家对它们的处理手法。第二，作家文章的风采和作品的基调。所谓风采，指作家的文笔，是清新、华丽、细腻或者粗犷，等等，所谓基调即指作家"表达手法的一致性"，是严肃、欢乐、沉闷或者悲哀，等等。第三，作家驾驭语言的本领，遣词造句的特色，作家对语言的习惯用法，句型结构的特点以及贯穿作品始终的作家本身的语言"个性"等。

要论风格在译文中的反映，我以为至少应该把以上三个内容全部考虑进去，倘只论及一点便说反映了作家的风格与否，那就容易失之偏颇。

二、风格是可译的又是不可译的

所谓可译，指第一种含义，即作品的题材和体裁，对风格的第二个含义，即文章的风采和作品的基调，也大致可译，但已颇不容易了，特别是文章的风采，稍不小心便会被译者的风格所代替，至于作品的基调，或大喜，大怒，或大悲，大怨，这些都好体现，倘不如此，便易流于平淡，平淡当然也是一种风格，但这一作家的平淡就不同于另一作家的平淡，要区分它们是困难的。但就其大旨而论，尚可勉力而为。第三个含义属语言结构范畴，基本上是不可译的。因为语言的使用和作者的个性、修养、立场观点、出身经历等等有着十分密切的关系，把握它们已属不易，更何况体现作者这些特点的工具又是两种不同的语言——汉语和外语。就是同一种语言，这一作家异于另一作家的个性，存在于作品本身的每个作家的那个"具体的、活生生的有血有肉的人"也常常难于区别，所以《基耶法语辞典》（Quillet）上说："……因为尽管使用同一种语言，但由于各人的表达方式不同，其微小的差异往往很难区分。"因此，作家语言的表达方式受着诸多因素的限制，这一作家异于另一作家，其中的细微区别，可以说是不可译的。同属优美、清新的文字，莫泊桑和乔治桑的就不同，同属幽默，鲁迅和老舍就各异，倘译成外文，幽默大致是可以译出的，但倘把鲁迅的幽默和老舍的幽默，他们表达思维的特点的不同处译出，那恐怕是比较困难的吧？然而这却正是这一作家异于另一作家的灵魂所在。我们在阅读某一外国作家的原著时，常常为该作家行文之巧、运笔之妙，拍案叫绝，但试译出来看，能表达多少原著精神？至于隐藏在字里行间的细腻处和作家使用语言的个性，那些"极特殊又极细微"的差别，就只能意会而不能用另一国文字通过对该作品的翻译来表达了。

音乐的音阶只有七个唱名，但有的作品叫人惊心动魄，有的则使人荡气回肠。萧邦作品的风格举世皆知，但演奏家的表现却各不相同。音乐是世界语言，无须翻译，而文学作品呢？以中国旧诗的绝句而论，同是二十字或二十八字，有的无一生僻字眼，但那语言的高下和风格的差异就大不一样。"两个黄鹂鸣翠柳，一行白鹭上青天，窗含西岭千秋雪，门泊东吴万里船"，倘说体裁，是可译的，若论神韵，也可勉力而为，但可能就比原文逊色，如谈到造句之巧，对仗之工，那么，似乎是不可译的。匈牙利诗人裴多菲的名句："生命诚可贵，爱情价更高，若为自由故，两者皆可抛。"其所以在中国广为流传，主要是当时所具有的思想性和译文的通俗易懂，并能朗朗上口，倘论风格，译文已表达了原诗比、兴之贴切，也大致体现了原诗颇具哲理的、精辟警人的内容，但从文字风格看，据有人介绍，原文风格已被译者破坏无遗。因此，倘若只谈译诗的比、兴及精辟警人的内容，就说已完全体现了原著的风格，或者只论形式及句法结构，就说没有反映原著风格，都未免有失公允。我们还是应该感谢译者的，因为我们要的是诗的意义而不是通过该诗来研究作者诗体的风格，从这一意义看，这一译作虽有微瑕，却是大体不掩其瑜的。

有些文章看起来似乎很平淡，好像风格不很明显，其实字里行间已蕴藏着作者的风格，翻译起来，就似乎更难困些。以周煦良同志的"翻译三论"（载《翻译通讯》1982 年第 6 期）而言，是一篇学术研究文章，其风格除具备论文的特点外，语言如行云流水，通顺流畅，遣词造句生动自然如与友人促膝谈心，看似顺手拈来，偏无功力，是写不出的，看后不但感到亲切，还使人心情舒畅。与一般的论文在风格上迥然不同。如将其译成外文呢？是否能从语言风格上译出与其他论文不同的特色来？恐怕是办不到的。

我们说，风格是可译的，是就大旨而言；说风格是不可译的，则偏重于语言结构和文字技巧，特别是这一作家异于另一作家的细微差别。就以司汤达和福楼拜为例，他们的作品风格是不同的，读完原著便会有明显的感觉。在《红与黑》里，写于连和德·瑞那夫人的定情，作者选择了一个握手的场面；在《包法利夫人》里，写赖昂和包法利夫人的定情，也是一个握手的场面，但两位作者的处理方法则大不相同。写于连想握德·瑞那夫人的手，作者用了大量的、生动而细腻的心理描写：前一天于连无意中碰到了德·瑞那夫人的手，夫人马上把手缩了回去，这大大损害了于连的自尊心，于连认为握这个女人的手是自己的责任，必须像拿破仑攻城掠地似的去完成它。于是第二天于连便对德·瑞那夫人露出仇视和懊恼的目光，仿佛她变成了敌人，正要上前和她决斗。由于这一变化和昨晚那么不同，使德·瑞那夫人摸不着头脑。他们来到花园里，德·瑞那夫人坐在他旁边，她的手就在他眼前晃动，引诱着他，由于他缺乏勇气，感到万分苦恼。司汤达是这样描写于连当时的心情的——

Dans sa mortelle angoisse, tous les dangers lui eussent semblé préférables. Que de fois ne désira-t-il pas voir survenir à madame de Renal quelque affaire qui l'obligeait de rentrer à la maison et de quitter le jardin !

（他痛苦万分，觉得任何危险也比这样好些。有好几次他甚至希望忽然有什么事要德·瑞那夫人去办，以使她回到屋子里去或者离开这个花园。）于连被痛苦拆磨着，已经是九点三刻了，他再也不能忍耐了，于是便暗下决心："Au moment précis ou dix heures sonneront, j'exécuterai ce que, pendant toute la journée, je me suis promis de faire ce soir, ou je monterai chez moi me brûler la cervelle..."（"十点钟一敲响，我就要执行我一整天盘算着在今晚实现的计划，否则我就回到自己屋里一枪打烂自己的脑袋"。）当然，他的计划经过一番周折，终于实现。

但福楼拜是怎样描写赖昂和包法利夫人的握手呢？——

—Allons, adieu ! Soupira-t-il.
Elle releva sa tête d'un mouvement brusque :
—Oui, adieu... partez !
—Ils s'avancèrent l'un vers l'autre : il tendit la main, elle hésite.
—A l'anglaise donc, fit-elle, abandonnant la sienne, tout en s'efforçant de rire.

Léon la sentit entre ses doigts, et la substance même de tout son être lui semlait descendre dans cette paume humide.

Puis il ouvrit la main, leurs yeux se rencontrèrent encore, et il disparut.

他叹了口气，说：
"好，再会！"
她把头骤然一扬说：
"是啊，再会……你走吧！"
两个人又各向对方走近来，他伸出手，她迟疑了一下，这才伸过手去，勉

强笑着说:"我们就这样分手了"。

赖昂觉出了她在握他的手,似乎他的全部生命,顺着胳膊,集中在这支汗津津的手心里。

他随后便松开手,他们的眼光又迁到一起,他走了。

同是握手,这里边有繁简的不同,写作手法的不同,情节安排的不同,因而其风格也不同,使人一看便知,这是风格的可译处。但就译文的语言而言,似乎看不出司汤达和福楼拜之间的差别。因此,在遇到语言结构有明显不同的文章时,其文字风格似乎就更难体现。

试看下面这段文字——

Ils sont visiblement *en same dimanchés*. Complets noirs. Pantalons étroits sans reverts. Chemises blanches rayées. Cravates grises. Cheveux gominés. Chaussures presque pointues. (Catherine : *À chacun sa Chine*)

如果我们把它和随便哪一位作家的文字相比,比如和雨果的——

Elle paraissait onze ou douze ans. En l'examinant avec attention, on reconnaissait qu'elle en avait bien quinze. (Les Misérables)

我们便可看出,两段文字风格的不同是十分明显的,前一段文字二十个词共七句话,只有一个动词,后一段共十八个词两句话却有三个动词(如包括 examinant,则有四个动词),文字风格迥然不同。但试译成中文看——

"一看就知道,他们是"周末派"人物:身穿黑西装,窄裤腿,不卷边,白条子衬衣,灰领带,头发擦得油光可鉴,穿着一双尖尖的皮鞋"。另一段:"她看上去只有十一二岁,但当你再仔细观察时,敢情她已有十五岁了。"看原文时印象十分强烈,经过翻译,虽然在努力体现各自的文字风格,只要把译文一对比,那种从原文得来的强烈印象,几乎没有了。这便是前面说过的那种"极特殊而又极细微"的差别的不可译性。

因此,倘在裴多菲的诗句和上面两段文字的译文中去寻求作者的语言风格岂不令人失望!

由于两种文字的语言不同,在这一文字中具有特色的句型结构,换成另一种文字有时就会黯然失色。老舍先生的文字在中国作家中是别具一格的,试看下面几例——

"最激烈的中国家庭革命，就是子女拒绝长辈给的吃食。吃九个半，假如长辈给你十个……"（老张的哲学）

"李静帮助姑母在厨房预备一切，李静递菜匙，姑母要饭杓，李静拿碟子，姑母要油瓶；于是李静随着姑母满屋里转。—— 一件事也没作对。"（老张的哲学）

"就是那半间厕所，当客人们不愿见朋友或债主子的时候，也可以权充外国医院，为，好像，政客们托疾隐退之所"。（赵子曰）

"是吗"？赵子曰四肢百体一齐在外涨，差一些没把大袄，幸亏是新买的，撑开了绽"。（同上）

像这种看来似乎过分的倒装句和插入句法，在老舍的作品中几乎俯拾即是，已成了他在文字上区别于其他作家的特点之一，但如译成外文呢？这一特点岂不可能就荡然无存了吗？

因此，我们在阅读某一外国作家的原著时，尽可以欣赏他熟练的文字技巧，品味他体现在作品中的个性，赞叹他驾驭语言的本领并为此乐不可支，这是我们懂外语的人得天独厚之处。因为一个不懂外文的读者，从译品中是无此福分享受这一乐趣的。

有人说"译司汤达，还它司汤达，译福楼拜，还它福楼拜"，周煦良先生说那是"英雄欺人语"是颇为中肯的。倘说"译司汤达，还它部分司汤达，译福楼拜，还它部分福楼拜"倒还似乎可以做到。

三、译者的风格绝不是作者的风格

翻译家有没有自己的风格？回答似乎是肯定的，但如再问，翻译家应不应该有自己的风格？该怎么说才好呢？有人在理论上（不是在事实上），觉得译者没有必要具备自己的风格，因为你是译者，你的责任是客观地、忠实地把原著介绍给读者，这里面不应该有译者本人的东西在内。这种看法，在事实上是行不通的。因为翻译不是照相，就是照相，由于摄影者的艺术趣味不同，表现的哪怕是个静物，有的就拘谨、呆板，有的就生动、活泼。因此，一个译者，他必然有自己的风格，也应该有自己的风格。排斥翻译者自己的风格是不对的，也是办不到的。随着文化素养的提高，读者欣赏外国作品，不但选择作者，也要选择译者。许多名家都有自己的风格，傅雷的译品风格和李青崖的便迥然不同。特别是作家兼翻译家，其个人风格更为明显。鲁迅先生行文简炼，气态凝重，他译的《死魂灵》确然在风格上反映了果戈里的大旨，但他自己的文风也跃然纸上。郭沫若译的《少年维特之烦恼》以及他的许多译诗也带有强烈的郭氏文风。但这种译家个人的文风绝不应该掩盖原作的风格，更不能代替原作的风格。否则在风格的再现上，便是失败。因为读者要看的是司汤达或福楼拜，你的文笔或者可能高于司汤达或福楼拜，但你却不能代替司汤达或福楼拜。我们的翻译家兼作家们是深知这一点的，所以他们在谈论翻译的甘苦时，认为有时往往比创作更难。

然而今天的某些论者却往往有意无意地忽略了这一点，以为译文只要"美"了，便似乎反映了原著的风格。而一些译者，也往往有意无意地刻意求"美"，而不顾原著的文采和基调。这种风格绝不是作者的风格，倘把严肃的文字译得眼花缭乱，淡泊的作品译得雍荣华贵，那么文字再好也不足取。往往一部作品原文朴实无华，淡泊如水，语言似顺手拣来，轻松自如，这样的作品于体现风格上最不好译，因为稍一不慎便会改变原文面貌。倘若译者不加分析，添油加醋，那不但失去了原作的真味，脱离了原作的神韵，且亦辜负了作者的苦心。

因此，理解原著的风格并非是轻而易举的事，首先要充分理解作品的全貌，确定主题，定下基调，了解气质，分析语言，然后才能动笔。这时才不致用译者自己的文风去代替作者的文风，用译者自己想当然的语言去代替作者的语言。

这里有一个怎样充分利用译文的语言特点问题，有人称之为"发挥译文的语言优势"。勿庸违言，在搞翻译时，每一位译者都有意无意地在充分利用译文语言的特点，利用得好，于译品也大有裨益，但，要十分小心，稍不注意便会走向极端。特别是在努力表现原著的风格方面，译者要能够"自制"，不然便成了译者的风格，那时你越是"发挥译文语言优势"，便越是破坏原著的风格。以前面举的裴多菲诗句为例，那译文是"发挥了译文语言优势"的，但却破坏了原诗的文字风格。所以吕叔湘先生说："初期译人，好以诗体翻译，即令达意，风格已殊，稍一不慎，流弊丛生。"这是有道理的。

作为译者，努力追随的是作者，努力表现的也是作者，而不应强求超过作者。从作品整体上讲，译品不应该，也不可能超过原著，那原因也很简单：你要表现的是作者而不是你自己。人长得丑，你给画美了，不是好画家。你尽管可以说，我的译品从文字上，从意境上，都胜过了原著（究竟是否可能，姑且不论），但你却忘了，你是在介绍原著而不是修改原著。胜似原著，却不是原著，因为已经走了样，就风格而论，是失败而不是成功。"译司汤达，还它司汤达，译福楼拜，还它福楼拜。"尽管翻译家永远不能做到，但却永远是翻译家的方向。

（原载《外语研究》1984 年 2 期）

钱林森（1937—   ），江苏泰兴人。比较文学研究家，翻译家。1963年毕业于北京大学中文系，1966年毕业于北京外语学院法文系，随后受国家派遣，赴柬埔寨金边五家大学任教。1968年回国执教于南京大学。曾任南京大学比较文学研究会会长、中国比较文学学会副会长、全国高校教学研究会理事。著有《中国文学在法国》《牧女与蚕娘》等。译作有《永别了，疯妈妈》《沙漠的女儿》《安娜·玛丽》《灭亡》《莫斯科人》等。

傅雷翻译文学经典与中国现代作家

　　在近代文学翻译界，傅雷先生无疑是最杰出的代表人物之一。他以卷帙浩繁、技艺精湛的译品而被批评家誉为在中国一两个世纪也难得出现的翻译大家。他毕生致力于中法文学艺术交流事业，把法国经典作家伏尔泰、巴尔扎克、梅里美、丹纳、罗曼·罗兰的重要作品介绍给了中国读者，洋洋五百余万言。他在其中用力最多的是巴尔扎克和罗曼·罗兰两位大师的小说。两者相较，如果说巴尔扎克译品是"傅译浩瀚天地中的重镇"，若从接受与影响的精神层面来考量，傅译《约翰·克利斯朵夫》则是傅雷翻译世界中拔地而起的一座丰碑。这是法兰西文学巨子罗曼·罗兰和中国翻译界一代巨匠傅雷用心灵、智慧和激情所共铸的一座洁白的丰碑。

　　傅雷生前谈及自己翻译经验时，曾说过："选择原作好比交朋友：有的人始终与我格格不入，那就不必勉强；有的人一见如故，甚至相见恨晚。"罗曼·罗兰和他的《约翰·克利斯朵夫》对傅雷来说，可谓"一见如故""相见恨晚"

的朋友。傅雷与他们的相遇，是二十世纪中法文学交流史中的"奇缘佳遇"，是热爱真理、追求光明的中国弟子和法国导师的心灵相遇。我们知道，从译介学学理层面看，译者是作者的代言人，他负有在本土文化圈内诉说作者心曲、延伸原作文本生命、拓展原作生存空间的使命。傅雷之于罗兰，从其相通的心智和气质、相似的性灵才情、相近相匹的学养和热情，以及傅雷精湛的技艺和上佳的译品，都不难看出，傅雷是罗兰在中国的理想而忠实的代言者。海峡两岸凡是读过傅译《约翰·克利斯朵夫》的读者，面对这部"仿佛是原作者的中文写作"文本，亲临过那行云流水、色彩丰富的文字和流淌在字里行间那股炽热的激情和精神气韵，品味过那"江声浩荡"的警句和恢宏瑰丽的乐章，都会从中获得一种真与美的心灵熏陶和洗礼。当他从阅读中走出来的时候，都会感到自己的生命获得了新的增添，都会情不自禁地与克利斯朵夫这个闪烁着强奋精神和人格魅力的"清新的灵魂"拥抱得更为亲密，因而都会从心底里发出一致赞叹：多亏了傅雷以独有的才情、睿智和激情的参与，才使罗兰《约翰·克利斯朵夫》这部不朽巨作在东方这块拥有最多读者的大地上获得了新的生命，傅雷才是罗兰不辱使命的最佳代言人，这不是需要人们来探讨的学理，而是不争的事实和共识。罗兰和傅雷珠联璧合，原著和译作先后辉映，这的确是近代中法文学与文化关系史册值得一书的佳话。

　　罗兰《约翰·克利斯朵夫》由傅雷脍炙人口的译介而成为翻译文学经典。灌注了作者与译者生命激情和精神理想的主人公约翰·克利斯朵夫，在七十多年风雨兼程的中国之旅中，成了"千万生灵的一面镜子"和无数青年读者所追捧的新人形象，对中国现代知识界和新文学作者文化人格建构产生了深远的影响。《约翰·克利斯朵夫》借助傅雷翻译文学经典流入中国，最使中国接受者振奋的，莫过于克利斯朵夫这一向真、向善的灵魂所投射出的罗兰精神。何谓罗兰精神？这就是为人类之大爱、为自由和真理而搏斗所折射出的人道主义精神、人格力量和英雄主义气质——我称之为罗兰精神的三根支柱，它也是傅雷精神的体现。罗兰说过："人道、自由和真理——这是宝中之宝"，是"最崇高的道德价值"，是生命的"神祇"，他创作的目的，"在于将人从虚无中抢救出来，在于不惜代价地给人灌输魄力、信念与英雄主义"。对此，傅雷心有灵犀，他对傅敏说过："真理至上、道德至上、正义至上，这种种都应当作为立身的原则。"他译介罗兰是为了寻求一种精神支撑，引进"坚忍、奋斗、敢于向神明挑战的大勇主义。"罗兰的精神内核，令人联想到儒家"仁学"结构中"爱人"的人道精神，注重道德修养的人格追求和舍生取义的历史责任感。无怪乎傅雷译介罗兰要征引孟子的警句作为译文的献词："……天将降大任于斯人也，必先苦其心志，劳其筋骨，饿其体肤，空乏其身，行拂乱其所为，所以动心忍性，曾益其所不能……”由西方文化所培育的罗兰精神和由儒家文化积淀的中国民族心理结构之间的某种相似和契合，在罗兰、约翰·克利斯朵夫和中国作家之间构架了精神沟通的桥梁，而这座精神会通之桥，是由伟大的罗兰和卓越的翻译家傅雷共同架设的，傅雷为构筑这座联系东西方贤智的桥梁，不惜以身殉职，最忠实地履行了罗兰一个时代的"精神遗嘱"。

在罗兰精神中，最能激起中国接受者心灵震撼和精神共鸣的，是罗兰在探求真理、追求人性至善的逆境中奋勇搏击的英雄主义。这种英雄主义对中国知识群体，特别是对在黑暗中苦斗求索的中国新文学作者，具有巨大的吸引力。早在一九二〇年代，中国新文学的奠基者鲁迅，就在他主编的《莽原》译出日本作家写的《真勇主义》，率先向国人介绍了罗兰的英雄主义精神。此后，随着傅译罗兰翻译文学经典的形成、流传和克利斯朵夫与中国读者"拉手"，我国不少作家，如巴金、胡风、路翎、萧军、白桦等，便不止一次提到它，不仅把它视为生存哲理加以崇奉，而且把它作为看待人生、探索人生的一种准则，助成了一代求索者的现实主义风格和文化人格建构，对中国新文学发展产生巨大影响。

在中国新文学作者看来，罗兰的英雄主义首先是直视人生的"大勇者"的战斗精神。白桦在二十世纪三十年代就撰文指出，罗兰笔下的约翰·克利斯朵夫集中体现着这种英雄精神，赞叹他在人生攀登中，"踏碎横在自己前程上的障碍，不惧怕、不避免任何艰难，直视人生，深味着人生，没有妥协，没有虚伪，片刻不停地时时和困苦艰难战斗"，堪为榜样。对于一个执着于人性开发的文学家来说，直视人生的战斗精神，其实是一种清醒的现实主义精神的表现。萧军在一九四五年发表的《大勇者精神》一文中，第一个将罗兰的大勇者的精神与鲁迅的那种"敢说、敢笑、敢哭、敢怒、敢骂、敢打"——直面人生的战斗精神，将罗兰的英雄主义和鲁迅的清醒的现实主义联系了起来。萧军认为罗兰的"大勇者精神"反映到文学创作中来，便是"真诚"二字，"真诚的感情，真诚的思想，真诚的美和力量"，约翰·克利斯朵夫"就是执了这'真诚'底从诸种悲苦、困厄、堕落、失迷……而冲杀出来的。而作者底一生也正是用了这'真诚'底剑，醮了自己'真诚'的血液，冲杀过来的一人"，这种对"真诚"的强调，完全与中国新文学作者致力追求的"真的文学、人的文学"是相通的。中国新文学史上那些主体意识强烈、个性鲜明的作家如路翎、胡风、巴金等，正是沿着这条路子，从罗兰那里汲取思想滋养和文学滋养的。

在中国新文学作者中，真正把握到罗兰的英雄主义与鲁迅的现实主义精神之间的内在联系，并在理论上加以开发的是胡风，在创作上加以实践和拓展的是路翎和巴金。胡风读傅译《约翰·克利斯朵夫》，迷恋罗兰的英雄主义，赞叹罗兰创造出"那为善而受着痛苦的灵魂"，以此来"救援他自己以及和他一样在孤独和寂寞中间作战的痛苦的兄弟们"，来"照亮他自己身受的腐朽的世界和困乏的人生"（胡风《罗曼·罗兰》，1941年）。胡风感到，罗兰笔下的一些受难的灵魂之所以具有一种魔力，成为一种精神力量的象征，就在于真实，"真实就是生命，历史的真实只有溶进战士底伟大的性格而被发现出来以后，才能够成为精神的力量"。罗兰创造的这些"伟大的性格"和真实的、"受着痛苦的灵魂"正是罗兰的英雄主义、现实主义精神的体现。胡风明确地指出，罗兰的英雄主义通过中国精神界之战士鲁迅，"俯向了中国人民的苦难"，"燃烧在克服苦难、争取自由的人民里面"（胡风《向罗曼·罗兰致敬》，1945），他清楚地看到了罗兰的英雄精神在中国滋养民心、滋养文心和振奋民气的重要作用，因而更深刻地捕捉到了罗兰的英雄主义、理想主义与鲁迅现实主义精神内脉相通，并助成了他对写出真实人生、写出人生真血肉的"灵魂现实主义"之思考与探索。

路翎对罗兰精神的崇尚，直接引领他创造出中国式的克利斯朵夫，他曾明确告诉过我们："我在当时，是很欣赏罗曼·罗兰的英雄主义的……罗曼·罗兰的英雄主义的内容是当代的人生追求和当代的人生现实之间的斗争内容。我在写《财主的儿女们》的时候，罗曼·罗兰的《约翰·克利斯朵夫》伴我走过这段行程。"我们在他这部小说男主角蒋纯祖身上，确实见到了克利斯朵夫的影子：他们都具有不寻常的"雄心和梦想"，幻想建立奇功伟业，都企图跨过"混沌的生活"，追求阔大、自由的人生，都是"漂泊者"，都骄傲于"漂泊者"的那份"孤独"，都有着"内省"的狂热癖好，都不乏"光荣的、高贵的"自我意识，都表现了"个性解放"的强烈要求……这些相似都深深地打上了罗兰英雄主义的印记，表明倾心于英雄气魄的路翎是怎样深切地显示着罗兰的精神特质。以致他笔下的这个蒋纯祖和约翰·克利斯朵夫比肩而立，成为日后一些青年读者的"不可分离"的"知己"与"伴侣"。

将罗兰的英雄主义和战斗品格升华为生命意识和创作的主体精神，并由此开创了人品与文品谐和一致的中国新文学一代风范的，是巴金。这位中国现代文学大师在提及外来文学滋养时，从未回避罗兰给予他的这种特殊的影响。他在一九四〇年代给法国汉学家明兴礼博士的一封信中曾这样明确地说过："我喜欢罗曼·罗兰的早期作品，比方他所著的《约翰·克利斯朵夫》，三部传记、大革命戏剧。他的英雄主义给了我很大影响：当我苦闷的时候，在他的书中我

常常可以寻找快慰和鼓舞，他使我更好地明了贝多芬的由痛苦中得到欢乐。靠着他，我发现一些高贵的心灵，在痛苦的当儿，可以找到甜美，可以宰割住我的痛苦，他可做我们的模范和典型。爱真、爱美、爱生命，这是他教给我的。"在这里，巴金显然是把罗兰及其英雄主义视之为人的"楷模"和为文的准则加以接受的。正像罗兰的英雄主义（理想主义）和现实主义往往不可分割一样，集作家、战士于一身的巴金，为文的原则和为人的原则也是二而一体的。当他从罗兰那里学到了"爱真、爱美、爱生命"的品质时，事实上他也获得了一种为文的准则，巴金的全部作品可以说都是这"爱真、爱美、爱生命"的颂歌。这是巴金受惠于罗兰英雄主义人品和文品的结果。

（原载《中华读书报》2009 年 7 月 1 日）

韩沪麟（1939—　　　），江苏镇江人。编辑、翻译家。1964年毕业于北京大学西语系。历任南京解放军外语学院法文教师，译林出版社编辑、副编审、编审，中国法国文学理事会理事，1999年曾获法国政府颁发的文艺骑士勋章。七卷本《追忆似水年华》责任编辑。著有随笔集《都市真情》《生活笔记》。译著《约翰·克利斯朵夫》《高老头》《幽谷百合》《克莱芙公主》《基督山伯爵》等。

从编辑角度漫谈文学翻译

　　我翻译过一些外国文学作品，数年前又干上了外文编辑这一行，其中的甘苦尝到一些，体会经验也有一些，虽说都是浮浅的。既然冠以"漫谈"为篇名，就有了信口说说的权利，供青年朋友参考吧。

　　首先，我想说，编辑和译者是一家人。译者希望自己的译稿能用上，编辑同样希望能筛选出选题既对路、质量又合格的译稿；如果说译者希望能结交编辑的话，那么编辑同样也带着急切的心情希望能认识更多的译者，与他们交上朋友。译者愈多，稿源就愈丰富，译稿的质量也就愈有保证。挑选到好的稿件，编辑加工时省时又省力，还能学得不少东西；反之，编辑搞得焦头烂额不说，到头来常常还会落得个吃力不讨好。因此，从某种意义上说，译者是外文编辑的生命线是不过分的。记得有一次，我校对一个知名的中年翻译家的译作，这位译家真是名不虚传，不仅对原文理解正确，且译笔传神，我审读时如坐春风，徐徐而行，精神上得到莫大的享受。看到精彩处，我竟然情不自禁地拍案叫绝起来，招来了同事的抗议。我当即提笔，给译者写了以下几句话："原著精彩，你的译文又棒，真是珠联璧合啊！太感谢你了！"但又有一次，我同样校阅另一位颇有知名度的译者的译稿时，心情就完全不同了。这位译者是有外文功底的，对原文的理解不弱，但他翻译时过于拘泥原文，佶屈聱牙，有的长句子能出现五六个"的"，改不胜改，叫你寸步难行。耐心是有限度的，约译的稿子又退不掉，我真想大吼大叫，恨不得把稿纸撕成碎片。不知不觉地，我又拿出信笺给译者写道："此时此刻，我真想杀了你，要不，望你把我杀掉！"信本来就是没打算寄出，既然积愤得到渲泄，还是硬着头皮把工作做完了。

我噜噜苏苏举出上述两个实例，无非想说，译者对于编辑有多么重要，编辑也是有血有肉有感情的人，并不都是像社会上人们常说的那样只会"走后门，拉关系"，或者掌握"生杀大权"，不问青红皂白，"乱砍乱杀"的，就我了解，绝大多数外文编辑也都是以事业为重，以译作是问的。

其次，我想说，外国文学的翻译也像其他文学形式一样，是一件艺术品，对完美的追求是无止境的，其难度也往往不亚于创作。鲁迅、郭沫若等大文豪对此都有过很高的评价，对翻译，特别是文学翻译不屑一顾的人不是误解便是无知了。别的不说，就拿我们正在组译的普鲁斯特的《追忆逝水年华》一书的定译名一事来说吧，国内几十名法国文学的译家、专家都曾出谋献策，引经据典，提出参考译名不下十数个，并把美国、日本等国的该书译名也搬来佐证，各执其理，相争不下，以致该书组译已两年有余，译名迟迟定不下来，最后还是采取个暂时折中办法来解决的。为一本书定个译名艰难如此，遑论其他？

如此说来，似乎又把文学翻译说得玄而又玄，高不可攀，让人视为畏途了，我看也得用两分法来分析。我认为，任何事物都是相对存在着的，翻译也不例外。翻译作品的质量虽无止境，但质量优劣只是比较而言的，我们不可能期望每一篇译作都是"信、达、雅"的高度统一，否则，只有几支名花独放，哪有我国今天文学翻译界姹紫嫣红的盛况呢。我曾逐字逐句地与原文对照拜读过《高老头》和《吉尔·布拉斯》，我不能不佩服译者的中、外文的功底与素养。然而，即便对傅雷的译本，议论也不少哩。有的行家说，看傅译不过瘾，一点洋味也没有，等于用"筷子吃西餐"，看他的译著不如看中国小说了，有的行家说，他的译著"千面一人"，都是傅雷风格，从中看不出原作者的文采来。这些议论不能说不对，因为，傅雷的译文造词造句确是纯中国化的，他从理论上就反对译文泥洋不化，此外，他的文风与巴尔扎克相似，译巴氏的作品较合适，而译罗曼·罗兰的作品就有捉襟见肘之感，他的译笔难以表现作者丰富激越的感情和磅礴的气势。读者的文化层次不一，欣赏角度不同，不可能，也不必对一部翻译作品的质量孰是孰非有一个"一刀切"式的统一的看法，但这些并不影响读书界一致公认傅雷的《高老头》（还有杨绛的《吉尔·布拉斯》和杨必的《名利场》）是不可多得的佳译，这又是为什么呢？这是因为行家只是对傅译的"雅"上有看法分歧而已，谁也不否认傅雷对翻译的态度是极其认真的，谁也不否认他在落笔前是吃透原文的，并且他的译文也是极为流畅的，因此，谁也不否认，傅雷的译文自成一家，足以成为翻译同仁的一个楷模。有志于文学翻译的青年朋友们要在翻译质量上赶超傅雷、杨绛，不仅可喜可贺，而且从长远的目光来看，也是完全有可能的。不过，作为外文编辑，我得说句心里话，我们从大量的译稿来看，仅能达到"信、达"的一般水准的还真不多哩。对翻译理论，我没有什么研究，说不上道道来。但对译文的质量，我有个基本的想法，这就是译者起码得尊重原作者，不要在译文上把自己的意思强加给作者，亦不要吞掉作者在原文中想表达的意思。如人家明明写的是"天空蓝蓝的"，译者也理解这句话，又何必译成"晴空万里无云"呢？其实，作者如想表达"万里无云"的意思，在他的本国语言中也有类似的现成字眼可用的，又如，原文是"她的嘴富有性感"，直译也通顺，又何必天花乱坠地译出更多的字，而恰恰把"富有性感"几个字"吞"掉呢？我还是想强调，年轻的译者在落笔前，先仔细看一、二遍原文，基本上理解、领会了原作的内容、情调，然后再用通顺的译文老老实实地表达出来（稍有出入也是可以理解的），如能较好地达到"信、达"的标准，译文的质量也就基本合格了。当然，在投稿前，还得注意出版社与刊物不同的选题范围与标准。譬如说，国家一级出版社与地方出版社有侧重点的不同，而《世界文学》《译林》《青年外国文学》《外国文艺》等刊物也都各有其选题标准。

　　近年来，我们发现一个倾向，就是年轻译者普遍对原文的理解不差，而中文表达却不够通晓、畅达。究其原因，可能是我们学外文的年轻朋友在求学期间以及步入工作岗位后，把大量的时间、精力花在学习外语上了，忽视了对本国语文的进一步提高和锻炼，这在出国学习进修的年轻译者身上表现得尤为明显。由于种种原因，我们年轻一代在汉学基础和造诣方面比起我们的父辈、祖辈要逊色多了，如果我们不清醒地认识到这一点，在攻读外文的同时，不重视对本国语言的不断学习和语文水平的提高，那么译文的质量不仅上不去，赶超老一辈优秀的翻译家更是一句空话。

（原载《外语研究》1993 年第 4 期）

郑克鲁（1939—   ），广东中山人。1957 年考入北京大学西语系学习，毕业后进入中国科学院外国文学研究所，1983 年出任武汉大学法语系主任兼法国问题研究所所长，1987 年调至上海师范大学工作。任中国比较文学学会上海分会副会长，上海翻译家协会副会长等职务。有专著《法国文学论集》《法国文学史》（合作）等。译著《蒂博一家》《康素爱萝》（合译）《失恋者之歌——法国爱情诗选》《巴尔扎克短篇小说选》《家族复仇》《茶花女》《基督山恩仇记》《魔沼》等。

翻译风格小议

　　雨果说过："拿走这件简单而微小的东西：风格，那么伏尔泰、帕斯卡尔、拉封丹、莫里哀这些大师身上，还将剩下什么呢？"风格是一个作家的标志，尤其是他们之所以成为大作家的标志。因此，要将一位作家的作品翻译成另一种文字，风格总是需要译者考虑的要素之一。可是，要将一位作家的风格"原汁原味"地传达出来谈何容易！由于两种文字的不同，特别是东西方文字的巨大差异，可以断言，要将一位作家的风格百分之百地表达出来几乎是不可能的事。综观我国的翻译作品，有哪一部做到了完美地传达原作者的风格了呢？朱生豪、傅雷这些大翻译家已经把莎士比亚和巴尔扎克的风格翻译出来了吗？不要忘记，风格是和语言联系在一起的，语言的不同，必然会使风格产生变化，这就给翻译者带来不可克服的困难。

　　话说回来，一个翻译家总是自觉或不自觉地力图将原作的风格传达出来，因为风格与原作是紧密结合在一起的。倘若传达不出这种风格，译品就会缺少点什么。你总不能把巴尔扎克的《人间喜剧》译成纤弱柔美的风格吧，那就太失真了。但是，他的浑厚、雄健、博大又混杂着庞杂、粗疏、用字不够讲究，这些难道都要一古脑儿表达出来吗？这样只会使读者感到译文有问题，译者的文字修养欠火候，而不会认为这就是巴尔扎克的风格。所以，译者翻译时是有所取舍的，他要考虑到文字的优美，常常会"拔高"一下原作，而很少会"硬译"到底的，更不用说意译派把译文的优美放在第一位，不断做拔高的工作。据此，可以得出一个结论：有的作家的风格不必原汁原味、不打折扣地介绍过来。

但译者也不用太担心，风格又是同作品内容相结合的。莎士比亚对帝王将相、豪门贵族的描绘，巴尔扎克对封建贵族和资产阶级的刻画，与他们的风格有莫大关系，至少他们的雄浑气势是由此而来的，这种风格特点总能在译品中表现出来，不同的译者一般都可以传达出这种特点。换句话说，风格是可以部分或基本上传达出来的，这就是为什么不同国家的读者都可以从译作体会到别国作家的风格。

饶有趣味的是，翻译作品倒不会出现"千人一面"的结果，不同的译者就有不同的译品。朱生豪的译作与卞之琳的译作存在很大差别，更与孙大雨的译作大相径庭。你翻翻人民文学出版社的《巴尔扎克全集》，就会发现不同译者的译品在风格上千差万别。倒不是不同译者对莎士比亚或巴尔扎克的风格有不同的理解，而是他们的文字特点和修养以及翻译技巧和观点起了作用。拿莎士比亚来说，用散文去翻译诗剧和用诗去翻译诗剧，本身就存在极大的差异。从传达原作风格来说，用诗去翻译诗剧才能做得较好一些，问题是译诗的水平是否能达到一流。

既然译者有自己的文字风格，那么他在翻译不同作家的作品时就很难做到克服自己的文字风格，而用另一种文字风格去翻译另一个作家的作品。我们经常看到的是同一个译者在翻译不同作家的作品时，总是用同一个笔调。当然也有例外，如傅雷在翻译伏尔泰的哲理小说时，能够很好地把原作的讽刺幽默表达出来，这就表明傅雷的翻译水平确实很高。聪明的译者会选择自己拿手的体裁来翻译，例如杨绛就擅长翻译流浪汉体小说，自然，以"水浒体"去翻译流浪汉体小说是否能传达原作风格，则是另外一个问题了。

徐和瑾（1940—　　），复旦大学教授，从事法语教学与翻译工作。任中国法国文学研究会理事，法国普鲁斯特研究中心通讯研究员，法国普鲁斯特之友协会会员。译作包括巴尔扎克的《交际花盛衰记》、左拉的《娜娜》、莫泊桑的《漂亮朋友》、塞利纳的《长夜行》、纪德的《伪币制造者》和《梵蒂冈地窖》。他一人翻译的普鲁斯特代表作《追忆似水年华》已有三卷出版。另有多部著作、编著出版。

翻译是一种阅读

　　我的法国文学翻译始于法语文体学（或者说风格学）研究，即对法国文学作品片段的分析。具体说来，是源于我在法语专业四年精读课上的讲解。二十世纪八十年代初我开始讲解这门课程，为对课文有更加深入的理解，我就把讲解内容撰写成文，投稿给《法语学习》开设的"课文讲解"专栏。第一篇《雅典日出》[1]刊登后，又发表了十来篇讲解，文章均选自法国十九世纪和二十世纪的文学作品，每篇讲解都附有"参考译文"。由于有法文对照，讲解又是通过分析作品的语法和修辞手法得出其文体风格特点，因此译文力求紧扣原文，以表现其文体风格的特点。这些"翻译练习"确定了我日后的翻译风格。我觉得翻译如同穿衣，衣服紧身，身体线条则自然毕露："同样翻译如能紧扣原文，作品风格便自然能显现出来。当然，还须注意中文的表达，译文读起来要流

---

[1]　选自夏多布里昂的《从巴黎到耶路撒冷纪行》。

畅，并如罗新璋所说，力求译出"纯粹之中文，而非外译'外'"。

最近上海译文出版社准备再版我的旧译——安德烈·皮埃尔·德·芒迪亚格的小说《黑色摩托》。再次翻阅二十年前的译本，觉得并非完美无缺，还须核对原文进行修改和补充。这部老译本于一九九七年一月出版。该年六月，复旦大学外文系召开了中法翻译讨论会，乘此机会，我把这一译本第一章的原文和译文复印后分别交给法语界两位同行和系里一位同事，以听听他们的意见。罗新璋从杭州等地旅游回来后看了七页，进行了仔细修改，他的意见是：理解当然无问题，表达力求将可有可无的字去掉，alléger le texte（删繁就简）。这次新的译本，我又按照他的建议修改，正文居然少了五千多字，看来原译文确实废话不少。王文融的修改对词义的把握更加确切。如小说开头的 rêve，原译为"幻觉"，被改成"梦境"，un cycliste pourrait déboucher comme un fou，原译为"司机往往会把车开得飞快"，他改为"会突然窜出一个把自行车骑得飞快的人"，而我一时疏忽，没看出 cycliste 是"骑自行车的人"。陆谷孙阅后觉得：译文很好，晓畅可通。那么多的摩托车术语也不见生涩，意识流一般的各种断想衔接也好，但认为有几处过于拘泥原文，并一一划出。这次我根据他的意见又做了修改。例如：Tout en se flattant d'analogies, la jeune femme avait chaussé ses pieds de bottillons，原译为"这个年轻女人很高兴有这种相似，就穿上高帮皮鞋"，现改为"这少妇喜欢这种比喻，就穿上高帮皮鞋"。另外，当时可能因时间较紧，责编周克希未能把校样寄给我看，出书后我对他在第一章的一些修改有不同意见。他得知后就把改动较大的句子写在两大张纸上寄给我，共十句，不但注出原译和修改，还附上原文。我记得意见最大的是下面这句话：Faute de ce qu'au dernier moment elle a soustrait à la lessive, comment résisterait-elle à l'envie de tourner la poignée des gaz pour faire ronfler le moteur ? 我原译为"她要是在最后一刻洗掉了衬裤，怎么能转动油门转把，使马达发出轰隆轰隆的声音呢？"他改成"她要不是在最后一刻从脏衣服里找到了衬裤，这会儿可怎么来抵挡转动油门转把，使马达发出轰鸣的诱惑呢？"我觉得他的修改跟原文不符，不提"没洗掉衬裤"，他回答说：elle a soustrait à la lessive 当然是"没洗掉"之意，他的那句译文为求意思显豁，可能走得远了一些，有违我的文风，这种地方请改回即可。现在看来，正如他所说，两种译文的意思都没错，只是手法不同而已。不过，为表达更加清楚，这次我又改译成"她要是没穿上最后一刻没洗掉的衬裤，此刻想要转动油门转把，使发动机发出轰鸣声，她又如何能心想事成？"看来，要译得好，既要反复推敲原文，又不能死扣原文。

这部小说叙述了丽贝卡骑摩托车从法国阿格诺出发前往德国海德堡跟情人达尼埃尔·利奥纳尔幽会的过程。教他汽车的情人是摩托车的行家，因此全书充斥着摩托车术语。以前翻译时曾查阅过的译本摩托车技术书籍，这次未能找到，于是我就参考了《摩托车驾驶与维修技术》[1]（以下简称《摩托车技术》）这本书，在审阅旧译本时进行核对。例如，书中多次出现 tourner au ralenti，《新法汉词典》里只有 au ralenti，释义为"慢速地，慢节奏地，懈怠地"，相应的英语是 to tick over；《英汉大词典》的释义为"（发动机）空转，慢转"，意思当然没错，但似乎不够专业，于是在新译本中我依照《摩托车技术》的说法译为"怠速运转"。Carburateur 在《新法汉词典》中解释为"汽化器，化油器"，按《摩托车技术》应为"化油器"，其功能是将汽油喷散到空气流中，让汽油汽化，形成可燃混合气。另外，书中有句话描述火花塞点火的情况：il suffit d'un léger coup de pied sur la pédale du kick pour faire jaillir l'étincelle entre les électrodes des bougies, allumer le mélange détonant，原译为"只要轻轻踏一下反冲式启动蹬杆，就能使火花塞电极间发出电火花，将压缩状态的汽油混合气点燃"，现抄录《摩托车技术》中现成的描述，改译成"只要轻踩反冲式启动蹬杆，就能使火花塞跳火点燃被压缩的可燃混合气"，"火花塞跳火点燃"显然比"使火花塞电极间发出电火花"更加专业。看来，翻译专业术语，还得参考专业书籍。

书中另一难点是德语。丽贝卡把车开进德国之后，德语词频频出现也就十分自然。第三章末尾，她把车开到一家咖啡馆门口，之间木板上写有 Restauration，当时不假思索就译成"维修"，现在觉得有问题，咖啡馆怎么变成了修理部？查了《新德汉词典》，才知道这是旧词，意为"餐厅"，另外，法语中这个词也可表示"饭店"，不过是方言。Karlstor 原译成"卡尔斯门"，跟上文中 la porte de l'Électeur Charles-Théodore（选帝侯查理·特奥多尔门）其实是一回事，那为何会有这种差别？经查阅，Charles-Théodore 的德语原名为 Karl Theodor，应译为"卡尔-特奥多尔"，而 Karlstor 中的 s 是构成复合词时所加（Tor 在德语中为"门"），不需译出，故译成"卡尔门"。还有一个谜是 Repos de Charles，原译为"查理的休息"，这次经摩纳哥的朋友克里斯蒂安那·布洛-拉巴雷尔（Chrisitane Blot-Labarrère）及其丈夫的点拨，才知道这是 Karlsruhe（卡尔斯鲁厄）的意译，因为德语 Ruhe 意为"休

---

[1] 杨智勇、马维丰主编，金盾出版社，2009 年出版。

息",故应译为"卡尔的休息"。该城为卡尔 - 威廉·冯 - 杜尔拉赫伯爵(1679—1738)所建。据传,一天他在森林里打猎后睡了一觉,梦见一座美丽的新城,于是就决定在此建城。

由于丽贝卡在日内瓦时就开始跟情人幽会,书中出现了日内瓦的一些名称,但是因情况不明而有误译。例如,la Perle du Lac 原译为"湖上明珠",现得知应是莱芒湖右岸的一座公园,遂改译为"湖畔明珠"。另外,书中 sépulcre faussement scaliger,原译为"斯卡利杰曾曲解地批评过的过分仿效别人风格的坟墓般纪念碑",是因为不知道布伦瑞克公爵的陵墓是模仿维罗纳著名的斯卡拉家族陵墓,而 scaliger 是 Scala(斯卡拉)的形容词,故应改译为"模仿斯卡拉家族的坟墓"。

小说中对 sceaux-de-Salomon(多花黄精)、pieds-de-veau(海芋)、primevères(报春花)和 morille(羊肚菌)等作物做了描写,翻译时我参阅了《简明生物学词典》[1] 中的有关条目,尤其是海芋,书中的描写是:"'小牛脚'是被称为'圣母斗篷'的海芋,用黄绿色的大风帽来衬托其东方伙伴,里面可隐约看到一肉穗花序,有如粉红色大头棒,也有点像阳物,长在一层雌蕊和另一层雌蕊的上方",跟网上的图片完全相同。最后一章中,丽贝卡看到卡车车厢后壁上画有巴克科斯的脑袋,他的头上戴着啤酒花制成的花冠,后又说是 une couronne de feuillage et d'épines,原译为"用树叶和荆棘做的花冠",这次看到觉得前后不一样,啤酒花怎么就变成了荆棘?是否因为也有刺?一查《简明生物学词典》,果然如此,啤酒花有小钩刺,于是就改译成了"用带钩刺的枝叶制成的花冠"。

翻译完成之后,对作品的理解并未结束,因此还得撰写序言和后记,对作品进行分析。《黑色摩托》因手头没有参考材料,于是我就根据当时系里任教的法国外教托马·科尔佩(Thomas Corpet)提供的素材进行分析。其他作品如有外国学者的评论,则作为分析的主要参考,可帮助解决和发现翻译中的一些问题,如翻译加缪的《局外人》时,评论主要参考伽利玛出版社一九九六年版中的资料,同时还参考了两本专著。书中默尔索收到母亲去世的电报后乘长途汽车前往养老院,有的译本说是在"明天",即收到电报后第二天去养老院。根据多数法国学者的分析,他收到电报是星期四上午,当天下午去养老院,夜里为母亲遗体守灵,第二天星期五上午母亲葬礼,傍晚回阿尔及尔,睡

[1] 该书由上海辞书出版社于 1982 年出版。

了十二个小时醒来后是星期六，在洗海水浴时遇到玛丽，两人共度良宵后则是星期天。因此，他去养老院是"今天"，即当天下午。又如默尔索因杀人被关进监狱后，把牢房称为 chambre（房间），有人译为"牢房"，我起初也是这样译，但看了法国学者的分析后，知道作者用这个词是表示默尔索的感觉，说明他觉得牢房和他的房间没有区别，所以应译为"房间"。最重要的是，通过分析能了解作品的真正价值。对《局外人》的评论，中译本通常注重其表达的"荒谬"，对它的艺术价值介绍甚少。而这部小说之所以比萨特的同类作品更受读者的欢迎，恰恰是因为它的艺术特色，因此我在译后记中用了四页多的篇幅来进行介绍，跟分析作品思想的篇幅几乎相同。也许是因为我特别注重对作品的理解，许钧在看了我写的《在斯万家那边》译后记后，把我称为"学者型翻译家"，其实，这篇译后记中的分析主要是参考了普鲁斯特之友秘书长米蕾伊·那蒂雷尔（Mireille Naturel）给我寄赠的《斯万之恋》的评注本，我的分析只能算一种编译。

翻译一部作品，如同阅读，不但要译者自己读懂，而且也要让读者读懂。法国"每月佳作"（Le Grand Livre du Mois）读者俱乐部推荐书籍常用一句话，那就是 bonne lecture（阅读愉快）。既然阅读如此，翻译也就是一件愉快的事情。

（原载《外国文艺》2013 年 3 期）

　　张成柱（1941—　　　），河南唐河人。1966 年毕业于北京外国语学院法语系，1968 年起到西安外国语学院任教。1984—1985 年在法国巴黎第三大学进修法国当代文学。在各类刊物上发表多篇论文。曾于 1974 年起，翻译大型地理专业书《西北非洲地理》，并编写翻译课系统教材《法译汉指南》。其译作有《特罗亚短篇小说选》《可咒的农场》《恶狼十字架》《拿破仑与女明星》《巴黎春梦》三部曲等。

谈罗新璋译的《红与黑》

——兼谈罗新璋的翻译艺术

　　一九九四年十月，新璋兄与我在杭州西湖畔会面，他将花费两年心血译出的《红与黑》豪华本相赠求正。这时国内已有《红与黑》的十五六个不同新译本了。我深知新璋兄是慎重的人，没有新突破，他是绝然不会动笔去凑热闹的。因此，我当时就认定，他的新译本中一定会有"好戏"。后来抽些零碎时间研读，果然令人拍案叫绝！早想写篇文章谈谈罗的翻译特色，可是这两年笔债太多，一直拖到今天，才有点时间来弄这篇小文。

一、罗译消灭了"翻译腔"，行文流畅，为纯粹之中文

　　《红与黑》十几个译本，名家高手与翻译新秀云集，他们之中自然有高下之分。但是，说句开罪人的老实话，大多数翻译者都离不开"翻译腔"。这里

所说的"翻译腔"，不仅仅是指生硬牵强、冗长累赘、佶屈聱牙、晦涩不明的外文式的中文，而且还包括那些选词不当、声韵不谐、没有明快节奏感、不能形象生动地表达原文意象、尚未彻底摆脱外文句式结构影响的中文。

请允许我首先以《红与黑》开篇第一小节为例，借此说明即使颇有知名度的翻译家也很难摆脱"翻译腔"。

例 1

La petite ville de Verrières peut passer pour l'une des plus jolies de la Franche-Comté. Ses maisons blanches avec leurs toits pointus de tuiles rouges s'étendent sur la pente d'une colline, dont des touffes de vigoureux châtaigniers marquent les moindres sinuosités. Le Doubs coule à quelques centaines de pieds au-dessous de ses fortifications, bâties jadis par les Espagnols, et maintenant ruinées.

一位翻译家译为：维里埃尔这座小城可以算是弗朗什—孔泰的那些最美丽的城市中的一座。它的红瓦尖顶的白房屋散布在小山的斜坡上，一丛丛茁壮的栗树把山坡每一个细小的起伏都显示出来。杜河在它的城墙下面，离着几百尺远的地方流过，城墙是从前西班牙人修筑的，现在已经成了废墟。

即使对照原文仔细审查，我们也没发现译者有理解的错误。译文不仅忠实于原文，而且不能说不通顺。然而，细心的读者总是感到有点"别扭"，因为译文不是"纯粹"的中文。有人说，翻译小说读起来有点"别扭"，正是"洋味"的体现，是无可非议的。有的人因为没本事造出傅雷那种优美译文来，反而非难傅雷，说傅译太中国化，读起来不像译文，也就是说没有一点"翻译腔"。殊不知这正是傅先生孜孜追求的目标，而且他获得了成功，成为受读者爱戴的翻译大手笔。罗新璋从学生时代就拜傅雷为师，孜孜不倦地向先生学习，他也获得了成功，他的译文与傅译十分相似。请看他对《红与黑》开篇第一段是如何翻译的：

弗朗什—孔泰地区，有不少城镇，风光秀美，维璃叶这座小城可算得是其中之一。白色的小楼，耸着尖尖的红瓦屋顶，疏疏密密，星散在一片坡地上；繁茂粗壮的栗树，恰好具体而微，点出斜坡的曲折蜿蜒。杜河在旧城墙下，数百步外，源源流过。这堵城墙，原先是西班牙人所造，如今只剩下断壁残坦了。

罗译句子短小，搭配匀称。他把法文的多层次复合句译为汉语中的积累式分句，靠意思各分句合为一个整体，甚至在分句间不用连接词，读起来朗朗上口，节奏感强。而另一位翻译家的译文固然也可以看作是上乘之作，但与罗译比较起来，就多了一点"翻译腔"，比如定语显得长些，句式显得生硬些："×××× 这座小城可以算是 ×××× 的那些最美丽的城市中的一座"。严格地讲，中文通常不会这样说，这是翻译出来的腔调。

我想在此强调一点，翻译腔就是"洋腔"，而洋腔则是由译者制造出来的，决不是什么"洋味"（即民族特色）。"洋味"包含在内容之中，而不是表现在文字符号之上。我们不能说用纯粹中文译出来的东西就失去了"洋味"，同样也不能说，似通非通、外文式的中文译文就算是有"洋味"。

二、罗译是真正的文学翻译，而不是文字翻译；罗译在"活灵活现，维妙维肖"上狠下功夫

《红与黑》的新译本很多，不少译者都是在文字上用功，想把文字弄得通顺些，读起来不太拗口，似乎就万事大吉了。从客观效果上看，很少人想到这是在做"文学翻译"，是在"翻译形象、翻译情感，翻译文学的本质——美感"。试比较罗新璋与其他翻译家的译文。

例 2
En un mot, rien n'eût manqué au bonheur de notre héros, pas même une sensibilité brûlante dans la femme qu'il venait d'enlever, s'il eût su en jouir. Le départ de Julien ne fit point cesser les transports qui l'agitaient malgré elle, et ses combats avec les remords qui la déchiraient.

罗译：总之，就人生乐事而言，于我们的英雄已一无所缺，甚至连刚征服的女人身上那暖人的潮热也不少，假如他懂得消受的话。于连走后，使她神魂失据的云情雨意并未消歇，同时令她撕心裂肝的悔恨交迸也未中止。

另一位翻译家的译文：总之，对我们的主人公的幸福来说，他什么也不缺了，甚至还有他刚征服的这个女人的如火如荼的热情呢，只要他懂得怎样去消受。于连虽然走了，但是那由不得她做主，牢牢控制着她的狂喜并没有结束，

还有她跟使她心碎的悔恨进行的斗争也没有结束。

　　显而易见，罗译的着眼点是在弄文学，即使对于上面这类叙述的句子，他也没有忘记文学的具体可感性、生动性、美感性以及形象的新颖性等表现特征，因此他在译文中用了"暖人的潮热""神魂失据""云情雨意""撕心裂肝""悔恨交迸"等形象生动的说法，而不是像另一位翻译家那样只是去抽象地译词语，译文字："那由不得她做主，牢牢控制着她的狂喜"，"还有她跟使她心碎的悔恨进行的斗争"。我们常说，文学是语言的艺术，这话也可以颠倒过来讲，语言的艺术才是文学。何谓语言的艺术呢？这里主要是指语言的具体可感性、形象性、生动性、美感性以及形象的新颖性等。翻译文学就要翻译出语言的艺术，而不是只做一般的文字翻译。罗新璋总是不敢忘傅雷的真传，讲究"行文流畅，用字丰富，色彩变化"，也就是说，他像傅雷一样，讲究语言的艺术性、文学性。他总是先将原作化为我有，然后千方百计用中文来"维妙维肖，活灵活现"地表达出来。在罗译《红与黑》中，这类精彩的例子真可以说比比皆是，表明罗新璋不是照抄词典，也不是斤斤计较原文的形体与死意，而是高瞻远瞩，将原作的语体、时代色彩、作家风格、故事环境与情节、人物性格、民族特色、法汉表达手段的差异等多种因素融会贯通，然后选择得当的词与句子来翻译文学色彩，或者说用汉语来重现原文字里行间所蕴含的文学色彩，而不是只做文字翻译。

　　例3

　　Dans son chagrin, il se répétait ces jolis vers de François 1er, qui lui semblaient nouveaux, parce qu'il n'y avait pas un mois que Mme de Renal les lui avait appris. Alors, par combien de serments, par combien de caresses chacun de ces vers n'était-il pas démenti !
　　Souvent femme varie,
　　Bien foi qu'il s'y fie.

　　罗译：他把弗朗索瓦一世的两句妙诗反复吟哦，聊以排遣愁怀。这两句诗，此刻觉得很有新意，还是不到一月之前，瑞那夫人教给他的。当时，多少山盟海誓，多少耳鬓厮磨，诗里的意思，全不过是无稽之谈！
　　美人慧黠心常变，
　　痴汉意诚情自专。

　　另一位翻译家的译文：在忧愁中，他一遍遍地念着弗朗索瓦一世的精彩诗句。这两句诗他觉得很新鲜，因为德·雷纳尔夫人教给他还不满一个月。当时用了多少誓言，多少抚爱来驳斥这两行诗中的每一行啊！

女人多变，
信者太傻。

　　从表面上看，另一位翻译家的译文似乎更忠实于原文。这种亦步亦趋的文字表面忠实，这种只翻译文字的做法，恰恰抹杀了文学色彩，从而也抹杀了形象、情感与美感。

　　罗新璋的头脑是清醒的，他知道他在从事什么。如果只翻译文字，那就大可不必了，因为已有十几位翻译家都对《红与黑》做了很好的文字翻译。罗新璋时时刻刻提醒自己：既然在搞文学翻译，就永远不能偏离"文学"二字！于是，他苦苦探索，如履薄冰，生怕陷入文字符号的苦海里而不能自拔。我们可以要求或期望罗新璋译得更富于文学色彩，更突出文学特征，但我们不能指责罗新璋是在"玩弄"文学翻译。实际上，像他这样把文学当作崇高的事业，效法傅雷学风与译风的人并不多了。别人译一本《红与黑》仅用几个月时间，他却苦干了两年，仍不想交稿。我们常说，"名著要名译"。何谓"名译"？恐怕不单单是指"名家所译也"，只有把文学名著仍译为文学名著，方能称得上"名译"。离开或削弱文学性的翻译，当然不会是"名译"。

三、罗译讲究出神入化，追求精练、精彩的表达

　　搞文学翻译的人都知道钱锺书与傅雷的名言，前者强调："把作品从一国文字转变成另一国文字，既能不因语文习惯的差异而露出生硬牵强的痕迹，又能完全保存原有的风味，那就算得入于'化境'。"后者则说得更明确："愚对译事看法实甚简单：重神似不重形似；译文必须为纯粹之中文。既无生硬拗口之病，又须能朗朗上口，求音节和谐。"文学翻译所追求的最高目标，就是"神似"和"入于化境"，这已成为文学翻译界的共识。问题在于，要真正达到这种境界，并能在译作中体现出来，那就很不容易了。这里首先得具备两个条件：

　　1. 译者要有过硬的中外文语文水平。首先必须能真正看懂原文，能真正明了原文所包括的文化内容、思想内容、感情内容、社会内容、风土与风俗内容等等。现在的情况是，有相当一批所谓的翻译家在外文学习上并没过关，他

们其至连原文的语言都不甚明白，就很浮躁地去译大部头小说，有的居然去摆弄名著重译。他们要取代傅雷，把傅雷译得很好的《高老头》等名译也推倒重译。正直的罗新璋颇气愤地说："起码在五十年之内，法汉翻译界没人能超过傅雷！"他希望搞翻译的人要"自重自爱"。这些话并不针对谁，他只是泛泛而谈，只是要强调，搞文学翻译，就要有扎实的底功，首先就是中外文水平。不要说外语难学，就是中文水平的提高，又谈何容易！翻译腔形成的原因很多，其中就有一条是中文不过硬，没有熟练驾驭语言的能力，更没有运用语言的艺术，这类人所搞的文学翻译，怎么可能有文学性呢？

2. 要有较高的文学修养和对艺术的感应能力。文学修养是搞文学翻译者最基本的条件。可是有一些搞文学翻译的人，根本就不爱文学，他们当然不想弄懂文学的基本常识，更不想去研究文学艺术的基本原理与表现方法，他们甚至连小说都不肯多读几本，就盲目自信地搞起文学翻译来了。我们常见一些翻译小说译得干巴巴的，疙疙瘩瘩，没有一点文学色彩可言。你若问他，这也算文学作品吗？他就眨巴几下眼睛，一副茫然的样子。不懂文学、不爱文学的人，却大搞文学翻译，实在是怪事。否则，《红与黑》在中国决不会出现近二十个译本！

我们还是听听傅雷先生的教导吧："总之译事虽近舌人，要以艺术修养为根本：无敏感之心灵，无热烈之同情，无适当之鉴赏能力，无相当之社会经验，无充分之常识（即所谓杂学），势难理解原作，即或理解，亦未必能深切领悟。"罗新璋在学习文学翻译之初就有幸听到傅雷先生的这番教导，并牢记在心，在实践中不断加深理解，以此来要求自己，鞭策自己。他修炼文学艺术，积累深厚的文学修养，培育并发展自己的审美评价和敏感心灵。当然他几十年来也从未中断过中外文的刻苦学习与自我深造，尤其是对中文的写作，他念念不忘用"纯粹之中文"和"要具有文学特色"。因此在文学翻译上，他在对原文理解和译文表达上都高人一筹。他像伯乐那样，善于相马，精于捕捉原著的神采与神韵；在表达上，力求做到"语不惊人死不休"，总是以"精彩而精练的表达为己任"，这样一来，他的译文自然会受到读者的欢迎。

例 4

Il se fatigua le cerveau à inventer des manœuvres savantes, un instant après, il les trouvait absurdes : il était en un mot fort malheureux, quand deux heures sonnèrent à l'horloge du château.

Ce bruit le réveilla comme le chant du coq réveilla saint Pierre. Il se

vit au moment de l'événement le plus pénible. Il n'avait plus songé à sa
proposition impertinente depuis le moment où il l'avait faite ; elle avait été
si mal reçue !

Je lui ai dit que j'irais chez elle à deux heures, se dit-il en se levant,
je puis être inexpérimenté et grossier comme il appartient au fils d'un
paysan. Mme Derville me l'a fait assez entende, mais du moins je ne serai
pas faible.

罗译：他绞尽脑汁，想出许多妙着，旋即觉得荒谬绝伦。总而言之，其苦
万状。这时，古堡的大钟，正敲响两点整。

钟声使他惊醒过来，如同鸡叫惊醒司门神圣彼得一样。看到已到紧要关
头，该面对这桩烦难事了。说实在的，打那放肆的提议照知之后，他连想都没
去想！那提议接受时就没听到好声气！"我对她说过，两点钟到她那里去，"他
一边起身，一边自语，"我可能毛手毛脚，粗里粗气，像个乡下佬的儿子——
这层意思，戴薇尔夫人已暗示得相当清楚了，但我至少不是软骨头！"

另一个翻译家的译文：

他绞尽脑汁想出许多巧妙的办法；转眼之间他又觉得这些办法极其荒唐可
笑。总之一句话，他非常不幸，这时候城堡的时钟敲两点钟了。

这钟声唤醒他，正像公鸡的啼叫唤醒圣彼得一样。他看到干最困难的事
的时刻到了。自从他提出他那个无礼的要求以后，他没有再想到它；它受到这
样坏的对待！

"我对她说过我两点钟上她那儿去，"他说着从床上爬起来，"我这个人可
能是没有经验的，粗鲁的，一个农民的儿子必然如此，德尔维尔夫人的话已经
讲得很明白，但是我至少不会是懦弱的。"

年轻气盛的于连一心要扮演唐璜的角色。他十分荒唐，一天晚上竟对瑞那
夫人说，他深夜两点要到她房里去。上面一段引文，就是写于连把事情推向绝
境后的沮丧思考。时间已到半夜时分，是进还是退？进，怕有阴谋，有埋伏，
怕落入圈套之中；退，则怕戴薇尔夫人鄙薄他是胆小鬼，瑞那夫人也不会对他
好到哪里去。我们的引文是一场重头戏，是要在矛盾的聚焦点上充分揭示于连
的思想、举止、性格与人品。

　　我们从罗新璋的译文中可以看到，他能充分把握原作的神采，把原文的蕴含，通过自己的理解与领悟，用精彩而精确的汉语，绘声绘色地表达出来。你可以说这是罗新璋的文学翻译，也可以说是，罗新璋帮助斯当达用中文写出了《红与黑》。

　　总之，我认为，不带一点"翻译腔"的精彩传神译文，才是文学翻译中的上品。罗新璋的文学翻译值得推重与仿效。

　　（原收入许钧主编《文字·文学·文化》——《红与黑》汉译研究（增
订本），译林出版社，2011 年 1 月。）

罗国林（1941—　　　），湖南常宁人。翻译家、文学编辑。1965 年毕业于北京外国语学院法国语言文学专业，并留校任教。曾任广东花城出版社编审、副社长、总编辑，中国翻译协会理事，全国外国文学出版研究会副会长，中国法国文学研究会理事等职务。被公认为吉奥诺专家。有专著《法译汉理论与技巧》，译有吉奥诺小说《庞神三部曲》《人世之歌》，福楼拜小说《包法利夫人》，左拉小说《娜娜》《玛德兰·费拉》，乔治·桑小说《奥拉斯》，得吕翁小说《家族的衰落》，兰波的长诗《醉船》等。

风格与译风

　　文学翻译中的风格问题，即要不要译出原著的风格，风格是否可译，历来论说者众，但至今见仁见智，并未完全达成共识。

　　多数论者认为：文学翻译应尽可能译出原著的风格；风格并非不可译，只是难译。译出原著的风格，正是翻译真正难为之所在，也是翻译之为艺术的关键，置原著风格于不顾的翻译，不是真正的翻译。

　　少数论者认为：风格本来是一种难以把握的东西，要想用另一种完全不同的语言，译出原著的风格，只是说说而已，其实根本就做不到。他们的结论是："让风格自己去照顾自己好了，翻译工作者大可不必为它多伤脑筋。"

　　两种观点，分明对立。究竟孰是孰非，哪一种观点比较有道理呢？许多本身就是大作家的大译家，都鲜明地持前一种观点，认为文学翻译应该译出原著的风格。鲁迅先生在《"题未定"草》一文中说："凡是翻译，必须兼顾着两面，一当然力求其易解，二则保存着原作的丰姿。"所谓"保存着原作的风姿"，应可理解为"保存原作的风格"，至少包含了这层意思。

茅盾先生在《"媒婆"与"处女"》一文中写道："要翻译一部作品，必须了解原作的思想，还不够，更须自己走入原作中，和书中的人物一同哭一同笑。已经这样彻底地咀嚼了原作了，于是第二，尚须译者自己具有表达原作风格的一副笔墨。这第二点，正是翻译所以真正不易为。例如荷马的史诗《伊利亚特》和《奥德赛》，现有蒲伯的译本算是顶括括了；然而评者尚谓蒲伯的译文虽有原作的瑰奇绚丽，而没有原作的遒劲质朴，蒲伯的译文失之于柔弱。譬之一女子，婀娜刚健，兼而有之——这是荷马的原作。可是蒲伯翻了过来，只剩下'婀娜'了！"

老舍先生在《谈翻译》一文中写过这样一段话："谈到风格，最好是译者能够保持原著者的风格。这极不易做到。可是大概地说，一个作家的文章总有他的特点：有的喜造长句，有的喜造短句；有的喜用僻字，有的文字通俗；有的文笔豪放，有的力求简练。我们看出特点，就应下苦功夫，争取保持。"

鲁迅先生认为翻译应该保存原作的丰姿，茅盾先生要求译者自己具有表达原作风格的一副笔墨，老舍先生则进一步要求译者下苦功夫，争取保存原著者的风格。这三位大作家兼大译家的话，不值得我们认真思考吗？

为什么要强调保存原著的风格呢？这得从翻译标准谈起。然而，翻译标准也是个至今仍存在歧见的问题。只不过有一点大家是一致赞同的：就是翻译必须忠实于原著。那么，"忠实"的内涵是什么呢？仅仅忠实于原著的内容，而不需要忠实于原著的风格吗？如若是这样，岂不意味着，原著的风格是与内容无关，而且是可有可无的东西？一部文学作品的风格，其实就是该作品中表现思想内容的艺术手段的总的特点，它与内容是有机结合的。取消一部作品的风格，也就取消了这部作品，因为这部作品完全不是原来那个样子了。翻译一部文学作品，只忠实地译出其内容，而不顾其风格，算不得真正的翻译，因为所产生的译本没有把原著真实的面貌传达给读者。

老舍先生说得好："文学作品的妙处不仅在乎它说了什么，而且在乎它是怎么说的。假若文学译本仅顾到原著说了什么，而不管怎么说的，读起来便索然寡味。"顾及原著是怎么说的，就是要译出原著的风格。

关于这一点，林语堂在《论翻译》一文中，论述得更具体、更精彩："译艺术文最重要的，就是应以原文之风格与其内容并重。不但须注意其说什么，并且注意怎么说法。譬如苏州街上有女人骂人，我们尽可不管她骂的什么，尽可专心欣赏其语调之抑扬顿挫。或者拜读吴稚晖先生的大文时，可不必管吴先生诌的什么，只可记得吴先生怎么诌的。一作家有一作家之风度文体，此风度文体乃其文之所以为贵。Iliad 之故事，自身不足以成文学，所以成文学的是荷默之风格。""故文章之美，不在质而在体，体之问题即艺术之中心问题……凡译艺术文的人，必须先把其所译作者之风度神韵预先认出，于译时复极力发挥，才是尽译艺术文之义务。"

　　一作家之风度文体，乃其文之所以为贵。林语堂先生这句话，画龙点睛地说明了风格之重要。一部文学作品，正是其思想内容和艺术风格的有机结合，才成为既具社会价值又具美学价值的艺术品。这就是为什么，上述大作家兼大译家都一致强调，翻译必须译出原著的风格。中国四大古典名著《红楼梦》《水浒传》《三国演义》和《西游记》，思想内容互不相同，艺术风格也各异其趣，把它们译成西文，如果不着力表现它们各自的艺术风格和特色，全译成一个样子，能够说是忠实地向西方读者介绍了这四部古典名著吗？翻译作品是给不懂原著语言的读者阅读和研究的，而我们经常强调译者应该对作者和读者负责。如果我们译出来的作品与原著和原著者的风格判若两样，那么，以译著进行研究的读者，对原著和原著者必然会作出错误的评价。这样，我们作为译者，就既谈不上对作者负责，也谈不上对读者负责了，就没有尽到"译艺术文之义务"。这种道理其实是显而易见的。那种"让风格自己去照顾自己好了，翻译工作者大可不必为它多伤脑筋"的主张，根本就站不住脚。

　　翻译的风格问题之所以争论不休，难以达成共识，除了因为文学作品的风格本身错综复杂，变化无穷，难以把握，更难以翻译之外，也因为翻译存在着双重风格的问题，即在强调忠实地传达原作风格的同时，还不可避免地存在着译者的风格问题。原著者的风格和译者的风格交织在一起，使事情复杂化了。一部文学作品的艺术风格，说到底应该是作家的思想气质、文化修养、语言功底和生活积累等基本素质的体现。译者翻译一部作品，最高目标是要忠实地再现原著的艺术风格。这种再现能达到何种程度，无疑也要受译者的思想气质、文化修养、语言功底和生活积累等基本素质的制约和局限。译作总不可避免地要打上译者个人的烙印。例如译界围绕着《红与黑》的译本所开展的批评，主要集中于罗新璋、许渊冲、郭宏安和郝运的四种译本。四种译本四种风格，到底哪一种译本忠实于或接近于原著的风格？要准确、公正地作出评价并不那么容易，主要因为这其中掺杂着译者个人的风格。老实讲，即使在罗、许、郭、郝四位先生着手译《红与黑》之前，把他们召集起来，讨论一番，对这部经典名著的风格达成统一的认识，而后他们各自译出的本子，恐怕也不可能像一个模子里倒出来的一样，而仍会各有各的特色。这正是译者的个人风格使然。当然，其中最接近于原著风格的译本，应是译得最成功的。

因此，翻译中存在正确处理原著风格和译者风格的关系问题。人们不是常说翻译是一种艺术的再创作吗？这种再创作不是创作别的东西，主要是再现原著的艺术风格。原著是一件艺术品，译出来还须是一件艺术品，而且是与原著风格一样的艺术品。这种再创作绝不是机械的，不是依葫芦画瓢。在原著面前，译者不能做一名奴隶，捆住自己的手脚，字字照搬原著的形式，而应该发挥自己的艺术创造才能和一定的自主性，进行美的再创造。但同时，他又必须时刻小心翼翼地忠实于原著，自觉地用原著约束自己，绝不能让自己的个性压倒原著的特色，而应该最大限度地抑制乃至隐藏自己的个性，使自己的个性服从于原著的风格。译者应该尽量使自己与原著合而为一，恰如作者用另一国文字写自己的作品一样。人们常说翻译难，甚至难过创作，其难就难在这里。翻译家是戴着原著的镣铐进行创作的作家。经过真正的艺术再创作所产生的译作，不仅忠实地传了原著的内容，而且保存了原著的风格神韵，才是完美的，接近于理想的译作。

现在有些译者，似乎并不把再现原著的风格当成自己的任务，而是一味地突出自己的个性。仿佛译者的个性愈突出，愈发挥得淋漓尽致，就愈见高明，愈显得出类拔萃。前面提及的《红与黑》四种译本，有的问世比较早，本来被广大读者认为缺少文采，平淡寡味，不令人满意。正因为这样，曾有权威评论者预言：过三年五载，必有"宁馨儿"问世。果然不止一个"宁馨儿"应运而生，而且文采照人，华章夺目。不料，却另有权威评者就四种译本组织了一次调查。调查结果显示：被询及的读者，并不看好后问世的、期望值很高的译本，反而比较看好先问世的、本来不令人满意的译本。平心而论，这种调查可能过于简单，未必反映了各个层次读者尤其是专家们的意见。但是，至少有相当部分读者不盲目倾倒于华美的译文，这也是事实。读者不倾倒于华美的译文，根本原因在于它脱离了，至少在相当程度上脱离了原著的风格。这很自然，因为读者希望欣赏到的，是司汤达的风格，而不是译者的风格。有人强调说，现在不是提文学翻译应成翻译文学吗？像《红与黑》这样顶极的世界文学名著，不译出大师级的文字水准能成吗？这种说法不错，但未免空泛了些。须知，仅仅有大师级的文字水准，不一定就表现了司汤达的风格，只有接近司汤达的文字特色，才能再现司汤达的风格。

凡为真正的翻译文学，贵不在译作是文学味很浓的文学作品，而在于译作是贴近原著风格的文学作品。关于这一点，老舍先生说过一段实事求是、极为中肯的话。他在《谈翻译》一文中，论述了"最好是译者能够保存原著者的风格"之后写道："保持原著者的风格若作不到，起码译笔应有译者自己的风格，读起来有文学味道，使人欣喜。世界上有一些名著的译本，比原著还更美，是翻译中的创作。严格地说，这个办法也许已经不能叫作翻译……这种译法，用于文学作品，还是说得下去的。"对于脱离原著风格而突出译者自己风格的译作，老舍先生不一笔抹杀，也不推崇备至，而指出它"已经不能叫作翻译"。他所讲"还是说得下去的"，分明等于"退而求其次"吧。《红与黑》诸多译本的译者，是否可以从这种角度，给自己的译本找到恰当的位置呢？

　　谈到这里，不能不注意到，目前译界存在着一股美文风。有不少译者，不问原著风格如何，一味地追求译文的华美典雅，以为文字越华美典雅，译文就越上乘，不和流俗，卓尔不群。文字功底深厚的译者，译出来的东西，虽然与原著风格不合，但毕竟自成一格，"读起来有文学味道，使人欣喜"。文字功底浅薄的译者，硬要追求译文的华美，译出来的东西，未免像三仙姑抹粉的老脸——恰如驴粪蛋上下了一层霜，读起来没有美感，还使人倒胃口。这些译者使译文生色的一个主要法宝，就是使用四字词组。《巴尔扎克全集》一位主要译者的译文里，表达一个意思，往往一个四字词组还嫌不够，还要再加上一个含义相同或相近的四字词组。其实，小说语言里使用那么多四字词组，总让人疑心是要掩盖表现手段的贫乏。

　　这种美文风自有种种理论依据，其一是"优势论"，就是"发挥汉语的优势"。按笔者揣测，这恐怕有两层意思：一层意思是汉语历史悠久，文字优美，表现力强，与西文相比，自有其超胜处，将西文译成汉文，当然该发挥这个优势，使译文比原文更优美，假设让原著者用汉文写他的作品，多半也会比现有的原著写得更漂亮。第二层意思是译者认为自己的汉文水准比其他译者高，务必发挥这方面的优势，方显出大家本色。

　　其二是"竞赛论"，就是主张译文语言与原文语言竞赛。原文语言不漂亮，译文语言一定要漂亮；原文语言漂亮，译文语言一定要更漂亮。总之，译文一定要比原文更美。

　　还有一种说法，叫作"通过翻译创造二十一世纪的文学"。有的译者称，他之译《红与黑》这样的世界文学名著，不是一般的翻译，与一般译家的译法不能同日而语，他是要创造一种二十一世纪的文学。老实讲，这种说法似乎过于高深玄妙，笔者百思弄不明白：翻译十九世纪的西方古典名著，不论是《红与黑》还是其他什么作品，怎样能创造出一种二十一世纪的文学？其创造的所谓二十一世纪的文学，究竟是什么样子呢？

　　持上述这些论点者，多为译界大家。他们的主张影响很大，对译界的美文

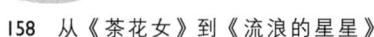
风起了不可忽视的作用，而他们的论点的一个共同特点，就是忽略或根本不提保存原著的风格。

译界的这股美文风是怎么形成的？笔者未作深入研究，大致想来，与近几年来的名著重译风有很大关系。大家蜂拥而上重译文学名著，然而译界有一种呼声，重译名著要慎重，重译的水准应该超过原译，至少不得低于原译。一些译者没有认真考虑这种呼声，以为只要文字译得美，就是超过了以前的译本，或者超过了其他人的译本。文字美似乎成了衡量译本水准的主要标准，甚至唯一标准。文字美成了译者追求的目标，也成了译者与译者之间互比高低的尺度。于是，美文风日盛，大有成为译界主要潮流之势。

应该说，美文风的倾向在译界本来就存在。翻译家们，除了少数人本身是作家之外，大多数都是书斋里的学者、教授。他们大都有相当深的学术造诣和文化修养，文字功底也不浅，所缺乏的是作家们那种贴近生活的语言积累和素养。因此他们译出来的作品，多数文绉绉的，美虽是美，就是没有创作作品中那种生动活泼的生活语言。这恐怕是一个无法否认的事实。

提起译风问题，人们会马上想到译界目前十分严重的乱译风和抄袭风，对此批判相当严厉。这种严厉的批判是正确的，必须的，应该加大力度开展下去。然而，美文风也不利于真正的翻译文学的健康成长，谨在这里提出来，希望引起译界同仁的重视。

（原载《中国翻译》1996 年 2 期）

施康强（1942—　　），上海人。1963 年毕业于北京大学西语系法国语言文学系，1981 年中国社会科学院外国文学系毕业，文学硕士。现任中央编译局译审。著有随笔集《都市的茶客》《第二壶茶》。中译法作品有黎庶昌《西洋杂志》，另译有《萨特文论选》《都兰趣话》《幸福散论》《巴黎圣母院》（合译）《十五至十八世纪的物质文明、经济和资本主义》（合译）等。

何妨各行其道

　　名著似乎都有"抗译性"。一是难译，若非译林圣手，殊难"曲尽原著的天然本来的风格"（钱锺书语）。二是一般译文虽对原著打了折扣，如对鲜美的原汤浓汁搀了水，味道却依然不恶。十成好处能传达出六、七成，译者仍是原作者的功臣，不是罪人，拙劣晦涩，不堪卒读的译文又作别论。

　　评论翻译的文章如限于指摘误译、硬译，那是停留在较低的语学层次。进而讨论译文是否或在多大程度上体现了原文的风格，才是进入更高的文体学层次、艺术层次。不妨说前者属于"伦"和"达"的范畴，后者有心登大"雅"之堂。

　　批评同一部名著的几种译本，固然可以比较甲哪里译错了，乙哪里译对了，丙在哪里辞不达意，然而还有点像为外语系新开的比较翻译课编讲义。何况彼此中、外文功力相伯仲的译者出手译同一本书，往往在对原文的理解和中文的表达上瑕瑜互见。夫智者千虑，必有一失。甲失于此，乙失于彼，第三者大可不必因甲之失而讥甲，复以乙之失而笑乙。

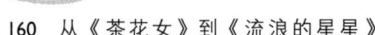

《红与黑》的中文全译本，常见的有三种：五十年代即有罗玉君的译本，一九八六年出郝运译本，一九八八年闻家驷译本问世。三种译本或许谈不上如朱生豪、卞之琳、梁实秋译莎士比亚而各有千秋，皆成名译，也各有其长处、特色，何妨各行其道。闻译本晚出，且不论译文质量比前两个本子如何，单凭其大量注释（下卷第二十一章并有一详细题解）有助于理解作品的社会背景与思想背景，便有其存在价值。至于译文相似之处，往往因为原文是简单句，本变不出多少花样。苏东坡尝论为文之道，"但常行于所当行，常止于所不可不止"（《答谢民师书》）。窃以为复译之道，当不求其同而自同，不求其异而自异，同于所当同，异于所不可不异。王子野同志的文章指出，闻译本《红与黑》的起首第一句与结尾那一句大可不必改动罗译。话说回来，闻译恐怕正是为了避免抄袭之嫌，才做了这些也许不必要的改动。要说改，郝运译本里这两句话也对罗译而言有所改动，同样既不见得改好了，也未必改坏了。要说抄，谈不上谁抄谁，三家都抄司汤达。

与其指摘误译，我们更愿意比较哪一种译本更接近原著的风格。首先应确定什么是司汤达的风格。司汤达自称行文以拿破仑《民法》为楷模，此或英雄欺人之谈。不过说他的风格要言不烦，以简约、凝炼、冷隽胜，大概是不错的。这位作家擅长心理分析，如王子野同志评闻译中"谁能读得懂"的那一段文字，全是心理分析，闻译固不晓畅，罗译（118—119页，上海译文出版社一九七九年四月新一版）也未见得好懂。说到底，是西方作者和读者比较习惯用抽象名词作思维和表达，译者如亦步亦趋，中国读者难免有吃夹生饭之感。昔罗什法师译佛经，因梵、秦"文体殊隔"，移译时不得不作变通，遂自嘲为"嚼饭与人"。虽说"别人嚼过的馍不香"，这里倒是有劳译者先嚼烂了再哺与读者，否则不好消化。

罗译善发挥，往往添字增句，译文因此有灵动之势，但是有时稍嫌词费，司汤达似没有这啰唆。闻译比较贴近原文句型，但处理不尽妥当，有些句子太长，显得板滞，司汤达本人好像也没有这个毛病。字句的忠实，未必就是风格的忠实。举个极端的例子。上卷第九章《乡村的一夜》（此从罗译；闻译作《乡间的一夜》，无可轩轾）是全书最精彩的章节之一。夏夜在市长乡间别墅的花园里纳凉时，于连暗下决心要偷握德·瑞那夫人的手。他几经犹豫，终于付诸行动；德·瑞那夫人听之任之。这花园里有棵菩提树。司汤达每逢写景，必惜墨如金，与巴尔扎克、雨果大异其趣。罗、闻两家的译文，亦复大异其趣。

Elle écoutait avec délice les gémissements du vent dans l'épais feuillage du tilleul, et le bruit de quelques gouttes rares qui commençaient à tomber sur ses feuilles les plus basses.

罗译（页76）："一阵晚风，吹过菩提树密积的叶层，叶叶磨擦，发出凄切的哀吟，她很快乐地细心赏玩这种天然的微妙的音乐。或者是很稀少的几滴露珠，开始降落在最低的枝叶上，也发生一种单调的声响，她也正在留心听取。"（加标点符号共九十三字。）

闻译（页72）："她心情舒畅地谛听吹过菩提树密叶间低吟的风声以及稀疏的几滴露珠开始落在最低的枝叶上的轻微的声响。"（加标点符号共四十七字。）

笔者不是判官，不敢说哪一位更接近司汤达的风格，只能说这两件样品分别体现了两位译者自己的风格。闻译后出，虽然本身间或也有谬误，但对罗译的错误多有匡正。如王子野文中指为罗对闻错的那个例子，其实便是闻改正了罗的误译。"朱利安深怕他的要求被接受"，这样理解原文不但语法上不错，而且符合朱利安或于连的心理逻辑。他要求深夜两点进入德·雷纳尔夫人或德·瑞那夫人的卧室，是为了再次考验自己的勇气。他虽然提出要求，心里仍然胆怯。如果德·瑞那夫人拒绝，他就可以诿诸客观（萨特所谓的"自欺"，la mauvaise foi），对自己说：不是我没有胆量，而是形格势禁。反之，如果德·瑞那夫人同意了，他便没有退路，只有硬着头皮上阵，所以他想到他的要求被接受的时候，便战栗起来。

总的说来，闻译行文较简洁，但过于拘谨，不过也不乏佳胜之处。"随机抽样"拈来一例：于连初见德·瑞那夫人时对她的印象。

Tel est l'effet de la grâce parfaite, quand elle est naturelle au caractère, et que surtout la personne qu'elle décore ne songe pas à avoir de la grâce.

罗译（页41）："当一个女人的风韵反映她的性格，二者和谐一致，尤其是听凭这分风韵自然表现的本人并没有存心矫揉造作时，那么，这便是十全十美的风韵所产生的效果了。"

郝译（页39）："这就是无懈可击的妩媚产生的效果，如果这抚媚是天生的，

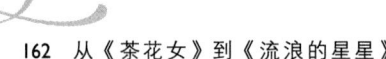

特别是具有它的人并没有想到自己具有的时候，它就会产生这样的效果。"

　　闻译（页41）："当女性的风韵是来自她的天性时，尤其当她本人并非有意去追求这一风韵时，那么，风韵便会产生这样一种绝妙的效果 。"

　　为学如积薪，后来本应居上。惟其读书界对闻译的期望值很高，闻译未能尽如人意，才引起一些求全之毁。好在《红与黑》这样的名著在每一代人中都有读者。今天四五十岁以上的读者是通过罗玉君的译本才知道于连·索黑尔的。新一代的读者有机会读到郝译和闻译，两种新译的印数都很可观。"劣币驱逐良币"的经济学法则在这里不适用，何况我们已有的三种译本也都不是劣译。读书君子且耐心，五年、十年后或有宁馨儿呱呱坠地。

（原载《读书》1991 年 5 期）

周克希（1942—　　　），浙江松阳人。曾赴法国巴黎高师进修数学，回国后潜心翻译，任上海译文出版社编审。有随笔集《译边草》。译有《成熟的年龄》《王家大道》《古老的法兰西》《追忆逝水年华》（前三卷）《不朽者》《三剑客》《费代》《包法利夫人》《小王子》《幽灵的生活》等小说和《贝多芬》《罗丹》《瓦格纳》等传记。

译书故事

　　有人说，已经过去了的事情，都会变成美好的回忆。我想说，已经过去了的事情，有些会变成既美好又苦涩的回忆，变成从忘川复返、令人百感交集的自己的故事。

　　下面这些"故事"，就是我当翻译学徒的一些片段的回忆。

1. 没用上的"眉批"（《古老的法兰西》）

　　大约是一九八五年，徐知免先生为《当代外国文学》杂志写信约我翻译《古老的法兰西》，并把原书也一并寄下了。学法语时，读过徐先生编的语法书，这次承他这么信任我这个新手，我高兴又惶恐，战战兢兢，一心想把书译好。

　　马丁·杜加尔的"长河小说"（法文中这样称呼卷帙浩繁的长篇小说）《蒂博一家》，在二次大战前夕为他赢得了诺贝尔文学奖。《古老的法兰西》（Vieille

France）是一个农村题材的中篇，按他的说法，是个"乡村速写小集"，我后来给法国加利玛出版社的一本期刊（Cahiers Roger Martin du Gard）写过一篇短文《马丁·杜加尔在中国》（Roger Martin du Gard en Chine），里面提到我对这个中篇的印象和当时的心情：

马丁·杜加尔的文笔极为洗练，他似乎不愿留下任何在技巧上推敲的痕迹。在《古老的法兰西》中，他用白描的手法，向我们展现了半个多世纪以前法国农村的生活图景，犀利而幽默地揭示了人性的自私、愚昧……马丁·杜加尔在古老的法兰西农村生活过，他对这种生活是非常熟悉的。但也只有他能在平静中看出激情，在哄笑中发现眼泪。他有一双与众不同的敏锐的眼睛。他又像高明的漫画家那样，用冷静而客观的态度，用悭吝而传神的笔墨，一下子就把"古老的法兰西"呈现在了你的眼前，纵然你是远在异国的今天的读者，你也仍会感受到那种令人窒息的空气……这种寓辛辣鞭笞于不着痕迹之中的白描手法，让我联想起中国古典小说《儒林外史》；这本"速写集"使我感到很亲切，感到有一种愿望，要像作者一样地向中国读者叙述这一切。就这样，我尝试着译出了这部中篇小说。

我意识到有两种腔调要尽量避免：数学腔和翻译腔。数学有它的一套语汇，诸如"因为……所以……""若……则……""对于任何……存在……使得……"等等，这套语汇自有它简洁的美，但跟小说语言可以说是相扞格的。至于翻译腔，几乎可以说随处可见，有时简直到了习焉不察的地步；译书时容易被外文的句式、语序牵着鼻子走，更得时时提醒自己。

于是我一边译杜加尔的这个中篇，一边看周立波的《暴风骤雨》，想从中汲取些鲜活的乡土气。今天手头的这本书上，还留有书页空处的字迹。"草甸子""园子地""柳树障子""院子的当间""牙狗""窝火""冷丁坐起来""直直溜溜地站在那里""吩咐一些事，探问一些事，合计一些事"这些说法下面，都用铅笔画了线。"晾在一边"边上写着"若写'让……站在一边'就索然寡味"；"不待老田头说完这话"边上写着"比'没等……说完'好"；"你要想久后无事"边上写"比'以后'好"；"来一回又一回"边上是"比'一回一回来'好"；"嘴巴上的几根山羊胡须上满沾着尘土"边上是"不必尽用'沾满……'"，"老孙头笑了一笑，才慢慢说"边上注着个 puis（然后），意思是碰到法文中的 puis，不一定非译成"然后"不可。萧队长问胡子（土匪）打过屯子吗，老孙头回答："咋没打过？"边上用铅笔写着 parbleu（当然），提醒自己不要一见这个法文词就写"当然"。

这些词汇，这些说法，大多没有直接用到译文里去。现在看当时的"眉批"，也觉得多少有些幼稚。但也许唯其幼稚，才更使我感到珍惜。幼稚时的激情，是成熟后所难觅的；幼稚时的快乐，是成熟后所难以感受的。人生往往如此，翻译也不例外。

拙译在《当代外国文学》杂志发表后不久，就看到了另外一个译本（收在一个中篇小说集里）。两相对照，我悟出一个道理：翻译实际上是摆脱不了译者个人色彩的，有多少个译者，就有多少个不同的译本。它们之间，有时也许并没有高低优劣之分，而只有译者对原作的感受上的差异。其中有一段的拙译是：

> 一个略显消瘦的小伙子出现在门口，他长着一双蒙古人的褶眼，前额又黄又低。人群中在窃窃私语："东京佬……"
> 他出来就把门带上，瞅定巡警队长，并不往前跨一步：
> "您有何贵干哪？"
> "让那两条狗别喊，再给我把栅栏门打开。"
> 语气很强硬；其中自有一种恫吓的意味，回荡在每个人的心中。东京佬捻捻唇髭，稍过了一会儿，不紧不慢地照办了。

再看另一个本子的译文：

> 门口出现了一个瘦瘦的小伙子，眼睛吊着，额头黄而窄。人群中喊喊喳喳："东京人……"
> 他关上身后的门，望着队长，并不上前：
> "您要干什么？"
> "叫住您的狗，给我拿开栏杆。"
> 语气强而有力，人人心中都感到一种威胁。东京人捻着小胡子，然后，慢条斯理地服从了。

"东京佬""东京人"，原文都是 Tonkinois。单看这个法文词，当然会译成东京人；但有了上下文，有了那个情景，有了斜体的排印，我的感受就成了"东京佬"。"慢条斯理地服从"和"不紧不慢地照办"大同小异（原文是 sans hâte, il obéit），但"照办"反映了我对他那种心犹不甘的神态的感受。

"叫住您的狗，给我拿开栏杆。"语气急促、强硬，比我的译文好。不过，"您的"似乎不妨改用"你的"，而不必拘泥于法文的 vous。这个词在理论上要译为"您的"，以区别于另一个 tes，即"你的"。但是在实际生活和小说中——而不是在语法书里——情况要复杂得多，如果硬套的话，甚至会译出"您这个混蛋"之类的话。

2. 树上美丽的果子（《追忆似水年华·女囚》）

一九八八年四月二十六日偕家人去苏州，将父母的骨灰安葬在面对太湖烟水的香山公墓。二十八日，就接受了另一部小说的约稿。

事情是这样的。译林出版社决定组译普鲁斯特的七卷巨著《追忆似水年华》，韩沪麟凭借他在法语圈里的新老关系，物色了十四位译者，两人合译一卷。不想其中一位——我的朋友建青兄决意要去法国，这样，第五卷就缺了一个译者。建青想拉我当"替身"，看我犹豫，就又找了张小鲁，由我和她平分他的"份额"。

但韩沪麟看来有些不放心。他趁来沪的机会，约我到静安公园面谈。我俩是初会，当时怎样约定接头方式，现在已经想不起来了。反正一见面，没说上几句话，他就冷冷地问道："译 Proust，你看你行吗？"这一问，使我感到既意外又不自在。我也冷冷地回了一句，说人家能行，我就没什么不行的。后来跟沪麟兄日渐相熟，成了好朋友，我方始明白，那样问话在他并没有什么看不起对方的意思，只是直话直说而已。我让他激出来的那句回答，倒是透着内心的不谦虚。

普鲁斯特的《追忆似水年华》，可以说是久仰了。在巴黎高师的那会儿，有个学文学的法国好朋友樊桑，我们曾经在闲聊时谈到各自心目中最好的本国作家，以及这位作家的最好作品。我想了想，说曹雪芹和《红楼梦》。樊桑几乎不假思索地说出：普鲁斯特，《追忆似水年华》。后来，我慕名买了其中几卷的袖珍本，翻了翻，第一印象是句子长，一句长达一页似乎只能算常事。回国后，看到了桂裕芳先生译的片段，觉得真是不容易。

所以，说实话，我译普鲁斯特行不行，自己心里并没个底。怀着一颗忐忑不安的心，我试译了几千字，送给郝运先生过目。郝先生对着原文，在我的译稿上用铅笔仔细做了批改——有批语，也有修改。这种作坊师傅带徒弟式的指点，具体而细微到令人感动的地步。同时，他在总体上的认可，使我有了些信心，准备铆足了劲儿跳起来去摘果子。

普鲁斯特的文体，自有一种独特的美。那些看似"臃肿冗长"的长句，在他笔下不仅是必要的，而且是异常精彩的。因为他确实有那么些纷至沓来、极为丰赡的思想要表达，确实有那么些错综复杂、相当微妙的关系和因由要交代，而这一切，他又是写得那么从容，那么美妙，往往一个主句会统率好几个从句，而这些从句中又不时会有插入的成分，犹如一棵树分出好些枝丫，枝丫上长出许多枝条，枝条上又结出繁茂的叶片和花朵。

然而，对译者来说，每一个这样的长句，无异于一个挑战。第一，你得过细地弄明白作者要表达怎样的思想，越是微妙之处，越要问个究竟。我不是科班出身，更是不敢有丝毫怠慢，经常一个词得查不止一次词典，往往还得细查法文原版词典，以求把握确切的含义。第二，你必须厘清整个长句（乃至它所在的这个段落）的脉络，看准主句、从句、插入句之间的关系。第三，你最后还得把偏于理性的分解（我觉得这有些像没有标点的古文的断句）还原成偏于感性的描述或情绪，然后想象自己就是会写中文的普鲁斯特，一气呵成地把一个长句写成合乎汉语表达习惯的（不带翻译腔的）中文。

面对这样的挑战，我感到既紧张又兴奋。我准备了一个开本较大的草稿本。查好生词，把一段原文念过几遍，觉得有些感觉以后，就先逐句逐句把"第一印象"的译文记下来，然后细细地修改、调整、"打磨"。这份东涂西抹、勾来划去的手稿，是几乎见不得人的毛胚渐渐变成眉目依稀可辨乃至有些传情的雏形的实录。这么折腾一番过后，才正襟危坐在电脑跟前，用近乎虔诚的心情（也许是因为刚用电脑的缘故吧）逐字逐句录入。我用的是汉语拼音全拼输入法。我喜欢这种一边键入、一边默念的感觉。不过，说是录入，其实是边录边改，不时还要停下来苦苦地想。即使得空整天坐在写字桌前，一天也只能译五百字左右，速度是空前的慢。

交稿后，韩沪麟先生作为责编大概对我还是满意的。他后来在一篇写我的短文中，称拙译"译笔文采斐然，读起来如沐春风"。这当然是过誉，但我读起来却也不免"如沐春风"——在下的虚荣心由此可见。

全书出版以后，许钧先生在《风格与翻译——评〈追忆似水年华〉汉译风格的传达》一文里，举例说明不同译者"各自的特点"，其中引了我在第五卷开头的一句译文：

街上初起的喧闹，有时越过潮湿凝重的空气传来，变得暗哑而岔了声，有时又如响箭在寥廓、料峭、澄净的清晨掠过空旷的林场，显得激越而嘹亮；正是这些声音，给我带来了天气的讯息。

下面是相应的原文：

Les premiers bruits de la rue me l'avaient appris, selon qu'ils me parvenaient amortis et déviés par l'humidité ou vibrants comme des flèches dans l'aire résonnante et vide d'un matin spacieux, glacial et pur, ...

当时踌躇再三的样子，现在依稀还想得起来。"又如响箭……掠过空旷的林场，显得激越而嘹亮"，实在是一种带有个人色彩的译文。aire 是平地、空地，未见得就是林场；flèches 是箭，未见得就是响箭；"空旷的林场"，未见得有"宽广而又响声不绝的空地"来得贴近原文。当时我那样译了，如果换在现在，会不会译成另一种样子呢？说不准，恐怕也未见得。

3. 岛名、人名与书名（《基督山伯爵》）

韩沪麟和我应上海译文出版社之约，合译《基督山伯爵》（他译前半部，我译后半部）。当时，我俩谁也没想到这个译本会成为印数高达六十多万册的畅销书。大仲马的这部小说，很早以前就有蒋学模先生的一个译本，书名先是叫《基度山恩仇记》，后来改为《基度山伯爵》。记得我念中学的时候，好些同学都废寝忘食地看过这个译本。据说"文革"期间这本书仍在私下流传，由于书源的匮乏，甚至出现了手抄本。原著情节的曲折，蒋先生译笔的流畅，我想都是这部翻译小说如此风靡的重要原因。

蒋先生的译本，是从英文译本转译的。这一点，从人名、地名的译法上仍可看出痕迹（尽管重版本已根据原著"做了订正"，见 1978 年版的译者后记）。Dantès，按法文读法，是不会念成邓蒂斯的（我们的译本译作唐泰斯）。其实，这个名字译成当代斯更为相似，可惜"当代"有明显的词义，用来译人名有些犯忌。Danglars 读音和唐格拉尔相近，跟"邓格拉司"则相去较远。至于末尾的 S，为什么念唐泰斯时发音，念唐格拉尔时不发音，有一个比较简单的理由：法国人这么念。

想必也是受英文译本牵制的缘故，老译本中不时会有些微疵。"从前安顿公爵在一夜之间把整条大马路上的树木全部砍掉，因此惹恼了路易十四"，原意似为"当年德·昂坦公爵让人在一夜之间把有碍路易十四视线的整条小径两旁的树木全部砍光"（autrefois le duc d'Antin avait fait abattre en une nuit une allée d'arbres qui gênait le regard de Louis XIV），其中的德·昂坦公爵是深得路易十四宠信的宫廷总管。"（车库里）有一箱箱编号的马车零件，看来像是至少已在那儿安放了五十年"，恐怕应为"（车库里）一溜儿排开的编好号的豪华车辆，倒像已经在那儿停了五十年似的"（Les equipages, numérotés et casés, semblaient installés depuis cinquante ans）。"他喜欢人类的造福者所赠送给他的褒奖，而不喜欢人类的破坏者所赠送的报偿"，当为"他喜欢的是给人类造福者的褒奖，而不是给人类毁灭者的犒赏"（il aime mieux les récompenses accordées aux bienfaiteurs de l'humanité que celles accordées aux destructeurs des hommes）。"且把共和国作为一个教师"，当为"请把共和国作为您的支柱"（prenez la République pour tuteur），等等。

小说一开头写驶抵马赛港的法老号，老译本作"船又是在佛喜船坞里建造装配的"，新译本作"这样一条在弗凯亚人的古城的造船厂建造和装备的船"，并加注说明："弗凯亚是小亚细亚的一座古城。公元前六世纪，弗凯亚人在地中海沿岸创建马赛城。故此处弗凯亚人的古城即指马赛。"看起来是啰唆了不少，但不这样，似颇难跟原作保持一致——大仲马毕竟是自视甚高的作家，他的旁征博引也并非空穴来风。

《基度山伯爵》的书名要不要改，是个更大的问题。对一个流传已久的书名，沿用也好，更改也好，都应当采取审慎的态度。译本序中记录了我们当时的想法和心情：

我们把书名改译为《基督山伯爵》，是经过慎重考虑的。首先，原书名中的 Monte-Cristo，本来是意大利的一座位于厄尔巴岛西南四十公里处的多山小岛的名称，它在意大利文中的意思是"基督山"。其次，综观全书，主人公唐泰斯是靠了基督山岛上的宝藏才得以实现他报恩复仇的夙愿的，他在越狱后用这个岛名作为自己的名字，也正隐含了基督假他之手在人间扬善惩恶的意思。因此，我们斟酌再三，最后还是把译名定为《基督山伯爵》。

新译本出来后，我专程去拜访蒋先生。一个至今难忘的印象是蒋先生声若洪钟，非常健谈。一九四五年抗战胜利，蒋先生随复旦大学部分师生滞留重庆，一时无法返沪。"海路，阔佬们用金条买通关节，空路由军统控制，陆路要先乘汽车翻越秦岭到宝鸡，然后坐陇海线。海陆空三路都无法成行，只好留在重庆。"留在重庆的这一年里，年轻的蒋先生无须教课，就在风景如画的嘉陵江畔着手翻译《基度山恩仇记》。他据 Everyman's Library 版的英译本，平均每天译两千多字，历时一年，译得七十五万字。随后，他乘坐复旦校方包租的一架飞机回到上海，半年后译毕全书。

蒋先生说，他原先藏有三套全新的《基度山恩仇记》的初版译本，准备将来有一天留给三个儿子。"文革"抄家时家里的藏书全遭劫难，"文革"过后发还抄家物资，只还了一套初版本，还是旧书。书在"文革"中的命运，是读书人命运的缩影，想来确实让人不胜感慨。但我暗中称奇的是，蒋先生以经济学家名重天下，可他打算给孩子留作纪念的，居然不是他的政治经济学皇皇巨作（他半开玩笑地说，他主编的政治经济学教材印数巨大，若是在美国，他早就是百万富翁了），而是青年时代翻译的这部小说。我拿着蒋先生送我的那本《什么是社会主义？》辞别出来以后，蒋先生的那番话还久久萦回在耳边。

《基督山伯爵》从一九九〇年十月开译（韩沪麟在南京译上半部，我在上海译下半部，字数共计为 125 万），到一九九一年十二月出书，只用了一年稍多一些时间。尽管售价从每本 18 元一路攀升到 43.9 元，销售情况却始终令人鼓舞。同事跟人介绍起我来，总说："这就是《基督山伯爵》的译者。"后来有一次，某同事的熟人到编辑室来，正好打个照面，同事就介绍如仪。不料那位女士事后对鄙同事说，基督山的译者并不风流倜傥嘛。话说得这么率真乃至天真，我后来听了，只觉得又惭愧又好笑。

4. 译应像写（《包法利夫人》）

一九九六年初，上海译文社约我重译福楼拜的《包法利夫人》。

福楼拜视文字、文学为生命，每一部作品，每一章，每一节，每一句，都是呕心沥血的结果。这样的作家，有机会翻译——认真地重译——他的代表作，当然是译者的荣幸。

刚译了半章，适逢罗新璋先生来沪。晤谈中我提及正在重译《包法利夫人》，不料罗先生脱口而出应声道："已经有定本了，干吗还要重译？"我的心顿时凉了半截，但我还是硬着头皮给他解释，以前就看过李健吾先生的译本，挺喜欢的，不过这次接受约稿之前，对照原文仔细看了部分章节，觉得李先生的译文并非无懈可击，而且有一些"硬伤"。另外，我还说，在李先生之后，又已经有好几个译本问世，但就我的感觉而言，李先生的疏漏之处，好像未必全都得以补苴（我举了几个例子）。新璋先生听罢我这番说辞，沉吟片刻，然后对我说，如果我愿意，不妨把译稿寄几页到北京——他这回是路过上海，待回北京寓所看过我的译稿后，他再跟我联系。

我正巴不得能有这样的机会呢。罗先生不仅是有数的翻译理论家，而且是身体力行，责己严于责人的翻译实践家（他曾在已经译出三万字的情形下，毅然退出《追忆似水年华》的译者队伍，理由仅仅是他觉得译文达不到自己悬定的标准）。能这么切切实实地跟他商榷，得到他的指点，在我自然是再好不过的事了。于是，我把手头译就的几页初稿，匆匆打印出来寄往北京。接下来，一边慢慢地往下译，一边等罗先生的回音。

回音终于来了。没有任何客套，附回的一页译稿上，用铅笔细细做了批改。"我们在自修室里上课"，删"里"字。"后面跟着一个没穿制服的新生和一个端着张大课桌的校工"，改为"……还有一个校工端着张大课桌"。"正在睡觉的同学"，改为"打瞌睡的同学"。"仿佛刚才那会儿大家都在埋头用功似的"，改为"仿佛刚才大家都只顾用功似的"。等等，等等。

此外还有两段批语，"第 3 页倒数 8—5 行，李译不错。李译用的是小说语言，不是翻译语言。阁下可试一章，不看法文，用中文重写一遍。外译中，要中文取胜。要译得精确不难，'他搬来了两部梯子中比较高的一部'，c'est du chinois？照叶圣陶说法，是方块字写的外国话。"其中的法文，意为"这是中文吗"？

另一段批语更尖锐："阁下来书，无一多余的字；翻译就有剩字。可有可无的字，删去！以求文字干净。比如上课，不是躺在床上睡觉，原文如是 dormir，也不拘守译成'睡觉'，根据上下文，应为'打瞌睡'。写管写，译管译，判若两人。译应像写！"

最后这句话，无异于当头棒喝。翻译也会"当局者迷"。当什么局？当原文之局。用罗先生在另一封信里的说法，也就是"被原文牵着鼻子走"。这里还有个心态问题：译福楼拜，我颇有些诚惶诚恐，跟译普鲁斯特时相比，好像有过之而无不及，这样一来，往往就容易陷于拘泥的境地。这声棒喝也提醒我：译文还是改出来的，要想译得好一些，就得自己先动手改。

紧接着，罗先生又来一封信，鼓励我"放开手脚"，不要有顾虑，"中国出身 École Normale（巴黎高师）的还没几人呢！"信末言简意赅地写道："不妨一试！"李健吾是罗新璋的老师，罗先生说李译是定本，我从中体会到他对恩师的尊崇。罗先生对我说"不妨一试"，则让我想起他当年与傅雷先生通信、受傅先生勉励的往事。我决心使出浑身解数来"一试"。

这一试，试了两年。第四届全国优秀外国文学图书奖二等奖，也许可以看作是对这一尝试的褒扬。

回顾在译坛当学徒的这些年，眼前会掠过好些严师、净友的面影。我由衷地感谢他们。

（原载《人民文学》2001 年 2 期）

郭宏安（1943—　　），生于吉林长春，祖籍山东莱芜。1966 年毕业于北京大学西语系法语专业，1981 毕业于中国社会科学院研究生院法国文学专业。历任中国比较文学学会中法比较文化专业委员会副主任、中国社会科学院外国文学研究所理论室主任、研究员、博士生导师，中国社会科学院荣誉学部委员。著有《论〈恶之华〉》《重建阅读空间》《第十位缪斯》等。编有《法国散文选》《李健吾批评文集》等。译著有《波德莱尔作品系列》（4 卷）《加缪中短篇小说集》《红与黑》《雅克和他的主人》《大西洋岛》《批评意识》《墓中回忆录》等。

我译《红与黑》

　　我是在一九九三年年初正式开笔翻译《红与黑》的，于四月下旬完成，加上此前作为试笔译就的八章，前后历时五个月。斯丹达尔一八二九年十月动了写作《于连》的念头，大约一八三〇年春天动笔，到了五月才定名为《红与黑》，七月下旬匆匆完稿，前后估计写了五个月。这是一个很有意思的巧合，然而我的所谓"五个月"绝非只是撕去了日历上的一百五十张纸。我第一次读《红与黑》，还是个中学生，读的是罗玉君的本子，大学二年级的寒假里有些迫不及待，跟头把式地读了原文的《红与黑》，那是莫斯科版的，至今还记得封面上似乎有一袭黑袍和一柄红色的剑，不久因说了"于连是值得同情的"而险些跌进某君的圈套，后来又用原版的莫泊桑的《漂亮朋友》换了同宿舍的学长陈君的原版《斯丹达尔的作品》，还在里面划了不少红杠杠。许多年以后我才知道，那本砖头一样的大书的作者亨利·马尔蒂诺乃是法国的"贝学"和"红学"的一大权威，所以三十多年过去了，这本书竟还竖立在我的书架上，有时也到我的书桌上走走，只是那本《红与黑》跟了我多年后竟不知所之了。可以说，我无意中为翻译《红与黑》准备了三十年。

按说，在已有多个译本并且多有改善的情况下，再去增加一个，乃是一桩近乎发疯的举动。然而，事实上，对于一个喜欢《红与黑》并且可能已经在心里翻译过不止一遍的人来说，有人请他向读者贡献一部他心目中的《红与黑》，的确有"机不可失，失不再来"的感觉，其诱惑力是难以抗拒的。至于后来复译成了一股"热"，倒是当初没有料到的，否则，我若知道会有如此多的译家一展身手，我肯定会退避三舍，因为我实在不认为已经存在的译本必须被更新。不过，平心而论，复译成了热且有升无降，除了不可避免的市场的原因之外，还与翻译事业的进步、翻译观念的演变和翻译人才的成长等学科发展的内在规律有关。社会语言的演化，读者哲学趣味的改变，译者接受挑战的欲望，等等，都是促成这股热的因素，人为的干预不会有很大的效果。除了某些极不严肃的粗制滥造甚至或显或隐的抄袭应该受到批评或制裁之外，人们似乎不必斤斤于"后来居上"还是"后来未必居上"的争论，至于自己去排座次而又与别人排的不一致，于是就大动肝火，那就更不必了。以中国之大，译才之多，有特色的译本都有存在的权利，哪怕有"国优""省优"的区别亦未尝不可。

复译必然是继承、借鉴、突破或另辟蹊径的过程，因为后来者不大可能没有读过已经存在的译本，也很可能要参考一下旧译，以不掠前人之美。没有必要步步设防，故意与旧译不同。既不苟同，又不苟异，可也。当然，一下笔就句句或很多字句与旧译雷同，那就不必再译了，掷笔兴叹就是。所以判定旧译不能令人满意或者完全满意，乃是决心复译的前提。我不满于郝运先生的译本的，只是其文字过于质木，太少灵气，不够精练，时有拖沓之感，仅此而已，然而"仅此"已有悖于原作的风格了。就翻译而言，我仍然信服严复的"译事三难：信，达，雅"之说，只是我以文学性解"雅"，而文学性的第一要素乃是风格。以此观之，郝译的文字于"雅"字上或有不足。其实，郝译自有它的优点和特色，其他几位的本子亦复如此，包括受到不公正的攻击的闻家驷先生的本子。所以推倒重来、完全取代等现象在短时间内陆续出现的复译中是极少见的。再说，有数种选择，对读者来说也不是件坏事。

有人以为，原作的风格是不可传达的，译者不必为此多费脑筋，故译文若可以谈风格的话，那只不过是译者个人的风格或者随便给个风格罢了。此等议论殊不可解。风格是一种微妙而又模糊的东西，如果难以言传，至少是可以感觉到的。语言固然不同，但使用语言的人基本上是有同感同嗜的，否则操不同的语言的人之间就是不可交流的。幸亏事实上并非如此。故布封说："风格就是人本身。"中国古人说"文如其人"，莫泊桑说风格是一种"在其全部色彩和全部强度上表达一件事物的唯一的、绝对的方式"，等等。因此，原著的风格是存在的。当然，以一种语言传达另一种语言所传达的风格是困难的，也是不可能完全传达的，然而这并不意味着连部分地传达也是不可能的，更不意味着连传达的努力都不必做。其实，完全的翻译本身就是不可能的，然而人们仍在努力地进行着翻译；不少人都说"诗不可译"，然而仍有大量的诗被译过来译过去；就是认为"风格不可译"的人，其实也在努力地使译文的风格贴近他所译的原作。如果我们的确不能在原文和译文中像司空图那样分出二十四种风格，究竟还能分出姚鼐所说的"阳与刚之美"和"阴与柔之美"以及差强人意的多种色彩，当然这是需要译者多费脑筋的。所谓"风格不可译"和"诗不可译"，都是一种纯理论的命题，不能用来指导实践；而在实践中，倒是应该倒过来说："风格可译"，"诗可译"，但须多费脑筋。所谓"多费脑筋"，不是说要多皱眉头，冥思苦想，而是要反复阅读原作，对原作有准确的整体把握。对原作风格的体会，说到底是在理解的基础上的一种感觉，尤其是对原作语言的感觉，而这种感觉是可以用另一种语言传达的，至于传达到何种程度，那就因人而异了。毋庸讳言，再好的译者也不敢自诩完全地掌握了原作的风格，但是不要紧，他可以借助原作者本国人的研究成果，再辅以个人的随着阅读而逐渐清晰起来的印象，大体上确定其为豪放或婉约、阳刚或阴柔之类，译文循此方向努力，庶几可以传达其风格之一二。例如，我们不妨比较一下斯丹达尔和夏多布里昂。这两位作家的风格有明显的差别，而夏多布里昂尤为斯丹达尔所不喜，其文字风格可以说是一放一收，一明一暗，一浓一淡，一腴一瘠。有人将作家分为两类，一类是用眼睛读的，一类是用耳朵读的，斯丹达尔正是用眼睛读的作家的典型，而夏多布里昂则是用耳朵读的作家的代表。我们如果译夏多布里昂，不妨把译文拿来大声朗读，铿锵悦耳，气顺音高而能持久，就表明我们至少已经部分地传达出夏多布里昂的风格了。而对斯丹达尔，则恰恰相反，译文若是朗朗上口，能令人摇头晃脑，那就几乎可以说背离了他的风格了。阿兰说斯丹达尔的文字"拒绝唱歌"，此之谓也。风格的传达不在字句，在文章的总体效应和感觉，但必自字句始，通篇的大白话是难以传达典雅的风格的，反之亦然。

有一种意见认为，语言的发展是日趋大众化，作家之间的风格的距离日益缩短，风格会渐渐不成问题，故译者可以不必为此多费脑筋。日常语言或当如此，文学语言则大大不同。今日的作家，无论中外，有哪一位不把形成自己的独特的风格当成生死攸关的第一要务呢？翻译为什么偏偏要反其道而行呢？窃以为，今日复译《红与黑》，假使有可改善的话，首先就是风格，译文要尽可能地传达出原著的风格（包括文字的风格）。不求铢两悉称，但必须有传达的意图，有没有这种意图，结果会大大不同。

我译《红与黑》，的确是在风格的问题上费了些脑筋。风格（特别是文字的风格）是一位作家成熟的标志，就《红与黑》而论，译者首先要确认其文字是否有风格。这个问题其实历来有争议，当初就有不少人认为斯丹达尔根本不会写文章，自然谈不上风格，现代人大概很少有这样认为的了，不过，把文学翻译看作两种语言文化竞赛的译者实际上是置原作的风格于不顾的，也许他根本就认为原作没有风格，因为"独特性"只为一人所有，是不能竞赛的。我认为，《红与黑》的文字风格大体上可以用"简""枯"两个字加以概括。褒者可以称之为"简洁"与"枯涩"（这里的"枯涩"与"流畅"相对立，多为大作家所赏识，如波德莱尔、茅盾等）；贬者可以称之为"简单"与"枯燥"。无论是褒还是贬，总之是脱不了"简""枯"二字。以此为基础，还可以加上法国学者所说的"几何学的清晰""数学的精确""《民法》的冷静""明白如话""自然"等等。用阿兰的话说，是"他（斯丹达尔）喜欢平常的语言，然而这平常并非通俗"。其实，对于"简""枯"二字，斯丹达尔本人并不避讳，且每有自我批评之意。他在数年后重读《红与黑》的时候，写下了如下的感想："文笔过于涩，过于生。作者叙述的时候只想到思想。他缺乏让 - 雅克的《忏悔录》中的那种平缓的展开……多米尼克（斯丹达尔往往自称多米尼克——笔者注）对于一八三〇年的才智之士的那种夸张的长句所怀有的厌恶使他陷入涩、生、断、硬之中。"他还在一部自传性的作品中说："我竭尽全力写得枯瘦……""对于现代空话的厌恶使我陷入相反的缺点之中：《红与黑》的好几部分写得枯瘦。""夏多布里昂先生和萨尔旺迪先生的匀称、矫饰的句子使他写作《红与黑》的时候文笔过于不连贯。"他还在手稿上写道："《红与黑》的口吻是否过于严峻？"斯丹达尔的自评中说到种种"过于"，那是以当时盛行的浮夸文风为参照的，今日的读者未必作如是感，然而，今日的读者却因此理解了斯丹达尔对自家风格的坚定的信念，且看他说得何等斩截："我认为自一八〇二年起，德·夏多布里昂先生的漂亮文笔已变得可笑。我觉得这种文笔充斥着琐屑的虚假。"还有，他对巴尔扎克说："我只见一条规则：文笔不厌清澈、简单。"总而言之，斯丹达尔孜孜以求的是"完全自然"，他"不希望用矫揉造作的手段迷惑读者的心灵"，他认为"最好的风格是让人忘记其为风格，最清晰地让人看见它所表达的思想"，所以，他欣赏的是伏尔泰的"惊人的清晰"、孟德斯鸠的"凝练"和哲学家贝尔的"言简意赅"。上述有关《红与黑》的文字风格的议论，无论褒贬，我们是可以在阅读中体会到的，称之为"简""枯"也是站得住的。我在反复阅读之后，神差鬼使般地竟然想到了中国人论书法的一句话，这句话是"书到瘦硬方通神"。这就是说，我体会《红与黑》的文字风格乃是在朴素、平实的叙述中透出"瘦""硬"二字所蕴涵的神采，也可以说是"外枯中膏"。确认了《红与黑》的文字风格，剩下的就是如何尽量用中文传达出来，当然这"剩下的"其实是最大量、最艰巨的工作。不过，所谓"瘦""硬"，是就文本的总体感觉而言的，并不排斥个别语句、段落的轻灵、雍容甚至华丽。

基于对《红与黑》的风格的这种把握，我在动笔的时候，首先想到的是，严格控制形容词的使用，决不无缘无故地增加修饰语，因为现代汉语的形容词总嫌太多太滥，有时并没有增强或减弱的作用，不过是一些出于习惯的、毫无意义的陈词滥调罢了。例如，不必遇雪就称"皑皑"，遇马就称"骏"（顺便说一句，斯丹达尔认为，"不说马而说骏马，此为虚伪也"），遇大雨就称"滂沱"，遇小雨就称"霏霏"，遇到女人身上的物件就称"玉臂""酥胸""纤手""秀足"等等。第一章《小城》第二段有这样一句：

Les cimes brisées du Verra se couvrent de neige dès les premiers froids d'octobre.

brisées 译作"嶙峋"，既方便又现成，但不如径直译作"破碎"，既鲜明生动，又贴近原文；neige 则译作"雪"，连"白"都不要，遑论"皑皑"。原句是简洁的，现译作："十月乍寒，破碎的维拉峰顶便已盖满了雪。"不见一个废字，亦可称简洁。

其次，尽量避免使用成语或四字句。成语自然是汉语的特色，极富表现力，具有深厚的文化内涵，但用在文章里讲究巧妙和适当，用多了反而会给人一种陈腐感或不成熟感。用在译文里更要慎之又慎，否则会引起错误的乃至不伦不类的联想，实为翻译的大忌。至于把它当成点石成金的法宝，就更不可思议了。且看《红与黑》的第一句：

La petite ville de Verrières peut passer pour l'une des plus jolies de la Franche Comté.

斯丹达尔无意作惊人语，故起得自然平淡，有娓娓道来的风致。然而译家，特别是后来诸君，大概鲜有不想先声夺人的，故起得用力，一个"风光秀美"竟不解气，还要来个"山清水秀，小巧玲珑"，其实何如"漂亮"二字，既指"秀"又指"小"，以少少许胜多多许？故译作"维里埃算得弗朗什—孔泰最漂亮的小城之一"，具有简洁之美。又如最后一章有"les plus riches provinces de France"一语，译作"法国那些最富庶的省份"，平实而少枝节，倘若译为"锦绣河山"，则未免空洞，亦不准确，何况法国人并不以"锦绣"称河山之美，而且于连当时关心的只是"富庶"而已。成语是用了一个，却难说以四字胜了十字，优势安在？

第三，不应追求文句的抑扬顿挫或人为的光彩，否则会有雕琢感和虚假感。斯丹达尔的语言不是一种富于音乐性的语言，也不以繁复的长句著称，他尤其反对语言的夏多布里昂化（这里所用的 chateaubrianter 明显地具有双关的意义）。倘若"足尺加三"，可能念起来顺口，意思就难保不走样了。例如第一章写制钉的一段：

Ce travail, si rude en apparence, est un de ceux qui étonnent le plus le voyageur qui pénètre pour la première fois dans les montagnes qui séparent la France de l'Helvétie.

如果译作："这种粗活看来非常艰苦，头一回从瑞士翻山越岭到法国来的游客，见了不免大惊小怪。"初看不过是加了"非常艰苦"四字，细看则是语义尽失，弄巧成拙。这段话说的其实是，制钉这活儿只是看上去"粗笨"，操作起来并不艰苦，所以才由"水灵俏丽的姑娘"来干，而且转眼间小铁块就变成了钉子，在外来人眼中不失为一景（斯丹达尔尝来此地旅行，确称此种活计为 pittoresque），所以旅人才会"啧啧称奇"，我们仿佛听见他说："真有意思！"他可能有点"少见多怪"，但绝不"大惊小怪"，更不会像译者那样，把这种粗活判为"非常艰苦"，准备为劳动人民鸣冤叫屈了。再说"翻山越岭"，的确化静态为动态，然而却不见得好，因为山已翻过、岭已越过，可能是到了平原地带，而斯丹达尔明明说的是"法国和瑞士之间这片山区"，纵然翻山越岭，人还在山里转，不如径说"进入"，简而明矣。何况所谓旅人者，很可能就是斯丹达尔本人呢。光彩是少了些，但斯丹达尔本来就是反对 chateaubrianter 的。

第四，用语自然，如对人言，切不可雕琢，以至于凿痕累累。例如第十三章说到德·莱纳夫人偷情后的心情：

Elle se vit aussi heureuse dans dix ans qu'elle l'était en ce moment
. L'idée même de la vertu et de la fidélité jurée à M. de Rênal, qui l'avait
agitée quelques jours auparavant, se présenta en vain, on la renvoya
comme un hôte importun.

　　本来并不复杂的句子和并不深奥的意思，只因要进行语言竞赛而不得不雕
之琢之，竟被译得面目全非："她看到自己十年之后，还和现在一样幸福。对
德·雷纳先生发誓要忠贞不二的念头，几天以前还使她心潮起伏，现在却吹不
皱心头的春水，因为一波乍起，风就停了，好像一个不受欢迎的客人，一出
现就给打发走了一样。"已经发过的誓变成了将要发的誓，而且发誓人还"心
潮起伏"，仿佛激动得不能自已，心里藏着多深的感情似的，其实是她违背了
结婚时的誓言，几天前还心烦意乱，而今虽还记得，却已是不管不顾了。至于
什么"春水""波""风"之类，更是莫名其妙。再说，吹皱一池春水，干斯卿
何事？但是，译文也不可过于口语化。一听就懂的语言不是一种上乘的文学语
言，茅盾说："就一般情形而言，欢迎流利漂亮想也不用想一想的文字的，多
半是低级趣味的读者。换一句话说，即是鉴赏力比较薄弱的读者。"茅盾说得
对。再说，不可一般而论口语，有峨冠博带者的口语，有三家村学究的口语，
有引车卖浆者的口语，而斯丹达尔是个读万卷书走万里路的才智之士，他的口
语切不可俗。瓦莱里尝论斯丹达尔的作品的"口吻"，曰："不顾一切地尖锐；
才智之士写作如同说话，有甚至隐晦的影射，有空白、跳跃和离题；写起来
几乎就像是自言自语；取一种自由的、欢快的闲谈的姿态；有时竟是不加掩饰
的独白；时时处处逃避诗笔，且让人感觉到他在逃避，感觉到他躲过了特立独
行之句，这种句子因其节奏和长度而显得过于纯、过于美，成了斯丹达尔嘲弄
和憎恶的那种典雅文笔，他在其中只看见矫揉造作、装腔作势、不可告人的小
算盘。"我们若注意到《红与黑》是"献给少数幸福的人"的，可知瓦莱里所
言不虚。当然，瓦莱里也指出，斯丹达尔有时是为真诚而真诚，反让人觉得不
自然。所以译《红与黑》，文句切不可过于通俗，亦不可雕琢过甚。"使老妪能
解"，"寻章摘句老雕虫"，都不是斯丹达尔的态度。
　　第五，斯丹达尔虽然不以写人物对话著称，但是，不同的人在他的笔下仍
有口吻的区别，尤其是多人聚会时的谈话，他显然是用了力的，既见锋芒，又
见个性，可称精彩。所以，翻译对话时除不用过于俗白的词语外，仍要注意人
物特别是主要人物的身份、年龄和教养之不同。例如，《卷下》第四章《德·拉

莫尔府》、第八章《哪一种勋章诗人与众不同？》、第九章《舞会》、第十二章
《这是一个丹东吗？》、第二十二章《讨论》等，都应多下工夫，除展示说话人
的音容笑貌外，还可令读者一睹法国客厅谈话的风采，斯丹达尔本人乃是此中
高手。

　　第六，在一般地拒绝抒情化的语句的原则下，留意作者个人感情的流露，
因为斯丹达尔的冷静乃是一种内藏激情奔涌欲出的冷静，常会遏止不住而有所
流露。第二章里作者凭墙远眺，第十章里于连在山间行走，凝视翱翔的雄鹰，
第十二章于连在山洞里奋笔疾书，等等，或作者直书其"我"，或给主人公有
利于宣泄真情的环境，总之是融情入景，以景载情，抒情化的语句要求徐缓的
节奏和平稳的展开。请以上述第十章的那一段为例：

Julien debout sur son grand rocher regardait le ciel, embrassé par un
soleil d'août. Les cigales chantaient dans le champ au-dessus du rocher,
quand elles se taisaient tout était silence autour de lui. Il voyait à ses pieds
vingt lieues de pays. Quelque épervier parti des grandes roches au-dessus
de sa tête était aperçu par lui, de temps à autre, décrivant en silence ses
cercles immenses. L'oeil de Julien suivait machinalement l'oiseau de proie.
Ses mouvements tranquilles et puissants le frappaient, il enviait cette force,
il enviait cet isolement.

　　行文从容不迫，用词准确平实，正与环境的宁静相合，而雄鹰的出现与
动作表明这是一种蕴涵着力量的宁静，这正是主人公的心境的写照，故译文照
实写来，模仿原文的沉稳有力的节奏，而不求简洁，恐失力度。现录出，供检
验："于连站在那块巨大的悬岩上，凝视着被八月的太阳烤得冒火的天空。蝉
在悬岩下面的田野上鸣叫，当叫声停止的时候，周围一片寂静。方圆二十里的
地方展现在他的脚下，宛然在目。于连看见一只鹰从头顶上那些大块的岩石中
飞出，静静地盘旋，不时画出一个个巨大的圆圈。于连的眼睛不由自主地跟随
着这只猛禽。这只猛禽的动作安详宁静，浑厚有力，深深地打动了他，他羡慕
这种力量，他羡慕这种孤独。"译文避免了"骄阳似火"之类的套话，而以"烤"
字暗含其意；最后的两个分句，"他"字一定要重复，方显得有力量。

　　第七，斯丹达尔写作《红与黑》时，已经四十七岁，是一个饱经事功和感
情风霜的中年人，翻译《红与黑》时，遣词造句不可有年轻人的幼稚和火气，
又不能有老年人的圆滑和暮气，简言之，要于枯瘠中见膏腴，于沉静中见轻

灵，于凝炼中见活泼。斯丹达尔的现实主义被称为"主观现实主义"，他笔下的世界以主人公的视力为界，但每每有作者介入，或加以评论，或出出主意，其口吻是一个曾经沧海却又唯恐失态的才智之士的口吻。原作中有些词语反复出现，当有深意存焉，不可随意更换译法，如"la passion"，所见处，应一律以"激情"译之，少有例外，不能出之以"热情""热情奔放""意气风发"之类。

第八，袁宗道有言："夫时有古今，语言亦有古今。"故对于祖国语言的演化理应留意，但又应取谨慎警惕的态度。译《红与黑》，我们不能用时间上相去不远的《红楼梦》的语言，不能用差不多同时的桐城派的语言，也不能用时下的各种味儿的小说的语言，尤应避免当代的流行语或地域性的俏皮话羼入其中，只能使译文的语言在总体上保持在标准的当代书面文学语言的水平上，而且不排斥必要的欧化句子，使读者不致误会这是一位精通中文、尤其是古文功底深厚的洋人写的书。

以上种种想法当然不是"约法八章"，并未曾置之座右，时时省察，不敢稍懈；但也确实是在走笔疾书中时常想到的，不过事后稍作理董而已。八条既列，读后不觉汗颜，倘读者以此八条责我，我必不能朗声对曰："此斯丹达尔也！"然而我可以说，这是一个当代中国人心目中的斯丹达尔，而且他自以为知道斯丹达尔的音容笑貌，他遗憾的只是力有不逮，不能传达得惟妙惟肖。斯丹达尔写《红与黑》，乃信笔由之，辞达而已矣。译者翻译《红与黑》，则须自设藩篱，循迹而行。译完《红与黑》，唯一令我欣慰的是，我从旧译中卸掉了五万个汉字。

让·斯塔罗宾斯基尝论翻译："什么是翻译？翻译乃是让人接受，首先只是一只注意倾听的耳朵，然后利用我们的语言资源赋予这个声音以形体，使最初的音调的变化得以继续存在。任何真正完成了的翻译都建立起一种透明，创造一种能够传达先在的意义的新语言：……这样完成的作品乃是一种创造性的中介。"细按文意，实在是"信、达、雅"的另一种表述。所谓"透明"者，非风格而何？

（原收入许钧主编《文字·文学·文化》——《红与黑》汉译研究（增订本），
译林出版社，2011 年 1 月）

黄天源（1943—　），广西人。1967 年毕业于中山大学法语专业。广西民族大学外国语学院教授，兼任广西翻译协会会长，中国翻译协会理事。译有《猫鼬情怀》《我的野生动物朋友》《小王子》等。

文学翻译亦应重形似

　　人要注意自己的"形象"，即外表形貌，因为它能反映人的美丑和气质。演员更要注意形貌，演什么像什么，比如演名人，他的形貌就必须像名人，否则，演技再好，动作声音模仿得再像，观众也难以接受。"形"的重要，可见一斑。

　　文学作品的"形"也很重要。每一部作品都有自己的内容，也有反映这一内容的特定形式，没有这样的形式，就无法创造出独特的、感人的艺术形象。文学作品的形式也是作家所苦心经营的，它反映了作家和作品的风格。唯其如此，文学翻译必须尽可能保留原文的形式，力求形似，这样才能准确传达原作内容，忠实反映原作的风格，才能无愧于作者，也能使读者不懂原文却如读原文。

　　但是，在翻译实践中，有的译者强调了神似，却忽视形似，把形似当做陪衬，视为可有可无。这种做法是值得商榷的。

　　作为文学翻译的手段，重神似，入化境，无疑是正确的。然而，形似与神似并不是互相排斥的。在很多情况下，神似必须求助于形似，离开了形似，就会破坏原文的神韵。试想，如果我们不注意外语"武装到牙齿"的形式，将之译为"全副武装",还有什么韵味呢?读者也很难想象出一个身上背着刀枪,连牙齿也咬着一把刀的穷凶极恶的形象。形不存,神则失,这是毫无疑义的。

因此,文学翻译亦应重形似。

形似法是文学翻译的常用手法

虽然译家一再强调文学翻译"重神似不重形似",但是,我们不能忽视这样一个事实:形似法是文学翻译最常见的手法。这是因为,尽管外语与汉语的表达习惯、句式结构有差异,但是也有大量相同或近似之处。比如,外语和汉语句子都有主谓结构、主谓宾结构,甚至外语的复合句,也可以在汉语的复句中找到相对应的地方。这样,形似法的采用就是必然的、自然的、应该的。请看梅里美小说中的两个译例:

Un matin, madame de Piennes étant à sa toilette, un domestique vînt frapper discrètement à la porte du sanctuaire, et remit à mademoiselle Josephine une carte qu'un jeune homme venait d'apporter.

一天早上,德·皮埃纳夫人正在梳妆打扮,一个仆人来轻轻敲开她圣所的门,把一位青年刚刚送来的名片交给贴身女仆若瑟菲娜。

Lorsque le souper fut prêt et la compagnie à table, Federigo n'avait qu'un regret, c'est que son vin ne fut pas meilleur.

等到晚饭准备就绪,客人都入席以后,费德里哥只有一点感到美中不足,那就是他的酒还不够好。

(郑永慧译)

以上两个句子一个是并列句,一个是复合句,译文与原文形式都相似,内容也忠于原文。这样的例子俯拾皆是,不胜枚举。事实上,很多外文句子是可以在汉语中找到对应,完全能够做到形式相似的。在这种情况下,如果有人硬要舍形似而追求所谓神似,其结果只能是事倍功半,甚至使译文有悖原作精神,也歪曲原作内容,有例为证:

Le Dancaire et moi nous nous étions associés quelques camarades plus surs que les premiers, et nous nous occupons de contrebande, et aussi parfois, il faut bien l'avouer, nous arrêtions sur la grande route, mais à la dernière extrémité, et lorsque nous ne pouvons faire autrement.

这是梅里美小说《Carmen》(卡门)中的一句。一位译家是这样译的:

唐加儿和我又找了几个走私的弟兄合伙,有时,不瞒你说,也在大路上抢劫,但总得到了无可如何的关头才干一下。

译文除了随意删掉 plus surs que les premiers(比第一批更可靠)外,就是任意打破原文的表层结构,将文中叙述的两件事、两个场景重新组合,硬凑在一起,以为这样便"神似"了。殊不知,原文的形式不复存在,其内容也被歪曲了,"神"就更谈不上了。其实,这句话采用形似法直译出来就行。请看郑永慧先生的译文:

赌棍和我又招了几个比第一批更可靠的人入伙,我们多数做走私,有时,不瞒你说,也拦路打劫,但也是在万不得已,没有别的路好走的时候。

译文可以说是对原文亦步亦趋,字字照译,句句对等,形似得不再似了,但其效果最佳:忠实、传神。associer 一词译为"找"也过得去,郑译精雕细刻,改为"招"字,韵味浓得令人叫绝——《水浒》中处处可见的字眼也正是这个"招"字,绿林好汉的形象更加鲜明了。两种方法,两种结果,谁优谁劣,读者一目了然。

翻译不是创作,它必须照顾原文的句式结构、词语的使用,译者不能随意改动,任意删减、发挥,否则,翻译就变成创作了。有鉴于此,给形似法以足够的地位,就显得更重要了。著名翻译家郑永慧、杨绛等的译著十分注意运用形似法,他们的译本都有很高水平。即使是提出"重神似不重形似"的傅雷,其译文不少都与原文形似。

形似法是再现原作风格的需要

文学作品的风格,是作品的特性,是一部作品区别于另一部作品的特色。

作品的风格，固然表现在内容上，也表现在形式上，一定的句型、句内结构都能反映作品的风格。有的作品多用短句，其风格就简洁、明快，有的作品喜长句，这样的作品显得严密、庄重。即使一个倒装句、一个断裂句，也有其特定语气，表达不同的感情色彩。

既然形式直接影响作品的风格，翻译的时候，就应该在不歪曲原作内容、不破坏译入语语法、不违反其表达习惯的前提下，极力保留原作的句型、句内结构，甚至语序、标点符号也不轻易改变。比如：

Ce porte-monnaie, je ne l'ai pas trouvé !

有人丢了钱包，老师追问学生是否捡到。学生极力申辩，声言没有捡到。如果译为："我没有捡到那钱包！"意思虽然完全正确，原文的感情色彩却没有表达出来。作者之所以把宾语提前，无非是要加强语气。译者只要注意一下原文的"形'，一个鸣冤叫屈的小家伙的形象便跃然纸上：

那钱包，我可没有捡到啊！

再看另外一个例子：

Fuir devant les responsabilités ! Vous ne ferez pas cela, je vous le défends !

这是一句断裂句，作者将 defendre 的宾语 fuir devant les responsabilités 分裂出来，成为独立句，当然有其用意。有位译者却打破这一结构，将两句又合并起来，译成："我不允许你逃避责任，你不能这样干！"这样，原文急促的语气，带有揶揄、威胁的口吻便无法传达出来，其特有的韵味也荡然无存。如果采用形似法，将原文的词序、标点一一保留下来，译为："逃避责任！你不能这样干，我不允许你这样干。"不是更符合原作的风格，更神似吗？

修辞是文学创作的重要手段。作家通过比喻、暗示、拟人、借代等修辞方法创造出与众不同的艺术形象，也显示出自己的风格。翻译中，也应该尽量保留这些形式，以便再现原作风格。如果随意打破修辞形式，将其底蕴和盘托出，就会损害原文风格。比如，maison blanche, pentagone 已经成为众所周知的"美国政府""美国国防部"的借代词。如果不保留这种借代修辞形式，

不译为"白宫""五角大楼",而采用意译,原文的风格就无法反映出来。再看下面的例子:

… je le mène par le bout du nez, je le mènerai d'où il ne sortira jamais. (Mérimé)

译文1:我要他东,他不敢说西,我要把他带到一个他永远回不来的地方去。

译文2:我牵着他的鼻子走,我要把他带到他永远回不来的地方去。 (郑永慧译)

作者使用了"牵着鼻子走"的比喻,向读者提供了一个摆布别人的人的生动形象。这个比喻与汉语习惯完全不同。译文若保留这一形式,便能准确反映原文的风格。译文2这样做了,意思贴切,文字精当,忠实传达了原文韵味,可谓形神兼备。反之,译文1改变原文的外形,硬是意译为"我要他向东,他不敢说西",文字拖沓,形象被破坏,读起来兴味索然。有的作家采用迂回手法,一件事、一个动作,不是直说,而是使用人们可以明了的词句,如不说"他死了",而说"他到阴间去了"。这时候,译文也宜保留原文形式,以便让读者领略其中的幽默感。梅里美的短篇有一句:

Au bout de trente ans (Federigo en avait alors soixante-dix), la Mort entra chez lui, et l'avertit de mettre sa conscience en règle, parce que son heure était venue.

三十年后(费德里哥那时已经七十岁),死神走进他的屋子,通知他清理一下灵魂,因为他的死期已到。 (郑永慧译)

天主教徒临死之前要向神父忏悔,以便脱罪祈福。作者没有直接使用"忏悔"这个词,而用了 mettre sa conscience en règle。如果译为"忏悔",那么读者就无法了解原文的表达方式,译文也失去了韵味。郑永慧直译为"清理灵魂",为防中国读者不明其意,加上注释,十分得体。

形似不是死译

有人之所以视形似为异端，多与将形似和死译等同起来有关。因此，有必要说明一下，重形似不是提倡死译。当外、汉两种语言在句式结构、表达习惯、修辞相同或接近的情况下，或者为表达某种特定背景、某种地方及民族色彩的时候，译文需要尽量保留原文的形式。如果不顾译入语的语言习惯，不管三七二十一，逐字逐句按其原来结构顺序机械地翻译过来，那便是死译。死译也是我们要反对的。左拉的《Nais Micoulin》有这么一句：

Et le père Micoulin hocha la tête, s'en alla à pas de loup, en laissant les deux amoureux dormir.

有一位译者是这样译的：

米枯伦老爹摇头，并以狼也似的步伐离开，让两个爱人睡觉。

译文保留了 à pas de loup 的形式，译为"以狼也似的步伐"，但这不是形似法，而是死译，因为这不仅不符合汉语表达习惯，而且也违反 sans bruit（蹑手蹑脚、轻轻地）的原意。此句应译为：

米枯伦老爹摇摇头，轻轻地走开了，让那两个情人继续睡觉。

法语和汉语毕竟是两种不同语系的语言，存在着差别，例如在句法上，法语句子有结构复杂的复合句，通过关系代词连接各分句，并反映它们之间的逻辑关系。而汉语往往没有连接词，只注重前后意思的衔接。翻译的时候，必须对这类句子做适当处理，否则译文会佶屈赘牙，令人不知所云。请看例子：

Il se tut et parut concentrée dans une de ces jouissances infinies qui récompensent ces pauvres créatures de tous leurs chagrins passés de leurs malheurs et qui développent dans leur âme une poésie inconnue aux autres femmes, à qui ces violents contrastes manquent heureusement. (Balzac)

这是一句包含了若干从句的复合句，并不难理解，但如若机械照搬原文，译文会满纸荒唐：

> 她沉默了，好像集中在补偿了这些可怜虫过去一切悲伤和不幸，并且在心中引起别的幸亏没有过强烈对比的妇女体会不到的诗意的无限欢乐中。

死译的结果，译文叫人丈二和尚摸不着头脑。遇到这样结构复杂的句子，应该先将原文内涵融会于心，然后按汉语习惯调整句子，这样译文才能明白晓畅，流转自如，请看傅雷的译文：

> 她不出声，好像一心一意体味着无穷的快乐。对于这一类可怜虫，这种快乐等于把一切过去的悲伤和不幸都补偿了，在心中引起一股诗意，那是别的妇女体会不到的，因为他们运气好，不曾有过这种强烈的对比。

结束语

作为翻译方法，神似法和形似法不仅不矛盾，而且是统一的、相辅相成的。神似离不开形似，形似了才能神似，形似是为了神似。

重形似，就是要给形似以足够的重视，克服翻译方法上的片面性。神似和形似是译者的左右手，两只手各有分工，缺一不可。翻译过程中，应首先考虑原文的形式，尽量保留，力求形似，当形式和神韵两者不可兼得时，才采用神似法。只有这样，译文才能入化境。

（原载《广西民族学院学报》1989 年 4 期）

吴岳添（1944—　　　），江苏常州人。1967 年毕业于南京大学外文系法语专业，1981 年毕业于中国社会科学院研究生院外国文学系法国文学专业，获文学硕士学位。历任外文所科研处处长，南欧拉美文学研究室主任，研究员，博士生导师，中国法国文学研究会副会长、会长。著有专著《法国文学流派的变迁》《萨特传》等，文集《塞纳河畔》等。译作有《羊脂球》《夜航》《终极秘密》《幸福得如同上帝在法国》《社会学批评概论》等。

百年回顾

——法国小说在我国的译介和研究

　　法国文学在我国的译介和研究，至今已经有一个多世纪了。回顾这个曲折而漫长的过程，无疑有助于理解法国文学的意义和对我国读者的影响，进一步促进中法的文化交流。

　　法国文学的译介过程，从总体上来看，译介的基本上是法国小说，这是因为以下两方面的原因：

　　首先，在现当代的世界文学中，小说是文学中最主要的体裁。各国文学发展的共同规律，都是先有韵文，后有散文，这是由于韵文朗朗上口，便于歌唱和传诵的缘故。例如我国的《诗经》、西方的《荷马史诗》，都是古代最早的文学作品。韵文可以用于诗歌、戏剧，如我国的唐诗、宋词和元曲，西方的史诗、悲剧、喜剧和故事诗，法国的中世纪就是一个"诗歌的海洋"。小说是用散文写作的，因此出现较晚，我国直到明朝才繁荣起来。法国小说也是在其他体裁充分发展的基础上，从中世纪末期开始经历了一个不断发展和逐渐成熟的过程，终于在十九世纪达到了前所未有的高峰。但是小说出现虽晚却后来居上，拥有的读者最多，影响也最大，所以在二十世纪，无论从作品还是读者的数量来看，小说在各种文学体裁中都占有绝对的优势地位。

其次是译介本身始终以小说为重点。结果毋庸置疑，我国在译介法国文学的过程中，诗歌和戏剧是自始至终都包括在内的。例如我国从二十世纪二十年代起就对法国象征主义诗歌有许多介绍，诗人梁宗岱对法国后期象征主义大师瓦雷里还深有研究。解放初期，阿拉贡、艾吕雅等爱国诗人的作品被译成中文。到了当代，法国象征主义诗人保尔·克洛代尔（1868—1955）、著名诗人谢阁兰（1878—1919）和亨利·米修（1899—1985）等的作品都有译介，《死无葬身之地》等存在主义戏剧也在我国上演。然而无可讳言，它们只拥有少量的读者和观众。莫里哀的喜剧虽由李健吾先生译成中文，但是很少上演，存在主义戏剧和荒诞派戏剧在我国的上演更是凤毛麟角，而诗歌朗诵会等形式在我国也极不成熟。相比之下，小说是个人的阅读行为，用不着在剧院里观看或者集体朗诵，所以最为普及。正因为如此，在法国被首先认为是法兰西的民族诗人、其次是浪漫主义的戏剧家、最后才是小说家的雨果，在我国却首先被视为杰出小说家，这是由于他的诗歌即使译成中文也少有读者，而《悲惨世界》和《巴黎圣母院》等小说，却不但早就译成了中文，并且还脍炙人口的缘故。

早在戊戌变法时期，梁启超和严复等要求维新变法的知识分子积极介绍卢梭和孟德斯鸠等启蒙思想家的政论。随着我国近代资产阶级改良主义政治运动的兴起，法国文学、首先是小说也开始陆续译介过来，在传播西方的民主思想和法国现代文化方面起到了重要的作用。

林纾（1852—1924）是译介欧美小说的始作俑者，他是光绪举人，字琴南，曾任教于京师大学堂。他虽不通外文，但与口译者合作，用文言文翻译了一百七十多种欧美小说。一八九九年，他翻译了小仲马的《茶花女》，取名为《巴黎茶花女遗事》，由此开创了我国译介法国小说、同时也是译介法国文学的历史。一九一五年，他还翻译了孟德斯鸠的《鱼雁抉微》（即《波斯人信札》），以及巴尔扎克的短篇小说。他的翻译完全是意译，但是态度严肃、感情丰富、文笔流畅，而且"他并不一味崇洋，所译的一些名著，如《巴黎茶花女遗事》、《黑奴吁天录》等，都带有反对封建礼教、鼓吹反帝爱国、抨击社会黑暗，为国内改良主义政治服务的意味"[1]，所以他的译作风靡一时。不过他晚年思想趋

---

[1] 杨义、陈圣生《中国比较文学史纲》，台北业强出版社，1998年版，第395页。

于保守，他的翻译方法也引起了激烈的争论，乃至受到批判。

伍光建（1867—1943）被誉为译坛圣手，是与林纾和严复鼎足而立的翻译家，他的译作深受胡适和茅盾等人的赞赏。他是广东新会人，毕业于天津北洋水师学堂，留学于英国的格林尼治皇家海军学院，通晓数学、物理、天文等自然科学和欧美文学。回国后在北洋水师学堂、南洋公学等地任教，一九〇二年开始编撰自然科学教材，翻译欧美的理论著作和小说。

伍光建用白话文翻译了大仲马的《侠隐记》（即《三剑客》或《三个火枪手》）和《续侠隐记》（即《二十年后》），由茅盾校注，曾作为"新学制中学国语文科补充读本"，在当时影响极大，绝版半个多世纪后还被重印。他的白话文翻译独具特色，是忠实于原文的直译，因此与林纾相比是翻译史上的一大进步，只是对原作删节较多。他生前翻译出版了百余种欧美小说，包括雨果的《悲惨世界》和《海上的劳工》，身后还留下了三百万字的遗稿。

在五四运动以前，都德和莫泊桑的短篇小说也被译介过来，都德的名篇《最后一课》和《柏林之围》是胡适[1]翻译过来的。

从五四运动时期到二十年代，伏尔泰、卢梭、雨果、乔治·桑、福楼拜、都德、梅里美、莫泊桑、法朗士等著名作家的小说纷纷被译成中文，其中伏尔泰的小说主要有徐志摩[2]翻译的《赣第德》（即《老实人》）、陈钧[3]译的《坦白少年》（即《老实人》）、《查德熙传》（即《查第格》），傅雷翻译的《伏尔泰小说选》。陈钧的译作在一九三五年结集出版，名为《福禄特尔小说集》。在这一时期，法国小说的译介起步不久，小说家和小说的译名都比较杂乱，例如"雨果"被译成"预勾""嚣俄"，"乔治·桑"被译为"乔琪桑"，《魔沼》被译为《鬼池》，《包法利夫人》被译成《马丹波娃利》《波华荔夫人》等。

从三十到四十年代，在抗日战争和解放战争时期，许多法国小说家的作品都被译介过来，其中大多是现实主义小说家。例如斯丹达尔、巴尔扎克、福楼拜、左拉、莫泊桑、罗曼·罗兰等。这一时期译介法国小说的重任，主要是由从国外留学归来的学者教授来完成的。这些揭露和批判资本主义社会现实、要求实现人道主义的作品，对处于半封建半殖民地的中国人民是极大的精神鼓舞。这一时期的译者多为法国文学专家，译作的质量自然大有提高，其中成就最为杰出的是傅雷，以及李健吾、穆木天和毕修勺等。

---

[1] 胡适（1891—1962），字适之，安徽绩溪人。1910年赴美国留学，1917年回国后任北京大学教授，是新文化运动的著名人物。

[2] 徐志摩（1896—1931），浙江海宁人，新月派诗人。

[3] 陈钧（1900—1989），字汝衡，江苏江都人，教育家、诗人、翻译家。

　　傅雷（1908—1966），是上海人。他自费留学法国，回国后在上海美专等校任教，一九二七年开始翻译法国小说，主要有巴尔扎克的《高老头》等十三部小说，以及伏尔泰、梅里美和罗曼·罗兰的作品，后集结为《傅雷译文集》十五卷。他对译作要求极严，务求精益求精，而且还提出了重"神似"不重"形似"，加强译者的艺术修养等真知灼见，对后来译者很有影响。

　　李健吾（1900—1982），是山西安邑人，笔名刘西渭。一九三〇年毕业于清华大学，翌年赴法国留学，一九三三年回国，先后在国立暨南大学文学院和北京大学等校任教，至六十年代任中国社会科学院外文所研究员。除《莫里哀喜剧集》外，译有《包法利夫人》《司汤达小说集》。

　　穆木天（1900—1971），是吉林伊通人，曾参加创造社，一九二六年毕业于日本东京大学，回国后到中山大学、北京师范大学等校任教。译作有斯丹达尔的短篇小说，巴尔扎克的《欧贞尼·葛朗代》（即《欧也妮·葛朗台》）、《从妹贝德》（即《贝姨》）、《从兄蓬斯》（即《邦斯舅舅》）、《夏贝尔上校》（即《夏倍上校》）、《绝对之探求》及《幻灭》的前两部《二诗人》和《巴黎烟云》等。

　　毕修勺（1902—1992），一九二〇年赴法国勤工俭学，在雷诺汽车厂做工，同时在巴黎高等社会科学研究院学习。他决心把左拉的全部作品译成中文，为此付出了毕生的心血，直至去世。他翻译的《萌芽》《崩溃》和《劳动》等在抗日战争前后出版。新中国成立以后，由于人所共知的原因，他蒙冤二十五年，毕生的译作也只能尘封在阁楼里。除《劳动》经笔者校订由黄河文艺出版社于一九八五年重版以外，直到他去世后的一九九三年，才由山东文艺出版社出版了他的九部译作。

　　新中国成立前只有北平的中法大学、上海的震旦大学、南京的中央大学设有法语专业，因此法国文学研究的基础十分薄弱，几乎没有什么研究机构。从二十年代开始出版的几部法国文学史，都是作者单枪匹马的研究成果。限于当时的条件，这些文学史的内容都相当简略。其中以吴达元和夏炎德编著的较为全面。李健吾是研究法国文学的学者，除翻译以外还出版了《福楼拜评传》《司汤达研究》等著作。罗大冈等从法国留学归来的学者，介绍了一些当代法国文学的概况。除此之外，在法国文学的评论方面乏善可陈。

　　新中国成立初期，曾举行过几年拉伯雷、孟德斯鸠等世界文化名人的活动，报刊上关于法国文学的评论也多了起来，但是重译介而忽视研究的状况未曾改变，几乎没有出版过研究法国文学的专著。不过这一时期的法国小说的译介方面确实取得了可喜的成绩。大量的经典小说被翻译或重译，而且译本比较规范，通常都有译者的前言或后记，对小说家及其作品进行简要的评述。例如罗曼·罗兰的《约翰·克里斯朵夫》（傅雷译）、雨果的《悲惨世界》（李丹译）、《巴黎圣母院》（陈敬容译）、孟德斯鸠的《波斯人信札》（罗大冈译），以及巴尔扎克、莫泊桑等的许多小说。

一九五七年的"反右"运动之后，翻译界所能做的工作只是译介《拉法格文学论文选》等"进步文学"，仅有的一点研究工作也受到了"左"的影响。例如斯丹达尔的小说《红与黑》，它的全文是解放前夕由罗玉君翻译的，在一九六〇年因电影《红与黑》的上映而广为流传。《文学知识》和《大众电影》当年在全国开展了对《红与黑》的讨论和批判，把它视为一步"毒药多于蜜糖"的小说。又如罗曼·罗兰的《约翰·克里斯朵夫》，它在三十年代由傅雷译成中文后，在中国知识界影响很大。一九五八年，《读书月报》组织了对小说的讨论。从一九六一年到一九六三年，法国文学界批判罗曼·罗兰的"资产阶级个人主义和人道主义"，罗大冈先生作为研究罗曼·罗兰的权威学者，也在当时政治形势的影响下写了几篇评论，正如他自己所说的那样："这一阶段写的文章都是上级下达的任务，配合'反右'运动和反对'现代修正主义'，批判某些外国文学中的错误观点。"[1] 中国社会科学院外国文学研究所在一九六四年刚刚成立，研究人员就被下放劳动。一九六六年"文化大革命"开始后，一切文化活动都告夭折，傅雷甚至被迫害致死，法国小说的译介和研究从此中断了十多年之久。

十年动乱之后，随着改革开放时代的到来，法国小说的译介和研究进入了一个新时期。南京大学在一九七九年成立了外国文学研究所，武汉大学在一九八〇年成立了法国问题研究所，并且创办了期刊《法国研究》。民间学术团体法国文学研究会也于一九八二年成立，本着繁荣法国文学的研究和翻译，促进中法文学交流的宗旨，二十多年来先后召开了关于左拉、巴尔扎克、雨果和乔治·桑等小说家的学术讨论会，出版了不少研究法国小说的专著和资料，有力地推动了学界对法国小说的研究。

新时期里法国小说研究取得了不少成果，除柳鸣九编选的《新小说派研究》(1986) 外，专著有丁子春的《法国小说与思潮流派》(1991)、张容的《法国新小说派》(1992)、江伙生等的《法国小说论》(1994)、郑克鲁的《现代法国小说史》(1998)、史忠义的《20 世纪法国小说诗学》(2000) 和吴岳添的《法国小说发展史》(2004) 等。相关的著作有罗国祥的《20 世纪西方小说美学》(1991)、蹇昌槐的《欧洲小说史》(1995) 和《西方小说与文化帝国》(2004) 等。

---

[1] 《罗大冈学术论著自选集》导言，北京师范大学出版社，1991 年版。

报刊上发表的论文，大多是以卢梭、雨果、巴尔扎克、梅里美、福楼拜、莫泊桑、圣埃克苏佩里、罗伯-格里耶等的小说为对象，表明近年来小说始终是法国文学研究的重点。

关于小说家的专著有涂卫群的《普鲁斯特评传》（1999 年）和《从普鲁斯特出发》（2001），张唯嘉的《罗伯-格利耶新小说研究》（2002）等。翻译的著作则有吕西安·戈尔德曼的《论小说的社会学》（吴岳添译，1988）、米歇尔·雷蒙的《法国现代小说史》（徐知免、杨剑译，1995）、安德烈·莫洛亚的《普鲁斯特传》（徐和瑾译，1998）、钱善行主编的《小说的艺术》（1999）、亨利·特罗亚的《巴尔扎克传》（胡尧步译，2002）和雅克·里纳尔的《小说的政治阅读》（杨令飞、吴延晖译，2000）等。

法国小说的译介从二十世纪八十年代以来达到了空前的繁荣，原因首先在于十年动乱之后，广大读者渴望阅读外国的小说名著；其次是翻译受到多种因素的制约，包括语言的差异、时代的习俗和译者的风格等，因此随着社会的变迁，每隔若干年就需要有新的译本问世。正因为如此，出版界在新译的同时大量重版过去的译著，家喻户晓的名作更是如此，例如《红与黑》的版本竟多达二十个以上。与此同时，法国的畅销小说也得到了及时的翻译和介绍，例如米歇尔·乌勒贝克的《基本粒子》（罗国林译，2000）、贝纳尔·韦尔贝的《终极秘密》（吴岳添译，2002）等。

这一时期法国小说的译著名家辈出，主要有郝运（1925—   ），本名郝连栋，译有斯丹达尔、大仲马、法朗士、都德、左拉和莫泊桑的小说。郑永慧（1918—   ），翻译巴尔扎克、雨果、梅里美、大仲马、左拉、莫泊桑的长篇小说十五部。许渊冲除将中国大量诗歌翻译成法文之外，还翻译了《包法利夫人》《红与黑》和《约翰·克里斯朵夫》等名著，并著有《文学与翻译》（2003），提出了"文学翻译就是'美化的艺术'"等一整套翻译理论。李玉民（1939—   ），翻译的作品数量最多，共有雨果、巴尔扎克、大仲马、莫泊桑和纪德等的小说四十余部。新译的小说名著不胜枚举，例如罗曼·罗兰的《欣悦的灵魂》（罗大冈译，1980—1987）、马丁·杜加尔的《蒂博一家》（郑克鲁译，1986）和勒萨日的《吉尔·布拉斯》（杨绛译，1994）等。

由于翻译界力量的增强和外国文学出版事业的发展，迄今为止，仅完成的大型翻译工程就有《巴尔扎克全集》（三十卷），《傅雷译文集》（十五卷），《法国二十世纪文学丛书》（七十卷）、《追忆似水年华》（七卷）、《萨特文集》、《雨果文集》（二十卷本和十卷本）、《纪德文集》（三卷本和五卷本）、《莫泊桑小说全集》（十卷）、《杜拉斯文集》（十五卷）、《加缪全集》以及《凡尔纳选集》、《亚森·罗平探案全集》等。形形色色的小说选集，以及作家文集中包括的小说作品还不包括在内，而小说译作的单行本更是不计其数。在历届全国外国文学优秀图书评奖中，法国小说所获奖项在各文种获奖总数中始终名列榜首。

但是随着商品经济的发展，翻译兴旺的势头中也掩盖着译作质量下降的现象。法国小说的翻译不仅需要熟悉中法两种语言，而且要求译者具有广博的学识和丰富的经验。老一辈翻译家兢兢业业，学风严谨，但是大多已经作古，健在的也难以胜任繁重的工作。年轻的译者经验不足，在经济大潮的冲击下难免急功近利，另外文学翻译作为高级脑力劳动却报酬很少，远远比不上技术资料的翻译，而且无论什么译者稿酬都相差无几，因而导致优秀的译者退避三舍，出类拔萃的译作日渐难觅，而译作中的硬伤却屡见不鲜，这是目前法国小说翻译中需要予以足够重视的社会现象。

值得指出的是在二十一世纪之初，翻译界也出现了一个可喜的现象，就是对外国小说不再仅仅满足于翻译和介绍，而是要以中国学者的眼光来给予评价。人民文学出版社和全国外国文学学会各语种分会联合成立的"二十一世纪年度最佳外国小说"评选活动，就是这方面的突出标志。

法国文学研究会评选的最佳小说，二〇〇一年度是彼埃蕾特·弗朗狄奥的《要短句，亲爱的》，它以作者自述的形式，讲述了她的母亲逐渐衰老直至死亡的过程，是对老年人的心态、对两代人之间的代沟以及死亡等问题的思考。二〇〇二年度是马尔克·杜甘的《幸福得如同上帝在法国》，它以一个普通人的眼光来看待第二次世界大战，从人道主义的角度反映了战争的荒诞和残酷。二〇〇三年度是帕特里克·莫迪亚诺的《夜半装车》，它以作者一贯采用的时空倒错和回忆等手法，反映了青年一代对人生价值的疑问和迷惘。

二〇〇四年，我们迎来了有史以来的第一次中法文化年，这个千载难逢的机遇无疑对法国小说的译介和研究是有力的促进，相信法国小说的译介和中法文化交流的伟大事业在新的世纪里一定会得到长足的发展。

（原载《北京化工大学学报》2005 年 1 期）

罗芃（1945—   ），河北深县人。1968 年毕业于南京大学外文系本科，1981 年在北京大学西语系获文学硕士学位。现任北京大学西方语言文学系教授、外国语学院学术委员会主任。1989 年荣获第三届彩虹翻译奖（鲁迅文学奖全国优秀文学翻译奖的前身）。合著、选编有《法国文化史》《狄德罗精选集》等。主要译著有巴尔扎克、司汤达等作家的作品和《美学纲要》《浪漫的谎言和小说的真实》等理论著作。

"信"与文体

　　郭宏安先生的译文集最近由广西师范大学出版社出版，引起翻译界的关注。译文集收录了郭宏安先生的部分译作，既有古典名著，如斯丹达尔的《红与黑》和夏朵布里安的《墓中回忆录》，也有二十世纪优秀作品，如龚古尔奖获得者居尔蒂斯的《夜森林》；既有小说，也有散文、诗歌、戏剧，如三十位作家的随笔集《海之美》、波德莱尔的《恶之花》、大剧作家阿努依的名剧《安提戈涅》和儒勒·罗曼的名剧《克诺克》。翻阅这套译文集，有如漫步在法国文学殿堂的一角，虽不见全貌，但是美的享受已经让人回肠荡气，并由此想象到整个殿堂的宏丽。作为一部选集，自然必须有所割舍，译者还有一些重要译品未收入，这在情理之中，但是译者的重要理论译著如《波德莱尔美学论文集》《批评意识》等，均未予收入，虽然说无论在译者方面和出版社方面，都肯定有其理由，然而对从事翻译和外国文学研究的人来说，却是个遗憾。

　　目前我国的翻译队伍已经成为一个大军团，每进书肆，总见新出版的译著林林总总，令人目不暇接。译者们用力之勤，可见一斑。如此庞大的队伍，译者的素质自然良莠各异，译品质量也自然参差不齐，这些本来是不待言说的。有不少人对劣质译品愤慨不已，愤慨之余，便不免有过激之言，以为译风日下，今不如昔，动辄怀念某个所谓的"黄金时代"。其实，君不见三百六十行，行行有伪劣，行行有三F（浮躁、浮浅、浮夸）风，岂是翻译界所独有？说这些话，并非为译界的歪风正名，亦非为劣质译品开脱，只是想说，大江滚滚，不免鱼龙混杂，泥沙俱下，何况在以钱为通货的商品大潮之中？既然如此，我们的目光，便万不要被道德愤怒弄模糊了。以翻译而言，平心而论，精品并不在少数，窃以为斥责劣品固然有必要，然则多留意于精品，欣赏之，把玩之，评点之，自己乐融融，还有利于提高大家的情致与欣赏力，岂不更有意义？

毫无疑问，精品不会出自三F之手，而只能出自那些沉得住气，静得下心，潜心"爬格子"（或者敲键盘），不急于求成，对原文作者，对读者，对自己都负责，把翻译作为事业认真来做的人。倘若都市喧嚣声，声声入耳，市场忧烦事，事事关心，恐怕就难以有作为了。法国诗人戈蒂耶的两句诗，"任风雨抽打我的窗户，我写我的《珐琅与雕玉》"，曾被当作唯美主义的口号加以评判，不过，这种心无旁骛的精神，却也自有其可贵之处。我与郭宏安先生接触，感觉到他正是一个心里有定力的人，作为外国文学研究和翻译工作者，应该怎么做，他有一定之规，决不随波逐流，也从不心猿意马，踏踏实实做去，点点滴滴积累，而且"始知驾鹤乘云外，别有逍遥地上仙"，既有神游文学宝境的享受，又有脚踏实地的快乐。这是一种心态。他多年来在翻译这块土地上辛勤耕耘，译作丰富而且质量上乘，其成就很大程度上得益于这种心态。

一部译品，质量优劣，取决于多方面的因素，其中对原著文体的把握与转达是一个重要环节。常说翻译要做到信，这似乎是基本要求，然而深谙翻译甘苦的人都知道，真正做到信，实在并不容易啊。信，首先是语义的正确传递，把原文语言的意义信息准确地在译文语言中表达出来，就是所谓形似吧，然而信是否也可以理解得更宽泛些呢，比如说作品文体的正确传递，也可以说是一种信吧？阅读文学作品，诗歌姑且不谈，就是叙事作品如小说，我们之所以得到美感享受，也绝不仅仅因为故事吸引人，人物有魅力，结构有特点等等，语言本身，例如文体风格，显然也起着大作用。同一个作品拿过来，对作者知之甚少乃至一无所知就开译的译者讨论文体犹如对牛弹琴，但是对一个负责任的译者来说，文体问题是他不能不郑重对待的。也就是说，他不会满足于形似，还有更高层次的追求——神似，而文体的转达，虽然不是神似的全部，但是与神似相关大概是没有疑问的。

　　郭宏安先生是个讲究文体的人，他自己写作就是如此，无论是写评论还是写散文，都有自己的风格。在翻译上，他在文体层面下的功夫也是显而易见的。比较一下《红与黑》和《墓中回忆录》这两个译文，对于这一点可以获得深刻印象。《红与黑》的作者斯丹达尔和《墓中回忆录》的作者夏朵布里安都是文体特点突出的法国作家。夏朵布里安是法国浪漫主义先驱，他的作品文字恣肆，色彩浓重，感情充溢，有时甚至不免有滥情之嫌。斯丹达尔虽然也曾是浪漫主义运动的猛将，但是他对文学有独到的理解，他的《红与黑》，人物如于连、玛蒂尔德，都带有浪漫主义的痕迹，但是他的语言风格却与浪漫主义有很大距离。他的语言简约收敛，不铺陈，少夸饰，常常是点到为止，显得比较含蓄。郭宏安先生的译本，把这两个作家的文体风格都反映了出来，让中国读者通过译本，感觉到他们的语言特点，这是很令人钦佩的。试想，如果用单一的文体去翻译这样两部文体风格迥异的作品，虽然每句话在意义传递上都没有问题，这能说是信么？大画家顾恺之谈人物描绘说："手挥五弦易，目送归鸿难。""目送归鸿难"是因为"情发于目"，难以表现。用这两句话来看翻译，可不可以说，传递原文文本包含的一般语义信息，好比表现"手挥五弦"，而传递原文的文体风格，好比表现"目送归鸿"，里面包含着更深层次的"情"，传达到译文语言中来，难度很大。但是知难而退，索性不传达，不论作者是张三李四，以不变应万变，千篇一律是译者自己的"言语"，方便则方便矣，可是翻译过程中丧失的东西岂不太多？

　　文体的传达，牵涉到翻译理论中的一些基本问题，我对翻译理论素无研究，不敢妄谈。不过，我直觉地感到，虽然在两种语言之间，文体的比照很复杂，文体的传达更不可能绝对到位，既会有遗失，也会有变异，何况还必须照顾当下读者的阅读与欣赏习惯。但是，对文体的总体把握，或者再退一步说，对文体较为粗线条的定位，比如语言是雅还是俗，是直还是曲，是华丽还是质朴，是铺张还是简约，是浓密还是疏淡，等等，这种区别在各种语言中都是存在的，也是可以通过译文传达出来的。在这方面，理论的研究与讨论固然不可少，实践却更为重要，而郭宏安先生的译文集就给我们提供了一个范例。

（原载《中华读书报》2003 年 3 月 26 日）

佘协斌（1946—　　），湖南桃源人，教授。曾任中国译协翻译理论与教学委员会委员，中国法国文学研究会和中国比较文学学会翻译研究会理事等职。发表多篇有关翻译理论、法国文学及教育教学改革的论文。译有（包括合作）《毒蛇在握》《贝洛童话》《漂亮朋友》及凡尔纳科幻小说等。主编有《雨果抒情散文选》。

澄清文学翻译和翻译文学中的几个概念

　　关于翻译，包括文学翻译，学术界已谈得很多了。但是对与此有关的某些问题，比如，巴尔扎克的名著 *Le Père Goriot* 经傅雷翻译成为中文本《高老头》后，是仍然属于法国文学，还是属于中国文学？文学翻译与翻译文学是同一个概念的两种说法吗？翻译文学与民族（国别）文学、外国文学、世界文学、比较文学之间究竟是何关系？等等，似乎还未在学术界展开充分的讨论，因而还存在某些似是而非的模糊认识，包括笔者本人亦如是。最近得暇看了一些书，查了一些资料，思考了一些问题，逐步澄清了一些概念，现在写出来，权作一份读书报告，就教于各位师友同仁。

1. 文学翻译与非文学翻译的主要区别

　　文学翻译与非文学翻译的主要区别在于：二者所属范畴不同，前者属于艺术范畴，因为翻译的客体是文学艺术作品；后者属于非艺术范畴，因为翻译的客体属于自然科学或社会科学著作，如数学、化学、物理学、哲学、经济学著作。既然所属范畴不同，二者传达的内容也必然不同：非文学翻译的主要任务是传达原作中的理论、观点、学说、定理、思想、事实、数据等基本信息，我们可以把这些信息看作是一个具有相对的界限也相对稳定的"变量"；文学翻译则除了传达原作的故事情节等基本信息外，还要传达原作的艺术审美信息，而这却是一个相对无限且难以捉摸的"变量"[1]。谢天振先生曾举李清照的一首《如梦令》为例："昨夜雨疏风骤……却道海棠依旧。知否？知否？应是绿肥红瘦。"如果翻译时只传达其基本信息："昨天晚上雨很大，风很大，把室外的海棠花吹打掉不少，但叶子倒长大了"，而不相应地传达原作中的艺术审美信息，则无法给读者一种美的享受，这样的译品也就失去了原作的美学价值，没有完成文学翻译的真正任务。再举一个罗新璋曾举过的例子，巴尔扎克的《邦斯舅舅》中有这样一段话：

Il est temps que ce qui a servi au vice soit aux mains de la vertu ! ... car il est, malheureusement, de la nature humaine de faire plus pour une Pompadour que pour une vertueuse reine ! – It is high time that having served Vice should now be in the hands of Virtue! For unfortunately human nature is so constituted that it does more for a Madame de Pompadour than for a virtuous queen.

早期一位翻译家顺着原文，字真句确地直译为：

现在是到了时候了，曾经是侍奉恶德的这种东西，要到了德行的手里了！……

因为，不幸地，在人间的天性里，是愿意多为一个庞巴杜尔尽力，而不愿意多为一位有德行的王妃尽力的。

傅雷则译为：

宠姬荡妇之物，早该入于大贤大德之手了……可叹古往今来，大家只为蓬巴杜夫人一流的女人卖力，而忘了足为懿范的母后！

---

[1] 谢天振：《译介学》第 225 页，上海外语教育出版社，1999 年。

前一种译文虽说也传达了原文的字面意义，却毫无美感与文学性，不能称为真正的文学翻译。傅译则能"把原作的艺术意境传达出来，使读者在读译文的时候能够像读原作时一样得到启发、感动和美的感受"[1]。而之所以如此，是因为傅雷用的是一种艺术语言，一种具有美学功能的艺术语言，而非前一种纯粹解释性的语言；是因为他在透彻理解原文的基础上进行了再创造性的艺术加工，而非像前一种译文只是机械地在字词句式上追求与原文对等。故此，我们可以把文学翻译简单地定义为艺术创造性翻译，非文学翻译则为"信息传递性翻译"。

2. 文学翻译与翻译文学的异同

文学翻译与翻译文学是两个关系密切但并不相同的概念，常易混为一谈。相同点是二者都与文学及翻译有关，都涉及原作者与译者；不同点是二者的定义与性质各异：文学翻译定性于原作的性质，即外国（或古代、少数民族）文学作品的翻译，与之相对照的是科学（自然科学与社会科学）作品的翻译。翻译文学则是文学的一种存在形式，定性于译品的质量、水平与影响。举例说，将法国作家 Balzac 用法文创作的小说 *Le Père Goriot* 用中文再创作即翻译出来，称为文学翻译；经傅雷用中文翻译而成的译品《高老头》，则已成为翻译文学作品，属于中国文学的一部分。文学翻译强调的是再现、再创原作的文学品质、文学性及美学价值，从而使外国文学作品成为我国的翻译文学作品，其意义与价值有时并不下于创作，甚至可以与原作媲美而同时并存。

关于文学翻译的性质及译者主体意识（亦即创造性），罗新璋先生有一段精辟的论述，现引述如下：

"文学翻译固然是翻译，但不应忘记文学。文学，从本质上说，是一种艺术；文学翻译，自然也该是一种艺术实践。文学语言，不仅具有语义信息传达功能，更具有审美价值创造功能。唐朝贾公彦云：'译即易'，而从文学翻译角度也可说：'译'者，'艺'也。""正如生活与作品之间存在作家这一中介，原著与译作之间，也有译者这一中介在焉。作家运思命笔，自应充分发挥主体的

---

[1] 茅盾：《为发展文学翻译事业和提高翻译质量而奋斗》，载《翻译研究论文集》(1949—1983)，外语教学与研究出版社，1984年，第10页。

创造力量，译者在翻译时难道就不需要扬起创造的风帆？须知译本的优劣，关键在于译者，在于译者的译才，在于译者的译才是否得到充分施展。重在传神，则要求译者能入乎其内，出乎其外，神明英发，达意尽蕴。翻译理论中，抹杀译者主体性论调应少唱，倒不妨多多研究如何拓展译者的创造天地，于局限中掌握自由。大凡一部成功的译作，往往是翻译家翻译才能得到辉煌发挥的结果。泯灭译者的创造生机，只能导致译作艺术生命的枯竭。今后的翻译理论里，自应有译者一席之地！"[1]

3. 翻译文学与外国文学的关系

这是一个有争议的问题。如果有人问："《高老头》属哪国文学作品？"回答很可能是："当然属法国文学作品，因为作者是法国人巴尔扎克。"这个例子表明，很多人认为翻译文学就是外国文学，将二者完全等同起来了。其实，这是一种似是而非的错误认识。因为中文本《高老头》的作者是译者傅雷（或别的译者），而并非不懂中文写作的法国作家巴尔扎克。既然译品的作者是中国人，自然也就不能再说是法国文学了。因为这时的中译本《高老头》已经是原著 *Le Père Goriot* 的另一种存在形式，它已经赋予原作以新的艺术生命，使原作以一种新的姿态和新的语言，面对新的读者群和另一个新的"文化圈"。这个读者群是只懂中文而不懂法文的读者群，这个新文化圈是一个与原作所在的文化圈相异甚至完全不同的"汉文化圈"，其文化传统、审美趣味和文学欣赏习惯均具有自己固有的特点[2]。

当然，翻译文学与外国文学有着密不可分的关系，具体说来，后者是前者的依据，前者是后者的变体，二者均具有独立存在的文学价值。原作与译作不仅在语言文字形式方面存在根本差异，就是在思想内容、表达方式上，也因为中外语言与文化的固有差异而有所变异。译者的"创造性叛逆"，常常会使译作相对原作而言有所失落、增添、借位、变形[3]。因此，无论怎样优秀的翻译文学作品都无法完全等同于原作。

据此分析，翻译文学与外国文学的关系，实际上是译作与原作的关系：原作属于外国文学，译作属于翻译文学。说得具体一点，翻译文学作品乃是基于

[1]　罗新璋：《"似"与"等"》，载《世界文学》，1990 年第 2 期。

[2]　谢天振：《译介学》第 213 页，上海外语教育出版社，1999 年。

[3]　同上，第 130—173 页。

已有作品（即原著）而产生的一种演绎作品，或曰派生作品，是从属于原著而又不同于原著的一种新作品。

4. 翻译文学与民族文学的关系

承认翻译文学是文学作品的一种独立存在的形式，又如前所述它不再属于外国文学范畴，那么不言而喻，它就应该属于民族文学或国别文学范畴。比如傅雷翻译的法国小说，朱生豪翻译的英国莎士比亚的戏剧，都应属于中国文学的一部分。众所周知，文学作品的存在形式呈多样性，以中国文学为例，我们可列表如下：

中国文学	口头文学形式	歌谣	这些文学作品制作的方式可分为	
		传说		
		说唱		
	书面文学形式	小说		1. 创作，由作家完成。
		诗歌		
		戏剧		2. 改编，由改编者完成。如根据本国小说《红楼梦》改编成电影、戏剧；根据俄国小说《复活》改编成话剧。
		散文		
	声像文学形式	电影		3. 翻译，由译者完成。
		电视剧		
		广播剧		

从上表中不难看出，文学作品的存在形式不拘一格，但其制作方式无外乎创作、翻译及改编等。其中创作时从无到有，改编大多是原作（这个原作可能是本国作品也可能是外国作品）文学样式的变换，翻译则主要是语言文字的变换。无论是改编还是翻译，其最后成果均是与原作面貌相异的文学作品，均具有独立存在的文学价值，都应该得到社会及文学艺术界的承认。其改编者、译

者的劳动和地位都应予以充分肯定与尊重。但现实情况并非如此。比如，新中国成立后编写的中国现代文学史著作，对于翻译文学竟无只字片语。主张"翻译与创作并重"的鲁迅，译作占了其全部作品的一半，但在现代文学史中也几乎无人谈及。在这一点上，可以说是发生了某种历史的退步。因为二十世纪三十至四十年代出版的几部现代文学史性质的著作，如《中国近代文学之变迁》（1929，陈子展著）、《中国新文学运动史》（1933，王哲甫著）、《中国小说史》（1939，郭箴一著）、《晚清文学史》（1935，阿英著），都曾辟专章专节描述讨论了翻译文学的发展情况及其影响。令人奇怪的是，在此后长达约五十年的时间里，"翻译文学"这个名词却几乎销声匿迹了 [1]。直到一九八九年，由陈玉刚主编的《中国翻译文学史稿》公开出版后，才旗帜鲜明地重申："翻译文学是世界文学的重要组成部分。我国的翻译文学是我国绚丽多彩的文学园地里一枝独具芬芳的鲜花。" [2] 翌年，即一九九〇年，由施蛰存主编的《中国近代文学大系》中的《翻译文学集》（共三卷）由上海书店出版，辑录了一八四〇至一九一九年间出现的翻译文学作品，是一部弥足珍贵的文学资料。但令人不解的是，在该书导言的附记中，仍有这样的话："最初有人怀疑：翻译作品也是中国近代文学吗？当然不是。" [3] 可见翻译文学是否是本民族文学的问题仍有进一步深入讨论的必要。在这个问题上，学术界尚未达成广泛的共识，甚至互持完全对立的观点。如贾植芳先生认为："中国现代文学的历史，除理论批评外，就作家作品而言，应由诗歌、散文、小说、戏剧和翻译文学五个单元组成。"而王树荣先生却撰文质问："汉译外国作品是'中国文学'吗？"他对贾植芳先生的提法"总感到有点稀奇：翻译文学怎么也是中国文学的'作家作品'呢？难道英国的戏剧、法国的小说、希腊的戏剧、日本的俳句，一经中国人（或外国人）之手译成汉文，就加入了中国籍，成了'中国文学'？" [4] 之所以存在这种截然相反的认识，主要是因为对翻译文学的定义、性质以及它是怎样丰富民族文学的文艺思想、艺术形式和文学语言，对民族文学的发展有何影响与促进作用等问题，缺乏深入研究所造成的。由于缺乏深入研究及令人信服的例证，人们往往从表面上得出翻译文学即外国文学的结论。直到去年，才有一位学者运用比较文学的方法，将翻译文学置于跨文化的文学交流、文学关系、文学影响的广阔领域中加以深入研讨，从而使翻译文学本身的性质和独立价值清晰地

---

[1] 在此期间，既无翻译文学性质的著作出版，绝大多数文学词典中亦无"翻译文学"的词条。

[2] 陈玉刚：《中国翻译文学史稿》编后记，中国对外翻译出版公司，1989 年。

[3] 施蛰存：《中国近代文学大系》，《翻译文学集 1》导言附记第 27 页，上海书店，1990。

[4] 谢天振：《译介学》，上海外语教育出版社，1999 年，第 222 页。

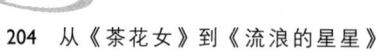

显示出来了。

5. 翻译文学与比较文学的关系

上面所提到的学者就是上海外国语大学的谢天振教授,他的研究成果就是一九九九年由上海外语教育出版社出版的《译介学》。在我国学术界,译介学还是一个相当陌生的术语,人们往往把它与一般意义上的翻译理论与技巧研究混为一谈。实际上,译介学是从比较文学的角度出发对翻译(尤其是文学翻译)和翻译文学进行的研究,"严格而言,译介学的研究不是一种语言研究,而是一种文学研究或者文化研究,它关心的不是语言层面上出发语与目的语之间如何转换的问题,它关心的是原文在这种外语和本族语转换过程中信息的失落、变形、增添、扩伸等问题,它关心的是翻译(主要是文学翻译)作为人类一种跨文化交流的实践活动所具有的独特价值和意义"[1]。由此可见,翻译文学是译介学的一项重要研究内容,而译介学又属于比较文学的一个重要分支。

如前所述,长期以来,人们往往把文学翻译和翻译文学混为一谈,把翻译文学与外国文学混为一谈,它们之间究竟有何异同与联系,很少有人去深究,从而造成很多基本概念上的模糊或错误认识。谢天振先生的《译介学》正好填补了这方面的空白。笔者认为,他的这部著作的主要贡献是:以大量丰富的实例和一定的理论高度,对翻译文学的性质、定义、作用及归宿进行了深入的分析与评述,令人信服地证明了翻译文学是中国文学的一部分,提出了如何编写一部符合实际情况的翻译文学史的主张。此外,他还提出了文学翻译的"创造性叛逆"这一独到的见解,认为文学翻译中的错译、失落及扩伸等并非译者的无能与无奈,而是跨文化交际中的一种正常的现象,正是译者根据不同文化的差异而作出的创造性叛逆,得以使原作新生,在与原作不同的另一个文化圈中广泛流传。作者的这些重要论述与论断,值得我们进一步深入研究与探讨。本文作为一篇读后感,算是对作者的一种响应吧。

(原载《外语与外语教学》2001 年 2 期)

---

[1] 谢天振:《译介学》,上海外语教育出版社,1999 年,第 1 页。

许钧（1954—　　　）浙江龙游人。1975 年毕业于解放军南京外国语学院。现任南京大学研究生院常务副院长、教授、博士生导师，教育部长江学者特聘教授，兼任南京大学学术委员会副主任、国务院学位委员会外国语言文学学科评议组召集人、中国翻译协会常务副会长。发表文学与翻译研究论文 200 余篇，著作 7 部，翻译出版法国文学与社科名著 30 余部，主要有《追忆似水年华》（卷四）《不能承受的生命之轻》《诉讼笔录》《桤木王》《海上劳工》《贝姨》《邦斯舅舅》等。

文学翻译再创造的度

　　文学翻译除了具有翻译活动的一般特性之外，还有其特殊的性质，这就是它的再创作或再创造性，亦即它的艺术性。由此而产生"文学翻译是艺术活动"，"文学翻译等于创作"，等等说法；但是，文学翻译再创造的依据是什么？它有怎样的限度？如何发挥创造力而又不偏离原作？

一

　　大凡艺术的东西，都是以其独特的个性显示其生命力的。一部文学作品要以其魅力打动读者的心，势必要在追求思想的新颖、表达的独特等方面下功夫。文学翻译活动的再创造的性质正是基于文学作品的这种独特个性。它给文学翻译提出了明确的要求：就翻译目的而言，要求再现原作的独特的艺术效果；就翻译手段而言，要求反映原作特有的表现风格。我们知道，文学作为一门语言的艺术，是以语言的表现显示其价值的，不同的作者为表达一定的思想或感情，都是从语言所提供的不同素材，不同表达手段中加以创造性的选择，注入其深刻的个性。然而，不同语言的音、形、义的结合及其结构特征存在着事实上的差异，这种差异性正是翻译存在的理由所在。这样一来，文学翻译肩负着似乎矛盾的特殊使命。既要克服差异，又要表现差异。正是这种矛盾的存在，给译者的创造力提供了用武之地。

我们知道，不同语言中共有的或具有共性的东西之间的转换具有不言而喻的可行性，但是，要将以差异为特征的个性化的东西进行相互转换，存在着极大的局限性。这不仅仅因为不同的语言系统本身具有排它的性质，如汉语中就难以接受法语中那种从句套从句的多层次长句。正因为在进行这种独特的东西的交换时，往往缺少等价值参照物，译者对出发语和目的语这两者很难做到不偏不倚，态度公正地进行"互通有无"，也正因为如此，译者仿佛注定要担当"叛逆"的角色。于是，文学翻译不可避免地陷入进退维谷的境地；尽可能采取最可行的，亦即双方最容易接受的手段维持两者的平衡，在"妥协"中求生存。任何不慎的举动都会有损于这种平衡，"文学翻译踩钢丝"的形象说法充分说明了这种"妥协"的艺术的惟妙与艰辛。据此，是否可以这样说，文学翻译在很大程度上是不可为而为之，也正是因为这种不可为而为之的事实存在才需要译者的创造力：具有共性的东西的转换无所谓创造，而要使个性化的东西被对方所接受，且又不损伤其价值，就不能不设法探索各种可行的手段，进行积极的交换。这种交换本身就是一种艺术，一种创造。正因为如此，一部文学作品个性愈鲜明，其文学价值便愈高，而文学价值愈高，传达的局限性就愈大，也越需要译者创造。西方现代小说开拓者普鲁斯特的《追忆似水年华》就是一部个性鲜明、匠心独具的巨作，书中那长达数十行的意识流"连环句"，那声、色、味一应跃然纸上的描述，那妙趣横生的隐喻、双关，或近于戏谑的文字游戏，还有那视情景需要或细腻、或粗犷、或高雅、或粗俗的生花妙笔，给译者的创造力提供了广阔的天地，但也无不在表明翻译的限度。就说普氏笔下的长句吧，有的一句竟拥有二百二十二个音义单位，长得令人难以置信，若要译成为中国读者乐于接受的现代汉语，那就不得不放弃那种或并列或交错的立体句法结构，尽可能将长句切割成短句，然而这样一来，那为表达原作复杂、连绵、细腻的意识流动过程，为创造意在言外的微妙意境或起伏跌宕的思维运动而刻意追求的独特风格便会荡然无存。[1] 笔者有幸而又不幸地参加了这

---

[1] 下文还要详细论及《追忆似水年华》汉译关于长句与风格的处理，这里不拟展开讨论。

部辉煌巨著的翻译，那时刻盘桓在心头的负罪感至今令我心悸。如何在汉语行文规律的允许范围内，权衡得失，采取比较可取的手法，尽量传达原作的旨趣、风格，不能不说是一项创造性的艺术活动。

　　然而，文学翻译的再创造毕竟是因为在表达手段上无法达到一一对应而采取的一种不可为而为之的方法。既然是不可为而为之，因此便不拘泥于手段或过程，而着眼于目的或效果。换言之，译者考虑更多的是翻译手段的功能，而不甚顾及其手段本身的特有风格，这样在实践中很容易会出现一种倾向：追求所谓的效果，而忽视探索尽可能反映原作表现风格的手段。记得在翻译西方女权主义领袖、法国著名女作家西蒙娜·德·波伏瓦的名作《名士风流》一书时，曾与我的一位好友就"dire"与"sourire"这两个词如何翻译展开了一场争论。波伏瓦的这部六十余万字的巨著以其质朴、简明的风格而著称，用词通俗明快，绝无俏丽拖沓之痕。书中人物的对话基本只以"dire"一词引出，形容其面部表情时多用"sourire"一词。考虑到原作的语言风格，我以简洁还其简洁，"dire"一律译为"说"或"道"，"sourire"译为"微笑"或"微微一笑"。可我的那位朋友却建议"发挥汉语优势"，表达手段多样化，将"sourire"分别译为"莞尔而笑、淡然一笑，嫣然一笑，笑盈盈、笑吟吟、笑眯眯、笑嘻嘻"等。从效果来看，这样一改也许会更得读者喜爱。但是，法语中关于"笑"的表达法也极为丰富，为何波伏瓦只用"sourire"一词，不丰富其表达手段呢？这里无疑有她刻意追求的风格及以此风格为一定的表达目的服务的问题。权衡得失，我还是坚持了自己那种似乎"太没有文采"的译法。[1]

　　文学翻译之大忌就是不吃透原著精神，捕捉其神韵，而掺入过多的主观因素，"随意"再创作。实际上，这种"随意创作"在很大程度上是回避障碍，缺少负责和探索精神所致，安于"大致可以"，而不像法国著名作家莫泊桑所要求的那样，不觅到贴切、生动而又自然的表达手段决不罢休。

二

　　有人说，翻译是艺术，是再创造，这主要是指变更语言形式而言。也就是说，翻译的艺术在于以符合全民规范的译文语言，把原作的内容以及与原作内容有着有机联系的原作语言的特点与风格准确、完整地表达出来。纵观文学翻译的全过程，这种再创造远远不限于变更语言形式，大致说来，它涉及四个大

---

[1] 许钧译：《名士风流》，漓江出版社，1991年10月版。

的方面。

一是再现原作的形式因素价值。人们常说，文学作品不重在说什么，而在于怎么说。同一的内容，可有多样的表达方法。声音、形态、结构等无不具有其自身的价值。如音调，可利用其停顿的时间长短、声调的高低或强度的大小来丰富语言的表现力，给中性的词句增添附加价值。又如形态，作家有时用省音符号来记录日常大众语的发音，以暗示说话人的身份、地位或素养等。要传达这些形式因素所蕴含的价值，往往需要译者的创造力，因为不同语言系统的音、形特征以及音义、形义的组合方式是有差异的，完美的翻译应该设法调遣相应的音、形等手段，既传达原文的语义价值，又再现其附加价值。如下面这段文字：

C'est un peu plus de midi quand j'ai pu monter dans l'esse ; j'monte donc, j'paye ma place comme de bien entendu et voilà-tipas qu'alors j'remarque un zozo l'air pied, avec un cou qu'on aurait dit un téléscope et une sorte dc ficelle autour du galerin ...

有人将这段文字译为：中午以后我搭上了 S 路车。我上了车，照常买了票，这时候我发现一个傻瓜，显得一副自鸣得意的样子，脖子像望远镜那样长，用绳子箍着他的帽子。

就传达概念意义而言，这一译文还是成功的。但是，原文不仅仅具有概念价值，还借助了语音、词汇色彩、语法结构等手段，表现了说话者的素养与身份。从原文看，说话人的粗俗是显而易见的，但译文未能有所体现。

二是文化因素价值的移植。谈语言少不了联系到文化。从广义上讲，文化指的是某一文明特点的诸方面的总和：知识、道德、物质、价值体系、生活方式等。从狭义上讲，文化指的则是社会在特定发展阶段上的意识形态以及与之相适应的制度和组织机构。无论从广义上还是从狭义上讲，语言都是表达文化的重要手段，现代符号学把语言符号的整体看成是民族文化的重要表达形式。特定的文化现象常常把某种烙印牢牢地刻在语言之中，尤其表现在词汇这一平面上。如英语中的月份名称就带有深深的历史与文化烙印。文学翻译中，如何在传达概念意义的同时把原文所负载的文学价值移植到译入语中去，是一项相当微妙而棘手的工作。

从理论上讲，倘若强调目的语读者的感受与出发语读者的感受应该相似的话，那最起码的要求就是译文应该完满地传达原作的文化价值。然而，一定的读者都是生活在一定的民族文化氛围之中。对异族语言所蕴涵的独特的文化价值能否理解与接受呢？原作语言形式所负载的文化价值一经语言形式的变更还能否保持呢？这是文学翻译在处理文化价值时所面临的两大问题。举个简单的例子，法语中"Il est comme jésuite"，直译成汉语为"他就像是个耶稣会会士"。原文并不复杂，一个对西方文化有一定了解的人不难理解，这句话说的是那人虚伪而狡猾，然而一个汉语读者读到上面这句译文时，是难以获得原文所包含的附加价值的。两句话一一对应，汉语也很规范。可惜没有传达出原文的全部意义，只得采取变通的手法，如加注、意译法、浅化等，尽量使目的语读者获得原文所蕴涵的文化价值。

移植文化价值的困难更突出地表现在成语、俗语等的翻译上。文学作品中，语言表达手段丰富，典故、成语、俗语大量使用，这些熟语具有丰富的内容和精练的形式，概括了人们的认识成果。表意回旋转折，移译颇费脑筋。别的不说，就说成语吧，它源远流长，有的源于神话寓言，有的来自历史故事，有的出自诗文语句。还有的取自口头俗语，除了其字面意义之外，还负载着深刻的文化价值。这类语言的移译确实是对译者功力深浅、创造力高低的一种检验。

对文化烙印深刻的词语的翻译，我国译界的看法是不一致的，因此在实际翻译中所采取的态度与方法也有别。有的主张直译，不考虑目的语读者理解与接受能力，其理由是翻译的重要使命之一就是传播文化，增进交流；有的则主张变通，能接受就移植，不能接受就牺牲，求概念意义的对应，重两者表达功能的近似，理由是文学翻译的首要任务是再现原作的美学价值，传播文化是第二位的。两种手段的得失，自有公论，限于篇幅，这里不拟赘述。但有必要指出一点：翻译目的不同，采取的方式与衡量的标准也就有别。这两种方法的取舍，取决于你的翻译观及你对文学翻译使命的认识。

三是文学形象的再创造。文学语言有两大特征，其一是其显象性；其二是表感性。别林斯基说过："艺术是对真理的直感的观察，或者说是寓于形象的思维。"文学形象的提炼是人们对无比丰富的社会生活和各种形象加以观察、体验和进行概括的结果。表现在语言中就是写物附意，引譬连类，因物喻志，穷情写物，把象、情、义有机地结合起来，以生动、具体的比喻、联想来表达思想感情，增强艺术感染力。如法国名作家斯丹达尔的《红与黑》第十章的结尾是这么写的：

Julien, debout, sur son grand rocher, regardait le ciel embrasé par un soleil d'août. Les cigales chantaient dans le champ au-dessous du rocher, quand elles se taisaient, tout était silence autour de lui. Il voyait à ses pieds vingts lieues de pays. Quelque épervier parti des grandes roches au-dessus de sa tête était aperçu par lui, de temps à autre décrivant en silence ses cercles immenses. L'oeil de Julien suivait machinalement l'oiseau de proie. Ses mouvements tranquilles et puissants le frappaient, il enviait cette force, il enviait cet isolement. (p.90)

　　这是《红与黑》中一个著名的片段。这段文字描写主人公于连在八月骄阳燃烧的苍穹下，身置无边的寂静之中，忽见一只巨鹰从绝壁间飞出，在空中平稳、有力、静静地盘旋，由此而联想到拿破仑的命运和自己的命运。文中以旷野、高山、绝壁衬托"一只"巨鹰，写尽了这种命运的孤独，富有强烈的感染力。可惜在中国译界具有巨大影响的《红与黑》汉译本（上海译文出版社1979 年 4 月新 1 版）把原文中的"quelque épervier..."译成了（可能是出于疏忽）"他还瞧见了几只老鹰，从他头顶上的绝壁间飞出……"（见汉译本第84 页）。"一只"与"几只"，虽然数量相差不大，但表现的文学形象相去甚远，原文所着力渲染的"孤独"意境荡然无存。

　　上面说的是因翻译失误而使原文所描绘的文学形象受到损害的一个典型例子。搞过文学翻译的人，对传达或再现原文文学形象需要付出的艰辛都是有体会的。简单地说，如甲语言形象与乙语言形象及该形象所蕴涵的意义吻合，那传译不会有太大的障碍。比如《萨朗波》中有这么一句话"La lumière joue sur la mer"，李健吾先生将它译为"阳光在海面嬉戏"。形象生动，意义毕现，且用词色彩也尽似。问题是由于自然环境、历史环境或文化环境的差异，甲乙两种语言中不乏甲≈乙，甲＞乙，甲＜乙或甲≠乙的情况。这种差异的存在，致使完美的传译只能是一种理想，要尽力去接近它，可难以达到它。我们所说的再创造的限度就是这个意思。记得在翻译法国名作家博达尔的《安娜·玛丽》时，书中有一段文字描写安娜·玛丽美貌非凡。前几句形容她眉如新月，双唇红润，金发卷曲，身材苗条，确实令人心动，可在描写她的皮肤时，却这么写道"avec une peau velours de pêche"。读到这一句，那种美的感觉没有了，觉得很不舒服。法国人以"鲜桃表皮上那层细绒毛"来形容女性皮肤之润美，中国读者是无论如何都无法接受的。一般的做法是改变原文形象，套用汉语中现成的说法，如"冰肌玉肤"、"肤如凝脂"、或"肌如软玉"等，以传达相应的效果。可能否部分改造原文形象，保留中国读者可接受的部分，采取形象与拟意相结合的办法，译成"润美若桃色的皮肤"呢？这里有理论上的问题，也有艺术手段的问题。

四是语言内部意义的传达。语义的传达是一项十分复杂的活动,尤其是语言内部意义的传达,往往被人们视为"禁区"。语言内部意义指的是一语言符号与另一语言符号之间形成的关系,这种关系可以表现在音、形、义等各个方面。要将建立在一语言体系内各符号特殊关系基础上的语言内部意义传达出来,是个极为微妙的复杂问题。问题的关键在于甲语言中这一符号可以与那一符号之间形成一种关系,并赋予这种关系以附加的价值,而乙语言中这两个相应的符号就不一定能形成相似的关系。比如有这么一句话:

Quelle est la ville dont les vieux ont le plus besoin ?

这是一个儿童谜语,要求打一城市名。一个具有一定法语水平和对法国地理有一定了解的人不难猜出该谜底为 Cannes(戛纳城)。老年人最需要的是拐杖,而法语中的"拐杖"(canne)"戛纳城"音同形似,这个谜语的运动机制正是建立在 canne 与 Cannes 这两个符号的音、形相似之上的。而汉语中"拐杖"与"戛纳"这两个词之间就不存在这种特别关系,因而翻译的可能性就难以存在。作为一个孤立谜语,不能传译尽可以不去译。可若它出现在一部文学名著中(如《红楼梦》中就有不少描写字谜的文字),总不能一概回避吧。含有语言内部意义的远远不只是字谜、文字游戏、双关语等,德·波伏瓦《名士风流》第二卷第十章的结尾处有这么一段文字:

Juste avant de monter dans l'avion, un employé m'a remis une boîte de carton dans laquelle reposait sous un linceul de papier soyeux une énorme orchidée.

小说中描写的是一位精神分析大夫告别情人,她痛苦地预感到这次分离将是他们之间爱情的终结。显而易见,文中的"兰花"具有象征意义,它象征着爱情,而这朵兰花放在一个硬纸盒中,花上还覆盖着"un linceul de papier soyeux"(一层纱纸)。由于法语中"linceul"一词兼有"覆盖物"和"裹尸布"的意义,所以原文十分巧妙地暗示"爱情被埋葬"的联想意义。但译成汉语,这种意义就很难传达。如选用"裹尸布"一词,太直露,原文美感会受到损害,如只取"覆盖"两字,不细心的读者恐怕理解或体会不到原文易于捕捉的暗示。类似的难题在文学翻译中是经常会遇到的。普鲁斯特《追忆似水年华》卷四《索多姆和戈摩尔》的第二章中，有大段大段的文字利用谐音、双关、形似等特殊手段来创造意在言外的效果，其传译之难往往令笔者发出无可奈何的哀叹。

三

　　翻译的使命是神圣的，它试图跨越巴贝尔塔所造成的巨大障碍，为人类的相互交流架设桥梁。一个文学翻译工作者要不辱使命，哀叹是无济于事的，唯一的出路是去探索，去创造。我们知道，文学翻译的再创造与文学创作是有差别的。上文说过，文学翻译的再创造在很大程度上是在甲乙双方无法做到对应的情况下为传达近似的效果而采取的非对应的手段。它不同于自由创作，不是用自己的构思写作，也不是完全随意的改写，其要求极为明确：原作内容与艺术效果及风格不得歪曲。那么，在取舍非对应的表达手段，再现原作的意义与效果时，如何把握分寸，尽量做到公允呢？这就是文学翻译再创造的度的问题。

　　度是个哲学概念，它指的是一定事物保持自己的质的稳定性的数量界限。翻译的最基本的标准之一就是忠实，可是文学翻译涉及各种因素之多，往往使你顾此失彼，甚至束手无策，不知忠诚于谁好。"形"与"神"之争就是证明。忠其形，求貌之相似，可其神韵呢？气势呢？文学精品往往刻意寻求意在言外的独特效果，译者稍不小心，就可能违反文学翻译的原旨，得其形，忘其神或者失其神，成为真正的"逆子"。可由于各种差异的实际存在，既要忠其形，又要得其神，往往难以达到。亦步亦趋地求文字形式对应，为两种语言特有的规律所不容；洒脱大胆地抛其形，求其神，又担心超过文学翻译再创造的度，失去或歪曲了原作的独特风采。"忠诚"与"叛逆"似乎构成了文学翻译的双重性格，愚笨的"忠诚"可能会导向"叛逆"，而艺术的"叛逆"可能会显出忠诚，这也许就是文学翻译的辩证法吧。这一双重的矛盾性格如何把握，其结果是悲惨还是圆满，取决于译者的艺术创造力。但是如何在忠诚中显出创造，创造中又不偏离呢？亦即文学翻译再创造的度是如何把握呢？

　　艺术的东西是无法量化的，对不同功力的译者来说，文学翻译的限度是不一样的。既然文学翻译再创造是针对原作艺术个性而言，那匠心变化、妙不可言的独特风采的传达是难以以条条框框所界定的。要在不违背或偏离原文本旨与风采的条件下进行再创造，我们认为应着重处理好以下四个方面的关系。

　　一是积极与消极的关系。翁显良先生在《文学翻译丛谈》中说过这么一段话："既然［文学翻译］是再创作，就要重新构思；既然原意不可违，就必须深入探索，反复揣摩；既然以趣不乖本为限，就要不受原文表层结构的约束；既然要求效果近似原文，就必须因译文语言之宜，用译文语言之长，充分发挥译文语言的优势。"翁老实际上在这儿明确地提出了文学翻译再创造所必须遵循的积极性原则。重新构思、深入探索、用译文语言之宜等等都是积极的行为。目的明确，行为积极，就有助于探索各种行之有效的手段，转达原作韵味及妙处。反之，回避障碍，把困难留给读者，或者干脆承认无能，加上"无法传译"的注脚，这种消极的态度是不足取的。请看下面这个例子：

Paris n'a pas été bâti dans un four.

这是一句经过改造的成语，原来的形式是 Paris n'a pas été bâti dans un jour 作者借 four 与 jour 的音似与形似，增加表达效果，给人以新鲜的感觉。这里有两种翻译，一种将之译为：巴黎不是一只灶里建筑起来的。并加上这样的注释：这句成语原来是："巴黎不是一日建筑起来的"，"日"字原文和"灶"字音形均相似。另一种则从艺术效果出发，刻意反映原文的修辞特点，并积极地采用拟意法，重创一番意境，传达原文之妙，译为：建设巴黎非叹息（旦夕）之功，"叹息"与"旦夕"读音相似，原文意义与修辞色彩均得到了较为完美的传达。[1]

我们所说的积极性原则含有两层意思，一是就传达效果而言；二是就翻译态度而言。严复的"一名之立，旬月踟蹰"，鲁迅的"冷汗不离身"都是这种认真的真实写照。

二是整体与局部的关系。文学语言表达的意义与效果是复杂、微妙的，受到各种制约，如语流、特定的上下文关系、具体情景、辅助的实际手段等。把握其意义与神韵，要从整体出发，传达其原旨与精妙，也要坚持局部服从整体的原则，透过原文的各种具体因素，仔细分析，再探索相应的手段，贴切、自然地进行传译。这种个别部分要根据它与整体及其他部分的关系来取舍的原则是行之有效的。几年前，我在翻译长篇巨著《'博爱'号大炮》中遇到这么一句话：C'est vraiment un festin visuel. 这句话直译为：这是一次真正的视觉筵席。意思是明白的，但不像地道的汉语。我类推"精神会餐"的说法将之译为"这真是一次视觉大会餐"，原文的意义与色彩都得到了传达。不久前，我在校译法国名导演瓦迪姆一部自传的部分章节时，又遇到了"un festin visuel"的说法，原文是这样的：

---

[1]　陈宗宝编著：《法汉翻译教程》，上海译文出版社，1984 年版，第 12 章。

En automne, la forêt est peinte de mille couleurs éclatantes qui sautent aux yeux : un festin visuel.

我校订为：秋日里，层林尽染，满目绚烂色彩：好一次丰盛的视觉会餐。将"un festin visuel"译为"好一次丰盛的视觉会餐"还是富有特色的，可在整个句子中显得不太自然，与前半句的风采不太协调。一好友建议将之改为"令人大饱眼福"，相比较之下更为妥帖。

文学作品重整体效果，求风格统一，意境和谐。翻译中坚持局部服从整体的原则具有积极的意义。我们在释义与传达中都应该处理好部分与部分，部分与整体这两层关系。

三是创新与规范的关系。我们说文学翻译再创造，其中一点就是采用创造性的艺术手法，把原作中新的东西吸收过来。文学语言富于创新，一部好的作品总是不乏新颖、奇特的表达方法，文学翻译也应该努力将其输入，丰富目的语，给目的语读者引入新鲜空气，给人以崭新的感受。王育伦同志在《从"削鼻刳眼"到"异国情调"》一文[1]中明确提出要尽力保存原作的异国情调，不仅限于思想内容，还应包括反映异国特有的风土人情、习俗时尚、文化历史的各种语言要素，如形象语言，成语典故等等。

翻译中真正的创造，是在彼有此无情况下的输入。在《名士风流》一书中，主人公安娜在印第安人集市上发现了一种奇美的服装，叫"huipil"。我查了法语、英语、西班牙语等词典，均未查到，估计是作者根据土著人的发音，按照法语的造词规律创造的新词。如采用音译手法，译为"慧皮尔"，那读者会不知所云，达不到翻译的目的。我根据上下文提供的几个义素"一种根据手绘的图案刺绣的女衫"，再按照汉语音义、形义结合的造词规律与特点，将之试译为"绘绣衫"。虽然创造一个较为满意的新名词颇费脑筋，但一般来说，只要掌握了其义素与特征，创造出一个"名"来还是有可能的。

翻译中最困难的是处理那些带有异国情调的东西。看惯了中山装的人初见了西装总不舒服，读惯了"冰肌玉肤"的词句见了"润美若桃色的皮肤"总是不太顺眼。有时创新不成，反倒背上"硬译"的罪名。我们讲翻译，总是强调以规范、地道的汉语去传达。但是，规范不应是清规戒律，语言无创新就无发展。我们所说的创新，并非违背语言规律，而是对语言体系中的多种潜在因素的创造性的利用。我们在文学翻译中，自然也要积极吸收异语体系中对我们有

---

[1] 罗新璋著：《翻译论集》，商务印书馆，1984 年版，第 933—941 页。

益的东西，为我所用，一味地死死抱住汉语规范和现有的表达手段，也就无法完成所肩负的"互通有无"的使命了。比如汉语中形容火势，往往系用蛇的形象。可法语中有更为新奇的比喻，且看：

Le feu d'oliviers, c'est bon parce que ça prend vite, mais c'est tout juste comme un poulain, ça danse en beauté sans penser au travail. (Giono)

（橄榄枝生火是不错的，因为一点就着。但火苗儿恰似一匹马驹儿，跳腾得倒欢，就是没劲儿。——罗国林译）[1]

如此富有特色的生动形象，如不移植过来，岂不遗憾。万幸的是我们汉语读者对这一形象比喻不仅接受，说不定还会拍手叫绝。可有的东西，虽然在异国很精彩，在汉语天地里就不甚受欢迎。因此，如何处理好创新与规范的关系不只是个艺术问题。我们应该既不辱翻译使命，又要了解与尊重目的语读者的欣赏与审美心理和习惯，做到既避免强加于读者，又做些引导工作，不要一味迎合读者的需要，走向贫乏或庸俗的极端。

四是客观与主观的关系。文学翻译的可能性在一定意义上说是建立在意义的客观性及风格的可感性的基础之上的。原作的内容及风格是通过原作的语言表达的，我们要确切理解与捕捉原文的意义与神韵，一方面必须依据原文的语言形式及表达手段，切忌脱离原文的自由发挥，把原作文字所不包含的意义强加给译文，另一方面又要避免浮在原文形式的表层，满足于一知半解，不去积极地探其深蕴。译者尤要力戒凭自己的主观性，从自己的立场、观点出发，给原文中并不蕴涵着强烈色彩的词句添加上自己主观的成分。那种以创造为名，行偏离之实的译风与译者的"主观随意性"大有关系。这方面的例子与教训不胜枚举，恕不赘述。在此仅提醒一点：脱离了客观的依据，越"创造"愈"不忠"。切记文学翻译的再创造绝不是主观生造、乱造、硬造。

我们在此再强调一点，既然是再创造，自然就要求译者的自我修炼与完善；既然是再创造，就要不懈地探索各种行之有效的手段。文学翻译这条揣摩、选择、提炼、再创造的道路是没有穷尽的。

（原载《中国翻译》1989年第6期）

---

[1] 罗国林：《法译汉理论与技巧》，商务印书馆，1981年版，第25页。

余中先（1954—　　　），浙江宁波人。1982 年毕业于北京大学西语系法语专业，1984 年获硕士学位。1992 年于法国巴黎大学四大文学系获博士学位。中国社会科学院研究生院教授，博士生导师，《世界文学》主编。先后译介了奈瓦尔、克洛代尔、阿波利奈尔、贝克特、克洛德·西蒙、阿兰·罗布－格里耶、昆德拉等人的小说与戏剧作品近四十部。

我译法国新小说

　　第一次接触到新小说，还是在我读研究生的时候。一九八四年，阿兰·罗伯－格里耶来访，我陪同他在北京参观访问，为了更好地了解他，我便读了他的小说《嫉妒》和《窥视者》，当时真不明白他为什么要这样写。

　　当然，也是在那一年，我从理论上明白了他为什么要这样写。当时，我对以罗伯－格里耶为代表的新小说的认识大致是，法国的小说诞生以来，每一个时代都有与当时相适应的小说，巴尔扎克的小说到了某种顶峰，二十世纪的作家不应该跟在巴尔扎克后亦步亦趋，而应该创作出自己的"新"小说来。

　　第二年，我来到《世界文学》编辑部工作，马上就接触到了新小说作品译文的编辑工作。易超（罗新璋）先生译的克洛德·西蒙（当时他刚刚获得了诺贝尔文学奖）小说《农事诗》（选章），傅先俊先生译的西蒙在接受诺奖时的演讲词，都是由我做编辑后在《世界文学》上发表的。桂裕芳女士译的娜塔丽·萨罗特的小说《童年》，我也对着法语原文读过。

　　通过对阿兰·罗伯－格里耶、娜塔丽·萨罗特、克洛德·西蒙等人作品的阅读，我对新小说有了进一步的认识，尤其是对新小说的不同写法有了具体的体验。新小说并非一种共同的写作流派，新小说作家们只是在一种小说写作不应该因循守旧的观点下团结在一起，而他们各人都有自己的写法。例如从写作的一些细节特点来说，罗伯-格里耶偏爱对物的精细描写，萨罗特重视挖掘人物内心的两重声音，西蒙强调文字中要透出色彩、线条等绘画因素，等等。

在这一时期，我动手翻译了贝克特的《马龙之死》和萨罗特的《金果》，但由于种种原因，它们一直在出版社编辑的抽屉里睡大觉，但这两部对我来说相当困难的作品的翻译工作，毕竟给了我实践经验。差不多也是这时，我翻译了罗伯-格里耶刚出版的"传奇故事三部曲"中《重现的镜子》的片段，连同作者访谈录，发表在《外国文学动态》上。不久，我留学去巴黎，对新小说的关注也暂告一段落。

一九九三年我留学归来，旋即看到了《重现的镜子》的中译本由湖南美术出版社出版。出于兴趣，我挑了译文中的几个小毛病，通过朋友告诉了后来也成了朋友的出版人陈侗。陈侗当时有一个在中国介绍新小说（尤其是阿兰·罗伯-格里耶作品）的计划，便邀请我参加翻译，我欣然答应。就这样，我开始翻译罗伯-格里耶"传奇故事三部曲"的第三部《科兰特的最后日子》（1994年版），同时我还校订了第二部《昂热丽克或迷醉》的中译文，也把对第一部《重现的镜子》部分译文的修改意见告诉了陈侗。一九九八年，这些作品终于出版，构成了《罗伯-格里耶作品集》的第三卷。

借着翻译罗伯-格里耶的那一股子冲劲，我又翻译了克洛德·西蒙刚发表的小说《植物园》（1997年法语版，1999年中译本出版），让我大开眼界。原来以为，罗伯-格里耶与西蒙只是写法不同，没想到他们在对事物的感觉和思维方式上也很不同。《植物园》中跳跃不已又时隐时现的思想火花让我惊叹。而那些没有标点的段落让我颇费脑筋。尽管如此，翻译罗伯-格里耶时的经验对我翻译西蒙还是很有借鉴的，尤其是如何对那些又长又啰唆的句子（有时候一个句子就是一两页）作条分缕析，再移花接木，重新构成汉语的句子。我的经验大致是，以句子为单位来翻译，特别地重视作者的句号；对那些没有标点的段落，则按照自然语气产生的停顿来安排汉语的断句。

翻译罗伯-格里耶的作品还没有完。二〇〇一年，陈侗告诉我，罗伯-格里耶刚写出了一部叫《反复》的小说，作者希望我按照法国午夜出版社提供的校样开始翻译，争取中译本和法语原作同期于秋天出版。这当然是作者和出版人的一种战略，对作为译者的我来说也是挑战。我四月份得到校样，"五一"节期间开始翻译，由于时间紧，只能加班加点，用陈侗的话来说，我是"牺牲了每一个晚上和周日",用了三个多月的时间,在八月中旬完成了十一万字的译文。之所以能完成得那么迅速,还有另一个原因,在此前,我刚刚翻译了罗伯－格里耶的短篇小说集《快照集》和论文集《为了一种新小说》,对作品的感觉尚有余温。

翻译中,我对"反复"这个词的原文"reprise"琢磨了半天,我一开始翻译为"重复",但认为不太妥当,因为这个词有我们汉语中"反复""重复""修复""重来""重做"等意思,一时间拿不定主意如何解决。于是,我便给作者发传真请教,但回信迟迟未到,等得我有些着急,便通过朋友又去问他,同时再给他发传真。

终于,在即将做完最后修改的八月十七日,我收到了罗伯－格里耶的回信,对我的问题做了详细的解答。他这样解释说:"重复是照原样复制,而反复是反复使用旧的因素以求改变它们,把它们推向更远。"由此,我明白了好几点:一、这部小说是对作者自己作品的反复;二、它也是对自身文化背景的反复。当天修改完毕,第二天就定稿。书名遂定为《反复》。

我对新小说的翻译也在"反复"。

在完成了罗伯－格里耶的一部长篇、一部短篇集、一部论文集之后,我又"杀了一个回马枪",在二〇〇三年转而再译克洛德·西蒙。这一次"反复"是为浙江文艺出版社译《常识课》(1975年版)和《有轨电车》(2000年版)。不知怎么,我似乎觉得这次译西蒙比五年前译《植物园》容易多了,可能是我对这一类小说不再陌生,做翻译也不再畏惧的缘故吧。有例为证,以前查资料为中国读者介绍西蒙时,把《常识课》这部作品的名字翻译为《事物的教训》,因为没有读过作品,只能从字面"Leçon des choses"来理解意义,而"Leçon des choses"既可以译为"事物的教训",也可以译为"常识课"。翻译这部小说的过程让我知道了,在这部作品中,《常识课》是一本小学教科书,图文并茂。这样,"事物的教训"便成为我在翻译工作上的"教训":不熟悉就要出错!

再后来,我又忙着翻译贝克特,直接从法语翻译了他的剧本《等待戈多》,还有小说《无法称呼的人》《马龙之死》(修订译文,再来一次"反复")、《看不清道不明》《如何是》等。这些本来非常难的小说中连篇的呓语和梦话的独白,变得难度低了很多。细细想来也是,我毕竟在近二十年的新小说翻译(包括编辑)中,对不同作家的写作有了大概的了解和把握。

我还要补充一句,贝克特本身不是新小说作家,但他是法国新小说家们比较崇拜的一位,某种程度上也可视为新小说的先驱或精神同行,尽管他是以荒诞派戏剧家的身份出名的。

　　说了先驱，还得说说后继者。目前在新小说的"出版基地"午夜出版社发表作品的新一代作家中，有几位被看成是新小说派的自觉继承者。我翻译了其中的两位，一位是让·艾什诺兹，我翻译了他的小说《我走了》（1999 年获龚古尔文学奖），另一位是让－菲利普·图森，我先译了他的《做爱》（2002），后译了他的《逃跑》（2005）。两者都与作者在中国和日本的旅游经历有关，也让我感到熟悉和亲切。前者对题材得心应手的把握、点到为止的处置，后者极其简洁的文字和优美的文笔，都给我留下深刻印象。我与图森先生有联系，在翻译中可以借助 E-mail 向他求教，及时得到指点，不必像等待罗伯－格里耶的传真那样等上老长时间。这是跟新一代作家打交道时的另一种乐趣，也是我在翻译已逝世的老作家时不曾有过的经验。邮件的来往令"反复"的过程加快了好多。接到他们的 E-mail 和给我的确切答案时，感觉真好！

（原载《文艺报》2011 年 6 月 10 日）

胡小跃（1961—　　），浙江兰溪人。历任《深圳晚报》海外部主任，《深圳商报》总编室副主任，海天出版社文艺部主任等。译有小说集《北方的中国情人》，散文诗歌集《孤独与沉思》，诗歌集《博斯凯诗选》《乌黛丝诗选》，另译有《主人与茶屋》《灰色的灵魂》《母猪女郎》《巴黎的忧郁》《与狼为伴》《真相与传奇》等。

翻译家任重道远

　　谈起法国文学，中国读者首先想到的往往是雨果、斯丹达尔、巴尔扎克，是《巴黎圣母院》《红与黑》《茶花女》。在一定的时期，法国文学甚至成了整个外国文学的代名词，中国读者对法国文学尤其是法国传统文学的热衷与熟悉，有时甚至超过法国读者，这让许多法国人都感到震惊。这里面，除了法国文学本身的魅力外，还有法国文学翻译家的很大功劳。在相当长的一段时间内，国内的法国文学翻译力量可能是外国文学翻译界中最强的，成就最大，涌现出许多大翻译家，如傅雷、罗大冈、李青崖、赵少侯……

　　纵观法国文学在中国的出版，翻译家的作用有时超过了出版者，他们的选择常常代替了出版社的选择，尤其是在我国参加国际版权组织之前，大多是译者投稿。我国出版界懂法语的编辑不多，法国图书的介绍、引进、审读和评介，在很大程度上都依赖于翻译家，许多选题都是由翻译家推荐和策划的，虽然有时因个人爱好和其他个人因素导致了译介的片面甚至不公正，但因此可见翻译家在法国文学出版过程中的重要作用。

　　尽管许多译者抱怨待遇差、地位低，但与国外相比，中国的翻译家尤其文学翻译家的社会地位还是算高的，并且普遍受到尊重。这是因为中国读者的外语整体水平较差，要能够自如地阅读原著有相当难度。而且，中国的翻译家往往集翻译与评论于一体，在某个研究领域或是对某位作家某个流派是权威，部分地行使了评论家的部分权利。因为外语的欠缺同样困惑着中国的评论家，他们必须依靠翻译家提供的资料或作品来进行分析和推理。而这种基础资料的正确性和完整性，直接影响他们分析推理的质量和结论，在这方面，他们吃过不少苦头，所以评起外国文学来往往底气不足。翻译家则没有这方面的顾虑，他们在某一方面占有大量第一手资料，可以不受蒙蔽和误导地在自己翻译的基础上从事评介工作，所以，我们现在看到的许多评论都出于翻译家之手，这与国外的情况稍有不同。

　　不过，法国文学在中国的辉煌时期似乎已经过去，以上我们所说的更多是法国经典文学或者说是传统文学，法国现当代作品的译介这些年来一直处于弱势状态，缺乏系统性和科学性，如果说，二十世纪八九十年代还有柳鸣九先生主编的"二十世纪法国文学"丛书支撑着法语译坛，这十多年来，法国文学似乎离我们越来越远，影响越来越小，中国读者对法国文学越来越陌生。谈起现在活跃在法国文坛的作家和作品，甚至连一些研究和讲授法国当代文学的专家和教授也是一头雾水，而中国读者心目中的所谓的"现当代作家"，如萨特、加缪等，在法国早已经属于"传统"。

　　造成这种局面，一方面与法国文学本身的演变有关。法国文学步入二十世纪下半叶以来，越来越走向自我和内省，尤其是"新小说派"破坏了故事和叙述的完整，过分强调表现形式，并大大地影响了以后的法国文学创作，使得法国文学作品越来越不符合中国读者的阅读习惯和审美标准，迫使他们"敬而远之"，去英美文学当中寻找知音和感动。但我认为，翻译角色的缺失或不到位也是法国文学离我们越来越远的一个很重要原因。目前的法国文学翻译队伍力量越来越薄弱，人数越来越少，而且严重青黄不接。老一辈翻译家慢慢地退休或半退了，已经很少出活，而年轻一代的 FRANCOPHONE 愿意从事文学翻译的很少，能够从事文学翻译的更少，重担几乎都压在几个中年翻译家肩上，而这批人屈指可数。

　　就是仅有的这些翻译家，也未必个个都耐得住寂寞，他们毕竟生活在一个多元、多变的时代中，面临着多种诱惑和选择。社会的喧嚣和内心的浮躁不可避免地影响着他们的翻译，要摆下一张平静的书桌现在已经不易，但要有一颗平静的心更加不易，翻译质量的滑坡在所难免。如果说，这类翻译质量的下降还可以通过端正态度、保持心理平衡来解决，年轻一代译者的问题就更大一些，他们不但缺乏翻译经验，文学修养和中文水平也有待提高。中年译者由于多少受到过"文革"的影响，有些"先天不足"，所以人们曾把厚望寄托在"生在红旗下，长在红旗下"的年轻一代身上，因为他们较早地受到外国文化的熏陶，较早地开始学习外语，较多地与外界接触，但他们的翻译的东西却并不尽如人意，甚至远远不能与中老年译者相比。一段时间里，我难以容忍误译，现在的资讯这么发达，参考资料这么多，通联手段这么方便，尤其是有了互联网之后，世界的距离大大缩小了，译者与作者的距离也拉近了，在这种情况下，再出现低级的误解误译，我觉得有点不能原谅。后来我发现，造成这种错误的，固然与他们缺乏严肃认真的翻译态度有关，但他们的文学修养和中文水平更是问题所在。我认为，在文学翻译中，中文水平甚至比外文水平更加重要，这一点，许多读者可能不敢认同，但事实却是如此。不懂外文但国学底子厚的林纾老先生成功地译出了大量文学佳作，在中国翻译史上被传为佳话。而外文再好，中文不过关，却无法成为一个合格的翻译。外文可以短时间突击和速成，而中文却无法在短时间内迅速提高，因为翻译对外文的要求是理解力，对中文的要求却是表达能力。理解相对来说比较容易，至少可以通过查阅资料和请教他人来解决，而表达则是个人的事，是一个人母语水平的综合表现。所以有人把希望寄托在留学生和"海归"身上也屡屡失望。当然，把翻译质量下降一概归咎于年轻一代身上是不公平的，老翻译家也有老翻译家的问题，他们普遍是中外文底子较厚，但对新东西接触较少，接受较慢，而这个世界又变化得太快，所以，翻译现当代作品时，他们会因为缺乏背景知识而掉入"陷阱"。有经验的译者总是会选择他要翻译的作品，这就同大演员会选择他要扮演的角色一样。

文学作品的翻译问题已引起社会各界越来越大的重视，因为它已严重影响到文化的传播，影响到作者的声誉甚至一个国家的文学声誉。就法国文学来说，有的大作家给中国读者的印象不佳，或有"货不对板"的感觉，问题有时就出在译者那里。所以，翻译家责任重大。因为原作者的一切都在你的笔下，他们在一个国家的命运往往取决于你的翻译。我当年曾要求自己"对得起读者，无愧于作品"，如今这最低标准似乎都成为最高要求了。翻译力量的薄弱和翻译质量的低劣也使得许多出版社对法国文学望而却步，许多优秀的作品因为找不到合适的译者而搁浅，有的佳作因翻译得不到位书未出版出版社就已丧失了信心。可以毫不夸张地说，翻译已在一定程度上制约和阻碍了法国文学在中国的出版。

　　如何提高翻译质量，止住翻译质量的"滑坡"，许多方面都进行过探讨，虽未找出"立竿见影"的灵丹妙药，但也达成了一些共识。首先是各界要关怀译者，重视和尊重他们的劳动。虽然我国的译者待遇不比外国同行差，但必须承认，我们翻译的准入门槛要比国外高，也就是说，我国的译者要付出比国外译者两倍甚至几倍以上的努力才能成为翻译。外国的翻译和中国的翻译一样，稿费偏低，因为出版社鉴于成本的考虑不可能付给译者太高的稿酬，但许多国家的政府对翻译都有资助和鼓励，法国甚至对国外翻译法国作品的译者也有资助。与其他行业比起来，文学翻译工作更多是"为人作嫁"，成名难，要求高，收入低，翻译的艰辛并不是每个人都能理解。一部文学作品的翻译，有时要花几年甚至十几年时间，而翻译所得往往只相当于几个月的工资，在市场经济和商品经济时代，这就很难让人能坐下来平静而认真地翻译文学作品。目前，从事法国文学翻译的，大多是出于爱好，说得更崇高一点，是出于责任，而不是贪图稿费，这也是一些评论家不忍心对翻译作品下手的原因。然而，翻译批评却是不能忽视的工作，只有客观公正的翻译批评才能鼓励严肃的翻译作品，提高翻译的质量，也只有这样，才能打击和揭露伪译、抄译、滥译，保护翻译家的利益。

　　长期以来，翻译在高校和科研单位不算学术成果，与职称、晋级无关，这是对翻译工作的不了解、不尊重，其结果是许多有翻译水平和能力的学者或研究工作者不愿从事翻译工作，使本来就薄弱的翻译力量再度流失。比起文学创作来，翻译的奖项和获奖的机会要少得多，南京《译林》杂志所举办的翻译竞赛和社科院外国文学研究所和人民文学出版社联合举办的"二十一世纪年度最佳外国小说"评选在这方面开了一个好头。但我们还需要更加开放、更加专业、更经常化和制度化的翻译评选，使翻译这朵奇葩盛开得更加健康、更加茁壮。

（原载《中国图书商报》2005 年 8 月 19 日）

树才（1965—　　　）浙江奉化人。1987 年毕业于北京外国语学院法语系。1990—1994 年在中国驻塞内加尔使馆任外交官。2000 年调入中国社会科学院外国文学研究所，任副研究员。著作包括诗集《单独者》、随笔集《窥》等。译有《勒韦尔迪诗选》《夏尔诗选》《博纳富瓦诗选》等。

什么是一首译诗？

——以阿波利奈尔《米拉波桥》为例

下面是法国大诗人阿波利奈尔（1880—1918）最著名的一首诗《米拉波桥》，在法国可谓家喻户晓。选自诗集《醇酒集》（1913）：

LE PONT MIRABEAU
（桥）（米拉波）
Sous le pont Mirabeau coule la Seine
（在……下面）（米拉波桥）（流，流淌）（塞纳河）
Et nos amours
（而，虚词）（我们的爱情）
Faut–il qu'il m'en souvienne
（应该，必须）（回忆，忆及）吗
La joie venait toujours après la peine

（欢乐）（到来）（总是）（在……之后）（痛苦）

Vienne la nuit sonne l'heure
（到来）（夜晚）（响起）（钟，时间）
Les jours s'en vont je demeure
（日子）（走了）（我）（停留，留下）

Les mains dans les mains restons face à face
（手握着手）（我们这样）（面对着面）
Tandis que sous
（当……，表示对应）（在……下面）
Le pont de nos bras passe
（我们手臂的桥，接上一个介词）（经过，过去）
Des éternels regards l'onde si lasse
（永恒的目光）（水波）（如此）（慵倦，疲乏）

Vienne la nuit sonne l'heure
（到来）（夜晚）（响起）（钟，时间）
Les jours s'en vont je demeure
（日子）（走了）（我）（停留，留下）

L'amour s'en va comme cette eau courante
（爱情）（走了）（像）（这流走的水）
L'amour s'en va
（爱情走了，重复上句诗的前半句）
Comme la vie est lente
（多么）（生活，生命）（是）（缓慢的）
Et comme l'Espérance est violente
（而，虚词）（多么）（希望）（是）（强烈的）

Vienne la nuit sonne l'heure
（到来）（夜晚）（响起）（钟，时间）
Les jours s'en vont je demeure

（日子）（走了）（我）（停留，留下）

Passent les jours et passent les semaines
（过去）（日子）（和，连接词）（过去）（星期）

Ni temps passé
（既不是……）（时间）（逝去的）

Ni les amours reviennent
（也不是）（爱情）（重新回来）

Sous le pont Mirabeau coule la Seine
（在……下面）（米拉波桥）（流，流淌）（塞纳河）

Vienne la nuit sonne l'heure
（到来）（夜晚）（响起）（钟，时间）

Les jours s'en vont je demeure
（日子）（走了）（我）（停留，留下）

我之所以加注，是为了提示：译这首诗的困难，并不在于懂或不懂，而在于"懂了"之后怎么译（这涉及每一个可能的译者）。如果愿意的话，你完全可以从"注明的"意思出发，发挥想象力，到汉语中去寻找另一种节奏形式，试着"译出"一首诗来。如此，则既可知诗之不可不译，也容易明白诗之不可译了，因为，我们要译的是语言的诗，而不是文字的意思。但撇开可译或不可译，译出来的那首诗，总是原诗的"另一个"。

全诗分四节，每节四行（第一行十个音节、第二行四个音节、第三行六个音节，第四行十个音节），其中一、三、四行押韵（每节均如此）；节与节之间，由两行叠句隔开。叠句也押韵，共重复四次，引起回旋、复沓的效果。

该诗有民歌的调子。第一行 Sous le pont Mirabeau coule la Seine(在……下面)（米拉波桥）（流，流淌）（塞纳河），与第四节最后一行相呼应。这样，整首诗首尾相连，如河水滚滚，无始无终。阿波利奈尔是先锋派诗人，但这首诗相当传统，涉及的又是爱情这一永恒主题。阿波利奈尔是在失恋之后，再过米拉波桥时，睹物思人，回想起昔日恋爱的美妙时光（恋爱本身总是极其美妙的），诗兴自内心涌起，发之为声，又把爱情、流水、时光等联系在一起，低声吟唱……这首诗的词汇非常朴素，稍懂一点法文的人都能读懂。

但真要翻译它，则难上加难。为什么？音乐性。因为音乐性（诗歌中的声音特质）源自诗人的个人呼吸，在每一行诗中，在行与行之间，在节与节之间，流淌着，起伏着，回旋着……构成一种不可分解的完整性。自戴望舒以降，这首诗的中译，可能有几十种，但细读之下，竟无一让我满意（包括我自己的译文）。可见译诗总不可能完美。

也许，一首诗本身也从来不是完美之物。与心灵的饱满自溢相比，语言总是暴露出其不充分性。极端地讲，完美即不可能。

在这篇文章中，我试图揭示"我怎么读和译这首诗"的过程。在翻译研究中，人们好像已经习惯于一种"静态"的考察，一头是原文，另一头是译文，把它们两相比较，指出此处之成或彼处之败。实际上，翻译是一种"跨语言"的行为，它的过程是"动态"的，因此显出其复杂性。对翻译过程的研究，有助于揭示"翻译行为究竟是怎么发生的"，因为它必然会引入"译者"这一维度。在任何翻译中，译者总是决定性的，因为实践翻译这种"跨语言"行为的，不是别人，正是译者。我认为，研究翻译，尤其是诗歌翻译，必须把"译者"放在"原文"与"译文"的中间地带，去理解它们之间的"三角"张力关系（翻译的秘密也许就在那里）。

诗题 le Pont Mirabeau，只能音译。我查《法汉词典》，没有在附录四"地名表"里查到它，却在附录三"法语姓名表"里查到了。它这么标注：mirabeau [mirabo] 米拉博（米拉波）。"米拉博"（他是一位法国政治家）被标注成通常译名，因为圆括号内的"米拉波"是供参考的其他译名或惯用译名。

在"米拉博"和"米拉波"之间，我选择了"米拉波"。像这种细小的选择，译者的心理动机恐怕难以推测，因为可能连译者本人也不会在意。我自问：我在同音字"博"和"波"之间为什么偏要选择"波"？我应该是考虑到 mirabeau 虽说是一个人名，但这里毕竟是一座桥的名字，而既然是桥，我的心理天秤就自然会倾向于"波"，而不是"博"。"波"字，偏旁三点水，是"水家族"里的一个字，它让人从视觉上更容易联想到水，联想到河，联想到桥……况且，"波"这个字的发音也较"博"更为柔和，更给人一种轻轻流淌的感觉。

动手翻译之前，一般来说，译者对文本已做了精细的阅读，因此，尽管只是一个地名或人名的译音，译者心中也已经有一些系数可供参考，他会从一个文本的整体出发去考虑，当然，最终还是取决于他个人的理解（这种理解是非常主观的）。一般而言，译人名、地名，还是依从词典或惯用译法为好。值得指出的是，对中国人来说，每一个汉字都散发着特有的气味、色彩和声音，它们在人们心里唤起的反应是各不相同的。

第一节写的是地点以及被这个"地点"所唤起的内心感情和感受。这"地点"(米拉波桥),既是诗人昔日的恋爱之地,也是诗人今天的伤心之地。今天,指的是诗人写诗时的此时此刻(对译者来说,当然就是"彼时彼刻")。领会这一点是重要的:全诗用的几乎都是现在时,过去时只出现过一次。现在时作为时态贯穿了整首诗。

第一行:Sous le pont Mirabeau coule la Seine。

我把它理解为两个语义单位(当然也是翻译单位):Sous le pont Mirabeau 和 coule la Seine。说到翻译单位,对一首诗来说,当然"诗"的整体才是最终、也最重要的翻译单位,但诗是渗透在文本里的每一个词、每一个诗句、每一个诗节以及它们之间的空白处的,因为空白处仍然可以闻到诗人的口吻和气息,所以,翻译单位小可以小到一首诗的每一个词(甚至包括空白处),大可以大到一首诗的意义整体。第一行指明地点,用白描手法写出"米拉波桥"和"塞纳河"的动态情状:河在桥下"流淌"。在译诗上,我竭力主张尊重原诗的表达式(即原诗的句法特点),因为句式和修辞正是诗人的个性所在和匠心妙用。我们翻译一首诗,必须从读懂和领会原诗的句法和修辞开始,否则,"语言形式"就会流于概念上的空谈。白描句式,翻译时最好也能对之以朴素。我平平实实(甚至看似不动脑筋)地来译这平平实实的第一行:"米拉波桥下流淌着塞纳河"。由于原诗是一行十音节诗句,我也曾考虑去掉一个"淌"字,反正意思不变,但反复朗读之后,我还是回到"流淌着",它似乎比"流着"更能给我一种舒缓、流动、源源不绝的感觉。

此外,我也思考过,以汉语十个字来对应法语十个音节,是否更能暗示原诗的形式感?我的想法是未必。形式感也是一个整体,而且在不同的语言系统里各是各的整体,无法找到"等价"。不要以为,在译文中押了韵,就在"押韵"这个修辞上找到了"等值",因为两种押韵在两种语言里是两种修辞,而且在原诗和译诗中的作用和效果无法达到"等值"。原诗里的押韵是已被一首诗的整体生命内在化了的一种修辞,而译诗中的押韵只代表"目的语言"中的一种语言修辞,它只是一种单纯的技术,还必须同整首译诗一起去经受读者是否能把它接受为"诗"的考验。所以,我宁愿把一首诗的翻译称为译文,而不是译诗(本文中这两个词常常混用),因为一首诗的翻译能不能成其为诗,完全是一个未知数!译者常常以为,自己的译文才是诗,并以此去批评别的译者的译文不是诗,这其实是一种粗暴。译者译出的一首诗是不是诗,译者自己没有决定权,决定权在读者手中。当然,译者总是以为自己在译的既然是一首诗,那么译出来的也会是一首诗,但实际上,这只是一个良好而积极的愿望,并不是事实。

事实是，把一首诗从原文"过渡"到译文，那被称为"诗"的东西从来都不是那么轻易就能"译人"目的语言的。翻译的基本工作是语义转换，它的基本特征是"跨语言"，而语义转换是从小到大、从局部到整体，它涉及的是局部，是技术。那么原诗的形式特点要反映吗？当然要反映。但我们必须认识到，法语和汉语的根本差异是两种不同的语言。不同语言之间的修辞（尽管有相似性），在效果上并不能"等值"。对一首诗和它的译文来说，勉强的"等值"只是基本意思，是原诗中一些词和译文中另一些词的语义上的相似性。极端地说，我们无法让一行诗句的意义在另一种语言中找到"等值"，更无法让一首诗的意义整体找到"等值"。"等值"这个翻译概念是预设的，理想化的，它能说明一些对比关系，但对译诗并不适用。一首诗的"等值"只能是另一首诗。但像《米拉波桥》这样的诗，它的独一无二性已经提前取消了任何"等值"的可能：除非译者"再生"另一首诗。

翻译转换的总是语义，而不是诗的意义，明白这一点，我们就会懂得：译诗活动本身是有局限的，因为一首诗的任何一个词的双关或隐喻用法，就能把译者逼入死角！所以，与"原诗"竞赛的说法，就忽略了"翻译本身"的局限。确实有过"译诗"广为流传而且比原诗更具有影响力的例证，但这些例证都值得细究，这些译诗大多不是翻译本义上的"译诗"。这些译诗之所以出色，接受上自有原因，但从翻译角度来看，它们是"重新写作"的结果，它们完全取决于译者的诗歌才华。这也反过来证明，"译诗"一词另有所指，而诗靠"译"是译不出来的。要有诗，必得创造，必得"再生"。

第二、三行：Et nos amours / Faut–il qu'il m'en souvienne。

我把它们放到一起考虑，它们本来就是同一句十音节诗。手稿里有它们的原初模样。所以，我不把 et 这个词理解为连接词（"和"或"还有"），而把它读作一个语气词，诗人从第一行诗句的平静中生出无限感慨，因此语气变了，情感开始起伏了，他突然回忆起"我们的爱"，然后又反问："难道我不该回忆吗？"手稿中有这个问号。这个问号含有珍惜、遗憾之意。这一句（分成两行）的基本意思是："难道我不应该留恋（或回忆）我们的爱吗？"诗人有意把它分成两行诗句，一是为了标新立异（这种热望贯穿了阿波利奈尔的一生），以图突破传统；二是经过这样的跨行处理和向副歌一侧移动，让诗行排列在读者视觉上产生一种动态感，以求得河水在两岸之间（第一、四行诗句）的流淌感。这句诗译成汉语，处理起来方法可以很多。我的译法，仍是依从原诗的语序和结构"而我们的爱 / 我应该追忆吗"。

第四行：La joie venait toujours après la peine。

这一行诗句的结构非常完整，非常正规：主语（名词）、谓语（动词）、补语（副词）、介词词组（状语）。每一个懂法语的读者都不会"误解"这一行诗句的基本意思。但需要再次强调的是：译诗的最终目的并不是译出基本意思，因为基本意思的概念远远小于诗的整体空间。译诗时，基本意思应该对，这一点无可争议；但基本意思对了，并不意味着诗的意义也就跟着自动就对，所以，我们比较一个词、一行诗句或一节诗的意义译得对不对，决不能脱离整首诗的语境。一个词的基本意思当然是存在的，它同基本词义有关，我们可以根据上下文和整首诗的语境来作出判断，当然，我们也不能把基本意思绝对化，尤其在原文中把它绝对化，因为原文是作者写的，而译文需要经过译者大脑的理解，需要用另一种语言"重新写出"。原文总是指有待译者理解的原文，译文也总是指有待译者"重新写出"的译文。

在法语和汉语之间，极端地讲，没有任何一个词可以找到绝对的"等值"，比如法语的 et 和汉语"和"，它们都是连接词，在词典里的意思是相同的，但它们的真正意义是在对它们的使用中才能显现出来的，而无论作者还是译者，他们的每一次使用都可能有所不同。我们学习外语的时候，当然不妨把它们对应起来，但我们理解一首诗的时候，就不能再这么做了。为什么？因为它们真正的意义只有在"使用"中才能确定，它们在"使用"中才真正获得意义。对翻译来说，词典的功劳可谓大矣，但一首诗中一个词的意义，你是无法从词典中直接获得的，词典只能帮助你寻找"合适"的意思。所以，基本意思是一个相对的概念，意义的"等值"更是一个相对的概念。在一首诗的翻译中，设想绝对的"忠实"，如同水中捞月，毕竟无法实现。这种设想除了从根本上取消翻译，不会有别的结果。只要涉及翻译，首先就要树立差异的观念，只有这样，才能在翻译的过程中"敏感"到差异的存在和发生，进而去思考意义的"转换"方式。使翻译得以成立的，正是语言间的"差异"。由于语言间的差异，我们才需要翻译。这一行诗句中的 venait，不是现在时，但可作现在时来解，我认为作者不用 vient 而用 venait，为的是音节数量。我把它译为："欢乐总是在痛苦之后到来。"关于押韵，我的原则是必须自然，否则就不押，因诗句的自然节奏远胜于铿锵有声的响亮韵脚。一切诗的力量，以能发为心声为最佳，而心声自有它的自然法则。

第二节为副歌：Vienne la nuit sonne l'heure / Les jours s'en vont je demeure。

这两行副歌前后重复了四次，是这首诗的音乐性的灵魂所在，它像一个聚合器，把四节诗牢牢地吸附到一起，凝聚成一体，而且全诗最终以它作结，把诗人内心的忧伤感、孤独感和希望感一起烘托出来，将它们一并托付给茫茫夜空、悠悠钟声和无尽河水……研究手稿让我发现，这两行七音节奇数诗句，在每一行的中间部分原先都有逗号点开，第一行结尾是逗号，第二行结尾则是句号。诗人最终放弃了这些逗号和句号，对副歌来说，这样处理大大拓宽了诗意的空间张力。加上标点符号，副歌会给人一种零碎、断裂的感觉，至少阅读的视觉反应会是这样，而"钟声"和"时间"（它们同"河水"相呼应）的连绵感也将遭到削弱。翻译这首诗，用不用标点符号，这也构成对原诗形式感的一种理解。

第一行是虚拟句，基本意思是"让夜降临让钟敲响"，两个虚拟短句是对称的，很像中国古诗的对仗；第二行是最简单的那种句式，主语（名词）和谓语（动词，不及物），也分两个短句，但关系不是并列的，而是对立的，意义上有一种张力关系，呈现为两个不同方向的力量。Les jours 可以译成"日子""白昼""岁月"或者更抽象的"时间"，s'en vont 的原型动词是 s'en aller，在法语里是最常用的动词之一，意思是"走了""去了""离开"等等，它的主语通常是人：je m'en vais（我走了），表示"离开"（一个地方）、"去"（一个地方），但阿波利奈尔把 les jours 用作 s'en vont 的主语，这样就有一种拟人的效果。为此，我认为 s'en vont 这个动词最好用拟人的方式来译，而不必非得用"流逝""过去""飞逝"这些更抽象的词汇。应该说，每一位译者都会细细琢磨这两行副歌，译出之后也会反复吟哦，因为困难不在于理解，而在于怎样"重新写出"并"取得效果"。翻译以理解为基础，这是不言而喻的。理解了原意，表达才变得可能。但对这两行副歌来说，情况是，我们不难理解，并且我们已经领会了它的"意义"，但我们却仍然感到困难重重，因为怎么译都觉得不够好，不够妥当，同自己领会的"意义"和"诗味"相距很远。

译一首诗，理解是关键，是基础，是前提，但"译本身"却是最重要、也最困难的！能否译出原诗的"意义"和"诗味"，这完全取决于译者的能耐，取决于译者的想象力和语言表达力。从这一点来看，译者的主体性就变得一目了然。对这两行副歌，越是吟哦法文，我就越是对汉语的表达举棋不定。说实话，我至少修改了九次。但对最后结果，我还是不满意：因为译文无法同它们在原诗中的声音效果相提并论。我改定为："夜晚来临钟声敲响／日子走了我却停留。"我用"走了"来译"s'en vont"，用汉语 8 个字去呼应法语 7 个音节，第一行中表示虚拟的"让"或"愿"，我都决定放弃，因为原文也是省略的。Les jours 我本来译为"白天"或"白昼"，这样可以同上一行"夜晚"对应，但最后注意到复数，感觉还是"日子"更宽泛些。"日子"一词尽管宽泛，但"走了"又把它们拉到眼前：日子都是一天一天"走"的，就像人也是一个一个"离开"的。Je 这个词，我认为直接译出为好：法国诗人标举个性，je 突出的是"一己"的感受，如果不译成"我"，而是译成"人"或"伊人"，这二行副歌的孤独感就减损了一大半。

第三节的第一行：Les mains dans les mains restons face à face。

这一行诗已传诵成一个名句。只要一个人脱口吟出 Les mains dans les mains，另一个人准能接上 restons face à face。这就是一句好诗的力量，看上去普普通通，却久久传诵。这一行诗写诗人昔日同情人在米拉波桥上相亲相恋的动人情景。它像电影中最感人的一幕，镌刻在诗人的记忆深处。抒情诗里常常有非常动人的细节，第三节诗的细节描写很有分量：细节本身，只要抓得准，写得活，其实比抒情更富于抒情的力量。阿波利奈尔深谙此道，在第一节感慨了三行诗句并吟唱了二行副歌之后，马上让细节来充实第三节。Les mains dans les mains 是"手握在手里""手拉着手"的意思，face à face 则是"面对面""脸对着脸"的意思，那么是谁呢？是"我们"：restons 表明这句诗省略了主语"我们"，或者也可以理解成虚拟句，但我不支持这种理解。诗人毕竟是以现在时来描述已成过去的动人一幕。最简单的东西，也是最难翻译的东西。这一行诗句明白易懂，但我却无力把它"移植"到汉语言里。我把它译成："手握着手我们面对面坐着"，用汉语十一个字来对应法语十个音节，希望对原诗的形式有个反映。

第二、三、四行：Tandis que sous / Le pont de nos bras passe / Des éternels regards l'onde si lasse。

我把它们连到一起来解读，不过，它们本来就是一个长句。这三行诗句构成全诗最难译的几处之一，因为在跨行、音节、意义和隐喻等方面，它们彼此黏合得很紧，而翻译不得不把它们拆分成不同的意义单位，这就如同把一只花瓶打碎，然后用碎片黏合成，黏成的花瓶不可能不留下痕迹。第二行 Tandis que sous，分别为连接词和介词，Tandis que 是"当……的时候"的意思，起一个并列或对立的作用，用来引出一个时间从句，sous 是介词"在……下面"的意思，尽管有一个跨行，但应该把 sous 同 le pont de nos bras passe（在手稿中也是同一句）连起来理解，才能获得完整的意思，它同全诗第一句 sous le pont Mirabeau 相呼应。Le pont de nos bras 是一个奇妙的意象，源自诗人的想象，既生动形象，又自然恰切，因为第一行已经点明"手握着手我们面对面坐着"的情景，按字面意思翻译就是"我们手臂的桥"。passe 可理解为"经过""过去""逝去"等。什么东西 passe 呢？是 l'onde，即"水波"或"波浪"，但不只是指塞纳河水，还喻指恋人的"永恒的目光"（des éternels regards）。在 l'onde 和 si 之间，也许省略了"qui est"。是什么样的"水波"呢？是一对恋人的"永恒的目光"的水波。des éternels regards 前置，但"永恒的目光的水波"是个隐喻，诗人在这个隐喻里凝聚了许多情愫。恋人们相爱时，都渴望美好时刻能够永驻，而相爱的幸福也确实能让他们忘掉时间的流逝。我们从恋人们互相注视的目光能读得出来。诗人回忆和描述的正是这种时刻。

这三行诗句意义层次丰富，更美妙的是，经过诗人的布置，音节和韵律可谓天衣无缝。这三行诗句的音乐效果，在汉语要复现或再生，那是难如登天。既要考虑诗行长短，又不能遗漏原诗意思，更得保存诗中隐喻意象……调整来，调整去，我的译文最终是："在我们手臂的 / 桥下流逝着 / 永恒的目光那慵倦的水波。"但译文实际上只译出了意思，声音效果已荡然无存。

第四节为副歌（从略）。

第五节的第一行：L'amour s'en va comme cette eau courante。

这一行诗句写得非常简单，词汇朴素，都是一些常用的词语。只有诗人的点铁成金之功，才能让这些词汇在诗意的棱镜下熠熠闪光。一句好诗足以让一些不起眼的词汇结晶，然后在读者眼前闪出光亮。这一行诗句用了一个明喻，用一个 comme（像，如同）把 l'amour（爱情）和 cette eau courante（这流水）联系起来，加以比较。明喻的喻义是明朗的，指明比较对象之间的相似性。这是诗人对事物之间关系的发现。L'amour s'en va，"爱情走了"，仿佛爱情不是"失去"的，而是自己"走"的，像一个人离开一样。这种拟人化的用法使诗句的表达更加生动活泼。S'en aller 这个动词在《米拉波桥》中几乎成了一个万能动词，诗人像魔术师一样让它无处不在。这一行诗句，我依旧译得老老实实："爱情走了像这流逝的河水"，我如果直接用汉语写，我会写成："爱情走了就像这流水"，为什么翻译时就把"这流水"扩充成"这流逝的河水"，因为从整体形式上考虑，我打算用汉语十一个字来对应法语十个音节诗句，扩充是为了让这一行译文正好是十一个字。

第二行：L'amour s'en va，是对上一行诗前半句的重复。我依从原文，译为"爱情走了"。这一行诗句之所以重复"爱情走了"，诗人别有一番用意：他是在叹息，在怀疑，又不得不确认："爱情"真的"走了"。从这一行诗句应该能听见诗人无奈的一声叹息！

第三行：Comme la vie est lente，也可以同第二行诗句连在一起读解。确实有译者在这种读解的基础上进行翻译，但结合第四行诗句 Et comme l'Espérance est violente 来考虑，我认为第二行诗句同第一行诗句在诗意上焊接得更紧，而第三行诗句同第四行诗句最好放到一起考虑，两个 comme 正好起到并列作用，尽管两行诗句在意义上是相对立的。comme，这里我把它理解为感叹词，类似于汉语的"多么"，法语一般置于句首。这一节诗中，诗人共用了三个 comme，第一个 comme 被我理解为"像""如同"，引出一个明喻，后两个我则理解为"多么"。La vie 这个词在法语中极其常用，c'est la vie（"这就是生活"）这句话是法国人对生活表示无奈（或接受？）的口头禅（我看到北京有一家服装店用这句话来做店名），但 la vie 同时对应汉语的"生活"和"生命"两层意义，语境不同，意义随之不同，我们必须加以区分。在这里，我认为既可理解成"生活"，也可理解为"生命"，不过，几经犹豫，我还是选择了"生命"。我感觉诗人是在失恋的痛苦回忆中蓦然感悟到："生命多么缓慢！"就像古人哀叹："生命苦短。"确实，失恋会让人产生一种连生命本身也失去了意义似的迷茫感。其实，"生命"给人的感觉总是太快，因为它像时间一样一去不复返！联系到第四行诗句 Et comme l'Espérance est violente 中的 Espérance（希望，期望），诗人特意用了大写，这说明诗人的思绪更多的是遐想开去，想到了未来，所以对"希望"加以强调，因为只要"希望"还在，"生命"就还有亮光，还有奔头。既然"希望"是一个抽象名词，我理解"la vie"也偏重于它的抽象意义：生命。当然，译成"生活"也完全成立。这完全取决于译者的理解角度。一个词的意思经常被译者的理解角度所决定，角度指点译者去看到他所能看到的部分。第四行诗句于是就被我译为："我们的希望又是多么强烈。"

第六节为副歌（从略）。

第七节的第一行：Passent les jours et passent les semaines。由两个短句通过一个连词 et 连缀而成，主语 les jours 和 les semaines 后置，前置回来就是 les jours passent et les semaines passent，但这样将引起这一节诗的押韵发生变化。诗人正是为了让 semaine 的句末押上阴韵才让主语后置。在这首诗中，有关时间的词汇用得很多：l'heure, la nuit, les jours, les semaines, temps 等。这一行诗句的音乐性很好，好像在模拟时间一天又一天、一周又一周地缓慢流逝的节奏，中间有一个停顿，而这个停顿又加强了起伏。但这一行诗句不容易翻译，因为意义太简明了，而音乐性也不愿随着"意义"到另一个语言国度去旅行！在一切不可译的因素中，声音是最明显的，而诗的奇妙正在于声音和意义的合二为一，所以，我们可以推想：失去了原初声音的意义究竟还是不是"意义"本身？也许，译诗要成为诗，只有让声音和意义在译者的语言创造性运用中去"再次生成"。这一行诗句我译成："过去了一天又过去了一周"，原来我译成"一天又一天，一周又一周"，但因为中间有一个逗号，而我不想在译诗中出现任何标点符号，我把这一点当作原则来坚持，于是我必须推倒重来。写诗必须面对具体的语言障碍，即便自由体诗也是如此。当然，我对译文并不满意。

第二、三行：Ni temps passé / Ni les amours reviennent，我把它们连起来理解。temps 之前省略了 le；reviennent 之前则省略了 ne。这些省略不会影响对诗句意义的理解，作者做这些省略，是为了让这两行诗句正好构成一句十音节诗。两个 ni 把 temps（时间）和 amours（爱情，还用了复数）紧紧拽在一起，是一种未作比较的比较，也是一种隐而不见的隐喻手法。其实，许多修辞都可以替代隐喻，或者说起到隐喻的功能。我考虑要把这两行诗句中一种加强的语气表达出来，我把它们译成："时光和爱情？ / 都一去不复返。"我用"一去不复返"来译"ne reviennent"，是为了强调作者的这种悲哀体味：河水流走了，时光消逝，爱情也失去了……眼前还剩下什么？

像做了一个梦，诗人一下子醒来，眼前的景象原来还是同一个：Sous le pont Mirabeau coule la Seine。这是第四行诗句。轮回似的，这一行又返回到全诗第一行："米拉波桥下流淌着塞纳河。"

第八节为副歌（从略）。结尾处：je demeure，"我却停留"，显得多么孤零零！

下面是《米拉波桥》的完整译文：

米拉波桥下流淌着塞纳河
我们的爱
还值得追忆吗
欢乐总是在痛苦之后到来

夜晚来临钟声敲响
日子离去我却留下

手握着手我们面对面坐着
在手臂的
拱桥下流逝着
永恒的目光那慵倦的水波

夜晚来临钟声敲响
日子离去我却留下

爱情走了像这流逝的河水
爱情走了
生命多么缓慢
我们的希望又是多么强烈

夜晚来临钟声敲响
日子离去我却留下

过去了一天又过去了一周
时光和爱
都一去不复返
米拉波桥下流淌着塞纳河

夜晚来临钟声敲响
日子离去我却留下

什么是一首译诗？上面译出的那首《米拉波桥》，就是一首译诗。但我更愿意称其为一篇译文，而不是一首译诗。一篇译文能否称得上"一首译诗"，译者自己无法确知，因为译诗的意义还有待读者的接受和生成。正像诗人写一首诗的努力未必真能"写成"一首诗，译者译一首诗的努力也未必真能"译成"一首诗。可以说，"译成"的成功率很小。

译者真正能做的，就是"译"。译者一个词接一个词地译，一个诗句挨一个诗句地译，译出了初稿，一读，不满意，找机会修改，再去读原诗，又译出了二稿，再读，还是不满意……认真的译者对待一首诗的翻译，可以一而再再而三地再读、再改……直到译者再去修改已有一种改不动的感觉。于是，他对自己说："就这样吧，这就是我的译文了！"实际上他心里可能还是不满意。

不满意就出手了，这是我经常体会到的一种心情。我不得不这样。我没有别的办法。因为这是翻译。我只好依从原诗。如果让我来写同样主题的一首诗，很多地方我将不会这么写，我会觉得那么写更好，更生动。我完全可以把原诗当作"原材料"，用汉语再写一首同样题材的诗。但我克制住了这种想法。为什么？因为我是在译。

我不是在写。写是自由的，因为没有先在的一个语言形式制约，译则是不自由的，因为译是从一个已有的语言形式出发。出发点不一样："写"的那个出发点在自己心中；"译"的那个出发点在原文那里。可见，译，不同于写，尽管方式上仍是写。

译，是让一首译诗得以产生的行动，这个行动让一首译诗成为可能。一首译诗，如同一首诗，也是一种可能，但诗的可能性更小。译诗是译诗，写诗是写诗，这两者是分开的。这是两种动用语言的行为。但最终这两种行为在"诗"上获得统一：写是为了"写成"诗，译也是为了"译成"诗，尽管结果是个未知数。

一首诗中可见、可感、可指认的东西是什么呢？是语言形式。一首诗以语言文字的创造性组合呈现给读者一个视觉形式。语言形式，也就是文字符号的视觉形式，它外在地体现为一首诗的长短、排列和结构，又内在地体现为作者对词语、句式和修辞的运用，我称之为"表达式"。

一首诗是一个有机的意义体，就像一个生命。但这个意义体是怎么生成的？具体到一个词、一行诗句，译者怎样才能读懂它们的意义？换句话说，这些意义究竟是什么？我们知道，一首诗是由语言符号做成的，但一旦做成，这首诗就不再是质料性质的语言符号了，因为这些语言符号已经获得诗的意义，语言符号变成了一首诗的意义形式！

一首诗和一些语言符号之间，于是始终存在着一种悖论：一首诗既是语言符号，又不是语言符号（它还是意义或心灵）；一首诗既离不开语言符号，但又在语言符号之上（诗在本性上渴望超越）；一首诗是符号形象本身，但又不只是符号形象（它还是隐喻、象征）；一首诗"不可传以言"（它需要被体验而不是被分析），但又"非以言不传"……一首诗具有神秘的禀性。它拥有一个语言心灵：这个心灵就跳动在语言的身体里面。在一首真正的诗中，最终的构成：语言是心灵的语言，心灵是语言的心灵。

译一首诗，总是不得已的事情。任何能从法语直接品味《米拉波桥》的音乐性的读者，都不可能从我的译文中品味到同样的"音乐性"。译文（译诗）实际上变成了别的东西，变成了原诗的"另一个"（或另一些）。

但是，既然是译，首先就要译原诗中每一个词的用法，每一句诗的表达式。一首诗之所以写成这样而不是那样，根本原因在于诗人选择了"这么写"而不是"那么写"。具体到一个词的意义，就是诗人对它的妙用。这个词本身没有任何特殊性，它的意思清清楚楚地列在词典里，是诗人对这个词的妙用赋予了它诗性的意义。这个词在诗中的意义正是诗人对它的妙用。译一个词，就是要尽量译出它在诗中的用法，只有具体的用法能把一个词的意义真正落实到一首诗中。一行诗句涉及句式、隐喻、形象、修辞等，这些都体现为句子的表达式。

译一首诗，从哪里译起？从诗中一个个词的用法译起，从诗中一行行诗句的表达式译起，从诗中一行行诗句的字里行间译起。

"诗"的意义就生成在一首诗的语言形式之中，诗人的精神就呼吸在一首诗的字里行间。

（原载《江汉大学学报》2011 年 1 期）

金龙格（1966—　　），安徽太湖人。1987年毕业于复旦大学外文系法国语言文学专业。后历任漓江出版社助理编辑、编辑、副编审、副总编辑。2011年，凭借《青春咖啡馆》荣膺第三届傅雷翻译出版奖。2012年获广西民族大学法国文学硕士生导师资格。共出版译作300多万字。主要译有《在我母亲家的三天》《飙车》《青春咖啡馆》《一部法国小说》《我希望有人在什么地方等我》等。

漫漫翻译路

　　人是探索者，也许从某个年龄段开始，他就会停止朝前看，就会转过身去。

（——弗雷德里克·贝格伯德:《一部法国小说》）

　　我小时候喜欢读书，是远近闻名的"书孬子"。在我们老家，这是一个贬义词，指的是读书读傻了的呆子。父亲是医生，可他在外地工作，一个月只能回一趟家，家里田里地里的脏活重活都落到了母亲一个人身上。她一边干农活一边还得拉扯六个孩子，所以她并不喜欢我一门心思只顾读书，更希望我为她分担家里干不完的活，她常挂在嘴边的话，现在我依然记忆犹新："你读那么多书，有什么用？"她可能更愿意看到家里南瓜、红薯堆积如山的景象吧！我的姨父参加过抗美援朝，是朝鲜战场上的英雄，他也很担心我读书读成了"孬子"，批评过我，也为我的前途担心：这孩子，瘦得跟麻秆似的，肩不能挑手不能提，将来怎么办？

　　"书孬子"还算争气，一九八三年考上了复旦大学外文系法语专业，再次变得远近闻名，一个常常被人笑话的书虫突然之间变成大家学习的榜样。那个年代国家包分配，跨进大学校门等于进了保险箱，学习不必像以前那么刻苦了。大学四年我过得有些漫不经心，喜欢看《萌芽》《文汇月报》等文学期刊，喜欢《新民晚报》上的"夜光杯"和"文学角"，喜欢听复旦大学诗社和上海人民广播电台联合举办的"青春不朽诗歌朗诵会"，甘伟的《黄梅雨季》、刘原的《冬阳》、杜立德的《没有桥的河和没有河的桥》等诗作和施天音等人的朗诵，给我的心灵带来多大的震撼啊！大四的时候，平时只能在台下仰望的林秀清老师给我们上阅读课了，她把法国作家丹尼尔·布朗热的短篇小说集复印出来，分发给大家，要我们翻译成中文，说可以出版，还可以有稿费拿。那时候，名字被印成铅字还是很了不起的事情，所以大家干劲很足，我做得比较认真，译文得到林老师的肯定。林老师一九四三年毕业于西南联大，一九四七年赴法留学获巴黎大学文学博士学位，能得到她的肯定对我来说是莫大的鼓舞。

　　一九八七年七月，经林老师推荐，我进入漓江出版社工作，接手柳鸣九先生主编的"法国二十世纪文学丛书"的编辑工作，同时还与其他同事一起携手编辑以培养年轻译者为己任的《青年外国文学》杂志。同一时期，我把大学念书时外教推荐的《梦多和其他故事》中的《梦多》翻译成中文在杂志上发表，从此与文学翻译结下了不解之缘。那时候，出版社环境还算宽松（譬方说上班不用打卡，要是我们熬夜了早晨起不来，我们的老总刘硕良就在楼下一个个地"叫早"）。那时编辑还属于让人羡慕的职业，出版社领导对懂外语的编辑从事翻译还是持鼓励态度的，所以才涌现了韩沪麟、罗国林、周克希、胡小跃、管筱明等一批编辑翻译家，我翻译的第一部短篇小说集《少年心事》就是在那个时候出版的。更重要的是，那个时候出版人还都有些文化理想，年终奖金可以少拿，但碰到好书一定要出。正是在出版社工作期间，我编辑了近百种法国当代作家的代表作品，这些作品都是由许钧、余中先、袁筱一等现在依然活跃的国内一流翻译家翻译的。对我来说，这是编辑的过程，也是学习的过程，从他们的身上、从他们的译作中，我学到了不少东西，包括对法国当代文学的深入了解，对原文理解力的提高，对译文文字的把握，这是一个潜移默化的过程。在做编辑的同时，我也翻译了《都德短篇小说精华》《法朗士短篇小说精华》《莫泊桑短篇小说选》《我希望有人在什么地方等我》等，做编辑没有整块时间，所以也只能翻译这种上手比较快并且很快就能脱手的短篇小说。就像很多作家一开始只写短篇小说一样，对于有意从事文学翻译的年轻译者，我建议他们不妨先从短篇小说开始尝试。

　　我年轻时的理想就是当个老师，不管是中学老师还是大学老师都行，但是二〇〇五年我离开出版界进入高校之初还是迷茫、落寞过好一阵子。当年我被出版社派到北京分公司工作，做了两件很有意义的事情，一是与法国使馆文化处一起成功接待了法国作家、《灰色的灵魂》作者菲利普·克洛岱尔，另外就是到北京后编辑的第一本书在短短一个月内就卖了二十多万册，被同事们誉为"开山之炮"。事业在蒸蒸日上的阶段，我却选择了"急流勇退"，同事们很不解。现任《出版人》主编、当时还在《新闻出版报》工作的冯威兄在我临走的时候还专程跑去送了我一程，他只说了一句话："有点可惜啦。"出版社的欢送晚会上，我朗诵了《再别康桥》，想潇潇洒洒地"挥一挥衣袖，不带走一片云彩"，但有位同事的一曲《驼铃》却唱得我潸然泪下：干了十八年出版，还真有些依依不舍。

　　不过，上苍还是很眷顾我这个"书蠹子"，为我关上一扇门的同时还真的为我打开了一扇窗。到高校后，碰到了开明识才的领导，教学任务不是特别繁重，属于自己的时间多了起来。那么多闲暇，你可以拿来混日子，当然也可以好好加以利用，让自己有所收获，让时间结出果实。我终于有空有闲心写稿了，进学校后在《出版人》杂志上发表的第一篇评介当年龚古尔奖获奖作品《在我母亲家的三天》的文章为我引来了世纪文景出版公司的翻译稿约，这部作品的翻译又为我带来了法国文化部的"奖译金"。套用一句有些老掉牙的话，我属于那种"给点阳光就灿烂"的人，到巴黎充电一个月，重新激发了蕴藏在我身上的巨大的文学翻译热情。回国后，我开始卧薪尝胆，在连续六年时间里从不出差，在几乎是与世隔绝的"隐居生活"中，默默地耕耘着一份寂寞的事业，收获的却是一部部分量不轻的译作：《猎物》（内米洛夫斯基著，作家出版社）、《英格丽·卡文》（2000 年法国龚古尔奖获奖作品，译林出版社）、《飙车》（2008 年诺贝尔文学奖获奖作品，勒克莱齐奥著，人民文学出版社）、《青春咖啡馆》（莫迪亚诺著，人民文学出版社）、《一部法国小说》（2009 年雷诺多文学奖获奖作品，人民文学出版社）、《穿短裤的情人》（法国五大文学奖入围作品，新星出版社）、《枕边的男人》（中信出版社）等，加起来有一百二十多万字。我不得不承认，这六年是我稳健成长、进步最快的六年，这六年时间踏踏实实的"苦修"修出了"正果"。

　　《青春咖啡馆》获傅雷翻译奖之后，我接受过不少媒体记者的采访，他们问的最多的问题是：翻译那么辛苦、稿酬又那么低，如何能够几十年如一日像个苦行僧一样，心无旁骛地把翻译事业坚持下来？做过文学翻译的人都知道翻译工作的辛苦。我本人在翻译《英格丽·卡文》和《穿短裤的情人》这两部难度很大的作品时，为了赶进度，也为了尽快得到解脱，常常工作到深夜三点钟，而为了缓解疲劳，即使在禽流感肆虐的时候也斗胆坚持熬鸡汤喝，结果吃出了高血尿酸，痛风发作时几天几夜都睡不着。翻译过程中有很多问题拿去问外教或者法国朋友，他们也弄不懂的时候，会反过来问我："你就没有别的事情做吗？为什么要做这么难做的事情？"所以，我也曾不止一次打过退堂鼓，也曾经暗暗发誓：做到××岁就不做了！可是，当我听说老翻译家、《红与黑》的译者郝运因长期伏案工作脊骨已经弯曲如弓仍然笔耕不辍时，听说罗国林先生颈椎腰椎都要做手术仍然坚持翻译完《波伏瓦回忆录》第一部，吟唱完属于他的"天鹅之歌"时，我为自己有"临阵脱逃"的想法感到惭愧。在法国文学翻译界，还有马振骋、李玉民、吴岳添、施康强、郭宏安等老先生退休之后还在孜孜不倦地从事翻译工作，年逾古稀的徐和瑾先生还在"追忆似水年华"，周克希先生还在"追寻逝去的时光"，他们本该颐养天年却仍然不辞劳苦地耕耘，他们真的不是为了那点少得可怜的稿酬，而是把翻译当成毕生的事业来追求。从他们身上我看到的不仅仅是热情——因为热情很容易被耗尽，我看到的是他们在坚守着的文化翻译理想——虽然这是一个奢谈理想的时代。

很多人都羡慕从事法国文学翻译的译者，因为他们在做着自己喜欢做的事情、实践自己理想的同时，还是法国积极的文化传播政策的受益者，译者还有机会被邀请去法国一边感受一边从事翻译。我在翻译《圣日耳曼大街上的小艳遇》时曾在这条街上徜徉多时；在翻译《曾经深深爱过》时也像书中的主人公一样沿着塞纳河一路往上走；在翻译《在我母亲家的三天》时享受到了如今已是法兰西学院院士的作者宴请的法国大餐；在翻译《一部法国小说》时去了巴黎西郊的讷伊，那是贝格伯德童年时生活过的地方，也是《青春咖啡馆》里的露姬婚后逃走的地方……实际上，法国政府对法国国内从事外国文学翻译出版的出版社和译者也有着非常积极的鼓励和扶持政策，比如法国文化部下属的国家图书中心（CNL）可以为出版社分担 50% ~ 60% 的翻译成本，而译者则可以根据一部作品的难易度和篇幅长短申请获得 1100 ~ 6600 欧元的翻译经费。另外还有法国文化部或者民间组织资助建立的翻译协会，如果你有一个翻译项目要实施，他们可以提供完全免费的安静、舒适、方便的住所和生活补助。法国从一九八一年开始实施这些鼓励政策之后，法国文学翻译作品的数量呈现出爆炸式增长，在二十世纪最后二十年里猛增了 50%，文学翻译图书品种占图书总量的 18%（而美国只占 3%），占了 22% 的市场份额，完全靠翻译稿酬为生的注册职业翻译家达七百五十人。真希望有那么一天，我们国家也出台类似的政策，在促进文学翻译出版的"大发展大繁荣"的同时，广大有理想有热情的译者也能享受到一定的社会待遇，因为就像傅雷翻译奖评委会主席董强教授说的，"一个译者的工作，非常不容易，译者做的往往是默默无闻的工作，他不是明星式的人物，但是在中外交流过程中，译者起到最关键的作用"。

（原载《文艺报》2012 年 1 月 3 日）

袁筱一（1973— ），南京人。1993 年毕业于华东师范大学法语专业本科，在读期间用法语创作短篇小说《黄昏雨》获法国青年作家大赛第一名。1998 年获南京大学博士学位。曾于 1997 年在巴黎第八大学进修。现任华东师范大学外语学院院长，教授，博士生导师。著有文集《文字传奇：法国现代经典作家与作品》《文学翻译基本问题》等，译有《流浪的星星》《生活在别处》《法兰西组曲》《外面的世界》《一个孤独漫步者的遐想》《非洲人》等。

"不可译"或"再创造"

不可译是困扰了翻译理论界多年的一个问题，单纯的语言学派或者文艺学派似乎都难以给出一个全面的、令人信服的解释。由是它成为翻译理论上种种悖论的根源：在"翻译是可能的吗？"这个问题尚未得到完满的肯定之前，"忠实"与"创造"，"科学"与"艺术"，"内容"与"形式"等诸多矛盾当然只能各自分属一个学派，处于绝对理念化的对立状态之中。准此，我们希望可以对问题换一个角度进行一番全新的剖析和思考——亦即我们在此提出的"再创造"的概念。

一、何谓不可译

"翻译是可能的吗？"——这个在数千年大量实践之后被理论界抛出来的问题并不像其表面上看起来这么荒谬，甚至回答往往趋于否定，于是"不可译"（l'intraduisible? l'intraduisibilité? 或 l'intraductibilité?）的概念产生了。事实上，如果我们意欲对这个悖论之根本进行分析，则必须澄清在中文上被笼统称为"不可译"的两个层面。

问题首先还是在实践层面上的，这一层面的不可译可以与"翻译实践中难以跨越的障碍"或"不可译因素"(l'intraduisible 或 l'intraduisibilité)相等同。实践家之所以也不得不悲哀承认，不可译是存在的，"尤其是诗歌"，是因为在最根本的语言转换中，的确困难重重。试以奥尔森这一首《鱼狗》为例：

La lumière
　　　　but the kingfisher
de l'aurore
　　　　but the kingfisher flew west
est devant nous
　　　　he got the Color of his breast
　　　　from the heat of the sitting sun
Olson[1]　　　　　　　　　　　　　　　　　　　*Kingfisher*

人在此借用了音乐中的和声来演绎他的主题，于是背景描写与主题描写分别借助两种不同的语言（英语与法语）同时展开，让读者感觉到有两种声音在同时吟唱。

翻译的不可能实现在于我们是否有必要或能够也用两种不同的语言（如日文和中文）去展示这首诗？或者说去展示诗人借助诗歌这种形式在语言本身进行尝试的某种追求？——这显然是超出翻译的基本功能之外的。

追究实践层面上的不可译存在的原因，现在翻译理论界基本默认是由语言所沉淀的文化差异所致。奈达将之分为五大类：生态学（Ecology）、物质文化（Material Culture）、社会文化（Social Culture）、宗教文化（Religious Culture）以及语言文化（Linguistic Culture）。[2]

照此分类，我们所举的《鱼狗》的不可译大致可属于第五类语言文化差异所致。

然而如果说这一层面的不可译因素是确实存在的，可望解决的（随着历史的发展，所谓的一些"天书"都渐渐有了全译本就是很好的证明），或者说是可望在一定范围内得到解决的，一直令我们的理论家与实践家感到困惑的倒是

[1]　叶维廉：《中国诗学》，三联书店，1992 年版，第 169 页。
[2]　参见 MOUNIN, Georges, Les problèmes théoriques de la traduction pp.59–68, Editions Gallimard, 1963.

另一层面上的不可译，换言之，即不可译所牵连到的某个哲学命题。

这一层不可译（l'intraductibilité）被法国哲学翻译家、翻译理论家拉德米拉尔称为"成见性否决"（l'objection préjudicielle）。在《翻译的理论要素》一书中，拉德米拉尔曾援引古代诡辩论埃利亚学派对于运动可能性的质疑来指明两者的哲学实质皆属于"此在"与"彼在"，"思想"与"意义"的二元对立。

事实亦复如此。当我们问："翻译是可能的吗？"它早已超越了翻译实践中的种种障碍，而直接指向一种理论与实践之间难以弥合的割裂。如果我们能纵向地回顾一下翻译理论的发生，事情也许会更加一目了然。翻译理论得到"系统讨论"之初是被包含在语言学范围之内的，尽管只有相当短的一段时间，对翻译理论做系统研究的，毕竟是以一批语言学家为先！那么我们也就不难明白正是他们借助了现代语言学的一些重大成果对翻译进行了"成见性"的否决：思维与世界，语言与思维的传统线性关系被现代语言学割断，自十七世纪始渐趋占主导地位的哲学还原论被现代语言哲学消解，翻译历来依据的出发语的客观真实不复存在……

很显然，在分清了不可译的两个层面之后，我们应当可以注意到这样一正一反的两点：

（一）我们无法以实践层面的不可译具体事实去论证语言哲学层面上的不可译性。翻译，尤其是文学翻译中存在着障碍，该命题本身就是以翻译的可行性为基础的。而语言哲学层面上的不可译性则是对翻译活动的完全否定，以拉德米拉尔的话来说，是要论证一件业已存在的事物不可能存在。

（二）我们同样无法以翻译活动数千数万年的存在本身去论证"一切都是可译的"。要回答可译的问题，我们无疑需要一种有别于片面的语言学派或文艺学派的哲学角度，并且以文学翻译本身的特性为出发点。

这就是我们即将谈到的"再创造"。

二、何谓再创造

和"不可译"一样，"再创造"同样也困扰了翻译理论界多年。追溯其历史，它是源于文艺学派的一个概念，并且听起来如此令人望而生畏。正因为此，我们才觉得也有必要先澄清一下它的内涵。

我们在此提出与语言学派的"等值"概念迥然有异的"再创造"，也并非是要像文艺学派所坚持认为的那样，将"再创造"视作文学翻译的方法与手段。恰恰相反，我们认为，文学翻译应当是，并且只能是一种"再创造"的过程。

"再创造"是文学翻译的基本特征。

"再创造"当然反对"等值"（何谓值？价值？意义？或信息值？）的概念。因为"等值"的落脚点仍然是原文本可事分析的语言存在，希冀通过一定的方法与手段来"还原"原文本的客观存在。诚然，原文本以语言形式确定下来的客观存在是翻译的根本出发点，这一点无可非议，但是"等值"概念最值得商榷的地方在于它同时将这种客观存在视做翻译的归宿。因而它必然无视翻译主体在翻译活动中的能动作用而导致还原论所必将导致的心物二元对立。[1]

我们已无需再在此详细阐述文学翻译不可能是一种"复制"的理由。事实上，自十七世纪以来渐渐在西方价值体系中确立下其地位的机械还原论尽管借助现代科学的长足进步而得以将物质世界一分再分，它依然无法依靠原子，或者原子间排列组合的顺序来确切"复制"在相同环境下起着相同作用的相同事物。这在翻译上也是一样的道理，"复制品"的所谓"乱真"性正是其丧失价值的根由。

同样需要指出的是，"再创造"也反对文艺学派所提出的片面的"创造"观。激进的文艺学派在阐释"文学翻译是一门艺术"的命题时含有否定对文学翻译可以进行科学研究的意思。它同样——在这一点上与片面的语言学派所犯的错误无异——无视文学翻译的基本特性。我们肯定翻译主体是翻译活动中诸多因素的支点，其根本前提就是对将原文本看作是翻译活动起点的肯定。"再"的全部含义在于此。借用法国人类学大师列维·斯特劳斯对于"设计师"（l'ingénieur）与"修缮师"（le bricoleur）的区别，我们也可以说，翻译主体的创造世界虽然广阔，也毕竟是"有限"的，如果说作家探取的可以是整个世界的任意一个部分，译者所致力解决的则是"人类诸工程中的某种残余的集合"，是"人类文化中"一个已然有所规定的"子集"。[2]

旨在消弥两个学派各执一词的偏激之处，"再创造"概念着重指出以下几个理论事实：

（一）"再创造"将翻译视作一项整体有机的活动。翻译的复杂性在于它所容纳的诸多因素与关系。如果按照时间的顺序，可大致列为：原作（者）—（理解）→原作读者→译者—（再创造）→译作—（再理解）→译作读者。与索绪尔之于现代语言哲学贡献相吻合的是，现代科学的任何领域都无法再割裂地看待被置于整体环境之下的各项事物：关系（而且是内在关系）才是最为重要的存在。所谓"整体包含于每一部分之中，部分被展开为整体"[3]，因而翻译活动中的包容与展

---

[1]　参见 LADMIRAL, Jean-René, *Traduire: théorème pour la traduction*, pp. 85~90, Editions Gallimard, 1994.

[2]　引自 GENETTE, Gérard, *Figures II*, p. 3, Editions du Seuil, 1966.

[3]　大卫·格里芬编，马季方译：《后现代科学》，中央编译出版社，1995 年版，第 6 页。

开的这个连续过程自然是第一位的。一方面，我们很难将翻译的起点、支点甚或暂时的归入点（翻译的目的与功能）视作翻译活动的唯一独立存在或统领全程的个体因素。另一方面，我们亦很难略去翻译活动的这几大环节中的任何一个，以及这些环节自身展开为整体时所牵连的诸多因素对翻译所起的规定作用。

（二）因而与上述整体性密切相关的第二个理论事实就在于：与翻译实践所牵涉的诸多相关因素对应的是翻译理论的跨学科性，同样，与我们无法将翻译活动中某一点视作唯一相对应的是，无论哪一门学科都无法包容翻译理论。翻译理论所能做到的只是选择不同的角度（合理或不合理），从翻译实践本身的特性出发，解释翻译现象，并作出某种指向现时合理的引导。

（三）上述翻译链的各项因素并不是同时展开的，"流动的整体"所必然牵连的是翻译的历史性问题。"再创造"以译者的主体因素为支点，强调译作是原作（者）与译作（者）的"视界融合"。我们在这里接受了现代解释学的合理因素，强调原文本的"历史效果"，亦承认翻译主体不可避免的"合法偏见"，并认为再创造者在"合法"的同时，需要持伽达默尔所言的"自我克制"的态度，摒弃"先入之见"，使对象在翻译过程中"得以显示自身固有的内涵"。[1] 理想的译本正是在主体"自我克制"的前提下，原文本与译作者主体体验的一种"合理"结合。"合理"的程度则以译文在归宿点上取得的最佳效果为衡量标准。译者首先是个理解者，其次才是一个再创造者。译作作为原作理解循环的一站，与凝固的结果相去甚远。

综上所述，"再创造"的概念是要消除翻译理论发展过程中的再次绝对理念化。而"不可译"在哲学层面上则恰恰表现为这样的一种绝对理念状态。接下来，我们仍然回到"不可译"，用"再创造"作出具体的解答。

三、"再创造"的零度：不可译

"再创造"的概念选择翻译主体为支点，认为主体面对原文本可以采取三种态度：亦步亦趋、平等相对、高高在上。这三种不同的态度必将导致不同程度的再创造，因而也必将导致不同价值的译作。

从哲学层面而言，"再创造"自然不承认"不可译"(l'intraductibilité) 的存在，因为翻译的实质在于翻译主体与原文本的相遇与结合。所谓的不可译只能说明没有相遇和结合在发生，是一个现在进行的时态。正是"再创造"为

---

[1] 萧瑟文：《伽达默尔：人格化的解释学》《读书》，1996 年第 8 期，第 93 页。

翻译理论引进了历史性的观念,也就是说,如果谈到"不可译",我们只能承认在某一历史时期的某一文本是不可译的。正如亨利·梅肖尼克在其《翻译诗学》中所阐述的那样:"对于一个既定的文本,在其既定的跨语际—跨文化关系中,其诗学及历史性重述的相互作用也许尚未产生,或得不到产生。文本的不可译正是这些历史原因所引起的某一文化结果。它是历史性的,社会的,而不是形而上的(人类的不可交流、不可言喻,神秘甚至是神创)"。[1]

将"不可译"视作"再创造"的零度及所有历史或然的翻译的待发点,我们有理由这样认为:所谓"哲学层面"上的"不可译"只是宣告了某一类翻译的不可能存在,亦即我们在"等值"概念的指导下所预设的,仿佛已然在目的语中存在了的原文本的对应文本。现代语言学的发展的确能够否定我们可以像拼装机器一样在另一个语言系统里重新"拼装"原作,却无法否认我们能够以对原文本的理解为依据,再创造一部意义相当的作品出来,由是文学翻译作品也理所当然地成为目的语文学的一部分。

这样,形式/内容的二元对立也因"再创造"概念的整体性得到化解。"再创造"视翻译为流动的整体过程,原作与译作展开亦为一个系统完整的整体,并没有离开内容的形式或离开形式的内容;它们之间的有机联系亦不能以"作品=内容+形式"这样简单的等式来表明。在最基本的语言转换过程中,形式的改变必将引起内容的改变。再创造只是要考察这种必然改变的合理性以及它在再理解中所能够起到的作用。

回到"不可译"的实践层面上,问题将更加明了。正如我们在上文中所指出的那样,翻译中存在着难以克服的障碍是以翻译的整体可行性为基础的。在历史条件尚未成熟或已然错过的情况下,某一文本可能会在另一语言系统里暂时没有译本。我们仍然以奈达为我们划分的五类文化差异为出发点,来看一下"再创造"概念之下的所谓"不可译"。

首先是生态学与物质文化上的差异,亦即在不同的历史时期,不同的地理环境下自然所显示的不同形态以及人类自身为了满足不同的生活需要而创造的不同工具。在交流越来越频繁,人与人的距离越来越短的今天,这两类差异早已不再是问题或者说迟早不再会构成问题。因为这类具体物质总是可以被描摹,被解释,或者被我们运用其他的文化"妥协"手段加以"补偿"的。"再创造"概念亦是以索绪尔的任意性原则为前提,名词的指称虽然远非语言的全

[1] MESCHONNIC, Henri, *Pour la poétique II, Epistémologie de l'écriture Poétique de la traduction*, p.357, Editions Gallimard, 1982。

部内容，却正是语言形成一个不可或缺的组成部分。一如某种语言的初始形成阶段，我们借助翻译创造了新的名词，新的事物，也因此丰富了既定语言体系所规定的经验体系。

在社会文化与宗教文化领域的差异似乎显得复杂一些。正如沃尔夫所指出的那样，某种理念很可能为另一语言体系所拒绝，并且因此无法进入该语言体系规定之下的思维方式。然而在"再创造"的概念之下，翻译被视作广义上的"借词"，当外来的某种社会文化或宗教文化理念需要在另一语言体系中落根，这一过程显然类似于塞伊德所提出的"理念旅行"的四个阶段：

A. 我们必须有一个标志某理念已经在出发语中形成的转折点。这从翻译的角度来看非常简单，因为某个词在出发语中的运用则已经表明该理念进入了出发语语义场的消费；

B. 在两个语言系统之间必然存在着一定的距离与路程等待着该理念的穿行。在穿行过程中它必须承受语言环境的改变所带来的种种压力，然后再以全新的面貌出现在目的语中；

C. 该理念在进入目的语的过程中必然会遭逢到各种限制条件。这类限制条件表现为接受性或是拒绝性的，（因为拒绝正是接受的一种方式）也正是这类条件使我们最终得以承受与我们本身格格不入的外来理念；

D. 该理念在目的语中的使用因着全新的时空位置与功能将遭遇到很大的改变，然后再以改变后的某种相对稳固的形式汇入目的语，成为目的语的一部分。[1]

塞伊德留给我们的问题是，如何看待翻译在这种语际间旅行中所起的作用。如果以"等值"的观念来看，翻译无非只能充当该旅行的载体。然而以从再创造的角度来看，翻译却恰恰是该理念从出发语到目的语途中的暂时阻搁，正是在这暂时的阻搁处，产生了全新的语义场，既有别于出发语的语义，亦有别于日后目的语的语义。翻译主体实现了这项跨语际跨文化的活动，并且努力寻求着拒绝与接受间的某种平衡，以进入目的语，打破不可译因素为目的。

最后就是所谓的语言文化。如果我们将语言学分为外在语言学与内在语言学，奈达划分的前四个领域无疑属于外在语言学的范围。那么，被他笼统称为"语言文化"的则大致应与语言的内在结构、语言已有的或潜在的组合分解能力以及在此之上形成的诸如文学的体裁、作品的风格等等"超乎纯语言之上"的一系列问题相关联。这种语言文化在诗歌的形式中因加入某种个人化的因素（个人在语言潜能上的最大限度的发挥）而达到差异的极致。我们在上文

---

[1] 刘禾文：《学人》第七辑，《跨语际的实践》，1995 年。

中所提及的《鱼狗》即为一例。

这就必然牵涉到另一个与不可译截然相对却又密切相关的翻译现象，文艺学派攻讦语言学派的一个有力佐证就是：最好的译家往往是作家。是啊，庞德、波德莱尔，等等等等，都是这种高度"再创造"的代表。这个问题又如何解释呢？

"再创造"以不可译为零度，按照翻译主体的不同态度分为低度、中度、高度的再创造。很显然，如果我们要彻底回答上述的问题，就必须找到造成不同度的再创造的真正原因。

从长远的发展来看，任何一种语言都无法摆脱其公共有效的前提，因而它都会有其相对固定与有效的结构，并以较为缓慢的速度演进着。在目的语语言发展相对较为平和的时期，语言尚能维持自给自足的大体秩序，因此大多数的翻译一旦超越了不可译，往往以句为翻译的根本单位，遵从原文的行文顺序，对原文本进行重新表述。它并不担负有帮助完成目的语语言革命的重任，而只满足于将"出发语文学移入目的语文学"。它带给目的语的改变不是突进式的、质变性的。应当说，只要它完成了这一历史时期的功能，它就是成功的。应当看到的是，"理念旅行"的第四个阶段一般不被涵盖在翻译的范围之内。

但是在特殊的历史时期，翻译也有可能起到亨利·梅肖尼克所说的"文化与诗学的转形"的作用。十九世纪末二十世纪初的中国即是很好的证明。作家的译作之所以更能刻画在目的语的语言文化史上，那是时代与语言文化的发展需要。反过来，历史功能决定之下的再创造的度亦能很好地说明我们的命题，那就是所谓的"再创造"不仅仅限于词汇、语义及句法的层面，更甚它是在主题、体裁以及风格的层面上进行的。甚至在某一特殊的历史时期，它能够规定下目的语语言文化的转向。

就像我们无法以"忠实"的概念去否定高度的再创造，我们亦无法以高度再创造去否定低度及中度的再创造。"再创造"的概念在此所要重申的是，只有历史是合理的。也就是说，只有将译作放入其历时与共时状态所确定下的具体环境中，以适时它所应完成的历史功能为衡量标准，我们才能得到公允的解释与判断。超出这个范围，我们应当承认，具体的不可译，低度、中度及高度的再创造都有其存在的合理性。因此，"再创造"不是"不可译"的解决手段，而是使诸如"不可译"等翻译现象得到合理化的一个角度——这就可以算作我们此文暂时的一个结论了。

（原载《中国翻译》1997 年 4 期）